LA
MOGLIE
INNOCENTE

LIBRI DI LISA REGAN

LISA REGAN

LA MOGLIE INNOCENTE

Tradotto da Alessandro Cataoli

bookouture

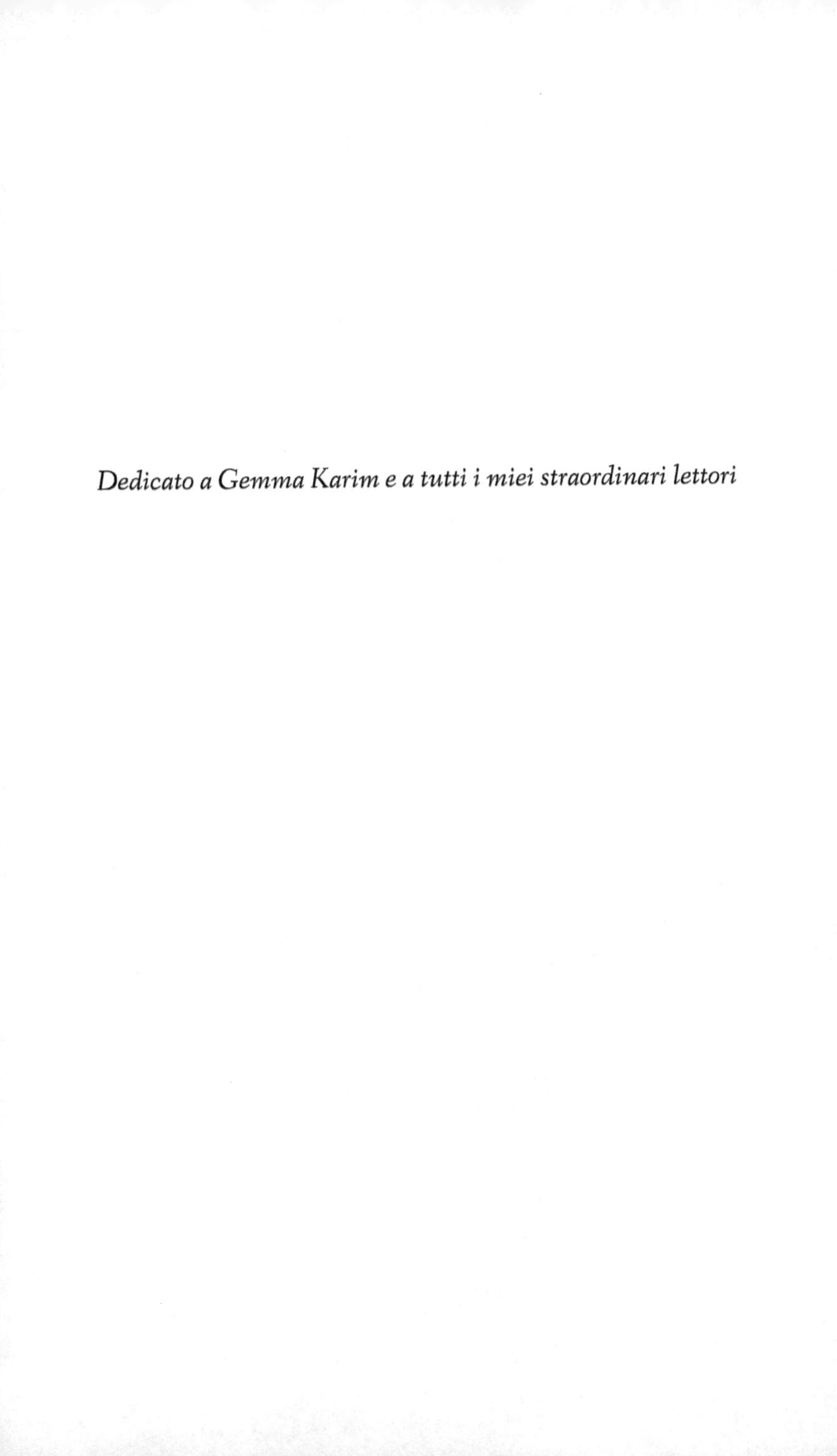

Dedicato a Gemma Karim e a tutti i miei straordinari lettori

PROLOGO
DICEMBRE

A Josie balzò il cuore in gola non appena vide che un uomo in bicicletta stava sfrecciando sul marciapiede, diretto verso il piccolo Harris Quinn. Si maledisse per aver dato al bambino il permesso di correre tanto avanti, ma mancava poco a Natale e le vetrine dei negozi che affollavano le vie del quartiere commerciale nel centro di Denton erano ricoperte di luci e di quel tipo di decorazioni a misura d'uomo che nessun bambino della sua età si sarebbe trattenuto dal toccare, o perfino dall'arrampicarsi sopra. In realtà, ad attirare l'attenzione di Harris era stato un pupazzo di neve illuminato, alto un metro e ottanta, che emanava un bagliore ancor più accentuato alla luce del giorno; il bambino si era fermato in mezzo al marciapiede a bocca spalancata a fissare il cappello a cilindro, completamente ignaro del ciclista che gli stava andando addosso.

Nessun dubbio che il ciclista si fosse accorto di avere davanti un bambino di sette anni, ma tanto teneva la testa abbassata e il corpo compatto e puntato su Harris come un missile, che Josie non riusciva a vedergli la testa sotto al casco. Quando sfrecciò davanti a una signora di una certa età, questa incespicò da una parte e per poco non rimase impigliata al manubrio della bicicletta con la manica del cappotto. Un parchimetro avvolto da decorazioni di Natale le evitò di finire con la faccia sul cemento.

«Scendi dal marciapiede!» gridò la donna alle spalle del ragazzo.

Josie accelerò il passo, agitando una mano, cercando di attirare l'attenzione del bambino o del ciclista. «Harri...» Il resto le rimase in gola.

Il tutto durò una manciata secondi, ma le sembrò un'eternità. Harris fece un passo indietro, fermandosi proprio al centro del marciapiede, e si voltò a guardare Josie.

Josie gli gridò: «Fermati!»

Harris sgranò gli occhi per la confusione. Il ciclista non doveva averla sentita, perché non diede alcun segnale di voler rallentare. Ormai era a pochi passi dalla collisione con Harris. A Josie si fermò il respiro in gola. Perché le sue dannate gambe non funzionavano? Ci fu un lampo di colore rosso quando una donna fece uno scatto dalla strada e salì sul marciapiede, direttamente sulla traiettoria della bicicletta. Sembrava spuntata dal nulla. Con un unico movimento fluido, colmò la distanza che la separava da Harris, lo prese tra le braccia, impresa non facile ora che era così grande, e si allontanò dal ciclista, andando a sbattere contro il pupazzo di neve illuminato. Per un attimo, sembrò che sarebbero usciti indenni dalla traiettoria. Ma poi il manubrio della bicicletta si impigliò in un sacchetto di carta marrone che pendeva dal polso della signora. Come una ballerina che si allontana dal suo partner, la donna lasciò andare Harris, che scivolò a terra, e alzò le braccia in aria proprio quando l'impatto del manubrio con il sacchetto la faceva volteggiare su se stessa. Il sacchetto si strappò, il suo contenuto si sparse per tutto il marciapiede, un oggetto di ceramica andò in frantumi e la donna cadde a terra.

Il ciclista continuò spedito nella sua corsa.

Josie gli corse dietro, urlando imprecazioni di tutti i tipi, finché non sentì una mano piccola e familiare strattonare la sua. Il visetto di Harris era arrossato dal freddo e dall'eccitazione per il rischio che aveva appena corso. «JoJo...» disse. «Quella signora mi ha salvato. L'hai visto?»

Cercando di contenere la rabbia che le ribolliva dentro, Josie prese un profondo respiro. Inspirò dal naso ed espirò dalla bocca per quattro volte. Lo rifece altre due volte, ma sentiva ancora che non riusciva a calmarsi. Quegli inutili esercizi di respirazione. Non avevano praticamente mai funzionato con lei. Piuttosto, avrebbe dovuto cercare di catturare e arrestare quel tizio. Dopo tutto, lei era una detective del Dipartimento di Polizia di Denton e anche se quello era il suo giorno di riposo, avrebbe potuto chiamare la centrale e far intervenire un agente di pattuglia per prelevarlo e portarlo in centrale.

Gran parte dei quartieri di periferia della città si estendevano nelle aree rurali tra le montagne della Pennsylvania centrale in cui Denton era incastonata. Ciononostante, i ciclisti stavano cominciando a diventare un problema nella zona del centro della città, dove gli edifici erano più ravvicinati tra loro. A questo si aggiungeva l'incostanza del tempo, per cui un giorno sembrava primavera e quello dopo inverno, con il progressivo aumento delle giornate calde rispetto a quelle fredde, permettendo ai ciclisti di mettersi ai pedali in forze anche in pieno dicembre.

Harris le tirò di nuovo la mano, questa volta per riportarla alla realtà. «JoJo, devi mettere un bel po' di dollari nel barattolo delle parolacce. E comunque, credo che quella signora abbia bisogno di aiuto.»

La donna, che salvando Harris era appena diventata la nuova eroina di Josie, era ancora a terra, sul marciapiede, con un tacco rotto in mano. Intorno a lei c'erano frammenti di un oggetto di ceramica, una sciarpa di cachemire color sabbia con il cartellino ancora attaccato e una scatola di legno che si era aperta, da cui erano fuoriuscite palline e tee da golf. Harris si precipitò verso di lei e, buttandosi sulle ginocchia, si mise a raccogliere le palline. Una coppia di signore, che stavano uscendo in quel momento dal negozio di fianco, si offrirono di dare una mano, ma Josie fece loro cenno che non importava e si inginocchiò accanto a Harris.

Scostandosi i lunghi capelli biondo cenere dal viso, la donna sorrise. Da vicino, Josie notò che agli angoli dei suoi occhi la pelle si raggrinziva, quindi presumibilmente doveva avere sui quarantacinque anni. Indossava abiti di una fattura costosa, un tailleur pantalone e un cappotto che da solo doveva costare più di quanto Josie guadagnava in un mese.

«Grazie.» le disse.

Josie aiutò Harris a rimettere tutte le palline e i tee da golf nella scatola di legno.

«Non lo dica nemmeno...» disse Joie, «sono io che devo ringraziare lei. È stata fantastica.»

Harris cercò di chiudere il coperchio della scatola, ma non riusciva a metterlo in posizione perché una delle cerniere si era rotta. Josie la prese dalle sue mani per vedere se c'era un modo per ripararla.

La donna disse: «E io sono solo felice di essermi trovata nel posto giusto al momento giusto.» Voltandosi verso Harris, gli chiese: «Tu stai bene?»

Harris raccolse la sciarpa e la spolverò. «Non mi sono fatto neanche un graffio!»

«Sono contenta di sentirlo.» disse lei, rimettendosi lentamente in piedi. «Hai fatto prendere un bello spavento alla tua mamma!»

Anche Josie si alzò, tenendo la scatola chiusa con entrambe le mani. «Oh, non sono sua madre. Sono sua...» ma non riuscì a trovare le parole, perché non c'era una parola per definire la sua relazione con Harris. Il suo primo marito, Ray Quinn, aveva iniziato a frequentare la madre di Harris, Misty Derossi, dopo che lui e Josie si erano separati. All'epoca, lavoravano entrambi per il Dipartimento di Polizia di Denton e Misty aveva dato alla luce Harris dopo che Ray era caduto in servizio, così Josie le aveva dato una mano a crescere il bambino. All'inizio non correva buon sangue tra le due donne, ma in seguito l'affetto per il bambino le aveva unite per la vita.

«Lei è mia zia.» disse Harris con un sospiro. «Più o meno.»

La donna rise. «Piacere. Claudia... Claudia White.»

Harris le porse la sciarpa. «Io mi chiamo Harris Quinn e questa è mia zia JoJo. Anche il suo cognome è Quinn.»

Josie le tese la scatola. «Credo che si sia danneggiata. Sono davvero spiacente. Mi farebbe molto piacere se mi permettesse di sostituirgliela, insieme a tutte le altre cose che si sono rotte.»

Claudia prese la scatola dalle mani di Josie, mettendoci sopra il tacco rotto. All'anulare sinistro portava un grande anello scintillante di diamanti. La luce del pupazzo di neve accanto a loro si rifletteva sull'enorme diamante centrale dal taglio smeraldo e sui numerosi diamanti più piccoli che avvolgevano la fascia, facendo danzare scintille riflettenti sul suo viso. Sotto l'anello c'era una fascia più sottile con ancora più diamanti. Josie cercò di non fissarli, ma la sua mente si era già messa a fare dei calcoli: tra i diamanti e la fascia, l'anello doveva essere costato più della sua macchina.

Claudia spostò il peso sul piede con la scarpa intera e con l'altro tallone diede dei colpetti ai frammenti di ceramica spingendoli dietro il pupazzo di neve. «Non c'è problema, davvero.» disse. «Stavo giusto andando a restituire la tazza.»

«JoJo, sto morendo di freddo.» si lamentò Harris, afferrandola di nuovo per la mano.

Con la mano libera, Josie aprì la porta del negozio e fece strada a Claudia all'interno. «Perlomeno mettiamoci al riparo dal freddo. Ascolti, al negozio non le permetteranno di restituire nessuna di queste cose, ma sarei felice di sostituirle per lei. È il minimo che possa fare.»

Il negozio si chiamava "Tesori di Cuore", posseduto e gestito da una coppia del luogo ormai da cinquant'anni. Era grande e vendeva ogni tipo di merce, compresi alcuni capi di abbigliamento, ma soprattutto si presentava come un negozio di articoli da regalo di alta gamma. Il suo slogan era "Reperti eccellenti per menti esigenti".

All'entrata c'era una panchina con sopra seduto un Babbo Natale a grandezza naturale. Claudia gli si sedette accanto.

Harris disse: «JoJo, scommetto che qui possiamo trovare qualcosa per lo zio Noah! Posso dare un'occhiata?»

Josie gli accarezzò i vortici di capelli biondi su quella testolina, che anche dopo tanti anni, le facevano ancora mancare il fiato: il padre aveva i capelli esattamente come i suoi. «Va bene.» concesse. «Ma qual è la regola?»

«Devo rimanere dove puoi vedermi.»

Gli diede una spintarella e lui corse via, aggirando la panchina, superando gli articoli natalizi e dirigendosi verso il reparto dedicato agli uomini, stando attento a guardarsi alle spalle e ad assicurarsi che Josie potesse ancora vederlo bene.

Claudia si girò e lo guardò andare via. Quando si voltò, la sua espressione si fece malinconica, quasi sofferta. «È molto dolce. Molto intelligente.»

«Sì.» concordò Josie. «Lo è davvero. Mrs. White, mi permetta di fare qualcosa per lei.»

Claudia prese l'altra scarpa e la porse a Josie. «Può fare in modo da pareggiare questo tacco a quello rotto?»

Josie lo fissò per un attimo, senza capire.

«Mi sarebbe di grande aiuto.» continuò Claudia. «Devo tornare alla macchina a piedi e non credo di farcela con una scarpa più alta dell'altra.»

Josie si sarebbe slogata una caviglia con quel tacco dieci. «Hanno un'aria costosa.»

Claudia sospirò, ma il suo sorriso spontaneo era ancora al suo posto. «Sì, sono piuttosto costose, ma una è rovinata ormai. Lo farei io, ma...» Si guardò intorno, come per cercare qualcosa da usare per rompere il tacco e il suo sguardo si posò sui piedi di Josie. «Lei ha gli scarponi. Magari potrebbe...?»

Josie prese la scarpa buona e chinandosi, fece scivolare il tacco sotto la suola di uno dei suoi scarponi.

Harris corse verso di loro tenendo una cravatta in mano. «Guarda!» esclamò. «Per lo zio Noah! A volte lui la porta la cravatta al lavoro.»

«Sì...» disse Josie guardando la cravatta che aveva scelto. «Direi che gli potrebbe piacere.»

Intanto, con l'altro piede, diede due calci forti con cui separò il tacco dalla scarpa. Harris spalancò gli occhi e con voce bassa e piena di stupore, esclamò: «JoJo, hai rotto la scarpa di Claudia.»

Claudia riprese la scarpa dalle mani di Josie e se la infilò al piede. Poi calzò l'altra.

«Va tutto bene, tesoro. Mi ha dato il permesso lei.» disse Josie, poi prese la cravatta che Harris aveva scelto. «Diciamo allo zio Noah che questa è da parte tua.»

Harris guardò Claudia, che si alzò e fece qualche passo avanti e indietro. Soddisfatto che a lei andasse bene che Josie le avesse rotto la scarpa, si voltò verso di lei. «Vado a cercargli qualcosa da parte tua!»

«Oh beh, io non...» cominciò a dire Josie, ma lui era schizzato via e si stava già aggirando tra gli allestimenti natalizi per tornare al reparto uomo.

«State facendo compere per suo marito?» le chiese Claudia.

«Sì, ed è davvero un'impresa trovare qualcosa che gli vada bene.» Scorse un dito sulla cravatta.

«Fare regali agli uomini è difficile...» disse Claudia. «A suo marito cosa piace?»

La risposta le venne veloce e senza pensarci. «Io.»

Claudia rise. «Questo è un buon segno.»

«Non volevo che suonasse come... beh, quello che volevo dire è che...» balbettò Josie «A pensarci bene, ha una grande passione per l'astronomia. Stavo pensando di comprargli un telescopio, così può portarlo al parco statale di Cherry Springs in primavera, un buon punto da cui si può vedere la Via Lattea, da quello che ho sentito.»

«Un telescopio è un'ottima idea, ma l'esperienza di solito è preferibile. Un po' di tempo insieme sotto le stelle?» e accompagnò questo suggerimento con un occhiolino. «Può esserci regalo migliore?»

Harris tornò, con un sorriso trionfante stampato in faccia: tra le mani teneva una scatola di cerotti a forma di strisce di pancetta. «Questo è il regalo perfetto!» annunciò. «Lo zio Noah va pazzo per la pancetta.»

UNO
GENNAIO

Quando Margot uscì dall'auto e attraversò di corsa la strada in direzione della gioielleria, fu colpita da una goccia di pioggia ghiacciata che le scivolò sulla nuca. A quella prima seguirono altre gocce e per quando raggiunse la porta del negozio, il suono della pioggia era passato da un ticchettio irregolare a uno scroscio costante. Una folata d'aria fredda di gennaio le sollevò l'orlo della gonna e la spinse all'interno. Al centro del negozio le teche di vetro erano disposte a formare un quadrato, lungo le pareti c'erano altre teche di vetro. Un uomo con i capelli bianchi e una camicia con colletto button-down stava in piedi all'interno dello spazio quadrato e aiutava una coppia a scegliere un braccialetto di diamanti. Margot li superò, preceduta dal ticchettio dei suoi tacchi contro le piastrelle bianche. Trovò una giovane commessa vicino al fondo del negozio. Non aspettò che le chiedesse se aveva bisogno di aiuto e si affrettò a dire: «Sono venuta a ritirare un articolo per Beau Collins.»

La donna si sistemò leggermente il dolcevita blu scuro e fece un sorriso a denti stretti. «Ha uno scontrino?»

«Mi ha detto di avervi chiamati per assicurarsi che mi consegnaste l'anello.» spiegò Margot, ma aveva già capito che non

l'avrebbe avuto senza presentare una ricevuta. Era perfettamente in linea con il tenore della giornata che stava trascorrendo. Con un sospiro teatrale, Margot posò la sua grande borsa
sul bancone di vetro che la separava dalla commessa e iniziò a
rovistarci dentro.

A voce più bassa, la commessa aggiunse: «Mi perdoni, ma è
la politica del negozio.»

La vibrazione del telefono di Margot fece ronzare tutta la
borsa e il bagliore dello schermo ne illuminò l'interno. Era Eve
Bowers.

«Ti pareva...» mormorò Margot. Tanto non c'era nulla che
andasse per il verso giusto in quella giornata. In quel preciso
momento avrebbe dovuto essere seduta al bar del ristorante
Sandman's Grill, con un bicchiere di Zinfandel bianco in mano,
a chiacchierare con quel tipo dell'emittente televisiva così affa-
scinante, nonostante l'età, con cui si frequentava negli ultimi
mesi, attenta a non destare pettegolezzi. Le cose si stavano
facendo piuttosto movimentate tra di loro e in quegli ultimi
tempi riusciva a pensare solo alle sue mani.

«Mi scusi?» disse la commessa, ma Margot non si preoccupò
di risponderle; fece un altro sospiro, raggiunse il fondo della
borsa e rifiutò la chiamata. Eve avrebbe dovuto cavarsela da sola
per quel giorno, perché lei aveva un solo compito, ed era aiutare
Claudia a organizzare la cena per l'anniversario e assicurarsi
che fosse all'altezza, tanto della televisione quanto dei social
media. Quanto poteva essere difficile?

«Mi dia un minuto.» sbottò Margot, scuotendo ancora una
volta il contenuto della sua borsa. Le sue dita si chiusero sullo
scontrino stropicciato che il suo capo le aveva dato quella
mattina. «Eccolo qui!» annunciò passandolo alla commessa, che
con entrambe le mani lo spianò sul ripiano di vetro. Doveva
essere stata assunta da poco, a giudicare da come strabuzzò gli
occhi alla vista del prezzo. Tuttavia, si riprese in un batter d'occhio e rivolse un sorriso a Margot. «È per Beau Collins, quello

che lavora per quel programma in televisione, Beau e Claudia Collins?»

Margot soffocò un urlo di frustrazione quando il suo telefono ricominciò a squillare. Era sempre Eve Bowers. Rifiutò anche quella chiamata e, stampandosi un sorriso in faccia, disse: «Sì, esatto! È il mio capo. Sono la sua assistente personale.»

«Ho visto la loro trasmissione.» continuò la commessa. «È divertente. Mia madre è letteralmente ossessionata dal loro libro. Sostiene che le ha salvato il matrimonio con mio padre.»

Il manager di Beau diceva sempre che voleva che promuovessero il podcast tra la fascia di pubblico più giovane e le parole uscirono da sole dalla bocca di Margot: «Hanno anche un podcast. Dovrebbe provare ad ascoltarlo.»

«Certo...» mormorò la commessa e sventolando lo scontrino, «Vado a prenderle questo.» E scomparve in una stanza sul retro.

Il telefono di Margot squillò di nuovo. Sempre Eve Bowers. Tirando il telefono fuori dalla borsa, fece un verso di frustrazione abbastanza forte da farsi sentire dagli altri avventori del negozio e senza preoccuparsi dei loro sguardi, accettò la chiamata. «Cosa c'è?»

Con la solita voce immancabilmente allegra, Eve le chiese: «Sei già arrivata?»

Margot strinse le dita intorno al telefono. «No, sono... Aspetta, non sei a casa di Claudia? Eve!»

«Lo so.» la interruppe Eve. «Mi dispiace davvero. Non credo di poter continuare. Più vado avanti e più capisco che questo lavoro non fa per me. Non so se sia il caso di proseguire e...»

Margot cercò di scrollarsi di dosso quella sorpresa. Di tutte le persone che lavoravano per Beau e Claudia Collins, Eve era quasi senza dubbio la più scrupolosa, la più laboriosa e la più entusiasta, e Beau l'aveva sempre considerata una parte fondamentale della squadra. Tutti quanti alla produzione la adoravano. Perciò, Margot cercò di farsi venire in mente qualcosa da dire, ma l'unica cosa che le venne in mente fu: «Tu sei l'assistente di Claudia. Il tuo lavoro consiste letteralmente nell'assistere Claudia. Va bene, se ti vuoi licenziare fallo, ma non farlo proprio oggi. Cerca di essere professionale. Claudia è stata buona con te, quindi se lo merita il beneficio delle due settimane di preavviso. Almeno quello.»

«Lo so. Ma tu non capisci. Io...»

Ma, di nuovo, Margot non le diede il tempo di finire: «Eve, ti prego. Nessuno meglio di me sa quanto possa renderti avvilita e frustrata questo lavoro. Lo capisco, dico davvero. Ma per una sera devi riuscire a darti una regolata. Soprattutto per questa sera. Vai lì, dai una mano a Claudia a finire di sistemare e poi ne parli con lei lunedì.»

Eve non proferì parola.

Il bip della notifica di un messaggio interruppe quel silenzio.

«Eve.» disse Margot. «Vai a casa di Claudia, d'accordo?»

«Ma ho appena parlato con...»

Margot non le diede il tempo di finire neanche stavolta. Passò il dito su "Termina chiamata" e visualizzò il messaggio. Era di Beau, che le diceva che sarebbe arrivato in ritardo alla cena per il suo anniversario e le chiedeva se poteva informare la troupe delle riprese e se poteva andare a casa sua e lasciare lì l'anello.

«Mi sta prendendo in giro...» borbottò Margot, prendendo seriamente in considerazione l'idea di spaccare il telefono contro la teca di vetro.

«Ecco a lei.» La commessa era tornata e le stava porgendo una piccola confezione regalo, con il coperchio sollevato, come se stesse facendo una proposta di matrimonio a Margot. Al suo interno, i diamanti che tempestavano la spessa fascia scintillavano. Quell'anello era troppo appariscente per Claudia, ma il punto non era quello che Claudia voleva; il punto era quello che voleva il pubblico. Si trattava sempre di quello che voleva il pubblico.

Margot lasciò cadere il telefono dentro la borsa e prese la confezione, chiudendola di scatto. «Sì, è questo.» disse. «Grazie.»

Risalita in macchina, con i vestiti inzuppati e i capelli che gocciolavano per la pioggia gelata, Margot alzò il riscaldamento e chiamò Beau. Lui rispose al secondo squillo e tagliò subito corto. «Lo so, lo so. Mi dispiace. Sono in debito con te.»

Era in debito con lei di un centinaio di favori, per mansioni che non rientravano nelle sue competenze. Quel lavoro l'avrebbe dovuta impegnare dalle nove alle cinque, con mansioni come la gestione della sua agenda e il disbrigo di varie commissioni durante l'orario di lavoro. Invece, le toccava fargli da tirapiedi su chiamata e su una giornata lavorativa che non finiva mai. Per non parlare di tutte le altre cose per le quali era in debito con lei. Non esagerava per niente quando aveva detto a Eve che la capiva se non voleva più fare quel lavoro. Eppure, Margot avrebbe scommesso l'ultimo misero stipendio che aveva ricevuto che Claudia trattava Eve meglio di quanto Beau trattasse lei. D'altra parte, Eve era quella sempre un passo avanti a tutti. Era Eve che si era presa il tempo di fare la conoscenza di tutte le persone che lavoravano per Beau e per Claudia. Era Eve che si era imparata le date di nascita di ciascuno e portava un dolce per tutti i colleghi ogni volta che qualcuno compiva gli anni. Era Eve che si ricordava perfino che il tecnico dell'impianto audiovisivo era allergico alle nocciole e quindi, per il suo compleanno, aveva portato della frutta fresca disposta a forma di mazzo di fiori.

«Margot, dico davvero, mi dispiace.» disse Beau, interrompendo quel flusso di pensieri. «So che hai la tua vita. E non è giusto da parte mia addossarti queste responsabilità. Una volta che avremo archiviato questa storia dell'anniversario, dovremmo sederci e discutere di un pacchetto di compensi più adeguato a tutto il lavoro che stai svolgendo e che va ben oltre le tue mansioni. So che non è questo il motivo per cui sei venuta a lavorare per noi, ma voglio che tu sappia quanto ti stimo, tanto come persona quanto come assistente.»

Eccolo lì, il motivo per cui era rimasta. Sembrava sempre che lui le leggesse nel pensiero e sapesse cosa dire, anche se non sempre manteneva le promesse. Quella era la qualità straordinaria che aveva permesso a Beau e a Claudia di raggiungere un accordo che avrebbe lanciato il loro programma dall'emittente locale della piccola città di Denton, la WYEP, al mercato nazionale.

E lei doveva ottenere l'aumento di stipendio prima che questo accadesse. Anzi, erano diverse le cose che doveva fare prima che questo accadesse. Prima che le fosse ancora più difficile ottenere l'attenzione di Beau di quanto non lo fosse già in quel momento.

«Quanto pensi di fare tardi stasera?» gli chiese Margot e riuscì praticamente a sentire il suo ghigno.

«È questa la mia ragazza preferita! Non tarderò di molto, te lo garantisco. Stai andando a casa nostra adesso?»

«Sì.»

«A occhio e croce dovrei essere cinque o dieci minuti dietro di te, forse neanche tanto. Se potessi raggiungermi lì con l'anello, sarebbe perfetto.»

Margot era a venti minuti da casa di Beau e Claudia, il che significava che a lui mancava quasi mezz'ora per arrivarci, sempre contando che non finisse imbottigliato nel traffico.

«Beau, è il tuo anniversario!» gli ricordò sbottando Margot. «Cosa c'è di così importante da... sai cosa? Non voglio saperlo. Ci vediamo lì.»

Riattaccò e trovò il numero di uno dei loro operatori di macchina che aveva il compito di accompagnare la troupe video. Le rispose Liam Flint che, con un tono già venato di fastidio, le chiese senza preamboli: «Che succede?»

Margot resistette all'impulso di rispondergli male: Beau le chiedeva di essere sempre gentile con tutti i collaboratori del programma, però Liam la metteva regolarmente alla prova. «Beau farà tardi.» gli disse. «Voleva che ti chiedessi di portare la troupe alle sei e mezza invece che alle cinque e mezza.»

Seguì un silenzio di quattro secondi buoni, poi un pesante sospiro. «Beau Collins farà tardi alla cena del suo anniversario? Non è riuscito nemmeno a chiamarmi di persona per avvertirmi?»

Margot si morse il labbro per non difendere Beau. Era risaputo tra il personale che Liam era sempre in ritardo. Quindi sapeva bene cosa significava essere in ritardo, ma Liam avrebbe trovato da ridire su Beau anche se gli avesse offerto un aumento. Perciò, evitò accuratamente di rispondere a quelle domande, passando invece a fargli le sue. «Ce la fai a essere lì alle sei e mezza invece che alle cinque e mezza o no?»

«Qualcuno ha pensato di avvertire Claudia?» chiese lui con tono accusatorio.

Il livello di irritazione di Margot raggiunse il punto critico. «Sai una cosa? Non fa parte del mio lavoro e non apprezzo il tuo tono. Vedi di farti trovare a casa di Beau alle sei e mezza.»

Prima che Liam avesse il tempo di risponderle, Margot premette il comando per chiudere la chiamata, lanciò il telefono sul sedile del passeggero e si immise nel traffico. La casa dei Collins si trovava in un piccolo, ma molto esclusivo, quartiere che confinava con il parco cittadino. C'erano solo altre quattro case in quella strada, ognuna alla fine di un lungo vialetto, separate da quelle dei vicini da fitti boschetti di alberi. Margot avrebbe voluto che anche casa sua offrisse altrettanta riservatezza, ma le toccava vivere ancora in un appartamento con una sola camera da letto nel centro di Denton. Avrebbe potuto pretendere molto di più, ma aveva voluto guadagnarsi la sua strada. Era possibile che con un pacchetto di compensazione più consistente avrebbe potuto finalmente comprarsi una casa tutta sua.

La Nissan nuova di zecca di Eve era parcheggiata fuori dal garage a tre posti. Margot lasciò la macchina accanto alla sua, con l'invidia che le faceva ribollire gli acidi dello stomaco. Non glielo aveva mai chiesto, perché pensava che Eve non glielo avrebbe detto, ma sospettava che Claudia la pagasse molto di più di quanto Beau pagasse lei. Avrebbe dovuto scoprire di quanto, prima di rinegoziare il suo stipendio con Beau. D'altronde, i Collins erano soci alla pari, quindi avrebbero dovuto pagare le loro assistenti allo stesso modo. Attraverso il parabrezza tempestato di gocce di pioggia si intravedeva il bagliore dorato delle finestre a tutta altezza che attraversavano la facciata della casa. Beau le aveva raccontato che lui e Claudia avevano fatto costruire quella casa su un loro progetto esclusivo quasi dieci anni prima. Il salone principale aveva soffitti a volta che raggiungevano i sette metri. Dall'esterno appariva come un'enorme capanna, con più finestre che tronchi. Le tre falde del tetto erano rivestite in rame.

Quando scese dall'auto, la investì una ventata di pioggia fredda. La luce di un paio di fari tagliò il vialetto. Margot si fermò in fondo all'ampia gradinata di pietra che portava alla porta d'ingresso e vide Beau che scendeva dalla sua Lexus tenendosi il cappotto sopra la testa. Le si avvicinò offrendole un riparo sotto uno dei lembi e nel movimento emanò un sentore di colonia costosa e di accessori in pelle. Anche nella penombra, il rossore delle sue guance era evidente quando le sorrise. Margot sentì un po' del fastidio svanire.

Stava per dirgli che aveva chiamato la troupe video quando le doppie porte in cima alla scalinata si aprirono ed Eve le superò incespicando. Si premeva le mani sulle guance e urla acute le scuotevano il corpo. Nascosta sotto la spalla di Beau, Margot lo sentì in tensione. Eve si precipitò giù per i gradini verso di loro.

«Eve!» esclamò Beau. «Va tutto bene? Santo cielo, è sangue quello?»

Eve gli cadde addosso, premendogli una mano sul petto. Una striscia di colore rosso scuro le attraversava la guancia. Il lembo del cappotto andò a sbattere contro un lato del viso di Margot.

«Chiama...» disse Eve con voce strozzata. Tossì, deglutì e riprovò. «Chiamate la polizia! Dobbiamo chiamare la polizia!»

DUE
ANNOTAZIONE DAL DIARIO, SENZA DATA

Oggi è stato il giorno più brutto, e contemporaneamente il più bello, di tutta la mia vita. Sto ancora cercando di elaborare come sia possibile. Ho fatto qualcosa di terribile. Qualcosa di imperdonabile. Qualcosa che avevo giurato di non fare mai. Ma nel momento in cui è successo, ho provato una sensazione che non aveva paragoni. Mi è sembrato giusto. Mi rendo conto che suona terribile. Può darsi che non sia una brava persona. So solo che ho passato anni a cercare di essere una brava persona, di costruire un buon matrimonio, e tentare non mi ha portato altro che tensione e dolore. Oggi ho finalmente fatto qualcosa per me e, anche se so che è stato uno sbaglio, mi ha fatto sentire benissimo. Mi sento a meraviglia.

Spero solo che non lo scopra. Se lo dovesse scoprire, me la farebbe pagare.

TRE

La porta dell'ufficio del capo della polizia era rimasta chiusa per un tempo spropositato. Josie si era fermata a qualche metro di distanza, con le mani sui fianchi e le orecchie tese ad ascoltare le voci che provenivano dall'altra parte. Dietro di lei, la grande sala dove si riuniva la squadra investigativa del Dipartimento di Polizia di Denton era immersa nel silenzio, fatta eccezione per un paio di colleghi che stavano stendendo dei rapporti. La stanza era grande e a pianta aperta, e disponeva di diverse scrivanie, la maggior parte delle quali utilizzate dagli agenti di pattuglia per sbrigare le pratiche, fare telefonate o qualsiasi altra attività amministrativa ci fosse da svolgere. Le uniche scrivanie permanenti erano riservate alla loro addetta stampa, Amber Watts, e alle quattro persone che componevano la divisione investigativa: la detective Josie Quinn, suo marito, il tenente Noah Fraley, il detective Finn Mettner e la detective Gretchen Palmer.

«Riesci a sentire qualcosa?» le chiese Mettner.

«No.» rispose Josie. Si avvicinò prudentemente di un passo. «Da quanto tempo hai detto che è entrato?»

Lo scricchiolio di una sedia risuonò alle sue spalle. «Sono

tornato dalla pausa pranzo verso le due e ho notato che la porta era chiusa.» disse Mettner.

Noah disse: «Ormai sono le sei passate. Dovremmo assicurarci che sia ancora vivo?»

«Se il Boss riesce a sentire delle voci, allora vuol dire che è ancora vivo.» disse Mettner.

Sembrava passata un'eternità da quando Josie aveva ricoperto il ruolo di capo della polizia ad interim per un paio d'anni, prima che il sindaco assumesse l'attuale capo, Bob Chitwood, che in quel momento se ne stava chiuso nel suo ufficio. Josie aveva assunto l'incarico dopo aver denunciato una serie di devastanti casi di corruzione che dai livelli più bassi del governo cittadino arrivavano a quelli più alti. Il suo mandato si era contraddistinto per la ricostruzione sia del dipartimento che della fiducia di coloro che erano rimasti e, tra questi, la maggior parte aveva iniziato a chiamarla "Boss", e anche dopo diversi anni sotto il comando del capo Chitwood, la chiamavano ancora così. Josie aveva provato a spiegare ai colleghi che non era più il loro capo, ma non era servito a niente.

«Forse sta parlando con Daisy?» ipotizzò Noah.

«Non credo.» disse Josie. «Sembrano le voci di due uomini.»

Daisy era la sorellastra molto più giovane del capo, di cui lui aveva ottenuto la custodia sei mesi prima. Nessuno aveva saputo della sua esistenza fino a quando la squadra di Josie non aveva risolto un caso legato al passato del capo. L'infanzia di Daisy era stata a dir poco fuori dal comune e non che crescere con un fratellastro di sessant'anni fosse una sistemazione meno insolita, ma fino a quel momento aveva funzionato. Dato che il capo non era sposato, il più delle volte preferiva portare la ragazzina con sé in centrale piuttosto che lasciarla senza nessuno che la controllasse. Aveva persino allestito una piccola scrivania nel suo ufficio per farle fare i compiti intanto che lui lavorava. Mettner disse: «Daisy è con Gretchen e Paula oggi, ricordi?»

«Oh, giusto.» disse Noah. «Il concerto.»

Gretchen Palmer era il membro più anziano e più esperto della squadra investigativa, essendo arrivata a Denton dopo un periodo di quindici anni nella Squadra Omicidi della Polizia di Philadelphia. Lei e sua figlia Paula, ormai vicina ai trenta, che viveva con Gretchen perché stava frequentando un corso di specializzazione a Denton, avevano iniziato ad aiutare il capo a prendersi cura di Daisy, e ora sembrava che la relazione tra le tre donne avesse fatto nascere un legame più profondo. A sedici anni, Daisy non era mai stata a un concerto. Quando Paula l'aveva scoperto, aveva deciso di rimediare organizzando un viaggio di un fine settimana per tutte e tre a Philadelphia per vedere la cantante Lizzo. L'assenza di Gretchen era l'unico motivo per cui Josie e Noah erano al lavoro invece di assistere alla partita di pallacanestro di Harris al centro ricreativo adiacente al parco pubblico. Da quando aveva iniziato a praticare questo sport, loro cercavano di andare a vedere quante più partite possibili.

«Immagino che potrei bussare alla porta...» disse Josie. «Per sentire se ha voglia di un caffè o qualcos'altro.»

«Capirà subito cosa stai cercando di fare.» la avvertì Mettner.

«E con questo?» ribatté Josie dirigendosi verso l'ufficio, con la mano tesa, puntando ad afferrare la maniglia; la porta improvvisamente si aprì verso l'interno.

Alle spalle di Josie, il ticchettio dei tasti si fermò.

Un massiccio segugio uscì dall'ufficio del capo e si fermò davanti a Josie, scodinzolando, con un muso adorabile tutto pieghe cadenti che la guardava in attesa. Indossava una pettorina nera.

«L'ha aperta il cane la porta?» chiese Mettner.

Josie si sentì crollare la terra sotto i piedi. Conosceva un solo segugio e in effetti lui sapeva come aprire le porte. Adorava quel cane. Il problema era il padrone del cane. Guardando il muso dolce e impaziente, tenne le dita incrociate perché non fosse proprio quel cane.

Lo chiamò: «Blue?»

Il cane prese a scodinzolare con maggior entusiasmo. Josie si chinò e gli grattò la testa e lui le schiacciò il naso umido sui palmi delle mani e prese ad agitare la coda così velocemente che a momenti gli si svitava.

«Questa non...» mormorò.

Noah, accanto a lei, sorrideva al cane. «Conosci questo... cane?»

In quel preciso momento, l'ex fidanzato di Josie, Luke Creighton, varcò la soglia, la sua figura corpulenta che raggiungeva il metro e ottantacinque riempiva la soglia. Indossava un paio di jeans e una polo che si tendeva sul petto erculeo, sotto la quale le fibre muscolari si flettevano a ogni passo che faceva verso di loro. Una barba folta copriva il suo viso spigoloso. Aveva i capelli castani, che si era fatto crescere e adesso gli arrivavano quasi fino alle spalle. Da sotto una folta ciocca, passò lo sguardo da Blue a Josie e sorrise. Josie sentì Noah farsi teso accanto a lei. L'aria della stanza si era improvvisamente riempita di una carica che un attimo prima non c'era.

«Ehi...» disse Luke. «È bello vedervi, ragazzi.»

A loro non sfuggì che si era rivolto a entrambi, ma teneva gli occhi puntati su Josie, come se fossero vecchi amici. Anche se l'ultima volta che si erano visti si erano lasciati in buoni rapporti, la loro era stata una storia complicata. Dopo il fallimento del primo matrimonio, Josie si era fidanzata con Luke. A quel tempo, lui era un agente della Polizia di Stato. Quando si erano conosciuti, era una persona molto seria sul lavoro e faceva sempre tutto secondo le regole. Avrebbe dovuto capire dall'unico piccolo e innocuo favore che le aveva fatto quando lei glielo aveva chiesto che era anche capace di mentire, ma lei non l'aveva vista in quel modo. Quel favore lo aveva quasi fatto ammazzare. Dopo aver passato buona parte dei due anni a dargli una mano per rimettersi in sesto, Josie aveva visto la relazione disintegrarsi sotto i suoi occhi. Luke non solo aveva mancato al suo giuramento di sostenere la legge, ma aveva anche ingannato lei. Era rimasto invischiato in una situazione terribile che gli era rapidamente sfuggita di mano e invece di chiedere aiuto a lei, aveva cercato di gestire la situazione per conto suo, senza riuscirci. Le conseguenze delle sue decisioni erano state devastanti e la traccia di ciò che aveva passato si videro perfettamente quando allungò una mano verso Noah per stringerla. Durante il caso che aveva posto fine alla carriera di Luke e alla sua relazione con Josie, mandandolo in prigione per sei mesi, Luke era stato torturato: gli avevano distrutto entrambe le mani. I chirurghi avevano fatto del loro meglio per rimetterle a posto, ma anche dopo sette anni le cicatrici argentate che gli correvano lungo le dita erano striature luminose sulla sua pelle. Due dita della mano destra erano appiattite e deformate. Invece, alla sinistra, il mignolo era piegato verso l'esterno con un'angolazione innaturale.

Se Noah lo avesse notato, non lo lasciò intendere. Stringendo la mano di Luke, sbottò: «Che cosa ci fai qui?»

Il sorriso di Luke vacillò solo per una frazione di secondo prima di riportare lo sguardo su Josie.

«Sono qui con Blue.» disse, indicando il cane, come se questo bastasse a spiegare tutto.

La voce del capo rimbombò alle spalle di Luke. «Non metterlo sotto torchio, Quinn! L'ho appena assunto!»

«Beh, questo sì che è imbarazzante...» commentò Mettner a voce abbastanza bassa da non farsi sentire da Luke, ma alta quanto bastava perché Josie riuscisse a sentirlo fin troppo bene.

«Ma non può assumerlo.» protestò Noah. «Ha dei precedenti penali.»

Il capo apparve sulla porta, con le folte sopracciglia bianche aggrottate. Si avvicinò a Luke e diede una pacca sulla testa a Blue. «Non spetta a te dirmi cosa posso o non posso fare, Fraley.

Non l'ho assunto come funzionario delle forze dell'ordine o altro, ma come consulente.»

Luke sorrise a Blue e poi riportò lo sguardo su Josie. Lei avrebbe gradito molto che la smettesse di guardarla come se fosse l'unica persona nella stanza.

«Blue ha dato il suo contributo in così tante operazioni di ricerca e salvataggio dopo il caso di Lucy Ross qui a Denton che alla fine l'ho portato a fare il corso di addestramento e adesso è certificato come cane di salvataggio e ricerca. Io e Blue abbiamo iniziato a lavorare con un'organizzazione no-profit che fornisce alle forze dell'ordine cani con questo specifico addestramento per un costo nominale che copre alcune spese di base. E siccome ho saputo che qui avevate bisogno di un'unità cinofila...»

«Adesso vivete qui?» gli chiese Josie.

Luke aveva vissuto a Denton quando stavano insieme, ma aveva dovuto vendere la casa e tornare nella contea di Sullivan a vivere con la sorella, che gestiva la fattoria di famiglia. Sapeva che era rimasto lì perché non riusciva a vivere da solo. Era cambiato qualcosa? Una fidanzata, forse? Se lo augurava per lui.

«Sì, ho pensato che sarebbe una buona base.» spiegò Luke. «Vicino a un mucchio di grandi città e dipartimenti rurali che potrebbero aver bisogno del nostro aiuto.»

Squillò un telefono. Rispose Mettner. Josie lo sentì rispondere alcuni "sì" e "d'accordo" prima che il ricevitore tornasse al suo posto. «Era un tizio di nome Landan Clarke.» disse. «Ha una fattoria a sud-ovest di Denton. Suo figlio di sei anni si è allontanato due ore fa. È abbastanza sicuro che sia ancora nella proprietà, ma tutta la famiglia è un po' scossa per non averlo ancora trovato. Fa freddo e piove.»

Josie si voltò verso il capo e i membri dell'unità cinofila. Prese il cappotto dallo schienale della sedia. «Andiamo.»

«Non così in fretta, Quinn.» la fermò il capo. «Questo sembra il caso perfetto per rodare il nostro nuovo consulente.»

Josie trattenne un gemito. L'ultima cosa che voleva fare era ritrovarsi da sola con Luke.

«Fraley.» disse il capo. «Di questo te ne occupi tu. Luke e Blue possono venire con te.»

Josie lanciò un'occhiata al marito. Nessun altro nella stanza poteva essersene accorto, ma dal modo in cui gli si contrasse un piccolo muscolo della mascella, capiva che Noah non era contento. Tuttavia, riuscì a sorridere e, a denti stretti, disse: «Certo.»

Quando se ne furono andati, il capo si ritirò nel suo ufficio e Josie si sedette alla sua scrivania, ignorando le occhiate di Mettner. Fu un sollievo quando il telefono sulla scrivania squillò. «Quinn!» abbaiò.

Un minuto dopo, lasciò ricadere il ricevitore, si alzò e indossò il cappotto. «Andiamo.» disse a Mettner.

«Cosa c'è?»

«Un cadavere.»

QUATTRO

Josie azionò i tergicristalli al massimo e si apprestò a fare manovra intorno al parco pubblico per raggiungerne il lato nord-occidentale, dove un piccolo gruppo di case costeggiava uno dei percorsi di podismo. La strada di cui avevano parlato alla centrale le era familiare. Avendo vissuto a Denton per tutta la vita, ricordava le numerose occasioni in cui i progettisti urbani avevano presentato la proposta di costruire una serie di complessi di appartamenti in quella zona che avrebbero sovrastato l'intero parco, offrendo sicuramente un panorama mozzafiato ai residenti, ma rendendo l'area del parco congestionata e meno accessibile. Tutte le volte che un nuovo imprenditore edile si presentava a una riunione del Consiglio comunale con un modellino in scala e una pila di progetti, veniva mandato via. Alla fine, il terreno in questione era stato diviso e venduto a privati che avevano costruito le proprie abitazioni.

«Hai trovato qualcosa sull'indirizzo?» chiese a Mettner. Aveva bisogno di parlare di qualcosa, qualsiasi cosa, che tenesse la sua mente lontana dal pensiero che il suo attuale marito era partito insieme al suo ex fidanzato alla ricerca di un bambino scomparso.

Con gesti rapidissimi Mettner, seduto al posto del passeggero, eseguì una ricerca sul terminale dati dell'auto. «La proprietà appartiene a Beau e Claudia Collins.» disse. «Lui ha quarantasette anni, lei quarantadue. Nessun precedente penale. Patenti di guida in regola. Hanno comprato il terreno dodici anni fa e ci hanno costruito sopra. Nessuna chiamata precedente dall'indirizzo.»

Josie rallentò, cercando la svolta che ricordava più avanti. A gennaio a Denton la sera calava presto e velocemente. Era buio pesto e in quella zona remota i lampioni offrivano poca illuminazione. Il nome di Claudia le riaffiorò alla memoria finché il ricordo della donna che aveva salvato Harris appena un mese prima le balenò nella mente. Ma quella donna le aveva detto di chiamarsi Claudia White, non Collins. Eppure, qualcosa in fondo al cervello di Josie reclamava la sua attenzione. Solo che non era ancora in grado di spiegarsi cosa fosse. «Perché questi nomi mi suonano familiari?»

Con la coda dell'occhio vide che Mettner faceva un pesante sospiro. «Non chiedermi come faccio a saperlo, intesi?»

Josie trovò la strada dove svoltare e girò a destra, imboccando una ripida collina. Era sollevata dal fatto che la pioggia non avesse ancora reso le strade sdrucciolevoli. «Questo non è giusto, Mett. Non puoi uscirtene con un'affermazione come questa e lasciarla a metà.»

«Puoi chiedermelo quanto vuoi, ma tanto non ti risponderò.» insistette lui.

Josie fece un'alzata di spalle. Davanti a loro, in cima alla collina, riusciva a scorgere il lampeggiare dei segnalatori di emergenza. «Non c'è problema. Ci arriverò da sola. Anzi, sarà più divertente.»

Mettner grugnì. «Farò finta che tu non l'abbia detto. Lavorano in televisione. Diciamo che sono una coppia, di una certa fama, e si occupano di consulenza relazionale.»

«Di una certa fama?» ripeté Josie.

«Sì, da queste parti. Lavorano alla WYEP. Il loro programma è solo locale, ma hanno anche scritto un libro.»

Josie rallentò di nuovo quando si avvicinò al vialetto in fondo alla strada. Una volante della polizia di Denton sostava accanto all'ingresso, con i lampeggianti accesi. «Come si intitola questo libro, Mett?»

«Non mi...»

«E non dirmi che non te lo ricordi. So che lo sai.»

Un altro sospiro. «E va bene. Si chiama *"La Ricerca Perfetta: Vincere in Amore"*.»

«Anche questo non mi è nuovo.»

«Se vedessi la copertina, lo riconosceresti subito. È stato in cima alla classifica dei bestseller del *New York Times* per circa due anni, forse anche di più. Comunque, erano entrambi consulenti matrimoniali, poi hanno scritto questo libro, che ha avuto un enorme successo. A quel punto hanno avviato il programma. Sono abbastanza sicuro che abbiano anche un podcast.»

«In pratica danno consigli sulle relazioni.» disse Josie.

«Sì, diciamo così, ma credo che l'idea sia quella di renderli divertenti o comunque piacevoli. Davvero non hai mai visto il loro programma? Alcuni dei loro spezzoni sono diventati virali.»

«Non ho avuto molto tempo per guardare la televisione negli ultimi...»

«Decenni?» concluse per lei.

Josie scoppiò a ridere. «Sì, non posso negarlo.»

Un agente in tenuta da pioggia grigia si materializzò dall'oscurità tra l'auto di pattuglia e il vialetto. Josie aprì il finestrino. Dopo un breve ragguaglio, l'agente fece loro cenno di proseguire.

In cima al vialetto, un piccolo cartello triangolare annunciava: *La sicurezza di questa abitazione è garantita dalla Summers Security.*

Più avanti, l'asfalto lasciava il posto a un'ampia distesa di ciottoli che circondava l'imponente villa. Attorno a un garage indipendente con tre posti auto erano ammassati diversi veicoli: tre berline private, tre volanti della polizia, un'ambulanza e un fuoristrada con la scritta "Squadra di Raccolta delle Prove del Dipartimento di Polizia di Denton" sulla fiancata.

Davanti al portellone aperto c'era una tenda pop-up di tela e accanto il piccolo furgone bianco del medico legale di Denton, la dottoressa Anya Feist. Josie lasciò la macchina accanto a una delle volanti e si soffermò a studiare le finestre a tutta altezza sulla facciata della casa che brillavano per le luci accese all'interno. Dentro si vedeva un tecnico della Scientifica con una tuta in Tyvek bianca che scattava fotografie alla scena del crimine.

«Sei pronta?» chiese Mettner.

Scesero e corsero verso una serie di ampi gradini di pietra, in quel momento sorvegliati da un altro agente in uniforme e in tenuta da pioggia. Questi annotò i loro nomi e numeri di distintivo su una cartellina che tirò fuori dalla giacca impermeabile. Sul terrazzino in cima ai gradini, qualcuno della squadra aveva montato un'altra tenda pop-up, dentro la quale, alla luce di una lampada alogena portatile, si vedevano diversi contenitori di plastica con la scritta "Proprietà della Squadra di Raccolta delle Prove del Dipartimento della Polizia di Denton". Accanto ai contenitori, a bloccare la porta d'ingresso, c'era un altro agente in uniforme. Josie lo riconobbe senza leggere la targhetta. «Brennan!» lo salutò. «Cosa abbiamo?»

L'agente Brennan tirò fuori un blocco note e ne sfogliò alcune pagine leggendo dai suoi appunti. «La chiamata alla polizia è arrivata alle diciotto e tredici da parte di una donna di nome Margot Huff. Si è identificata come l'assistente personale di Beau Collins, uno dei proprietari della casa. Ha dichiarato che all'interno dell'abitazione qualcuno era deceduto. Siamo arrivati e abbiamo trovato lei, Mr. Collins e un'altra donna che si è identificata come Eve Bowers, assistente della dottoressa Claudia Collins, che aspettavano in quella Lexus laggiù.» Puntò un dito verso i veicoli civili raggruppati intorno al garage alle loro spalle. «L'operatore del 911 ha indicato a tutti e tre di lasciare l'area. Pioveva, quindi si sono riparati nel veicolo di Mr. Collins.»

«Chi ha trovato il corpo?» si informò Josie.

«L'ha trovato Miss Bowers.» rispose Brennan. «È arrivata qui verso le diciotto, così ha riferito lei, ed è entrata per assistere la dottoressa Claudia Collins nei preparativi della festa. Ha raccontato che, quando è entrata, ha visto tracce di sangue in cucina e ha trovato la dottoressa Collins, già deceduta, nella sala da pranzo. È uscita proprio nel momento in cui Beau Collins e Margot Huff stavano arrivando.»

«Beau Collins o Margot Huff sono entrati?» chiese Mettner.

Brennan annuì. «Mr. Collins sì, ma sia lui che le due assistenti hanno detto che non è rimasto dentro a lungo. Un minuto al massimo. Collins ha detto che doveva vedere il corpo di persona. Quando siamo arrivati, abbiamo fatto un'ispezione all'interno della casa, abbiamo messo in sicurezza la scena e abbiamo chiamato altre unità. Io sono arrivato qui verso le diciotto e quarantacinque e a quell'ora i ragazzi della Squadra di Raccolta delle Prove e la dottoressa Feist erano già qui. La dottoressa è rimasta ad aspettare qui con me mentre la Squadra si metteva in moto e i tre testimoni venivano fatti salire sulle nostre volanti, separati.»

Questo spiegava il numero di volanti della polizia.

«Potete mandarli alla centrale.» disse Josie. «Non voglio però che abbiano contatti tra di loro. Interrogateli in stanze separate. Assicuratevi che stiano comodi. Portate loro qualcosa da mangiare e da bere. Resteremo qui per un po'.»

Brennan annuì a ciascuna delle sue disposizioni. Quindi accese la radio sulla spalla e abbassò il mento per parlarci dentro, riferendo gli ordini agli agenti che sostavano davanti al garage.

«Non vuoi parlare con loro prima?» le chiese Mettner.

«No.» disse Josie. «Saranno a posto. Voglio vedere con cosa

abbiamo a che fare prima di sedermi a parlare con loro.» Guardando Brennan, chiese: «Cos'altro hai ricavato dalle loro dichiarazioni iniziali?»

Brennan sfogliò qualche altra pagina del suo taccuino. «Oggi è il quindicesimo anniversario di matrimonio dei proprietari di casa, Beau e Claudia Collins. Come ho detto, Eve Bowers era venuta a dare una mano a Mrs. Collins con i preparativi per la cena. Anche Mr. Collins e Miss Huff sono arrivati qui per la cena di anniversario. Era prevista anche la presenza di una troupe video.»

«Una troupe video?» ripeté Josie.

Brennan alzò lo sguardo dai suoi appunti. «Sì. Pare che conducano un programma che va in onda sulla WYEP. Sono celebrità locali.»

«Sì, Mettner me l'ha detto.» riferì Josie. «Ma perché chiamare una troupe video per una cena di anniversario?»

«Miss Huff ha detto che era per i loro ammiratori.»

«Tutto il loro lavoro è incentrato sulla costruzione di buone relazioni.» aggiunse Mettner. «E loro si pongono come dei modelli di riferimento. Condividono molte informazioni personali durante le puntate del loro programma e sulle piattaforme dei loro social.»

«Comunque, la suddetta troupe video si è presentata dopo il nostro arrivo sulla scena.» riprese Brennan. «Due ragazzi. Erano piuttosto arrabbiati. Abbiamo preso nomi e recapiti e li abbiamo rimandati a casa. Per di più, né Miss Bowers né Mr. Collins hanno tentato di prestare soccorso a Mrs. Collins quando ne hanno rinvenuto il corpo. Miss Bowers ha dichiarato che, a quel punto, niente avrebbe potuto portarla indietro.»

Un senso di inquietudine fece contorcere lo stomaco di Josie come un serpente arrotolato che si prepari a colpire. Vicino al garage, il rumore dei motori che si accendevano si scontrava con il rumore della pioggia che cadeva. Le volanti stavano partendo per portare Beau Collins, Margot Huff ed Eve

Bowers alla stazione di polizia di Denton. Con la coda dell'occhio vide una porta sul lato del garage aprirsi, proiettando un bagliore spento sul selciato. Ne uscirono due membri della Squadra di Raccolta delle Prove, vestiti con tute bianche di Tyvek. Si muovevano nella notte come fantasmi. Uno portava una cartellina e una penna. L'altro aveva una grande macchina fotografica. Scomparvero dietro il fuoristrada.

«Quando avete controllato in garage...» disse Josie, «avete trovato niente lì dentro?»

Brennan scosse la testa. «No. Non c'era nulla di irregolare. E tutti i veicoli intestati a queste persone sono stati controllati.»

«Quando è stata l'ultima volta che Beau Collins, Margot Huff e Eve Bowers hanno parlato con Claudia Collins?» si informò Josie.

«Tutti e tre hanno detto di aver parlato con lei all'inizio della giornata nello studio che si trova nella sede della WYEP, dall'altra parte della città.»

Mettner fece un cenno verso la casa. «In un posto come questo, devono avere un sistema di vigilanza.»

«È così.» disse Josie. «Ho visto l'insegna della Summers Security alla fine del vialetto.»

Brennan picchiettò la penna sul blocco note. «Ha ragione. Ce l'hanno ed è attivo, ma non ci sono telecamere.»

«Niente telecamere?» chiese Mettner. «Stai scherzando, vero?»

Brennan scosse lentamente la testa. «Ne ho avuto conferma da Beau Collins in persona.»

«Le auto da sole valgono una fortuna, per la miseria!» sbottò Mettner. «Non c'è una sola telecamera in tutto questo posto? Né dentro né fuori?»

«Neanche una.» confermò Brennan.

«Possiamo chiedere spiegazioni a Beau Collins quando gli parleremo.» disse Josie.

«Hanno del personale di servizio?» si informò Mettner.

Brennan scosse la testa.

«E che ci dici dei codici di accesso?» chiese Josie. «Ne servirà uno per entrare in casa, immagino. Sai dirci se Claudia l'ha usato stasera o quante persone li conoscono?»

«I codici li conoscono i proprietari di casa ed entrambe le assistenti. Devono inserirli non appena entrano nell'atrio. Se non lo fanno, la società di vigilanza viene informata e a sua volta ci comunica che è avvenuto un ingresso non autorizzato. Eve Bowers ha raccontato che il sistema era già disattivato quando è arrivata, quindi non ha usato nessun codice. Non so chi altro li abbia.»

«Lo chiederemo a Mr. Collins quando lo interrogheremo.» disse Josie. «Adesso andiamo dentro.»

CINQUE

C'era sangue dappertutto. Dall'ampio ingresso, passando per l'enorme sala principale, fino alla cucina, la maggior parte delle impronte, piene e parziali, sembravano di un uomo e di una donna, che puntavano in entrambe le direzioni e si sovrapponevano. La maggior parte degli schizzi di sangue si trovava in cucina e disegnava un percorso disordinato, a chiazze, sulle piastrelle di granito bianco fino alla sala da pranzo, dove un grande tavolo di quercia dominava la stanza. Il corpo della dottoressa Claudia Collins era accasciato su una delle sedie. Il viso era coperto dai lunghi capelli biondo cenere, ma si vedeva bene una cascata di sangue che le colava lungo il fianco. La dottoressa Feist si era messa dalla parte opposta, guanti alle mani, e le stava esaminando la testa. Con Mettner al seguito, Josie girò intorno al tavolo, e le si avvicinò. Il sangue ancora umido inzuppava i capelli di Claudia e gocciolava sul pavimento dalle punte sui pantaloni color cachi e lungo il braccio, che pendeva mollemente. Rivoli scendevano sulla mano, sulle dita e gocciolavano sulle piastrelle.

Josie si guardò intorno, analizzando il resto della stanza. Al tavolo c'erano posti a sedere per una dozzina di persone, anche se quelli apparecchiati erano soltanto due. Tra le tovagliette c'era una bottiglia di champagne messa in fresco in un secchiello in cui ormai il ghiaccio era ridotto a pochi cubetti che galleggiavano nell'acqua. Accanto, un centrotavola di rose fresche in vaso da cui si staccavano i petali che cadevano sulla tovaglia di lino bianco. Ai lati, un paio di candele tremolavano, emanando un profumo di vaniglia che si mescolava a quello delle fasi iniziali della decomposizione e del sangue. Applique a forma di lanterna costellavano le pareti. Erano tutte accese, anche se nel complesso non davano l'impressione di fare molta luce.

Il capo della Squadra di Raccolta delle Prove, l'agente Hummel, si affacciò dalla porta della cucina. «Le candele erano accese quando siamo arrivati, così come le applique.»

Josie spostò di nuovo lo sguardo dalla mano di Claudia alle porte che conducevano alla cucina. Gocce e altre impronte. Con quell'illuminazione era più facile distinguere le impronte che sembravano provenire da una scarpa da donna col tacco e un'altra serie di impronte più grandi, simili a una scarpa da uomo. Lei e Mettner erano stati attenti a evitarle, ma erano sparse ovunque, una sopra l'altra. «Che macello...» disse Josie.

Hummel seguì il suo sguardo. «Sia Eve Bowers che Beau Collins hanno calpestato le pozze di sangue e ne hanno lasciato traccia per tutto il piano terra. Abbiamo già prelevato le loro scarpe come prova e le confronteremo con quelle che abbiamo qui. Tutto ciò che non corrisponde potrebbe appartenere all'assassino. Non abbiamo trovato sangue sulle scarpe di Claudia che, come potete vedere, sono delle ballerine.»

«Ma qualsiasi cosa sia successa qui è chiaramente iniziata in cucina.» sentenziò Mettner.

«Il che significa che chiunque sia stato poi l'ha portata qui.» proseguì Josie sulla sua linea. Puntò un dito verso il pavimento dove, tra le impronte, c'era una scia di gocce che iniziava, o finiva, nel punto in cui penzolava la mano di Claudia. «Le gocce che provengono dalla sua mano sono circolari, senza punte, ma quelle che partono dalla cucina e arrivano fin qui sono allungate, hanno forma ovale, hanno una punta, o una direzione, se preferite.»

«Esatto.» convenne Mettner. «Un getto di sangue non gocciola direttamente verso il basso e infatti, una volta che impatta su una superficie, assume una forma ovale allungata con un prolungamento. Sai, quando ho imparato queste cose, il mio istruttore si riferiva alla punta della goccia paragonandola alla proboscide di un elefante.»

Josie disse: «Sì, l'avevo sentito dire anch'io.»

Che la chiamassero punta, spruzzo o proboscide di elefante, la misura dell'allungamento e la forma esatta dell'ovale dipendevano dall'angolo con cui la goccia di sangue colpiva la superficie. Al contrario, le gocce passive, causate dalla gravità e non dalla forza, che cadevano direttamente verso il basso, erano circolari e non presentavano segni di direzione. «Una volta su questa sedia, non si è più mossa.» ne dedusse Josie.

Mettner seguì le tracce dalla sedia verso la cucina. «Queste devono essere dovute alle oscillazioni del braccio mentre lui la trasportava.»

Hummel annuì e fece cenno di tornare in cucina, indicando le tracce via via che avanzavano. Avevano già attraversato la stanza una volta, quando poco prima si erano diretti verso il corpo, ma stavolta Josie diede un'occhiata più accurata: come il resto della casa, la cucina era spaziosa. Le piastrelle erano di granito bianco, i mobili di rovere. Non c'era un piano d'appoggio a isola, ma solo un piccolo tavolo circolare con due posti a sedere su un lato. Sopra il tavolo erano impilati diversi contenitori di plastica per il cibo da asporto, ricoperti di gocce di sangue. Ne usciva un lieve profumo di bistecca e salmone. Il piano cottura e persino il lavandino scintillavano. Non c'era una briciola o un piatto sporco in vista. Fatta eccezione per il sangue sparso un po' ovunque, la stanza era immacolata.

Di fronte al tavolo, incassato nella parete, c'era un piccolo disimpegno che terminava con una coppia di porte scorrevoli in vetro. Josie aggirò le impronte e le gocce di sangue che si erano depositate al centro del pavimento della cucina e si diresse verso le porte. Scostò una delle tende. Le luci esterne illuminavano una grande terrazza che si concludeva con una serie di gradini, raggiungendo una piscina interrata, ora coperta per l'inverno.

«Queste porte erano chiuse a chiave?» chiese.

«Sì.» confermò Hummel. «C'è un tastierino fuori da questa porta, quindi per entrare è necessario inserire un codice di accesso.»

Josie si spostò verso il tavolo, sempre attenta a tenere i copri-scarpe in Tyvek lontano dalle pozze di sangue. Un'impresa assai ardua. Mettner era già lì che, infilatosi i guanti, toccava uno dei contenitori di polistirolo. «Cibo da asporto per la loro cena d'an-niversario?»

Josie fece un cenno verso uno schizzo di sangue più esteso sulla parete sopra una delle sedie. Altro sangue si era sparso sul tavolo. «È qui che è iniziato tutto?»

Hummel indirizzò la sua attenzione su un'area macchiata della parete che sarebbe stata all'altezza della testa se Claudia fosse stata seduta su quella sedia. Le gocce di sangue erano piccole e sparse, il che indicava schizzi di impatto a media velo-cità, ovvero che qualcuno aveva colpito Claudia con un oggetto. Altre gocce colate per gravità scendevano verso il pavimento e un'altra pozza di sangue si accumulava densa e scura in diversi punti alla base della sedia. «È stata colpita alla testa.» dichiarò Hummel. «Penserei a un trauma da corpo contundente. Non sono sicuro di che tipo. Sicuramente la dottoressa potrà aiutarci a capirlo. Qui non abbiamo trovato nulla che possa essere stato usato come arma.»

Mettner disse: «Sembra che fosse seduta sulla sedia quando è stata aggredita.»

«Direi di sì.» convenne Hummel annuendo. «Lei era rivolta verso l'esterno della sala grande, quindi credo che lui sia entrato come abbiamo appena fatto noi, dalla porta principale, e l'abbia presa di sorpresa. L'ha colpita alla testa prima ancora che lei potesse rendersi conto di ciò che stava accadendo.»

Josie guardò dalla porta alla sedia. «Quanti ingressi ha questa casa?»

Hummel rispose: «La porta d'ingresso e quella lì che porta alla piscina.»

Josie disse: «Avrebbe dovuto accorgersi di qualcuno che cercava di entrare dall'area della piscina, hai ragione. Deve essere passato dalla porta principale. Mrs. Collins aveva lasciato l'allarme disattivato, come dice Eve Bowers, presumibilmente perché aspettava delle persone.»

«Un bel colpo di fortuna per l'assassino.» commentò Mettner.

«Oppure conosceva i suoi orari, sapeva che l'avrebbe trovata qui e ha aspettato di beccarla da sola.» ipotizzò Josie. «Andiamo avanti.»

Hummel indicò la parte del tavolo più vicina al muro. «Qui è dove si trovava la sua borsa, l'abbiamo prelevata come prova. Dietro i contenitori da asporto. Sembrerebbe che sia venuta qui, abbia appoggiato le sue cose, abbia estratto i contenitori, abbia buttato via la busta del cibo da asporto, che ho trovato nel cestino, e si sia seduta al tavolino. Ipotizzando che fosse al telefono, potremmo spiegare perché non ha sentito arrivare l'assassino. Ma il suo telefono non c'è.»

«Sei assolutamente sicuro che non sia qui o in un altro punto della casa?» gli chiese Josie.

«Non è nella sua borsa né in nessun altro luogo.» disse Hummel. «Abbiamo perquisito la casa da cima a fondo.»

«Avete chiesto al marito di chiamarlo?» domandò Josie. «Per vedere se lo sentiva suonare in qualche punto della casa?»

«Diverse volte.» confermò Hummel. «Non è qui.»

«Possiamo dire a Brennan di chiamare la centrale e far fare

una triangolazione del numero.» propose Mettner. «Così potremmo riuscire a localizzare la sua posizione.»

«Pensate che questo tizio sia entrato, l'abbia uccisa e abbia preso solo il telefono?» chiese Hummel. «C'è una tonnellata di gioielli al piano di sopra, roba costosa, e l'elettronica di questa casa frutterebbe una somma notevole per la strada.»

«Non lo sappiamo ancora.» concluse Mettner. «Però è strano che il telefono non sia qui. Ricapitoliamo: l'ha colpita alla testa e l'ha portata in sala da pranzo.»

«Sì.» disse Hummel. «È questa la parte strana. Non so spiegarmi per quale motivo l'abbia spostata.»

L'assassino si era premurato di sistemare Claudia Collins al posto che avrebbe occupato a tavola durante la cena di anniversario. Quale messaggio stava cercando di comunicare?

«È possibile che fosse ancora viva in quel momento?» gli chiese Josie.

«Io non sono in grado di dirvelo.» ammise Hummel. «Ma magari il medico legale sì.»

SEI

Di nuovo, si fecero strada tra le pozze di sangue disseminate sulle piastrelle e tornarono nella sala da pranzo. La dottoressa Feist alzò lo sguardo dalla testa di Claudia Collins e rivolse a Josie e Mettner la stessa espressione, una via di mezzo tra una smorfia e un sorriso, con cui li salutava ogni volta che si incontravano sulla scena di un crimine.

«Siete tornati. Sono felice di vedervi.» disse. «Anche se non davanti a un cadavere.»

«Sono abbastanza sicuro che questo è l'unico modo in cui abbiamo modo di incontrarci.» commentò Mettner.

La dottoressa Feist rivolse di nuovo lo sguardo verso il corpo di Claudia Collins. «No, qualche volta io e la detective Quinn andiamo a pranzo insieme. Oppure prendiamo un caffè.»

«E parliamo di cadaveri...» sospirò Josie.

A questo la Feist non ribatté e passò direttamente alla sua valutazione. «I vostri agenti hanno avuto una prima conferma della sua identità dai testimoni e dalla sua patente di guida.

Dottoressa Claudia Collins, quarantadue anni. Secondo me è morta da non più di due ore, al massimo tre. Non è ancora in rigor mortis che, come sapete, inizia normalmente tra le due e le tre ore dopo il decesso. Le ho misurato la temperatura sotto il braccio. In circostanze normali, mi sarei aspettata una temperatura di circa trentasei virgola quattro gradi. Ma la temperatura corporea di questa donna è di trentaquattro virgola sette gradi. In genere, il corpo si mantiene alla sua temperatura normale per un'ora dopo il decesso, a meno che non sia stato lasciato in un ambiente con condizioni di freddo estremo. Il termostato di questa casa è impostato su ventidue gradi; quindi, il freddo non è un fattore determinante. Dopo quell'ora iniziale, il corpo perde un grado e mezzo all'ora fino a raggiungere la temperatura dell'ambiente circostante. Quando la metterò sul tavolo all'obitorio, le prenderò la temperatura del fegato, ma per il momento posso dire che sembra sia deceduta da un paio d'ore.»

«Qual è la sua ipotesi iniziale sulla causa della morte?» le chiese Josie. «Trauma da corpo contundente alla testa?»

La dottoressa Feist scostò le ciocche di capelli che ricadevano sul viso di Claudia Collins per rivelare uno squarcio sulla fronte vicino alla tempia. Aveva tutto l'aspetto di una bocca insanguinata e senza denti. «Da un esame superficiale si direbbe di sì, ma non posso darvene conferma prima di averla messa sul tavolo, per assicurarmi che non abbia riportato altre ferite non visibili in situ.»

Il cuore di Josie cominciò a battere più forte e il sangue a scorrerle nelle orecchie. Il suono della voce della dottoressa Feist si affievolì. I suoi occhi si fissarono sul volto insanguinato della donna che aveva conosciuto il mese precedente quel giorno che era andata a fare le compere natalizie con Harris. La donna che si era presentata a loro con il nome di Claudia White.

Nel frattempo, il medico legale stava andando avanti col suo discorso. «Farò pulire questa ferita ed eseguirò delle radiografie, perché ho bisogno di vederla meglio. Così, potrei essere in grado di individuare eventuali altre ferite e di capire con che cosa è stata colpita. In teoria.» Rilasciò i capelli di Claudia, lasciandoli cadere sul viso, ricoprendo l'orrore della sua morte selvaggia. «E poi faremo anche una passata sopra i vestiti e su tutto il corpo con una lampada a raggi ultravioletti per verificare la presenza di DNA, in mezzo a tutto questo sangue per eventuali tracce di sperma, saliva, sudore... e preleveremo dei tamponi. Auguriamoci che l'assassino abbia lasciato qualcosa.»

«Boss?» Mettner guardava Josie, con le sopracciglia aggrottate in un'espressione perplessa.

«Boss?» gli fece eco Hummel. «Sta bene?»

«L'ho conosciuta.» disse di colpo Josie. «Il mese scorso. Per strada. Ma si era presentata come Claudia White. Non come la dottoressa Claudia Collins.»

I presenti la fissarono per un attimo. Poi la dottoressa Feist disse: «Può darsi che White sia il suo nome da nubile?»

«Ma per quale motivo avrebbe dovuto usare il suo nome da nubile?» si chiese Hummel. «Praticamente i Collins devono la loro notorietà al semplice fatto di essere sposati.»

«Magari non voleva fare la celebrità in pubblico? Magari stava cercando di non farsi notare?» suggerì Mettner.

Josie sospirò. «Immagino che sia una spiegazione plausibile.» Fece un passo avanti, avvicinandosi al corpo, cercando di placare la sensazione di terrore che sentiva salirle dentro, stucchevole e velenosa. L'altra mano di Claudia era appoggiata sulla coscia. «Ha qualcosa in mano?»

La dottoressa Feist fece un passo indietro per poter vedere meglio. Claudia era stata lasciata con il palmo della mano aperto dentro il quale era stata lasciata una scatolina di legno lunga e stretta, con la parte superiore di colore beige chiaro e la parte inferiore rossa. Josie stimò che fosse di circa dodici centimetri per sette e alta appena cinque centimetri. Sul coperchio c'era un fiocco rosso intagliato interamente in legno. Josie si sentì punzecchiare la schiena dal dito freddo del presentimento. L'assassino le aveva inferto un colpo a cui non sarebbe sopravvissuta, l'aveva portata in quella stanza e aveva messo in mostra il suo corpo. Voleva che la trovassero in quel modo: seduta alla tavola imbandita per la cena del suo anniversario con una confezione regalo in una mano.

«Non è il mio campo.» disse la dottoressa Feist. «Hummel?»

Hummel si avvicinò a Josie. «Abbiamo già fotografato tutto, ma volevo che la vedeste prima di contrassegnarla tra le prove. Nessuno l'ha toccata.»

Josie si rivolse a Mettner. «È qualcosa tratto dal libro dei Collins?»

«È una scatola rompicapo.» rispose lui. «Le vendono sul loro sito web. Ha una funzione più che altro simbolica. Beau Collins l'ha usata una volta in televisione per fare una dimostrazione e il pubblico ne è andato pazzo.»

«Contiene qualcosa?» chiese Josie.

Mettner scosse la testa. «Può contenere qualcosa. Ha uno scomparto all'interno. Ho visto gente sui social media metterci dentro le cose più disparate.» Fece un cenno con la mano verso il tavolo. «Di qualunque cosa si tratti, potrebbe essere parte di ciò che stavano preparando qui per condividerlo sui social media e per il programma.»

Hummel uscì dalla stanza e tornò con una busta di carta per le prove. Con una mano sollevò la scatola, la scosse delicatamente mentre tutti tenevano le orecchie tese a captare qualsiasi rumore dall'interno.

«Mi sembra di sentire un ticchettio.» disse Josie.

«È un cuscinetto a sfera.» disse Mettner. «È attaccato a un magnete. È così che il coperchio della scatola rimane chiuso. Se si prova a sollevare il coperchio, questo non si apre. La parte superiore si apre ad angolo, ma per farlo bisogna trovare l'angolo in cui si trova il cuscinetto a sfera e cercare di farlo fuoriuscire dal magnete. Se ci si riesce, il coperchio si apre.»

Hummel ripose la scatola nel sacchetto delle prove. «Voglio vedere di rilevare delle impronte da questa scatola prima di iniziare a provare ad aprirla.»

«Mett...» disse Josie, «non è che per caso tu saresti in grado di aprirla, vero?»

«No. Non ne ho mai aperta una. Ma l'avrò visto fare a Beau Collins in televisione almeno una dozzina di volte.»

«Prendila.» disse Josie rivolgendosi a Hummel. «Non appena avrete fatto le analisi per le impronte, voglio che venga aperta.»

Con un cenno del capo, Hummel prese un pennarello e scarabocchiò qualcosa sulla busta delle prove. Josie fissò il palmo aperto di Claudia e a giudicare da com'era ricoperto di sangue secco, doveva aver cercato di tamponare la ferita alla testa. Ma poteva essere sufficientemente lucida da capire cosa le stava succedendo o il colpo l'aveva resa troppo disorientata? Vedere una simile quantità di sangue avrebbe potuto terrorizzarla.

Josie si sentì le spalle appesantite da una tristezza che conosceva molto bene, come se le avessero calato addosso un mantello. Era brava nel suo lavoro, ma lo detestava allo stesso tempo. Lo odiava perché la vita di persone come Claudia Collins veniva spezzata troppo presto e con terribile violenza.

Hummel si avvicinò alle porte della cucina e chiamò la sua collega, l'agente Jenny Chan, che comparve un attimo dopo con una macchina fotografica tra le mani. «Fai una foto alla mano senza la scatola.» le disse.

Si allontanarono lasciando che l'agente Chan si mettesse all'opera. Josie cercò di calmare la mente. L'immagine di Claudia che saliva sul marciapiedi e allontanava Harris dalla traiettoria del ciclista con agile mossa continuava a riproporsi nella sua mente. Catalogò ogni dettaglio dell'incontro, alla ricerca di qualche indizio. Ma indizio di che tipo? Quell'incontro, così casuale, non aveva nulla a che vedere con la tragedia che si trovava di fronte. Che cosa stava cercando di afferrare il suo cervello con tanta foga?

«Gli anelli!» esclamò all'improvviso. «I suoi anelli sono scomparsi!»

L'agente Chan smise di scattare foto.

«Quali anelli?» domandò Mettner.

«Quando l'ho conosciuta portava un anello di fidanzamento e una fede molto grandi, entrambi molto costosi. E adesso non ce n'è traccia!»

Hummel disse: «Vado a controllare di nuovo nella camera da letto dove abbiamo trovato gli altri gioielli.»

Chan tornò al suo compito. La dottoressa Feist si tolse i guanti e sospirò. «Vi farò sapere cosa scopro dopo l'autopsia e i vari esami. Potrei avere qualche risultato da mandarvi entro domattina, augurandoci che non saltino fuori altri cadaveri nel corso della notte...»

«Speriamo di no.» disse Josie.

SETTE

Josie sentì le punte delle dita tutte intorpidite quando si aggrappò alla porta che conduceva dal parcheggio comunale del Dipartimento di Polizia di Denton all'edificio. Un'ondata di calore li investì quando lei e Mettner entrarono al piano terra e imboccarono la tromba delle scale. Josie sentiva le guance ancora in fiamme per il freddo, quando arrivarono nella sala grande del secondo piano. Trovarono Noah già seduto alla sua scrivania intento a scrivere al computer. Josie si guardò intorno, ma non c'era traccia né di Luke né di Blue. La porta del capo era socchiusa, ma le luci all'interno erano spente.

«Siete riusciti a trovare il figlio di Landan Clarke?» gli chiese Josie.

«Sì.» rispose Noah senza staccare gli occhi dalla tastiera. «E piuttosto in fretta, grazie al cielo.» Tirò un sospiro e la guardò con un sorriso a denti stretti. «Se devo dire la verità... Blue è un fuoriclasse. Ha trovato quel bambino in meno di cinque minuti. È stato fenomenale.»

«E Luke, invece?» volle sapere Mettner.

Noah mantenne lo sguardo puntato su Josie. Lei sapeva, anche senza che lui lo dicesse, che era stato imbarazzante. Noah e Luke non erano mai stati in cattivi rapporti - in realtà non erano mai stati in alcun rapporto - ma tutti quanti erano al corrente della storia di Josie con Luke e di quello che le aveva fatto. Il fatto che soltanto Noah sapeva era che una notte, molto tempo dopo che Luke aveva finito il suo periodo di detenzione e aveva lasciato Denton, Josie aveva passato una notte a casa sua. Lui la stava aiutando a seguire una pista; lei e Noah erano in un momento difficile; avevano bevuto troppo e si erano addormentati insieme. Non era successo niente tra loro, ma da allora Josie era comunque tormentata dal senso di colpa. In seguito, Noah si era dimostrato comprensivo nei suoi confronti, aveva continuato a fidarsi di lei e le aveva creduto quando gli aveva detto che non era successo nulla e da allora non ne avevano più parlato. Non ce n'era mai stato bisogno. Luke era profondamente relegato al passato di Josie.

Solo che ora non lo era più.

Ignorando la domanda di Mettner, Noah disse: «Ho sentito che avete beccato un omicidio. Piuttosto spiacevole, ho sentito...»

«È stato strano.» rispose Mettner, cogliendo l'occasione per lasciar cadere l'argomento Luke.

Dalla tasca, Josie sentì l'arrivo di una notifica sul cellulare. Lo tirò fuori per leggere i messaggi, mentre Mettner aggiornava Noah su ciò che già sapevano e su ciò che avevano scoperto sulla scena del crimine.

«Bene.» disse Noah quando Mettner ebbe finito. «Sono tornato qui circa mezz'ora fa e il sergente in portineria mi ha detto che Margot Huff è in sala conferenze, Eve Bowers è nella Sala Interrogatori Uno e Beau Collins è nella Sala Interrogatori Due.»

«Credo che dovremmo rimboccarci le maniche.» disse Mettner. «Io posso occuparmi di una delle assistenti. Margot Huff, magari.»

«Solo un minuto.» disse Josie. «Brennan mi ha mandato un

messaggio relativo telefono di Claudia Collins. La centrale è riuscita a fare la triangolazione. L'ultima posizione nota è la casa dei Collins.»

«Il che significa che è ancora lì e che la Squadra di Raccolta delle Prove non l'ha trovato.» concluse Mettner. «Quel posto è enorme, ma non credo che la squadra di Hummel abbia sbagliato. Sono piuttosto scrupolosi.»

Josie rimise il telefono in tasca. «Potrebbe essere solo spento. Se l'assassino si è portato via il telefono, tutto ciò che avrebbe dovuto fare era spegnerlo prima di lasciare la casa; questo spiegherebbe perché il telefono si aggancia a quella cella. Sarà comunque il caso di ottenere un mandato per i tabulati telefonici di Claudia.»

«Sono d'accordo.» disse Mettner, telefono alla mano, già lanciato a digitare sull'applicazione per prendere appunti, per fare un elenco. «Posso prepararlo io. Voi due parlate con Collins. L'ho visto in televisione un sacco di volte. È molto affabile, ma vorrei che voi lo conosceste. Dopo aver preparato il mandato, inizierò con una delle assistenti.»

«In realtà, vorrei parlare prima con Eve Bowers, visto che è stata lei a trovare Claudia.» disse Josie. «Anche perché non sappiamo se l'assassino ha portato la macchina sul vialetto e ha parcheggiato davanti casa, o se era a piedi.»

«Se fossi stato al posto suo, non sarei andato in macchina fino alla casa con l'intento di uccidere il proprietario.» disse Noah. «Per non correre il rischio che qualcuno lasciasse la macchina dietro alla mia.»

«Sì, c'era un sacco di gente che doveva andare e venire quella sera.» disse Mettner. «Non sarebbe stato ragionevole parcheggiare nel vialetto. Gli sarebbe convenuto molto di più lasciare il suo veicolo lungo la strada. È una zona isolata, dalla strada nemmeno si vedono le altre case; quindi, anche se andassimo a chiedere le riprese di sicurezza di quelle abitazioni, è improbabile che abbiano ripreso qualcosa di quello che è avvenuto sulla strada.»

«È vero.» ammise Josie. «Però abbiamo un'altra possibilità: la casa dei Collins affaccia sul parco pubblico. L'assassino potrebbe averla raggiunta passando da quella parte. Molte persone vanno a camminare, a fare jogging o vanno in bicicletta nel parco, anche d'inverno. Nessuno avrebbe sospettato di lui. Gli sarebbe semplicemente bastato saltare sul sentiero che corre parallelo alla loro strada e proseguire attraverso il bosco fino a casa Collins. Prepariamo un mandato di richiesta per una geo-recinzione che includa la loro strada e il parco pubblico.»

Una geo-recinzione era uno strumento eccellente per le forze dell'ordine in casi come quello a cui lavoravano. Si trattava di una tecnologia basata sulla localizzazione che consentiva alla polizia di tracciare un confine virtuale intorno a un'area geografica specifica - come, per esempio, un parco pubblico - e di individuare quali dispositivi smart, come i cellulari, si trovavano all'interno di quel dato perimetro in un determinato periodo di tempo. I mandati di geo-recinzione erano stati impiegati per la prima volta dalle forze dell'ordine nel 2016 e da allora il loro utilizzo era andato aumentando. Alcuni privati, in altri Stati, avevano espresso la loro preoccupazione sull'invasione della privacy, ma per il momento si trattava di uno strumento di cui disponevano le forze dell'ordine senza restrizione Josie l'avrebbe usato se fosse stata autorizzata.

«Potrebbe darvi un sacco di numeri.» osservò Noah.

«Hai ragione.» concesse Josie. «Ma con una geo-recinzione otterremmo un elenco dei soli numeri di telefono delle persone all'interno del perimetro che ci interessa. Non ci fornirebbe alcuna informazione identificativa sui proprietari. Quello che dobbiamo fare è solo individuare i cellulari che risultano in uscita dal parco e che possono essere entrati nella proprietà dei Collins, o che si sono avvicinati abbastanza alla proprietà da arrivare alla casa. Quando avremo una lista completa di questi numeri, potremo chiedere informazioni sull'identità dei proprietari di quei numeri specifici. E ritengo che, sulla base di ciò che già abbiamo appreso e della scena del crimine, il giudice ce lo concederà.»

Mettner era già al computer. «Ci penso io.»

«E fai un controllo anche sulla lettura automatica delle targhe in tutta la zona.» si raccomandò Josie.

Tre delle auto di pattuglia della polizia di Denton erano dotate di telecamere collegate ai loro terminali dati di bordo con le quali scansionavano le targhe di tutti i veicoli sia in movimento che in sosta, e segnalavano quelli per i quali erano stati emessi dei mandati di ricerca, che erano stati rubati o la cui targa era stata sospesa. Se uno dei dispositivi di lettura della targa si fosse trovato nei pressi della strada di casa Collins o del parco pubblico nel lasso di tempo in cui Claudia Collins era stata uccisa, poteva aver rilevato quali veicoli si trovavano nella zona in quel momento.

«Agli ordini.» disse Mettner.

«Andiamo a parlare con Eve Bowers.» disse Noah.

OTTO

La Stanza Interrogatori Uno era la più pulita e la meno utilizzata tra quelle del dipartimento. E, nonostante ciò, Eve Bowers sembrava decisamente fuori posto all'interno della cabina di mattoni in cemento, seduta al tavolo di metallo graffiato. Aveva appoggiato i piedi sul bordo della sedia, e si stava abbracciando le gambe contro il petto; si era tolta le scarpe, era rimasta con solo le calze, e arricciava le dita dei piedi sul bordo della sedia. Quando Josie e Noah entrarono nella stanza i suoi grandi occhi azzurri, arrossati dal pianto, sbucarono da dietro le ginocchia; alzando la testa, rivelò un viso pieno di lentiggini e una bocca ad arco di cupido. Una macchia di sangue secco le era rimasta attaccata sul lato del naso.

Josie e Noah si presentarono e si sedettero. «Ci scusi se l'abbiamo fatta aspettare così tanto.» disse Josie.

Eve li fissò per un attimo e poi abbassò i piedi sul pavimento, rivelando un morbido vestito di maglia color crema che contrastava con le calze nere. Macchie di sangue secco punteggiavano il davanti del maglione. Vicino alla vita c'erano tre strisce a forma di dita. Aveva cercato di pulirlo. «Come sta Beau... Mr. Collins?» chiese con un filo di voce.

«Non abbiamo ancora parlato con Mr. Collins, ma non appena avremo finito di raccogliere la sua deposizione e quella della sua collega, potrete parlare con lui.»

«Va bene.» disse lei, piegandosi in avanti e appoggiando le braccia sul tavolo.

Josie iniziò con alcune semplici domande di base. «Eve, da quanto tempo lavora per la dottoressa Collins?»

«Da circa tre anni.» rispose lei con tono sommesso.

«Lei è la sua assistente personale?» le chiese Noah.

«Ehm, sì. Claudia... la dottoressa Collins, dice sempre che dovrei considerarmi la sua "assistente esecutiva". Dice che così suona meglio. Immagino intenda per il mio curriculum e quant'altro.»

«Sta cercando un altro lavoro?»

Lo sguardo di Eve scese verso le sue dita. Si grattò un po' di smalto rosa rovinato su uno dei pollici. «In un certo senso sì, non attivamente, ma sono... quello che voglio dire è che... Claudia ha sempre detto che sono troppo intelligente per farle da assistente per sempre. Pensa che io potrei fare cose più importanti, cose migliori. Ha detto che non si sarebbe arrabbiata quando avrei deciso di andarmene.»

«Com'era il suo rapporto di lavoro con lei?» le chiese Noah.

Una macchiolina rosa di smalto si staccò dall'unghia del pollice e finì sul tavolo. «Era buono. Andava tutto bene. Lei è buona con me.» Si corresse subito. «È stata buona con me.»

«Che tipo di mansioni doveva svolgere per la dottoressa Collins?» le chiese Josie.

«Tutto ciò di cui aveva bisogno, ma il mio compito principale era organizzare la sua agenda e ricordarle i vari impegni. Andare a prendere le sue cose. Rispondere alle e-mail.»

«Com'era la sua giornata lavorativa media?» chiese Noah.

Eve grattò il bordo dell'unghia dell'altro pollice finché non si staccò una scaglia di smalto che si sparse sul tavolo. «Io, ehm... arrivavo in studio verso le sette del mattino e mi incontravo con lei. Discutevamo della giornata. A Claudia piaceva fare questa cosa, fissare degli obiettivi giornalieri; in pratica consisteva nel darmi una lista di cose che voleva che io facessi o controllassi durante la giornata. Poi rimanevo intanto che lei andava in diretta con Beau. Scattavo qualche foto da inviare a Margot e a Rafferty, che si occupa della gestione dei social media per l'emittente, nel caso in cui potessero usare qualcosa.»

«Perché deve inviare le foto a Margot?» chiese Noah.

«Perché gestisce i profili social per Beau e Claudia. Hanno profili su quasi tutte le piattaforme per promuovere il loro programma. Fino a poco tempo fa Beau e Claudia avevano un profilo personale ciascuno e uno specifico per il programma, poi hanno deciso di raggrupparli tutti in un unico profilo che ruota intorno al programma, e Margot ne è la responsabile.»

Josie annuì. «A che ora finiscono le puntate?»

«Va in onda dalle nove alle nove e mezza. Di solito dopo c'è una riunione per discutere del programma del giorno seguente o di altre questioni che sono emerse nel frattempo. In genere tutto si conclude entro mezzogiorno e poi Claudia va nel suo studio per gli appuntamenti con i pazienti. Io lavoro da casa per il resto della giornata.»

«È questa l'agenda che ha seguito oggi?» chiese Noah.

Eve iniziò a scavare nella cuticola del pollice. «Ehm... sì. Sostanzialmente.»

«La differenza sostanziale è che c'era bisogno del suo aiuto per la cena dell'anniversario?» arguì Josie.

Eve alzò lo sguardo dalle mani e incrociò gli occhi di Josie. «Dovevo fare delle foto da pubblicare sulle pagine dei social e passarle a Margot, sì. Mi ero offerta di andare a prendere il cibo da asporto, lo champagne e tutto il resto, ma Claudia voleva farlo da sola.»

«Quando è stata l'ultima volta che ha parlato o che ha visto Claudia Collins?» chiese Noah.

«L'ho vista allo studio verso mezzogiorno.» rispose Eve. «È

stata l'ultima volta che le ho parlato di persona, ma mi ha mandato delle foto prima che arrivassi a casa sua.» Si girò allungandosi verso una grande borsa che pendeva dallo schienale della sedia. Tirò fuori il suo telefono, digitò il codice di accesso e poi recuperò uno scambio di messaggi tra lei e Claudia.

«Posso?» chiese Josie, prendendole il telefono.

Eve scrollò le spalle. «Se pensa che vi possa aiutare.»

Josie scorse una serie di scambi quotidiani che avevano a che fare con la programmazione degli impegni di lavoro, ritirare dei capi dalla lavanderia e il caffè. Poi i messaggi di quel giorno, a partire dalle due e mezza del pomeriggio.

Eve: *A che ora devo arrivare?*
Claudia: *Quando vuoi, dopo le due e mezza, direi. A quell'ora avrò già sistemato tutto.*
Eve: *Okay. Grazie.*

Il messaggio successivo lo aveva inviato Claudia alle diciassette e tredici, esattamente un'ora prima della chiamata alla polizia. Diceva: *Cosa ne pensi?* Seguiva una serie di foto, tutte scattate nella sala da pranzo dei Collins. Una mostrava una confezione di cibo da asporto del Cadeau, un'altra due posti apparecchiati disposti sul tavolo insieme alle candele ancora non accese. Al centro c'era un vaso di rose e una bottiglia di champagne adagiata in un secchiello per il ghiaccio. L'ultima foto era un selfie di Claudia che sorrideva, con un pollice in su. Teneva il telefono in alto sopra la testa in modo da immortalare anche il tavolo della sala da pranzo alle sue spalle. Questa volta le candele erano accese. Il grande anello di diamanti e la fascia abbinata che Josie aveva visto quando si erano conosciute scintillavano al suo anulare.

Josie aggiunse un'ulteriore versione alla teoria che stava costruendo da quando aveva visto la scena del crimine: quasi sicuramente l'assassino doveva essere entrato dalla porta d'ingresso, dato che il sistema di sicurezza era stato disattivato. Doveva essersi introdotto in cucina ed essersi avvicinato alle spalle di Claudia, poi l'aveva colpita, causandole una grave perdita di sangue. Quindi l'aveva portata nella sala da pranzo, l'aveva messa a sedere su una sedia e le aveva sfilato gli anelli dalle dita. Prima di andarsene, le aveva messo in mano una scatola rompicapo e se n'era andato con il suo telefono. Josie si sentì stringere il petto da un tremendo presentimento. L'ultimo contatto era un messaggio di Claudia ricevuto alle diciassette e ventinove.

Dove sono tutti quanti? Pensavo che avremmo iniziato alle 17:30. La cena si sta raffreddando!

E come se volesse stemperare il tono del messaggio, aveva aggiunto l'emoji di una faccina sorridente.

Eve non aveva risposto.

Josie aggiunse un altro dettaglio alla sua ricostruzione mentale degli avvenimenti della sera: l'assassino era riuscito ad agire in un arco di tempo di trenta minuti. Presumibilmente, Claudia era ancora viva quando aveva mandato a Eve il messaggio delle diciassette e ventinove. Visto che la chiamata alla polizia era arrivata alle diciotto e tredici, Eve doveva essere arrivata pressappoco da trenta a quarantacinque minuti dopo l'ultimo messaggio e aveva trovato Claudia morta e la scena allestita.

«Possiamo avere delle copie di queste foto?» chiese Josie.

Eve alzò di nuovo le spalle. «Certo.»

Josie passò il telefono a Noah in modo che potesse leggere lo scambio di messaggi. Guardando Eve, disse: «La grande cena doveva aver luogo alle cinque e mezza?»

Eve annuì. Si portò il pollice alla bocca e cominciò a masticare la cuticola già irritata.

Josie chiese: «Lei a che ora è arrivata?»

Da dietro la mano, Eve mormorò: «Alle sei. Ero in ritardo. Eravamo tutti in ritardo.»

A quel punto scoppiò a piangere e i suoi lineamenti si contrassero. Allargò le dita e seppellì gli occhi nel palmo della mano. Il corpo venne scosso dai singhiozzi. Un grido acuto riempì la stanza. Josie ne sentì la vibrazione tra i denti. Era un misto di dolore e senso di colpa, puro e semplice. Per un attimo Noah la guardò sbalordito, spalancando gli occhi spostando lo sguardo dal telefono al corpo tremante di Eve. Josie alzò una mano dal tavolo per indicargli che dovevano concederle qualche minuto per ricomporsi.

«Se non avessimo fatto tardi, magari sarebbe ancora viva.» gridò Eve, passandosi la manica del maglione sul viso. «Eravamo tutti in ritardo. Ognuno di noi. Se fossi arrivata all'ora che mi aveva chiesto, magari sarebbe andato tutto bene. Claudia era una brava persona. Non... non si meritava di finire così. Era fantastica sul lavoro. La migliore. E tutto quel sangue. C'era così tanto sangue. Ci sono passata sopra senza volere ed è finito dappertutto. Ce l'ho ancora addosso!»

Eve era a un passo dall'iperventilazione. Josie parlò con tono calmo, ma con fermezza. «Eve, mi guardi. Ho bisogno che faccia qualche respiro profondo. Può farlo per me?»

La ragazza annuì, anche se fu scossa da un altro singhiozzo. Josie poteva vedere nei suoi occhi che stava cercando di respingere gli orrori a cui aveva assistito quella sera. Fece dei respiri scossi da qualche brivido. Noah prese una confezione di fazzoletti dall'altra parte del tavolo e glieli offrì. Le diedero il tempo di soffiarsi il naso e di asciugarsi gli occhi prima di continuare.

«Eve, quando è arrivata al vialetto di casa dei Collins, c'erano altri veicoli?» le domandò poi Josie. «Non ha incrociato nessuno lungo il vialetto o mentre saliva lungo la strada?»

Eve strinse il fazzoletto e scosse la testa. «No, nessuno. Claudia lasciava sempre la macchina all'interno del garage, sapevo che era in casa, ma non c'erano auto nel vialetto. Non ricordo di averne viste altre mentre salivo lungo la strada. Può darsi di sì, ma non ricordo.»

«Le è sembrato che ci fosse qualcosa di insolito quando è entrata in casa Collins?» chiese Noah.

«No, per niente.»

«Ha detto a uno dei nostri agenti che non aveva avuto bisogno di usare il codice di accesso per entrare perché Claudia aveva lasciato il sistema di sicurezza disattivato.» ricapitolò Josie. «Era una cosa che faceva spesso?»

«Sì. Lo faceva. Quando dovevamo andare in tanti a casa dei Collins, Claudia disattivava l'allarme in modo che potessimo entrare tutti. Così era più facile.»

«Le altre persone che venivano regolarmente lo sapevano?» chiese Josie.

«Non ne sono sicura. Credo di sì.»

«Ci racconti di quando è arrivata alla casa.» la incoraggiò Noah in tono tranquillo.

Eve riprese a mordersi la cuticola. La sua voce suonava affannata mentre i denti lavoravano. «Sono entrata. L'ho chiamata. Non mi ha risposto. Ho pensato che fosse in cucina e sono andata lì. È stato allora che ho visto tutto quel sangue. Sul tavolo, sul muro, sul pavimento...» Lasciò cadere le mani sul tavolo e chiuse gli occhi. «Era come una scia che dal tavolo della cucina arrivava alla sala da pranzo. Ho sperato che si fosse semplicemente tagliata. Adesso suona ridicolo, ma quando ho visto tutto quel sangue, banalmente ho pensato: "Si è tagliata, non è nulla". Era come se la mia mente volesse credere che non era accaduto niente di più grave. Volevo che stesse bene. Ho pensato: "Andrò nell'altra stanza e lei mi farà quel grande sorriso alla Claudia e farà qualche battuta per essere stata tanto imbranata, anche se è la persona meno imbranata che conosca. La porterò al pronto soccorso e tutto andrà bene". Ma poi l'ho vista in sala da pranzo.»

Spalancò gli occhi, come se non volesse rivedere la scena

che aveva nella mente. Alzò le mani davanti a sé. C'era altro sangue secco lungo il lato esterno del mignolo destro.

«Mi rendo conto adesso che non avrei dovuto toccarla, ma non ho potuto evitarlo. L'ho vista in quello stato e non ho potuto credere fin da subito che fosse davvero morta. Ho cercato il battito sul collo. Immagino di aver compromesso le prove, dico bene?»

«Non c'è problema.» disse Noah. «Ha fatto la cosa giusta.»

Ma Eve non ne sembrava convinta. Abbassò la voce a un sussurro. «Era così fredda. Era già fredda. E poi... non c'era più, capite? Così immobile. È stato orribile. Oh, Dio santo! Povera Claudia.»

Nuovi singhiozzi la scossero. Questa volta si coprì il viso con entrambe le mani, piangendo un po' più silenziosamente di prima.

Josie e Noah aspettarono che la crisi di pianto si placasse.

«Eve...» disse Noah. «Claudia ha avuto problemi con qualcuno ultimamente? Le viene in mente se qualcuno voleva farle del male?»

Eve scosse vigorosamente la testa. «No, non credo.»

«Penso che per il momento non ci sia altro di cui abbiamo bisogno.» disse Josie. «Grazie per aver parlato con noi. Possiamo chiedere a qualcuno di riaccompagnarla alla sua auto.»

Eve abbassò le mani. «Penso che preferirei aspettare che Beau e Margot abbiano finito e andare con loro.»

«Certo.» disse Josie. «Oh, solo un'ultima cosa. Può dirci perché ha fatto tardi per andare da Claudia stasera?»

Gli occhi azzurri di Eve si spalancarono. Le sue mani si trovarono, le dita si allacciarono, si intrecciarono. «Oh, io...» ma si interruppe. Le sue spalle si afflosciarono. Josie aspettò diversi secondi, sperando che lei riempisse il silenzio, cosa che alla fine fece. «So come suona, ma a volte lavorare per Beau e Claudia è difficile. Non per colpa loro. Sono persone fantastiche. È perché hanno tutto, capite?» disse con occhi imploranti.

«È naturale.» disse Noah. «Una carriera di successo, un programma televisivo, il benessere...»

«E il loro matrimonio.» aggiunse Eve. «Quando ti ritrovi single e con una serie di insuccessi alle spalle, a volte è difficile stare vicino a persone che sono così... prese l'una dall'altra.»

«È comprensibile.» disse Josie.

Altre lacrime scesero sul viso di Eve. «Quindi non volevo andarmene, davvero, non stavo pianificando di andarmene. Ho chiamato Margot sperando che potesse fare lei quelle stupide foto, ma alla fine mi ha convinto a non mollare Claudia. E adesso Claudia è morta. Se non fossi stata così egoista, forse sarebbe ancora viva.»

NOVE

ANNOTAZIONE DAL DIARIO, SENZA DATA

Mi è sempre più difficile mantenere il segreto. L'altro giorno una delle mie colleghe mi ha detto che sembravo felice per la prima volta da quando mi conosce. Mi ha detto che ero raggiante. È proprio questa la parola che ha usato. So che ha ragione. Non ho mai provato qualcosa di simile prima d'ora. Non sapevo che essere innamorati potesse farti sentire così. So che dovrei chiudere la storia, ma non riesco a farlo. Questa è l'unica vera felicità che abbia mai provato. Ma se una collega si accorge che c'è qualcosa di diverso, allora è possibile che se ne accorga anche lui.

DIECI

In fondo al corridoio, dove Josie e Noah avevano lasciato Eve Bowers, esausta e in preda ai sensi di colpa, Beau Collins aspettava nella Sala Interrogatori Due. Josie sbirciò all'interno della piccola finestra quadrata della porta e lo vide camminare per la stanza in calzini neri, passandosi di tanto in tanto le mani tra i folti capelli scuri. Si era tolto la giacca del completo, che aveva appeso allo schienale di una delle sedie, e si era arrotolato le maniche della camicia, rivelando un paio di avambracci muscolosi. Data la sua corporatura snella, Josie immaginava che fosse un corridore o che, per lo meno, passasse molto tempo in palestra. Ogni tanto si fermava, prendeva il telefono dal tavolo, controllava qualcosa e lo gettava di nuovo sul tavolo. Qualcuno gli aveva portato del caffè e dei pasticcini dal vicino Komorrah's Koffee, ma lui aveva lasciato tutto al centro del tavolo, intatto.

Josie sentì il calore del corpo di Noah alle sue spalle. Fece cenno alla porta. «Hai mai visto il programma dei Collins?»

Noah scosse la testa.

«Hai letto il loro libro?»

«No.»

«Va bene. Andiamo.»

Beau Collins si fermò quando entrarono e rimase bloccato nel gesto di passarsi le mani tra le folte ciocche. Il risultato fu che sembrava si stesse strappando i capelli. Aveva il viso chiazzato di rosso per il pianto.

Noah gli rivolse un sorriso solidale e gli tese una mano. «Mr. Collins. Sono il tenente Noah Fraley. Questa è la mia collega, la detective Josie Quinn.»

Mr. Collins abbassò lentamente le braccia e strinse la mano di Noah. La strinse per un attimo di troppo, implorando Noah con gli occhi. «Avete scoperto qualcosa?» chiese. «Avete catturato il responsabile?»

Noah ritirò la mano e gli fece cenno di sedersi al tavolo. «Mi dispiace, Mr. Collins, ma stiamo ancora indagando.»

Mr. Collins si girò verso la sedia su cui aveva gettato la giacca e la guardò come se fosse un oggetto mai visto prima.

Non vedendolo muoversi, Josie gli disse: «Mr. Collins?»

Lui voltò lo sguardo verso di lei, con gli occhi azzurri socchiusi. «Scusatemi. È che... la mia Claudia. Continuo a vederla lì sulla sedia. Non riesco a togliermi quell'immagine dalla testa.»

Noah lo prese per la piega del gomito e lo guidò alla sedia. «Ci dispiace molto per la sua perdita, Mr. Collins.»

Beau annuì, anche se Josie non era sicura che avesse sentito Noah o che avesse registrato le sue parole. I suoi occhi si inumidirono di lacrime non versate. «La mia Claudia...» mormorò. «Sapete cosa le è successo? Come è stata... le hanno sparato?»

«Non abbiamo rilevato l'uso di armi da fuoco.» disse Josie. «È stata colpita alla testa. Ne sapremo di più quando avremo notizie dal medico legale.»

Il labbro inferiore di Beau cominciò a tremare. Sul suo volto apparve un profondo cipiglio. Sebbene avesse un aspetto stanco e abbattuto, con una linea di preoccupazione permanente che gli segnava la fronte, da vicino era un uomo attraente. Nella sua mente, Josie cercò di immaginarlo insieme alla moglie, la

Claudia che aveva conosciuto il mese prima. Dovevano essere una coppia che rimaneva impressa. Josie si rese conto di non aver visto nessuna foto incorniciata dei coniugi Collins nella loro casa. Né lei né Mettner avevano esplorato l'intera struttura, ma si sarebbe aspettata di trovare foto incorniciate al piano principale. Casa loro era piena di foto, non solo di loro due insieme, ma di tutte le persone che amavano: la defunta madre di Noah, la defunta nonna di Josie, i loro fratelli, la nipote di Noah, la loro amica Misty e suo figlio Harris, i colleghi con cui erano molto amici al di fuori del lavoro.

«Quanto tempo ci vorrà?» chiese Collins, con voce roca. «Perché il medico legale... oh Gesù, scusatemi. Non riesco a credere che stia succedendo. È assurdo.» Si piegò in avanti, rannicchiandosi su se stesso sulla sedia. «Sto per sentirmi male.»

«Mi dispiace molto, Mr. Collins.» disse Josie. «Mi rendo conto che è difficile. Possiamo darle qualche minuto. Sono sicura che possiamo trovare dell'acqua o magari del ginger ale, se vuole.»

Noah tornò verso la porta. Josie si voltò per seguirlo, ma Collins si slanciò in avanti e le afferrò il polso con entrambe le mani. La sua pelle era calda e umida. «La prego, non mi lasci solo.» la implorò. «La scongiuro. Io non... non posso farcela. Posso...» Allentò la presa e fece un respiro profondo. «Dovete farmi delle domande, giusto? È quello che fa la polizia quando viene... commesso un omicidio. Dovete parlare con tutti quelli che la conoscevano, giusto? Per portare avanti le indagini e scoprire chi ha fatto questo a mia moglie...»

«Sì.» disse Josie. «La prima cosa da fare è conoscere le abitudini di sua moglie e le persone nella sua vita.»

Le liberò il polso dalla stretta. «Mi scusi tanto... le ho fatto male? La prego di perdonarmi. Non sono in me in questo momento...»

Josie prese la sedia accanto alla sua. «Va tutto bene, Mr. Collins.» Lentamente, Noah tornò al tavolo e riprese posto.

Beau si passò di nuovo le mani tra i capelli e si mise seduto, cercando di ricomporsi. Afferrò il bordo del tavolo con entrambe le mani. «D'accordo...» disse. «Posso farcela. Posso farlo per Claudia. Cosa volete sapere?»

Josie iniziò con qualche domanda generica. «Lei e sua moglie avete figli?»

«No. Siamo solo noi due.»

«È il primo matrimonio per entrambi?» chiese Josie.

Beau annuì.

«E figli avuti da relazioni precedenti?» chiese lei.

«No, nessun figlio.»

«Dove vi siete conosciuti?» chiese Noah.

L'accenno di un sorriso si affacciò sulle labbra di Beau. «Al corso di specializzazione. Stavo conseguendo la laurea in consulenza matrimoniale e familiare, mentre Claudia stava sbaragliando tutti partecipanti al programma del dottorato. Non era nemmeno interessata a me. Ho dovuto impegnarmi non poco per ottenere la sua attenzione. Ma una volta conquistata, non l'ho più lasciata andare. Dopo la laurea, ho cominciato a lavorare in uno studio qui a Denton. Lei lavorava part-time. Poi il medico che ci aveva assunti è andato in pensione e siamo subentrati noi.»

«Ci risulta che abbiate ancora quella clinica.» disse Josie.

«Oh sì, ce l'abbiamo, ma praticamente la gestiva solo Claudia. Anche dopo la pubblicazione del libro e l'avvio del programma, lei ha insistito per mantenere i suoi pazienti. Io mi sono dovuto tirare indietro. Uno di noi doveva concentrarsi sulla serie e sulle opportunità che il nostro libro offriva.»

Parlare del loro passato sembrò tranquillizzarlo. Il suo respiro si regolarizzò. Le chiazze sul viso si attenuarono.

Alla fine, Josie spostò la conversazione in un'altra direzione. «Mr. Collins, può raccontarci la sua giornata di oggi?»

«La mia giornata? Certo. Avevamo le riprese del nostro programma come ogni giorno della settimana.»

«Com'è andata?» chiese Josie.

«Molto bene, direi. Stavamo facendo lo speciale per l'anniversario perché oggi è il nostro quindicesimo anniversario di matrimonio.» Il dolore gli balenò negli occhi, come se la menzione del loro anniversario fosse una pugnalata. La sua presa sul bordo del tavolo si strinse, facendo diventare le nocche bianche.

«Questa mattina, allo studio, è stata l'ultima volta che ha visto sua moglie?» si informò Noah.

«Cre-credo di sì. Claudia di solito lascia lo studio verso mezzogiorno per andare dai suoi pazienti. Dovevamo incontrarci a casa per fare le riprese della cena dell'anniversario.»

«Per fare le riprese?» domandò Josie. «Non avevate in programma una cena per festeggiare quindici anni insieme?»

Una risata nervosa gli scaturì dalla gola. «Era tutto per lo schermo, per il nostro pubblico.» spiegò Beau. «Avremmo festeggiato in privato una volta che tutti se ne fossero andati. Abbiamo una nostra tradizione per l'anniversario. È una cosa personale.» La sua voce si fece graffiante, dovette schiarirsi la gola più volte prima di riprendere e gli occhi gli brillarono per le lacrime. «Quando abbiamo iniziato a condurre il nostro programma, Claudia aveva la regola che alcune cose erano tra noi e dovevano rimanere tra di noi. Lei... non voleva una relazione a tre, diceva.»

«Una relazione a tre?» disse Josie.

«Tra me, lei e il pubblico.»

«Qual era la tradizione dell'anniversario?» volle sapere Noah.

Mr. Collins si asciugò una lacrima che gli sfuggiva dall'occhio. «Pasta in brodo in scatola e M&M's alle arachidi.»

Josie disse: «Questo è decisamente originale.»

Beau fece una risata tremula e tornò ad aggrapparsi al bordo del tavolo. «Ci sediamo sul pavimento in mezzo alla sala da pranzo e mangiamo al tavolino da caffè. Al primo anniversario di matrimonio eravamo al verde. Era tutto quello che potevamo permetterci e mangiammo sul pavimento del primo appartamento che condividevamo. Allora non avevamo nemmeno i mobili. Claudia insisteva per ricrearlo ogni anno. Non voleva che dimenticassimo da dove eravamo partiti. Diceva che era...» Si interruppe, con il pomo d'Adamo che fremeva. Quando tornò a parlare, la sua voce passava dall'acuto al gutturale. «Che era la migliore cena che avessimo mai fatto, perché eravamo insieme.»

UNDICI

Né Josie né Noah dissero nulla, per dare a Mr. Collins un momento per ricomporsi. Il suo era un pianto silenzioso e vedendolo in quello stato, Josie non poté fare a meno di pensare al suo incontro con Claudia il mese precedente; quando ebbe l'impressione che fosse pronto a continuare, gli chiese: «Qual è il nome da nubile di sua moglie?»

Beau sembrò sorpreso di quella domanda, ma rispose comunque. «White. Come mai vuole... perché me lo chiede?»

Ma anziché rispondergli, Josie passò alla domanda successiva, mantenendo un tono blando. «Quindici anni di matrimonio sono tanti. Come andavano le cose tra voi due, in privato?»

Beau cercò di sorridere. «Non andavano male, ma non benissimo. Sarò sincero, ultimamente non abbiamo avuto molto tempo per stare da soli. Siamo stati entrambi molto impegnati. Abbiamo una clinica con dei pazienti. Abbiamo il programma ogni giorno. Abbiamo il podcast ogni settimana. Il nostro agente ci ha spinto a scrivere un nuovo libro. Abbiamo appena firmato un nuovo enorme contratto per portare il programma a livello nazionale.»

«I rapporti erano tesi?» chiese Noah.

«Non mi spingerei così lontano.» disse Beau. «So a cosa state pensando: tanto fumo e niente arrosto. Lo capisco. Due guru delle relazioni che non mettono in pratica ciò che predicano. È giusto. Ma...» a quelle parole si fermò e allungò il collo, guardando le loro mani. «Vedo che siete entrambi sposati. Dovete capire che in tutti i matrimoni ci sono alti e bassi.»

«E voi due stavate passando una fase di "bassi"?» chiese Josie.

Questa volta riuscì a fare un sorriso a denti stretti. «Non lo descriverei in questo modo.»

«E Claudia?» chiese Noah.

Le dita di Beau premettero sul tavolo. «No, credo che fosse lo stesso per lei. Ma sicuramente, sapete com'è.» Quando rivolse lo sguardo a Noah, assunse un'aria supplichevole. «Lei deve avere un'agenda molto fitta, essendo un agente di polizia. Sicuramente ci saranno stati momenti in cui non ha trovato il tempo per sua moglie, momenti in cui vi siete allontanati...»

«Mia moglie è la mia priorità...» disse Noah, «è per tutto il resto che "trovo il tempo". Lascerei questo lavoro in un attimo se si mettesse tra di noi.»

Quelle parole colpirono Josie come uno schiaffo: quella era la dolorosa differenza tra loro. Amava Noah, più profondamente di chiunque altro fosse venuto prima di lui, ma non era sicura che avrebbe rinunciato alla sua carriera per lui. O per chiunque altro. Il suo lavoro era difficile, le cose che la costringeva a vedere erano indescrivibili e certe volte le faceva dubitare del significato della sua esistenza. Ciononondimeno, era il suo lavoro e lo sapeva fare bene. Aveva costruito la sua carriera con sangue, sudore e lacrime. Letteralmente. Si era conquistata il successo con fatica e a un costo incalcolabile. Non poteva immaginare che fosse altrimenti. Anche se Noah le avesse chiesto di lasciare le forze dell'ordine. Per fortuna, non l'aveva fatto. Era lì, al suo fianco, sul lavoro, come lo era stato per anni. Anche prima che si mettessero insieme. Beau sbatté le palpebre. «Oh. Beh, sua moglie deve essere molto... esigente.»

Josie non era in grado di capire se stesse scherzando o se dicesse sul serio, ma Noah si limitò a sorridere. «Mia moglie è una donna formidabile, una donna impressionante, sì. Esigente? No. Ma anche se lo fosse, non sono sicuro che sarebbe una cosa negativa. Mi piacciono le donne che sanno quello che vogliono e lo dicono chiaramente. Sua moglie era esigente?»

Beau cambiò posizione sulla sedia, chiaramente a disagio per la direzione che aveva preso la conversazione. «Non credo di essermi espresso abbastanza chiaramente. Anche mia moglie è... era, una donna straordinaria, ma ci siamo fatti prendere così tanto dal lavoro che credo che il nostro matrimonio sia passato in fondo alla lista delle nostre priorità. Inoltre, come ho detto, l'obiettivo principale di Claudia rimaneva sempre quello di mandare avanti la clinica. Il mio è stato il numero crescente di coppie che siamo stati in grado di aiutare attraverso il programma, il libro e il podcast. Ad ogni modo, è un argomento che speravo di discutere con lei dopo la cena di anniversario.»

Josie riportò l'interrogatorio a quella giornata. «L'ultima volta che ha visto sua moglie è stato verso mezzogiorno di oggi, dopo aver concluso il turno allo studio televisivo. Cosa avete fatto per il resto della giornata?»

Poté praticamente percepire il sollievo di Beau Collins nelle sue parole. «Oh, come ho detto, Claudia ha seguito dei pazienti per il resto della giornata e io ho partecipato ad alcune riunioni.»

«Che tipo di riunioni?» si informò Noah.

«Con il nostro agente letterario, l'editore, e poi con alcune persone della rete, il mio manager, il nostro avvocato. Come ho detto, abbiamo appena concluso un accordo per la diffusione del programma a livello nazionale. Eravamo anche in trattativa per fare altri due libri.»

«Non occorreva che sua moglie partecipasse a quelle riunioni?» chiese Josie.

«Claudia dà la priorità ai suoi pazienti.» spiegò. «Si fida... si fidava di me per quanto riguardava la cura dei dettagli quando si trattava della trasmissione o dei libri.»

«Ha parlato con lei oggi dopo il programma?» chiese Noah.

«Brevemente. Dopo l'incontro con i responsabili del network, l'ho chiamata e abbiamo discusso le loro condizioni, ma era impegnata e abbiamo deciso di parlarne meglio questa sera.»

«Allora parliamo di stasera.» si agganciò Josie. «A che ora doveva tornare a casa?»

«Alle cinque e mezza.»

«Però era in ritardo.» disse Noah.

Beau deglutì. «Sì, io... sono rimasto bloccato allo studio. Ho perso la cognizione del tempo. Ho chiamato Margot per sapere se poteva andare a prendere l'anello per l'anniversario che avevo ordinato per Claudia e raggiungermi a casa per darmelo. Quando siamo arrivati, abbiamo visto Eve uscire di corsa. Urlava e piangeva. All'inizio non le ho creduto. Sono dovuto entrare e vedere con i miei occhi.»

«Non era preoccupato che l'assassino potesse essere ancora dentro?» gli chiese Josie.

Spalancò gli occhi per la sorpresa. Era evidente che questa possibilità non gli era passata neanche per la testa. Balbettò: «Io... io non... io credo di non aver pensato... Sono entrato solo per pochi secondi, un minuto al massimo. Dovevo vedere di persona. C'era così tanto sangue. Sono tornato subito fuori.»

«Mr. Collins.» proseguì Josie. «Lei ha un sistema di sorveglianza della Summers in casa sua, ma non ha telecamere. Perché?»

«Oh...» disse lui, con un leggero rossore che gli copriva le guance. «Non pensavamo di averne bisogno. In tutti questi anni non abbiamo mai avuto un problema. Siamo solo io e Claudia.»

«E la troupe video.» sottolineò Josie. «E le assistenti. Vi

servite di una impresa per la cura del prato e lo sgombero della neve?»

«Certo, naturalmente. La proprietà è piuttosto grande. Non abbiamo né il tempo né le capacità per mantenerla da soli.»

«Sappiamo che casa vostra richiede un codice di accesso.» disse Noah. «E che lei, Claudia, Eve e Margot ne siete in possesso. Li avete dati a qualcun altro?»

«Non credo. A meno che Claudia non li abbia dati a qualcuno, ma non riesco a immaginare chi possa essere.»

Noah si avvicinò a Beau. «Le viene in mente se c'è qualcuno che potesse avere un motivo per fare del male a sua moglie?»

Beau scosse vigorosamente la testa. «No, neanche uno. La gente le voleva bene.»

«Ne è sicuro?» lo incalzò Noah. «Un ex paziente? Un ex dipendente scontento? Uno stalker di Internet?»

Beau scosse la testa rifiutando un'ipotesi dopo l'altra.

Josie ripercorse mentalmente l'incontro avvenuto subito prima di Natale: era possibile che Claudia le avesse detto il suo nome da nubile perché non voleva essere riconosciuta come una celebrità locale. Ma che motivo aveva? Che differenza avrebbe fatto?

Con prudenza, Josie disse: «Mi dispiace, ma non possiamo evitare di chiederglielo. Ha mai avuto il sospetto che sua moglie avesse una relazione?»

Beau agitò una mano in aria. «Oh, no. Claudia non l'avrebbe mai fatto.»

«D'accordo.» concesse Josie. «Può dirci se sua moglie usava ancora il cognome da nubile?»

Con aria perplessa, Beau disse: «No. Usava il mio cognome da quindici anni. Anche la ricerca per il suo dottorato l'ha condotta con il nome da sposata. Ne è sempre stata orgogliosa. Dottoressa Collins. Io non l'ho nemmeno preso il dottorato!»

Contando sull'effetto sorpresa, Josie chiese: «Lei gioca a golf?»

Collins guardò Noah come per avere una dritta, ma non ricevendone, disse: «Non regolarmente, no.»

«Volete scusarmi un attimo?» disse Josie.

Senza aspettare una risposta, lasciò la stanza. Nella sala grande, Mettner era già al computer e stava scrivendo. «Hai finito con Bowers e Collins?» le chiese.

«Con Eve Bowers.» rispose lei, avviando il proprio computer per poter prendere una foto dal fascicolo sull'omicidio di Claudia Collins, appena creato, per mostrarla a Beau. «Sto ancora lavorando con Collins. Tu a che punto sei?»

«Il sistema di riconoscimento delle targhe non ha trovato nessun riscontro. Sto andando a far firmare i mandati per la geo-recinzione e i tabulati telefonici e ho parlato con l'assistente di Beau Collins.»

«Cosa hai ottenuto?»

Mettner le fece un resoconto delle dichiarazioni di Margot Huff che corrispondevano esattamente a quanto avevano già detto sia Beau Collins che Eve Bowers. «E tu, invece?»

Josie gli raccontò ciò che avevano appreso fino a quel momento sia da Eve Bowers che da Beau Collins. Mettner emise un fischio basso. «L'assassino è entrato e uscito dalla casa velocemente.»

«La violenza non richiede molto tempo.» sospirò Josie. «A volte basta una manciata di secondi perché una persona se ne vada per sempre.»

Inviò la foto per la stampa. Dall'altra parte della stanza, la stampante prese pigramente vita.

«Ma si è anche assunto dei grossi rischi.» disse Mettner. «Quella casa avrebbe potuto essere piena di gente.»

«È una coincidenza tremenda che nessuna delle persone che avrebbe dovuto essere presente fosse già arrivata.» convenne Josie. «È stato Beau Collins a mettere in moto le cose in modo che lui, Margot Huff e la troupe video non fossero sul posto tra le cinque e mezza e le diciassette e trenta e le diciotto.

Dovremmo verificare dove si trovavano consulente e assistente prima della chiamata alla polizia.»

«Pensi che Collins abbia qualcosa a che fare con tutto questo? E che mi dici di Eve Bowers? Hai appena detto che stava vivendo una specie di crisi personale per il fatto di essere single. Dubito che Beau Collins ne fosse al corrente. Quello che sicuramente doveva sapere è che lei doveva essere a casa sua per le diciassette e trenta.»

Josie si avvicinò alla stampante e prese la foto dal vassoio. «Allo stato attuale, non so proprio a cosa pensare. Il marito sembra davvero sconvolto da quanto è successo. Senza contare che, stando a quanto ci ha detto, non gli conveniva affatto che la moglie venisse uccisa. Hanno appena firmato un contratto per la trasmissione del loro programma a livello nazionale ed erano in trattativa per scrivere altri libri.»

«Giusto.» disse Mettner. «Perché sabotare tutto questo? Eppure, non sei del tutto convinta che lui sia del tutto innocente, mi sembra.»

Josie sospirò. «Come ho detto, Mett. Non so cosa pensare, ma qualcosa in questo caso puzza di bruciato.»

DODICI

Josie fece scivolare la foto della confezione regalo sul tavolo verso Beau Collins. Lui si chinò a studiarla e la linea di preoccupazione sulla sua fronte si fece più profonda. «Questa è una confezione regalo di qualche tipo.» spiegò Josie. «Ricorda di averla notata quando è entrato in casa per vedere di persona il corpo di Claudia?»

L'orrore si allungò sul viso di Beau. «Aspettate. Questa era lì? Questa è... è la mano di Claudia? Teneva in mano questa scatola?»

«Sì.» disse Josie. «Non l'ha vista?»

«No, non... no, non l'ho vista. Ero così concentrato su Claudia e sul sangue. Ero solo...»

«Non importa.» lo rassicurò Noah. «In una situazione ad alta carica emotiva, adrenalinica come quella, non è raro che a una persona sfuggano completamente alcuni dettagli. Però sì, questa scatolina è stata trovata nella mano di sua moglie. Significa qualcosa per lei?»

Beau aggrottò la fronte. «Beh, sì. È una scatola rompicapo. È uno strumento che usiamo nella nostra professione e nel nostro programma. Si può acquistare sul nostro sito web. Apparentemente non si può aprire in modo tradizionale, ma non è così. C'è un magnete che tiene chiuso il coperchio dall'interno. Bisogna colpirlo nel punto giusto, con la giusta forza, perché si apra. La metafora è che il vostro partner è come una scatola rompicapo. La scatola rappresenta la sua parte più intima. Se si riesce a capire come aprirla, dentro c'è un regalo. Quel regalo è il proprio partner.»

«Le viene in mente un motivo per cui l'assassino abbia voluto lasciare questo oggetto nella mano di sua moglie?» gli domandò Josie.

Lui scosse la testa con convinzione. «No. Niente, nel modo più assoluto. Non capisco cosa stia succedendo...»

Noah chiese: «Cosa c'è nella scatola rompicapo quando la usate nelle dimostrazioni?»

«Niente.» disse Beau con la voce bassa. «È questo il punto. È intangibile. Il vostro partner è...»

«Chi avrebbe potuto fare una cosa del genere?» Josie lo interruppe. «Chi avrebbe voluto fare del male a Claudia?»

«Non ne ho idea. Ve l'ho detto che non lo so.»

«Mr. Collins...» disse Josie, «cosa pensa che ci sia dentro questa scatola?»

Lui fissò la fotografia. «Non ne ho idea. Non l'avete ancora aperta?»

«La nostra squadra la sta ancora analizzando.» spiegò Noah.

«Non so cosa ci sia dentro.» rispose Mr. Collins. «Vorrei potervi aiutare. Lo vorrei, naturalmente. Claudia...» Rimase con la testa ciondoloni, le spalle che tremavano un po'.

«Mr. Collins...» riprese Josie, «sua moglie ha una polizza di assicurazione sulla vita?»

Lui la guardò, asciugandosi le lacrime dalle guance. «Certo. Ce l'abbiamo entrambi. Le abbiamo stipulate quando è diventato evidente che avremmo accumulato un po' di ricchezza. E questo cosa c'entra?»

Josie chiese: «A quanto ammonta il risarcimento?»

«Tre milioni di dollari.» rispose Beau con semplicità. «Ma non vedo cosa c'entri con l'omicidio di mia moglie.»

Noah intervenne rapidamente, battendo un dito sulla foto della scatola. «L'assassino si è preso del tempo per fare tutto questo, per lasciare questa scatolina; era destinata a lei, questa è la nostra ipotesi. Non ha proprio la minima idea del perché abbia fatto una cosa del genere?»

Noah avvicinò la foto a Beau e un senso di impotenza lampeggiò nei suoi occhi. «Mi dispiace. Non lo so davvero.»

«Ha detto che usate le scatole rompicapo nel vostro programma.» ricapitolò Josie. «Lei e sua moglie avete introdotto qualcos'altro nella trasmissione?»

Un sorriso vacillante. «Vi sembrerà stupido, ma usiamo dei giochi.» Si fermò, in attesa di altre domande.

Era chiaro che l'assassino conosceva il programma. Josie invece no. «Ci dica di più.» lo esortò.

«D'accordo... beh, l'uso dei giochi e il concetto di divertimento sono una parte importante del messaggio che diamo alle coppie. Vedete, la maggior parte delle persone non conosce il proprio partner bene quanto crede, anche dopo molti anni passati insieme. Quando si conosce il proprio partner più di chiunque altro, si crea un più profondo senso di intimità. Dal modo in cui prende il caffè alle sue paure più nascoste. Dal piatto preferito al più grande rimpianto. Usiamo i giochi e l'idea del gioco in generale come un modo divertente per le coppie di approfondire il loro legame e imparare di più l'uno dell'altro.»

Noah chiese: «Che tipo di giochi sono?»

«Di qualsiasi tipo. Ne stiamo sviluppando di nuovi al momento.»

«Quali sono quelli che fate più spesso? O quali sono quelli che incoraggiate il vostro pubblico a fare?»

«Posso dirvi quali sono i più popolari: la caccia al tesoro e i quiz delle Cinque Curiosità di Famiglia. La caccia al tesoro viene presentata nel programma; per quanto riguarda i quiz delle Cinque Curiosità di Famiglia, le coppie possono farli direttamente sul nostro sito web. Poi li incoraggiamo a pubblicare i risultati sui social media.»

«Usate mai le scatole rompicapo nella caccia al tesoro?» chiese Josie.

Collins spinse da parte la foto. La stanchezza gli aveva fatto perdere il controllo della postura. Da un momento all'altro divenne evidente che era un grande sforzo per lui stare seduto dritto senza appoggiare i gomiti sul tavolo. «Credete che parlare del nostro programma possa aiutarvi a portare avanti le vostre indagini?»

Josie puntò un dito verso la foto della scatola rompicapo. «L'assassino ha usato un elemento del vostro programma per allestire la scena dell'omicidio di sua moglie. Sì, credo che questo possa aiutarci a individuarlo.»

«Certo, naturale. Abbiamo usato le scatole per la caccia al tesoro, ma non è la consuetudine. Di solito, quando le organizziamo, diamo alle coppie un elenco di cose che devono trovare e che sono significative per loro per poi confrontare le loro scoperte. Se vogliono, possono raccogliere degli oggetti, ma possono anche fare delle foto.»

«Oggetti di che tipo?» approfondì Noah.

Beau non ebbe bisogno di tempo per pensarci. «Un film che nessuno dei due ha visto; un album che piace a entrambi; un oggetto che rappresenti la coppia. E questa è davvero divertente: la foto preferita; qualcosa che il partner non sopporta; qualcosa che rappresenti un luogo che il proprio partner vorrebbe visitare. Potrei andare avanti a lungo, ma il concetto è chiaro. Ci sono migliaia di cose che facciamo cercare alle coppie. Questo li avvicina e a volte mette a nudo le lacune della loro relazione e sulle quali possono lavorare per colmarle.»

«Qual è il gioco più popolare del vostro programma?» si informò Noah. «Le scatole rompicapo, la caccia al tesoro o qualcos'altro?»

A quel punto Beau era completamente immerso nel parlare del suo lavoro, le parole gli venivano senza la minima difficoltà, come se le avesse già dette un migliaio di volte, e probabilmente era proprio così. «Le Cinque Curiosità di Famiglia. È un quiz. È sul nostro sito web, anche se abbiamo parlato di lanciare un'applicazione o qualcosa del genere. L'idea è che una coppia va sul sito, poi ciascun membro della coppia risponde singolarmente a cinque domande sul proprio partner e infine si confrontano le risposte. Ci sono migliaia di domande e ogni quiz è diverso dagli altri: in questo modo, lo si può ripetere in più occasioni, rispondendo ogni volta a una serie di domande sempre nuove.»

«Che tipo di domande sono?» gli domandò Noah.

«È questa la cosa geniale.» disse Beau. «Sono cinque domande classificate in base ai diversi livelli di intimità. Per cui ce n'è una facile, per esempio: "Qual è il dolce preferito del tuo partner?" e poi ognuna delle quattro successive scende un po' più nel profondo, fino alla domanda finale, che è qualcosa del tipo: "Che cosa apprezza di più il tuo partner nella vita?" Nessuna coppia riesce mai ad azzeccare tutte e cinque le domande. O almeno, capita raramente. Incoraggiamo le persone a condividere i loro risultati sui social media. Abbiamo anche un hashtag che possono usare per condividere ciò che non sapevano del loro partner. È #quellochenonsapevo. Dovreste darci un'occhiata.»

Josie chiese: «Lei e sua moglie Claudia avete mai fatto il quiz?»

«Certo. Molte volte.»

«Avete mai azzeccato tutte e cinque le risposte?» chiese Noah.

«La maggior parte delle volte, sì. Le domande le abbiamo inventate noi. A volte facciamo un quiz durante la trasmissione e sbagliamo volutamente qualche risposta per dimostrare cosa succede quando non si sa qualcosa sul proprio partner. Vogliamo mostrare alle coppie come andare avanti, specialmente quando sono alle prese con una domanda importante. È un gioco divertente ed è proprio questo il nocciolo della questione: approfondire e avvicinarsi non deve essere per forza un processo terapeutico doloroso; qualche volta ci si può arrivare in modo divertente.»

Josie lo guardò stranita. «È questo che dite ai vostri pazienti?»

Beau fece un cenno di diniego con la mano. «Certo che no. Ci sono alcuni problemi che devono essere affrontati attraverso un processo terapeutico rigoroso. Il metodo che proponiamo non è una soluzione universale.»

«Come si intitola il vostro libro? "Vincere in Amore"?»

«"La Ricerca Perfetta".» disse Beau. «"Vincere in Amore" è il sottotitolo. Si tratta di cercare sempre il proprio partner come se si stesse ancora provando a conquistarlo, come se si fosse ancora alle prime uscite. E, come ho detto, usare il gioco serve ad avvicinarsi e a costruire l'intimità. Si "vince" in amore quando si cerca sempre di avvicinarsi al partner e di mantenere quel livello di intimità...» si interruppe e fece un respiro profondo. Guardandosi intorno, la vivacità che gli aveva illuminato il volto un attimo prima parlando del loro programma svanì di colpo, sostituita dalla tristezza. I suoi occhi assunsero di nuovo uno sguardo vitreo. Sbattendo forte le palpebre, tornò a guardare verso Josie e Noah.

«Ascoltate, agenti... sono esausto. Questa è stata la peggiore giornata della mia vita. L'unica cosa che voglio adesso è andare a casa. Beh, non a casa, ma in un posto dove poter riposare.»

«Credo che per stasera sia tutto.» disse Josie. «Dovremo comunque incontrarci con la sua troupe allo studio della WYEP; prima è, meglio è.»

«Certo. Convocherò una riunione d'emergenza per domani mattina allo studio. Potrete venire allora, se volete. Così incontrerete tutti e potrete parlarci. Qualsiasi cosa sia necessaria.»

Si alzò e si infilò la giacca tenendo gli occhi incollati sulla foto della confezione. La sua espressione era una maschera di terrore.

Anche Josie si alzò e gli porse un biglietto da visita. «Mr. Collins...» disse, «l'assassino si è dato molto da fare per allestire la scena del crimine. Ha lasciato questa scatola nelle mani di sua moglie. Non sappiamo ancora da cosa sia spinto, ma è possibile che non abbia finito.»

Beau Collins la guardò smarrito. «Finito con cosa?»

«Per ora ci è impossibile dirlo.» Si chinò per prendere la foto. Vi batté contro l'indice, poi incrociò di nuovo il suo sguardo. «Ha espressamente fatto riferimento alla scatola rompicapo del vostro programma. Se dovesse ritenere di non aver dichiarato la sua affermazione con questa, potrebbe provare a compiere un'altra mossa.»

Un'espressione di orrore si allungò sul volto di Beau Collins. «Per esempio?»

«Fare un altro gioco.» disse Noah.

TREDICI

Tornando nella sala grande, videro che Mettner se n'era andato. Al suo posto trovarono Hummel, che li aspettava in piedi davanti alle loro scrivanie, con due buste di carta per le prove tra le mani. «Detective...» li salutò quando lei e Noah entrarono. «Ho qualcosa da farvi vedere.»

Josie gli si avvicinò e liberò un po' di spazio sulla scrivania. Noah si sistemò accanto a lei intanto che Hummel si infilava un paio di guanti e rovesciava il contenuto della prima busta. I resti scheggiati della scatola rompicapo caddero fuori. I frammenti di legno rosso di quercia erano macchiati di nero per i resti della polvere magnetica usata nel rilevamento delle impronte digitali. Hummel agguantò il cuscinetto a sfera lucido prima che rotolasse via dalla scrivania.

Noah la guardò attentamente, incuriosito. «Non sei riuscito ad aprirla, vero?»

Hummel sembrò offeso. «Direi che si vede chiaramente che sono riuscito ad aprirla.»

«Con che cosa?» chiese Josie. «Con un martello?»

Hummel fece una risata sarcastica. «Pensate che io sia un troglodita? No. Con un mazzuolo di gomma.»

Noah rise di naso.

«D'accordo...» disse Josie. «E cosa hai trovato?»

«Beh, per prima cosa ho ricavato solo un'impronta utilizzabile dal fondo, ma non ho avuto riscontri nel Sistema di Identificazione delle Impronte Digitali.» Il Sistema di Identificazione delle Impronte Digitali, era un database gestito dall'FBI in cui venivano registrate le impronte di persone con precedenti penali o che erano state arrestate, nonché le impronte di persone non identificate che erano state rinvenute sulle scene del crimine. «Ho eliminato le impronte di Beau Collins, dal momento che è un residente della casa. L'impronta che ho trovato non appartiene a lui.»

Prese una sezione di legno di quercia della scatola e fece scorrere l'indice lungo uno scomparto rettangolare. Non era più grande di cinque centimetri di larghezza e di due centimetri e mezzo di profondità. «Come potete vedere, qui c'è un po' di spazio per nascondere qualcosa.» Prese l'altra busta e ne rovesciò il contenuto sulla scrivania. Si trattava di un foglio di carta di quindici centimetri per ventidue che Hummel aveva inserito in una pellicola di plastica, a sua volta macchiato di polvere magnetica per impronte digitali.

«Che cos'è?» domandò Noah.

«Una pagina del libro dei Collins.» disse Josie.

Hummel sorrise. «Proprio così.»

Posò la pagina sulla scrivania e si fece da parte perché lei e Noah potessero leggerla. Nell'intestazione si leggeva "Capitolo Uno" e il numero di pagina era "5". Noah lesse ad alta voce la prima riga. «*Benvenuti alla vostra ricerca. Se state leggendo questo testo, significa che siete pronti a perfezionare la vostra ricerca dell'amore. Siamo felici di guidarvi, sia che siate single e in cerca di un partner, sia che siate sposati da anni e stiate cercando di riaccendere la scintilla nella vostra relazione.*»

«Basta...» gemette Josie.

«Ma adesso arriva la parte migliore.» protestò Noah. «E se avessimo bisogno di riaccendere la scintilla nel nostro rapporto?»

Lei alzò gli occhi al cielo. «So che non stai insinuando che la nostra scintilla sia finita. E comunque, non mi interessa nulla di quello che dice questo libro, a meno che non ci aiuti a risolvere l'omicidio di Claudia Collins.»

«Ho preso tre impronte da questa pagina...» annunciò Hummel, «ma, anche in questo caso, non ho trovato nessun riscontro nel Sistema di Identificazione delle Impronte.»

«Quante copie di questo libro pensi che ci siano in circolazione?» chiese Josie.

«Ho controllato.» disse Hummel. «Più di due milioni.»

Noah disse: «Concentriamoci su quello che l'assassino sta cercando di dirci con questo.»

«Non sta cercando di dirlo a noi.» disse Josie. «Ma a Beau Collins. Questo è diretto a lui. Ne sono convinta.»

Noah si avvicinò alla pagina. «*Queste sono le regole per la vostra 'ricerca'. Comunicare chiaramente e apertamente. Essere sinceri. Essere rispettosi. Fidarsi del proprio partner. Essere solidali. Dare priorità al vostro partner.*»

«Non sembra che l'assassino stia rispettando queste regole.» commentò Hummel.

«No, infatti.» concordò Josie. «Perché mai avrà lasciato questa pagina? Sta cercando di stabilire delle linee guida di qualche tipo? A che scopo?»

«Per lui è un gioco.» spiegò Noah. «O una specie di ricerca. Proprio come hai detto a Beau Collins.»

«Esatto.» convenne Josie. «E se è così, non ha finito.»

«Già.» disse Noah. «Facendo riferimento agli elementi del loro libro e del loro programma, si sta chiaramente prendendo gioco di Beau Collins. Se questa scatola contiene le "regole", significa che stabilirà altri contatti.»

«Con altri omicidi.» lo corresse Josie. La sensazione di disagio che provava da quando era entrata in casa dei Collins ormai si stava facendo insopportabile. «Mettiamo un'unità a sorveglianza di Beau Collins. Questo assassino ha appena iniziato.»

QUATTORDICI

Il mattino seguente Josie si svegliò alle sette in punto e trovò il letto vuoto. Sia Noah che il loro Boston Terrier, Trout, erano spariti. C'era solo una spiegazione per la quale il loro cane avrebbe lasciato sia Josie che il letto e infatti, avviandosi verso il bagno, avvertì l'odore di salsiccia allo sciroppo d'acero che si diffondeva fino al piano di sopra. Arrivata in cima alle scale, si raccomandò: «Non dargli le cose che mangiamo noi!»

«No, tranquilla.» disse di rimando Noah.

Ma Josie sapeva che almeno un boccone, forse due, sarebbero caduti "accidentalmente" sul pavimento vicino alla sedia di Noah.

Venti minuti più tardi, era già in cucina, vestita e lavata, e guardava Trout che la ignorava per annusare e leccare ogni centimetro quadrato di pavimento intorno alla sedia di Noah. Noah era troppo impegnato a guardare qualcosa sul suo telefono per accorgersene. Con un sospiro, Josie si avvicinò al bancone, si versò una tazza di caffè e si rese conto dell'entità del danno. Nel lavandino c'erano ben tre padelle. Due dei manici sporgevano in verticale, incrociandosi a formare una X, come per avvertirla di non avvicinarsi. Sul fornello c'era un'altra padella, la cui superficie era un dipinto astratto fatto con la pastella dei pancake. Su un piatto di carta, posto sul bancone, era stata eretta una pila di frittelle non riuscite, che pendevano di lato come una torre in procinto di crollare. Resti di farina, gusci d'uovo rotti, latte e un'informe sostanza grassa coprivano quasi ogni centimetro del piano cottura e del bancone.

Si detestò per questo, ma con la mente andò direttamente a Luke. Non aveva più pensato a lui, ma il giorno prima era tornato a far parte della sua vita e contemplando quel disastro che si estendeva dal piano di lavoro ai fornelli, si ricordò che al contrario di Noah, Luke era un ottimo cuoco ed era perfettamente in grado di preparare da mangiare anche con niente. Senza contare che le aveva portato la colazione a letto innumerevoli volte. E oltre alle sue doti come cuoco, si era sempre distinto come la persona più ordinata e pulita che avesse mai conosciuto.

Noah fece breccia nei suoi pensieri. «Pulisco io.»

Scacciando i ricordi dell'ex fidanzato dalla mente, Josie mise un dito sulla pila di pancake. Erano freddi e appiccicosi.

«Qual è il punteggio questa volta?»

«Pancake, tredici. Noah, zero.» sospirò lui indicando il piatto di fronte a sé, pieno di uova strapazzate e due pezzi di salsiccia. «Tu prendi pure le uova.»

Lei lasciò perdere quel disordine e si sedette al tavolo. «Anche il mio punteggio massimo è zero, quindi siamo ancora pari.»

Dal punto di vista della cucina, erano un'accoppiata infernale. Josie non era assolutamente in grado di combinare niente e Noah era vagamente passabile. Harris si era fermato a dormire da loro qualche settimana prima e la mattina seguente aveva chiesto dei pancake. Così, Josie aveva deciso di andare al "Palazzo dei Pancake" e invece Noah aveva proposto di provare a fare i pancake a casa, utilizzando un preparato già pronto.

Era stato un madornale errore di valutazione delle sue

abilità: dopo aver bruciato sette pancake e aver fatto scattare l'allarme antincendio, si erano arresi ed erano andati a mangiare al "Palazzo dei Pancake", ma Harris non avrebbe permesso a nessuno dei due di dimenticare la disfatta di quella mattina. Da quel giorno, entrambi avevano cercato di perfezionare la semplice arte della preparazione dei pancake. Fino a quel momento, avevano collezionato una serie di miseri fallimenti.

Josie si sedette davanti al piatto che Noah aveva preparato per lei e controllò il telefono prima di cominciare a mangiare. L'unica notizia era l'esito dell'autopsia fatta dalla dottoressa Feist, che confermava ciò che avevano già ipotizzato: Claudia Collins era deceduta per il colpo alla testa; tuttavia, la dottoressa non era stata in grado di determinare con quale oggetto l'aveva colpita l'assassino. Non c'erano segni di violenza sessuale. Durante l'esame, aveva trovato tracce di DNA sui suoi vestiti, che aveva prelevato con un tampone e inviato al laboratorio della Polizia di Stato per l'analisi e il confronto con tutti i profili presenti Sistema di Indicizzazione del DNA, una banca dati consultabile, gestita dall'FBI, che raccoglieva il profilo di DNA di criminali condannati, persone arrestate e persone scomparse. L'unico problema era che l'analisi stessa poteva richiedere settimane se non addirittura mesi, quindi, al momento, non li aiutava e c'era la possibilità che non li avrebbe aiutati nemmeno quando fossero arrivati i risultati, a meno che non corrispondessero a un profilo già esistente. E Josie dubitava che avrebbero avuto una corrispondenza, dato che già non avevano avuto fortuna con il Sistema di Identificazione delle Impronte. La loro unica speranza, una volta arrivati i risultati, sarebbe stata quella di abbinarli a un sospettato, che però non avevano. Ancora.

Josie continuò a scorrere i messaggi: i risultati della geo-recinzione erano un buco nell'acqua. L'unico telefono presente in casa dei Collins al momento dell'omicidio era quello di Claudia. Dunque, l'assassino aveva spento il suo telefono? O l'aveva lasciato altrove? Doveva immaginare che la polizia avrebbe cercato di usarlo per collegarlo alla scena del crimine e localizzarlo.

Insomma, era un vicolo cieco.

Senza alzare lo sguardo dal suo telefono, Noah diede un colpetto alla confezione vuota di pancake al centro del tavolo. «Non capisco. Quanto può essere difficile? Ho seguito tutte le indicazioni...»

«È la storia della mia vita.» commentò Josie, mandando giù un boccone di uova. «Cosa stai guardando?»

Noah alzò lo sguardo. «"L'Angolo delle Coppie con i Collins". Quello di ieri. È sul sito web della WYEP.»

Si alzò e girò il telefono verso di lei, spingendolo sul tavolo insieme a uno dei suoi auricolari bluetooth. Josie si infilò l'auricolare in un orecchio e premette il tasto di riproduzione. Sotto il tavolo, Trout le premette il naso sul lato della gamba. Era il suo modo di farle capire che sapeva che poteva dargli una salsiccia. Ma Josie lo ignorò e alzò il volume.

«...gli anniversari in casa Collins sono sempre un grande evento, ma questo è un evento straordinario.» diceva Beau Collins. Era seduto a un piccolo tavolo circolare bianco. Accanto a lui c'era Claudia. Entrambi sfoggiavano ampi sorrisi alla telecamera. Dietro di loro c'era un grande schermo sul quale scorreva una proiezione di loro fotografie. Alcune sembravano abbastanza recenti, ma altre risalivano chiaramente a quando i Collins erano molto più giovani. «Quindici anni!» esclamava Claudia battendo le mani, tenendo lo sguardo fisso davanti a sé. «Stento a crederci.»

Beau la guardava e poi le prendeva una mano tra le sue. La guardava adorante. Proprio come Josie guardava il suo caffè ogni mattina.

«Avresti mai immaginato, quando stavamo per laurearci e non avevamo un soldo, che saremmo stati insieme per quindici anni?»

Claudia rideva, a lungo e forte, e poi con la mano libera copriva quelle del marito. Si girava verso di lui, avvicinandosi, e socchiudeva leggermente le labbra, facendolo avvicinare per il bacio. Tenendo gli occhi fissi sul marito, diceva: «Pensavo che mi avresti scaricato molto tempo fa per una persona molto più interessante.»

Lui teneva gli occhi fissi su quelli della moglie per tre secondi buoni. «Mai, mia cara.» rispondeva e poi si voltava verso la telecamera. «Questo però solleva una grande domanda. Come si fa a rimanere interessati al proprio partner dopo quindici anni?»

Josie si sfilò l'auricolare. «Non ce la faccio a guardarlo. È troppo sceneggiato, dall'inizio alla fine. Non posso credere che la gente si beva roba come questa.»

Noah la guardò dall'altra parte della stanza, con il fianco appoggiato al bancone, sorseggiando il caffè. «Quale roba?»

Josie batté un dito contro lo schermo. «Questo! Che in qualche modo il matrimonio o la relazione saranno perfetti.»

«Niente è perfetto.» ribatté lui. «Beh, a parte il record di frittelle contro di noi.»

Josie rise. Guardò il telefono e uscì dal video. Aprendo il browser Internet, cercò il sito web dei Collins. Lo sfondo era un misto di tonalità rosa e crema rilassanti, con grafiche di cuori. La pagina principale era piena di fotografie di coppiette. Ciascuna foto mostrava una coppia diversa, ritratta in una posa artificiale davanti agli sfondi più disparati, tra cui oceani, foreste pluviali e campi di grano. Le biografie di Beau e Claudia erano le uniche cose credibili di tutto il sito. Josie scorse la descrizione del loro libro, accompagnata da decine di recensioni dai toni entusiastici di colleghi e testimonianze dei lettori. Poi c'erano centinaia di brevi spezzoni della loro trasmissione con una didascalia, ognuna delle quali fece venire i brividi a Josie: "Gioca per Vincere"; "Ricercare il Partner Perfetto"; "Seducente Caccia al Tesoro per Riaccendere la Scintilla"; "Anticipare gli Obiettivi del Matrimonio"; "Risolvere il Puzzle del Desiderio più Recondito del tuo Partner". Forse Claudia aveva usato il suo nome da nubile quando aveva conosciuto Josie e Harris perché non voleva essere associata a quelle cose.

«Ma tu guarda questo sito.» si lamentò Josie, girando di nuovo il telefono verso di lui. Si rimise a sedere e fece scorrere la pagina. «Che cosa stanno cercando di dimostrare con tutti quei cuori?» disse.

Noah rise. «Credo che ti stia sfuggendo il punto.»

«Dici?» gli fece Josie chinandosi in avanti e toccando lo schermo in modo che smettesse di scorrere. C'era una foto dei Collins, ritratti di profilo in piedi davanti a un lago, con un tramonto sullo sfondo. I capelli di Claudia si sollevavano a una leggera brezza. Teneva la testa inclinata verso il marito, che la guardava con occhi pieni passione e le posava una mano su un fianco. Sembravano sul punto di baciarsi, come se non ci fosse nessun altro al mondo, oltre a loro. Avrebbe potuto essere la copertina di un romanzo rosa. «Le relazioni, nel mondo reale, non sono così.»

Noah posò una mano sulla sua. «Stai dicendo che non ti ho mai guardato in quel modo?»

Josie roteò gli occhi. «Certo che l'hai fatto. Non è questo il punto.»

«E qual è?»

Josie allontanò la mano e si alzò, tornando alla caffettiera per prendere una seconda tazza di caffè. «Le relazioni vere non assomigliano alla copertina di un romanzo sentimentale. Le relazioni vere sono... stare accanto all'altro quando si seppellisce un genitore o un nonno. Significa esserci per tutto il dolore che viene dopo, per quanto brutto e alienante possa essere. Significa accompagnare l'altro alle visite mediche. Significa aiutare l'altro a sedersi o a tirarsi su dal gabinetto dopo che si è rotto una gamba. Significa essere d'accordo quando il tuo coniuge non vuole montare le ante dell'armadio in camera perché ha avuto un trauma durante l'infanzia. Significa sapere che l'altro resterà anche quando ti trasformi nella versione peggiore di te stesso. Significa fare...» e concluse con un gesto verso il disordine sul bancone. «Provare a fare un migliaio di pancake perché sei diventato una specie di zio onorario del figlio del primo marito defunto di tua moglie e ti va benissimo lo stesso.»

Noah sorrise. Aveva molti sorrisi diversi e Josie aveva imparato a conoscerli tutti nel corso degli anni. Questo era quello romantico che le faceva battere il cuore. Si alzò e si diresse verso di lei, lentamente. Trout non prestò attenzione a nessuno dei due, continuando a rovistare sul pavimento sotto il tavolo nella speranza di trovare qualche altro pezzetto di salsiccia. Noah le tolse la tazza di mano e la posò sul bancone tra una spatola incrostata di pastella e un misurino ricoperto di farina. Appoggiò il suo corpo contro quello di Josie facendola finire contro il bordo del bancone che le incideva la schiena, ma a lei non importava. Lui era così vicino che il suo respiro le accarezzava la fronte. Josie sentì tutto quello che c'era tra loro: elettricità e benessere. Ogni muscolo del suo corpo si allentò e allo stesso tempo ogni terminazione nervosa della sua pelle ronzava per il desiderio che lui la toccasse.

Non sarebbero mai stati tipi da foto al tramonto, ma diamine se Josie non si sentiva come se lo fossero.

«Così non mi sei d'aiuto.» sussurrò.

Noah baciò la sottile cicatrice che iniziava alla base dell'orecchio destro e terminava sotto il mento. «Hai tralasciato qualcosa...» le disse, «nelle vere relazioni conosci tutte le cicatrici della tua consorte e le ami.»

A quelle parole Josie si sentì praticamente sciogliere sul piano del bancone. Con una mano si introdusse sotto la maglietta di Noah e la fece scorrere verso l'alto, fino alla spalla destra, nel punto in cui una cicatrice circolare di pelle raggrinzita si apriva sotto le sue dita. Gliel'aveva procurata lei quella cicatrice, quando gli aveva sparato. Era accaduto molto tempo prima che si mettessero insieme e, anche se all'epoca aveva creduto di fare la cosa giusta, se ne pentiva ancora. Noah le prese la mano. Alzò la testa per poterla guardare negli occhi. Con un sorriso, disse: «Nelle relazioni vere impari a perdonare tua moglie dopo che lei ti ha sparato.»

Josie voleva baciarlo. Avrebbe voluto che facessero un uso di gran lunga migliore della cucina, in quel momento, piuttosto che preparare pile di pancake immangiabili. Ma il suo cervello non glielo permise. Era tornata nella stanza degli interrogatori con Beau Collins.

«Noah...» gli disse dolcemente mentre lui le baciava la punta delle dita.

Noah abbassò la testa, la sua lingua trovò l'incavo del collo e le sue braccia la avvolsero. Senza volerlo, lei si lasciò sfuggire un gemito. Recuperando il senso dell'orientamento, Josie disse: «Quello che hai detto ieri a Collins, sul fatto che rinunceresti al lavoro per me... lo pensi davvero?»

La lingua di Noah si fermò solo il tempo necessario per borbottare contro la sua pelle: «Vuoi davvero parlarne in questo momento? Dobbiamo andare alla sede della WYEP tra un'ora. Io direi di sfruttarla bene...»

Pensò alla lezione che tutte le relazioni precedenti le avevano insegnato. Era una lezione terribile, senza dubbio perché le cose non andavano mai come sperava. La lezione era che non si può mai conoscere la vera natura di una persona finché non viene messa alla prova. Aveva creduto che il bambino di cui si era innamorata quando aveva nove anni si sarebbe trasformato in un uomo coraggioso, audace, con sufficiente senso dell'integrità e spina dorsale da opporsi alla corruzione. Ma quando era stato messo alla prova, non si era affatto dimostrato la persona che credeva che fosse. Aveva pensato che il fidanzato di cui si era innamorata dopo di lui fosse un uomo onesto e leale, che non l'avrebbe mai allontanata o tradita, soprattutto dopo che l'aveva assistito e rimesso in sesto dopo un incidente quasi mortale. Ma quando era stato messo alla prova, aveva fallito.

Ci sono mille modi in cui le persone vengono messe alla prova, tanto dentro quanto fuori dalle relazioni. E ci sono altrettanti modi perché succeda lo stesso alle relazioni. Non c'è modo di sapere quanto sia salda la relazione che viviamo finché non viene messa alla prova. Perché prima di quel momento non c'è modo di conoscere – di conoscere veramente - il nostro partner.

Noah la tirò su, facendole stringere le gambe intorno alla sua vita. Il corpo di Josie aderì a quello di Noah senza pensarci, il bisogno fisico di stare con lui superò tutto il resto. Solo il suono del telefono impedì loro di tornare a letto. Le ci volle ogni sforzo di cui era capace per staccarsi da lui. Noah si aggrappò a lei, parlandole nel collo. «Non rispondere.»

«Ma devo rispondere.» disse lei. «Almeno fammi vedere chi è.»

Con un sospiro, si liberò dalla sua stretta, tornò al tavolo e prese il telefono. Era un numero locale e accettò la chiamata anche se non lo riconobbe: «Parla la detective Quinn.»

Le rispose la voce sommessa di una donna, che disse: «Detective? Sono Margot Huff. Ha presente? Credo che abbiamo bisogno del suo aiuto.»

Josie sentì urla e pianti in sottofondo. «Dove si trova, Margot?»

«Allo studio.» le rispose lei in un sussurro. «Per favore, si sbrighi. Credo che Eve sia scomparsa.»

QUINDICI

La WYEP, la stazione televisiva locale di Denton, si trovava in cima a una montagnola nel quadrante nord-occidentale del centro urbano. Si trattava di un edificio isolato, a due piani. L'intera struttura avrebbe potuto apparire uguale a qualsiasi altro complesso di uffici della città, se non fosse stato per i furgoni dei notiziari allineati l'uno accanto all'altro nel parcheggio. Erano passate meno di ventiquattro ore dall'omicidio di Claudia Collins, ma Josie si chiedeva se qualcuno dei notiziari locali lo avesse già scoperto. Sarebbe stata una storia enorme e difficile da contenere, visto che lo studio in cui i Collins conducevano il loro programma si trovava nello stesso edificio da cui la WYEP trasmetteva il notiziario.

Josie e Noah sbatterono i loro distintivi in faccia a una guardia di sicurezza che li fece passare attraverso un'anticamera e da cui accedettero a un ampio corridoio. Alla parete era appeso un cartello che elencava tutte le principali destinazioni del primo piano, con frecce che indicavano a destra o a sinistra, a seconda della loro posizione. Lo studio principale era a sinistra. Lo Studio Uno, dove i Collins conducevano il loro programma, era sulla destra. Perlomeno i giornalisti si trovavano all'estremità opposta dell'edificio.

Si sentivano voci da dietro la porta dello studio prima ancora che l'aprissero. Quando lei e Noah entrarono nel piccolo spazio buio, un uomo sbraitò: «Chiudi il becco, maledetta ipocrita! Neanche a te è mai importato un accidente di Claudia!»

Al centro della stanza, illuminato da un cerchio di luce intensa, il set ospitava il divano bianco e il tavolino da cui i Collins presentavano le puntate del loro programma. Intorno al tavolo erano riunite diverse persone, tra cui l'uomo che aveva appena gridato. Puntava un dito contro una donna alta dall'altra parte del tavolo.

«Stai zitto tu, Liam!» scattò lei. «Sto sollevando una preoccupazione legittima. Che vi piaccia o no, dobbiamo ancora decidere cosa farne di questo programma.»

Con un pesante sospiro, Liam chiuse le mani a pugno. «Chi se ne frega di questo stupido programma! Claudia è stata ammazzata! E questo non interessa a nessuno di voi.»

Qualcun altro disse: «Non è vero!»

Beau, che era seduto sul divano, si alzò e cercò di mettere un braccio intorno alla spalla di Liam, ma lui se lo scrollò di dosso, sbraitando: «Non toccarmi. È tutta colpa tua.»

Dall'espressione che assunse, si capiva che Beau era sconvolto. Nella stanza calò il silenzio, rotto soltanto da qualcuno che singhiozzava sommessamente. Beau si allontanò lentamente dal gruppo.

La donna alta cercò di fermarlo: «Beau, ti prego. Non voglio mancarti di rispetto. Sto solo cercando di essere concreta. Sono un produttore e questo è il mio lavoro.»

«Kathy, per favore...» mormorò lui, allontanandosi da lei. Si diresse verso una sala di controllo buia. Altre due donne lo seguirono. Josie e Noah si fecero strada tra le apparecchiature di illuminazione e di registrazione. Liam era rimasto solo. Kathy si girò verso di lui e gli disse: «Ti conviene stare attento. Sei un semplice operatore di ripresa. Potremmo sostituirti nel giro di un'ora.»

Liam si fiondò verso di lei e le altre persone vicino al divano e al tavolino si frapposero tra loro. Kathy infilò una mano tra le spalle dei due uomini allontanandoli da sé e dando uno strattone alla barba di Liam, che lanciò un grido e allontanò la testa. Le lunghe unghie di Kathy gli percorsero il viso, facendogli cadere gli occhiali sul pavimento e lasciandogli tre segni sulla fronte.

«Puttana!» gridò Liam mentre veniva trascinato via e allontanato verso l'uscita laterale della stanza. Una delle donne presenti raccolse i suoi occhiali. Lanciò a Kathy un'occhiataccia prima di dirigersi verso il punto in cui si trovava Liam, assicurando agli uomini che sarebbe rimasto calmo.

A Josie non sfuggì il sorriso soddisfatto della produttrice. Mantenne un tono basso in modo che solo Noah potesse sentirla. «Gretchen dovrebbe essere di turno ora. Mandale un messaggio e chiedile di venire qui. Ci serviranno le dichiarazioni di tutte queste persone sul loro rapporto con Claudia, su quando l'hanno vista l'ultima volta e su dove si trovavano ieri sera.»

Le dita di Noah volavano già sullo schermo del telefono. «Agli ordini.»

Videro Margot che stava in piedi dietro al divano, con gli occhi spalancati dall'orrore. Aveva i capelli unti e il viso pallido. Sembrava che la notte precedente non avesse dormito per niente. Josie non la biasimava. Dietro di lei stava un uomo alto, dagli occhi marroni e con un pizzetto scuro ben curato. Indossava pantaloni cachi e una polo bianca con la scritta WYEP sulla parte superiore del pettorale sinistro. Sopra era stato ricamato un nome in nero: Raffy. Teneva una mano appoggiata su una spalla di Margot e la guardava con uno sguardo carico di affetto; invece, lei osservava sconcertata quella scena. Quando Raffy notò Josie e Noah, si chinò su Margot e le parlò a bassa voce all'orecchio. Josie riuscì comunque a leggergli le labbra: «Avvertili che è arrivata la polizia.»

A quelle parole, le diede una delicata spinta in avanti. Stringendosi il telefono al petto, Margot fece il giro intorno al divano e superò il gruppo di persone che a quel punto stavano fissando Josie e Noah. «Grazie per essere venuti.» disse.

«Chi sono queste persone?» chiese Kathy.

Josie e Noah si presentarono, fornendo le loro credenziali in modo che tutti quanti potessero vederle. Beau riapparve, improvvisamente ospite cortese, e li presentò alla troupe, compreso Liam, che si tenne a distanza. Tra le altre persone presenti vi erano altri due operatori di ripresa, Sean House e Jim Fogle, il tecnico delle luci, Jewell Cartwright, un tecnico audio-video, Kyle Schwarber, la direttrice di scena, Marissa Parker, e infine gli stilisti, Cindy Stamm e Stephanie Horvat.

«Sono desolato per la scena a cui avete appena assistito.» si scusò Beau. Rivolse uno sguardo comprensivo in direzione di Liam. «Ho fatto venire tutta la squadra per una riunione d'emergenza, in modo che potessi raccontare in persona di Claudia. Come potete vedere, non tutti la stanno gestendo bene. Comunque, so che voi due avete bisogno di parlare con il personale, quindi sentitevi liberi.»

Josie guardò oltre le sue spalle, verso Margot. «Dov'è Eve?»

L'espressione di Beau si fece confusa e lentamente si guardò intorno. Margot si voltò a guardare Raffy, che le fece un sorriso incoraggiante, e poi fece un passo avanti. «Non è qui.»

Beau scosse la testa. «No, non è esatto. Doveva andare a prendere caffè e pasticcini.»

«È successo ore fa, Beau.» gli fece notare Margot.

«No. Non è possibile.»

«Sì, è così! Ha lasciato il mio appartamento verso le cinque di questa mattina. C'eri anche tu!»

Ci furono un paio di mormorii da parte del resto della troupe. Margot alzò gli occhi al cielo e si rivolse al gruppo. «Eravamo spaventati, chiaro? Vi faccio presente che Eve e Beau hanno visto il corpo di Claudia.» Mise l'accento sulla parola "corpo" e intanto scrutava i volti nella stanza. Da un angolo, Liam emise un piccolo verso, una via di mezzo tra un sussulto e un sospiro soffocato. Cindy Stamm, la stilista che aveva raccolto i suoi occhiali, gli diede una pacca sulla spalla. Beau agitò le mani su e giù, facendo segno alla sua troupe di abbassare la tensione nella stanza. «So che sembra strano.» disse. «Ma eravamo tutti molto, molto turbati e traumatizzati. Eve era letteralmente a pezzi e Margot le aveva detto che poteva stare a casa sua. Io stavo per andare in albergo... non so come potrò mai tornare in quella casa.» Fu scosso da un brivido, chiuse gli occhi per un breve istante prima di tornare a concentrarsi su tutte le persone che lo circondavano. «Margot ed Eve sono state così gentili da permettermi di restare. Credo che nessuno di noi abbia chiuso occhio.»

Noah cercò di riportare la conversazione sul binario di partenza. «Questa mattina è stata l'ultima volta che avete visto Eve? A casa di Margot?»

Margot annuì. «Questa mattina alle cinque era ancora sveglia. Ha detto che sarebbe tornata a casa sua per farsi una doccia e per cambiarsi. Aveva già telefonato a tutti i presenti ieri sera per avvertire di essere qui per le otto. Ha detto che avrebbe preso pasticcini e caffè. Non che qualcuno di noi avesse voglia mangiare. Immagino che le sia sembrato giusto tenersi occupata con qualcosa.»

«E invece non è mai arrivata.» disse Josie. «Nessuno l'ha vista oggi?»

Alcuni mormorarono di no e altri scossero la testa.

Josie chiese: «Vive da sola?»

Margot annuì.

Noah chiese: «Esce con qualcuno? Ha amici intimi nelle vicinanze? Qualcuno da cui potrebbe essere andata?»

«Non direi.» disse Margot. «Non credo.»

«Sì, si vede con qualcuno.» intervenne Kathy.

Tutti i presenti si voltarono verso di lei e Beau chiese: «Come fai a saperlo?»

Kathy fece una scrollata di spalle. «L'ho vista al telefono in un momento in cui pensava che nessuno le stesse prestando attenzione e un'altra volta che era al telefono e scriveva messaggi con un sorriso stampato in faccia. Era lo sguardo di una donna innamorata.»

Josie si guardò intorno soffermandosi sulle espressioni attonite. «Qualcuno sa con chi si vede Eve?»

Nessuna risposta.

Noah disse: «Qualcuno di voi ha provato a chiamarla o a mandarle un messaggio?»

Margot spinse il suo telefono verso Josie. «Io l'ho fatto. A partire dalle sette, dopo che siamo arrivati qui alle sei e trenta. L'abbiamo chiamata e le abbiamo mandato dei messaggi. Ma non ha mai risposto. Non erano ancora arrivati tutti, così sono andata a casa sua. La sua auto non c'era, ma tiene una chiave di riserva sotto la pianta in vaso fuori dalla porta e ho usato quella.»

«Dato che lei sa dov'è la sua chiave di riserva, Margot...» disse Josie, «sa anche se c'è qualcuno con cui potrebbe trovarsi in questo momento?»

Margot scosse la testa. «No. Se lo sapessi, l'avrei chiamato! Per questo sono andata a casa sua. So che ho commesso un'intrusione, ma stavo davvero cominciando a preoccuparmi. Non ho toccato nulla. Volevo soltanto assicurarmi che stesse bene. Ma non c'era.»

«In che condizioni era l'appartamento?» chiese Josie. «Le sembrava che fosse successo qualcosa di strano?»

Margot scosse la testa, riportando il telefono al petto e abbracciandolo.

Beau fissò Josie con orrore. «Come sarebbe a dire "qualcosa di strano"?»

Josie non perse tempo a rispondergli.

«Sono andata anche alla pasticceria.» aggiunge Margot. «Ma mi hanno detto di non averla vista per niente. O almeno nessuno ricordava di averla vista oggi.»

«Quando è andata a casa sua...» proseguì Josie, «ha guardato in bagno?»

Quando Beau mise una mano sulla spalla di Margot, lei se la scrollò di dosso e Raffy gli lanciò un'occhiata carica di diffidenza.

«In bagno?» ripeté Margot.

«Ha detto che Eve l'aveva avvertita che sarebbe andata a casa a farsi una doccia.» si spiegò Josie. «Quando è andata a casa di Eve, ha controllato nel bagno? L'interno della doccia era bagnato?»

Il labbro inferiore di Margot fremette. «Non ho guardato...»

Di nuovo, Beau mise una mano sulla spalla di Margot. «Perché non me l'hai detto?»

Raffy teneva lo sguardo puntato sulla mano di Beau. Fece un passo avanti e allungò la mano, come se volesse intervenire, ma poi Margot si sottrasse alla presa del suo capo e Raffy avvolse rapidamente un braccio protettivo intorno alle spalle di Margot, al che Beau gli lanciò un'occhiata di perplessità, come se si fosse appena accorto della sua presenza. Durò un attimo di troppo, prolungando il momento nell'imbarazzo. Sembrava quasi che i due non si fossero mai incontrati prima di allora. L'unica spiegazione era che Beau fosse così occupato e preso da se stesso da non essersi mai accorto dell'ovvia attrazione tra Raffy e Margot. Alla fine, Beau sbatté le palpebre e riportò l'attenzione su Margot. «Perché? Perché non hai detto nulla di Eve?»

«Perché continuavo a pensare che si sarebbe presentata a un certo punto. Ho immaginato che avesse una specie di crollo o una crisi personale. Ieri parlava di licenziarsi.»

Dalla faccia di Beau sembrò che lei gli avesse mollato uno schiaffo. «Come sarebbe a dire?»

Stavolta Margot non gli rispose, abbassando invece lo sguardo sul suo telefono. Digitò qualcosa e poi fece un paio di passaggi prima di girarlo verso Josie e Noah. «Ma il motivo per cui vi ho chiamato è questo.»

Josie le si avvicinò e Margot le puntò contro il telefono finché lei non lo prese. Lo schermo mostrava lo scambio di messaggi tra le due assistenti dei Collins.

Il primo messaggio di Margot iniziava alle sei di quella mattina, poi continuava per un'ora e mezza.

Dove sei?

Va tutto bene?

Stai bene?

Sei per strada? Se non vuoi venire, capisco. Lo dico io a Beau.

Nessuno se la prenderà. Fammi solo sapere che stai bene.

Eve, stai iniziando a spaventarmi.

Rispondi, per favore.

Stai bene?

Vengo a casa tua.

Non seguivano altri messaggi per trenta minuti.

Eve, non sto scherzando.

Ti prego di rispondermi.

Poi, alle sette e quarantatré, c'era stata una risposta.

Di' al tuo capo che non detta lui le regole. Le detto io.
IL GIOCO È INIZIATO.

SEDICI

Infilatasi un paio di guanti di lattice, Josie tirò la tenda della doccia nel piccolo bagno in casa di Eve Bowers. All'interno, gocce d'acqua colavano dalle piastrelle verso il fondo della vasca. Il cesto della biancheria nell'angolo della stanza era pieno zeppo di vestiti. In cima alla pila, tutto stropicciato, c'era il vestito di maglia color crema che le avevano visto indosso la sera prima alla centrale. Una rapida occhiata nel cesto rivelò che i vestiti erano tutti della stessa taglia e di stile simile, quindi certamente tutti appartenenti a Eve.

Le setole dello spazzolino erano ancora umide. Significava che era riuscita a tornare a casa dall'appartamento di Margot Huff e aveva avuto il tempo di farsi una doccia e di cambiarsi i vestiti. Non c'erano tracce di altre persone. Nessuno spazzolino in più. Nessuna foto, a parte quella di Eve con due persone che presumibilmente dovevano essere i suoi genitori, data l'età e la somiglianza. Se stava frequentando qualcuno, la storia non era ancora abbastanza seria da lasciare tracce in casa sua.

La voce di Noah la raggiunse da qualche altra stanza dell'appartamento: «Josie?»

Lei uscì dal bagno e percorse un breve corridoio che la

condusse al soggiorno, dove trovò una pila di libri sul tavolino accanto a una bottiglia d'acqua mezza piena. «Eve Bowers è stata qui questa mattina.»

Noah si trovava proprio davanti alla porta d'ingresso. «Lo so. Ho appena parlato con un vicino che l'ha vista salire in macchina e andarsene alle sei e un quarto.»

«Da sola?»

Annuì. «Ho chiesto all'amministratore del condominio di controllare i filmati della sicurezza. È uscita sicuramente da sola.»

Josie studiò la pila di libri. Erano sei in tutto: riguardavano un misto di psicologia generale e consigli sulle relazioni, compreso il libro dei Collins. Si chinò e lo prese dal fondo della pila e ne sfogliò le pagine, a diverse delle quali Eve aveva fatto un orecchio a un angolo; ne aveva sottolineato diversi passaggi.

Noah si avvicinò. «Pensi che stesse mettendo in pratica i principi del libro del suo principale sulla persona con cui stava uscendo? Presumendo che uscisse con qualcuno e supponendo che la produttrice abbia ragione su di lei.»

«Non saprei dire.» rispose Josie. «A noi ha detto che non si vedeva con nessuno. Forse ha evidenziato questi passaggi per quando avrebbe incontrato qualcuno. Oppure usciva con qualcuno con cui ha rotto da poco.»

Un pezzo di carta bianco scivolò fuori dalle pagine del libro e finì sul pavimento. Josie rimise il libro sul tavolo e raccolse il foglio, rigirandoselo tra le mani. Non era un foglio, ma una busta sigillata.

«Che cos'è?» chiese Noah.

Josie gli mostrò il fronte della busta. Era indirizzata a Claudia Collins da un'associazione non profit locale. La data di affrancatura risaliva a metà dicembre. Josie aveva ricevuto una busta identica un mese prima, durante le grandi iniziative di raccolta fondi per le festività natalizie.

«Posta indesiderata?» ipotizzò Noah.

«Non la considererei posta indesiderata.» rispose Josie. «Ma dubito che sia determinante o personale.»

«Cosa c'è sul retro?»

Josie girò la busta: con calligrafia piccola e stretta, qualcuno aveva scritto un nome che Josie lesse ad alta voce: «Archie Gamble.»

«Il fidanzato, forse?» suggerì Noah.

«E chi lo sa? È indirizzata a Claudia. Non sono sicura che questa calligrafia appartenga a lei o a Eve.»

Si guardarono intorno, alla ricerca di una cosa qualsiasi in bella vista che riportasse la calligrafia di Eve, ma non c'era nulla.

«Scatta una foto.» le suggerì Noah. «Faremo delle ricerche più tardi. Ora dobbiamo muoverci.»

Josie scattò una foto con il cellulare e poi rimise il libro come l'aveva trovato. Noah le fece cenno di seguirlo fuori. Il condominio di Eve aveva ingressi esterni lungo il pianterreno e posti auto proprio di fronte a ogni unità. Josie ripose la chiave di riserva dove l'avevano trovata. Non avevano avuto il tempo di ottenere un mandato, ma il padrone di casa aveva dato loro il permesso di entrare nella proprietà per controllare che Eve Bowers stesse bene.

Josie guardò da una parte all'altra della strada. «In che direzione sarà andata?»

Noah fece cenno in direzione della pasticceria che Margot aveva detto loro che Eve frequentava. «Adesso andiamo alla pasticceria.» propose.

Josie si mise al volante in modo che Noah controllasse il telefono per verificare eventuali aggiornamenti. Avevano lasciato Gretchen e un paio di agenti di pattuglia agli studi della WYEP per raccogliere le dichiarazioni di tutti coloro che lavoravano al programma dei Collins. Avevano svegliato Mettner dal suo meritato riposo per fargli cercare di scoprire se la Nissan di Eve Bowers avesse o meno un sistema di navigazione dal quale avrebbero potuto rintracciare i suoi spostamenti. Ogni minuto che passava, Josie sentiva il terrore crescerle dentro. Il caffè che aveva bevuto quella mattina le bruciava lo stomaco.

«La centrale ha fatto una ricerca sul suo telefono. L'ultimo luogo conosciuto è il parco pubblico.» disse Noah.

«Il parco pubblico è a metà strada tra qui e la pasticceria...» osservò Josie, «supponendo che abbia preso Squillace Road in direzione di Greiner Avenue. Andiamoci.»

«Sarebbe la strada più veloce e meno trafficata.»

«Anche se la mattina presto, di sabato, in pieno gennaio, dubito fortemente che ci sia stato così tanto traffico...» commentò Noah.

«Sono riusciti a individuare un luogo specifico all'interno del parco?»

«Sì, vicino all'ingresso principale.»

«Non credo ci siano molte probabilità che se ne sia andata a gironzolare intorno all'ingresso principale...» mormorò Josie. «Chiama qualche unità di supporto nel caso in cui dovessimo perlustrare il parco.»

Noah si attaccò al telefono. Ci vollero dieci minuti per arrivare al parco pubblico. Josie scorse dei veicoli allineati al marciapiede lungo la strada vicino all'ingresso principale del parco, ma non vide nessuna Nissan. Nel frattempo, erano arrivate delle unità di supporto: Josie ordinò loro di fare il giro dell'intero parco e di raggiungere di nuovo la casa di Beau e Claudia Collins, per assicurarsi che Eve non avesse deciso di andare da quella parte per qualche strana ragione. Così, lei e Noah ne avrebbero approfittato per andare a verificare i parcheggi all'interno del parco pubblico. Senonché, la ricerca non portò ad alcun risultato.

Tornati all'ingresso principale, Josie e Noah lasciarono lì il fuoristrada, scesero e si avviarono a piedi verso il drappello di agenti di pattuglia che stazionavano all'interno del parco, in attesa di ricevere ulteriori istruzioni.

«Vuoi mandare i nostri ragazzi a cercare l'auto di Eve Bowers?» chiese Noah.

Josie sospirò. «C'è Mett che sta controllando il sistema di navigazione ed è stato diramato un avviso di ricerca, quindi qualcuno dovrebbe vederla, e se dovesse comparire su uno dei sistemi di individuazione della targa, ce lo diranno.»

«Potremmo trovarla più velocemente se incaricassimo di cercarla altre unità.»

Attraversarono un'ampia apertura nella fila di arbusti che separava il parco dal marciapiede sulla strada. In uno spiazzo lastricato li accolse un cartello con la scritta "Benvenuti al parco pubblico di Denton". Accanto c'era un altro cartello che elencava le regole del parco. Ce n'erano molte. In giro erano sparse diverse panchine. Quattro sentieri diversi si allontanavano da quell'area, ognuno dei quali era contrassegnato da un cartello che indicava le attrazioni del parco che i cittadini potevano trovare lungo il percorso: il parco giochi, la giostra, la tribuna coperta per le orchestre, i campi da softball, il gazebo, il laghetto, diversi sentieri per il jogging e il ciclismo, aree picnic collettive. Gli agenti in uniforme erano riuniti in un cerchio stretto accanto al sentiero che conduceva al parco giochi e alla giostra.

Noah sfiorò il braccio di Josie. Lei si voltò verso di lui, ma lui non c'era più. Si era fermato vicino al sentiero che portava alle piste da jogging e da ciclismo. «Cosa c'è?» gli chiese.

Lui si era avvicinato a una delle panchine, vi stava girando intorno e alla fine si accovacciò. Josie lo seguì e lo osservò intanto che prendeva il telefono dalla tasca e scattava alcune foto di un oggetto incastrato tra due ciottoli. Poi, pescò un paio di guanti dalla tasca del giaccone e li infilò con uno schiocco. Prese l'oggetto e lo tenne in alto in modo che Josie potesse vederlo; quando lo vide, Josie sentì un piccolo tuffo al cuore e poi lo sentì accelerare. Dalla patente di guida della Pennsylvania, il volto di Eve Bowers ricambiava il suo sguardo.

«È stata qui, all'interno del parco.» disse Josie.

Alcuni agenti in uniforme si erano avvicinati di corsa. Uno di loro si offrì di prendere un sacchetto per le prove e corse alla macchina.

«Oppure l'assassino l'ha presa e ha buttato qui la sua patente per depistarci.»

Josie risalì di qualche metro il sentiero, fino al punto in cui l'acciottolato finiva e su entrambi i lati del sentiero regnavano erba, terra e vegetazione morente. Gli altri agenti si erano già sparpagliati nello spiazzo, intenti a scrutare il terreno in cerca di altri indizi.

«Immagino che sia inutile a questo punto...» disse Josie. «Ma non possiamo permetterci di non passare al setaccio il parco perché se lei è qui, e c'è anche la minima possibilità che non l'abbia ancora uccisa, dobbiamo trovarla.»

«Se lei è qui, è qui anche lui.» disse Noah. L'agente in uniforme che si era offerto di prendere il sacchetto per le prove dalla sua auto tornò. Noah lasciò cadere la patente di Eve Bowers nella busta di carta e l'agente la prese in custodia, usando un pennarello che aveva portato con sé per etichettare correttamente la busta.

«Io non credo che sia rimasto qui...» disse Josie, «e non credo nemmeno che sia rimasto nei paraggi.»

«Allora l'ha portata via con la Nissan di Eve.» concluse Noah. «E ha lasciato la patente qui, in modo da dividere le nostre risorse nelle ricerche. Dobbiamo cercare quella macchina.»

Josie non poteva non essere d'accordo. Le prove in loro possesso indicavano che Eve Bowers aveva lasciato l'appartamento da sola e si era allontanata con la sua auto. Dopodiché, il suo telefono si era collegato all'antenna appena fuori dall'ingresso del parco pubblico. Quella era l'ultima posizione nota. Ma lei al parco non c'era e nemmeno la sua auto. E considerando quanto era più difficile nascondere un veicolo di quanto non fosse nascondere una persona, la mossa dell'assassino di dividere le risorse della polizia per guadagnare del tempo aveva senso. Aveva spento il telefono di Claudia Collins quando era uscito da casa sua. In qualche modo, aveva incontrato Eve Bowers in quel parco, aveva usato il suo telefono per mandare un messaggio a Margot Huff e poi, con tutta probabilità, lo aveva spento. Era evidente che conosceva le procedure della polizia quanto bastava per assicurarsi di non essere rintracciabile attraverso il telefono, il che significava che quasi sicuramente sapeva che l'auto di Eve, un modello abbastanza recente, era dotato di un sistema di navigazione con GPS; perciò, era solo questione di tempo prima che le forze dell'ordine la individuassero; di conseguenza, portarli a credere che Eve fosse all'interno del parco era un ottimo diversivo.

«E se Eve invece fosse qui?» disse Josie.

Noah la seguì fino alla fine del sentiero. «Josie, la sua auto qui non c'è.»

Le parole del messaggio dell'assassino le tornarono in mente. *IL GIOCO È INIZIATO.*

«Lui vuole che venga ritrovata.» disse Josie. «Penso che ci sia una ragionevole probabilità che l'abbia lasciata in questo parco.»

«E poi cosa? Se ne sarebbe andato con la sua Nissan?» disse Noah. «Come potrebbe aver fatto? Avrebbe dovuto lasciare la sua auto nelle vicinanze. Potrà anche volere che troviamo Eve, ma sono piuttosto sicuro che l'assassino farà di tutto per non farsi prendere.»

Anche in questo caso, Josie non poté controbattere alla logica del suo ragionamento. «Bene.» concluse. «Lasciami qui con un po' di gente così perlustriamo il parco. Manda un paio di unità a controllare le targhe di tutti i veicoli parcheggiati nelle vicinanze. Tutti gli altri cercheranno l'auto di Eve fino a quando non la troveranno, o cercandola o attraverso il sistema di navigazione che Mett sta attivando.»

«Josie, questo parco è enorme...»

«Ma se hai ragione sul fatto che l'assassino sta cercando di depistarci, allora troverai l'auto di Eve abbastanza velocemente e potremo interrompere le ricerche qui. In ogni caso, c'è ancora tanta gente che sta trascorrendo la giornata all'interno del parco. Dato che siamo riusciti a evitare la stampa nelle ultime diciotto ore, non è il caso di attirare l'attenzione riempiendo il parco di agenti, a meno che non sia assolutamente necessario.»

Neanche a farlo apposta, un uomo che faceva jogging e un altro che portava a spasso il cane sbucarono da uno dei sentieri e fissarono gli agenti di polizia avviandosi fuori dal parco.

«Dovremmo chiamare Luke.» propose Noah. «Possiamo prendere qualcosa dall'appartamento di Eve in modo da dare una traccia a Blue. Se Eve è in questo parco, con il cane la troveremmo in pochi minuti.»

Tirandosi su il colletto del cappotto intorno alle guance, Josie disse: «Non sono sicura che abbiamo tutto questo tempo.» Ripensò alla ferita alla testa di Claudia. Se l'assassino aveva colpito Eve come aveva fatto con Claudia, avrebbe potuto morire dissanguata prima che la trovassero, sempre che non l'avesse già fatto. Che Eve fosse da qualche parte nel parco o dall'altra parte della città nella sua auto, doveva essere localizzata il prima possibile.

Noah tirò fuori il telefono. «Lo chiamo e mi faccio dire quanto tempo ci mettono ad arrivare.»

«Io vado a prendere le nostre radio in macchina.» disse Josie. «Poi comincerò da qui. Mi farò strada attraverso il parco.»

Noah annuì. «Io mi occuperò di coordinare tutto il resto. Fa' attenzione.»

DICIASSETTE

Una volta fissata la radio sul retro dei pantaloni, Josie si mise a correre. A ogni falcata che muoveva verso il sentiero che portava alle piste da jogging e da ciclismo il respiro le usciva in nuvolette di condensa. Raggiunse un'altra radura, questa asfaltata, dove il sentiero si divideva in sei percorsi diversi. Si diresse lungo il sentiero che correva parallelo al bordo più esterno del lato orientale del parco. Aveva fatto giusto pochi metri quando qualcosa sul ciglio attirò la sua attenzione. Era incastrato tra i rami di un cespuglio di biancospino incolto. All'inizio ebbe l'impressione che fosse soltanto una foglia secca, ma avvicinandosi di più, si rese conto che era di un blu scuro. Chinandosi per guardare meglio, le si bloccò il respiro in gola. Era una carta di credito. La carta di credito di Eve Bowers.

Tirò fuori il telefono e scattò diverse foto. Avvisò via radio il resto della squadra e poi tornò sul sentiero, accelerando il passo per attraversare un paio di distese erbose con panchine e una collinetta con una piccola fontana che era stata chiusa per l'inverno. Le passarono accanto ben tre corridori, che le lanciarono occhiate curiose. Gli alberi cominciarono a chiudersi ai lati del sentiero. Erano spogli e le davano una visuale relativamente libera sulle aree boschive che la circondavano. A circa mezzo chilometro da dove aveva trovato la carta di credito, in mezzo alla boscaglia, Josie trovò una borsetta da donna. Era riversa su un fianco e il suo contenuto fuoriusciva dalla cerniera spalancata. Josie scattò qualche altra foto e poi usò l'estremità di un bastoncino per frugare all'interno della borsetta finché non ne estrasse un portafoglio con altre carte di credito appartenenti a Eve Bowers. Non c'erano chiavi, né normali né elettroniche. Tantomeno il telefono. Cercò nell'area circostante un qualsiasi segno del passaggio della ragazza o eventuali tracce di lotta, ma non trovandone, lasciò lì la borsetta così come l'aveva trovata, tornò sul sentiero e contattò di nuovo la squadra via radio. Poi, riprendendo il cammino, si mise a elaborare mentalmente un possibile sviluppo degli eventi: Eve Bowers doveva aver lasciato il suo appartamento da sola, al volante della sua Nissan. Poteva essersi fermata di sua volontà o essere stata in qualche modo fermata da un'altra persona all'ingresso principale del parco pubblico. In questa seconda evenienza, doveva conoscere quella persona, se si era fermata per scendere. Una variante possibile era che questa persona l'avesse chiamata prima e si fossero accordati per incontrarsi lì. In ogni caso, lei era scesa dall'auto e doveva aver scelto di seguirla all'interno del parco, evidentemente non considerandola pericolosa; oppure, era stata costretta sotto minaccia. Quindi, doveva aver capito subito di essere nei guai, perché aveva gettato la patente a terra vicino all'ingresso del parco. Poi aveva cercato di lasciare una pista di tracce.

Josie rimase impressionata dalla prontezza di riflessi e dall'ingegno di Eve. Purtroppo, la pista di indizi terminava con la borsetta. L'assassino doveva aver capito cosa stava cercando di fare. A quel punto, doveva averla trascinata fuori dal parco, magari proprio fino all'auto di Eve.

Dalla radio le arrivò un giro di comunicazioni che segnalava che tutte le unità si stavano dirigendo verso di lei. Ma Josie continuò a camminare ignorando il bruciore ai polpacci. I verdi prati si trasformarono in collinette boscose. Vicino alla sommità c'era un'apertura tra gli alberi. Un cartello di fianco annunciava: Grotta degli Amanti. Sotto il nome c'era un breve riassunto della leggenda che si era sviluppata intorno alla grotta:

*Alla fine del XIX secolo, nella Grotta degli Amanti
furono rinvenuti due scheletri che giacevano l'uno
accanto all'altro, tenendosi per mano. La loro identità
rimane a tutt'oggi un mistero.*

Josie lanciò un'occhiata verso il sentiero sterrato che conduceva alla grotta. Era ricoperto di foglie in decomposizione, calpestate dalle persone che vi si recavano a piedi. Qualche anno prima, l'amministrazione comunale si era preoccupata di trasformare la Grotta degli Amanti da luogo inquietante del parco che attirava l'interesse degli adolescenti in cerca di un posto dove ubriacarsi, a vera e propria attrazione turistica. A tal fine, l'area era stata ripulita e erano stati installati diversi tavoli da picnic all'esterno della grotta. In effetti, prima che un caso a cui stavano lavorando si mettesse di traverso, Noah aveva pianificato di portare Josie a un pic-nic alla grotta per farle la proposta. Mandò un altro messaggio a Noah e imboccò il sentiero. La luce del sole filtrava attraverso i rami degli alberi. Nonostante ciò, e nonostante il fatto che stesse sudando per lo sforzo, Josie sentì un brivido penetrare nelle ossa.

I tavolini erano vuoti. Gli unici suoni nella radura erano i gracidii rabbiosi di un paio di corvi appollaiati sulle cime degli alberi. All'imboccatura della grotta era stata installata una porta scorrevole in plexiglas all'altezza della vita e un cartello con su scritto: VIETATO ENTRARE. Era il dissuasore meno efficace che si potesse immaginare. Josie ricordava che ai tempi in cui era adolescente, i suoi compagni di classe si sfidavano a vicenda a entrare nella Grotta degli Amanti. Lei, invece, non ci era mai entrata, perché non si trovava bene negli spazi angusti e bui. Impronte di dita sbavate e persino alcune impronte di mani ricoprivano il pannello della porta. Josie la spinse con il fianco e la fece oscillare verso l'apertura della grotta.

L'ingresso era corto e malformato, anche se abbastanza ampio da permettere a una persona di media statura di passare abbassando la testa. Josie fissò l'oscurità, sentendo il sangue affluire alla testa.

Quando aveva appena tre settimane, Josie era stata rapita da una donna che, come la definiva lei, era l'incarnazione di Satana. Dall'età di sei anni fino ai quattordici, Josie aveva vissuto esclusivamente con la sua rapitrice. Quel periodo era stato segnato da traumi tra i quali si contavano le ore passate chiusa in uno sgabuzzino angusto e buio. Né andando in terapia né costringendosi a entrare in spazi angusti e bui, seppur in età adulta e con una pistola al fianco, era riuscita ad attenuare il terrore fisico da cui si sentiva attaccare ogni volta che si trovava di fronte a qualcosa di simile. L'oscurità notturna delle grotte era particolarmente straziante. Decise che poteva aspettare i rinforzi e mandare dentro un paio di agenti in uniforme. Non sapeva nemmeno se Eve Bowers fosse davvero all'interno della grotta.

Quando fece un passo indietro e il pannello della porta la seguì, con la parte inferiore che sfiorava le foglie morte sul terreno, emerse un minuscolo puntino rosa, un punto di colore caldo in un vasto paesaggio dominato dal marrone. Con crescente timore, Josie si mise in ginocchio per guardarlo meglio. Il ruggito nella sua testa peggiorò.

La punta di un'unghia, ricoperta di smalto rosa pallido e scheggiato, giaceva nella terra. La sera prima, Eve Bowers si era tolta dalle unghie uno smalto dello stesso colore nella sala degli interrogatori. Josie non pensò che si trattasse di una coincidenza.

Si alzò raddrizzando la schiena. Senza pensarci, trovò la radio e fornì brevi dettagli sulla sua posizione, su ciò che aveva trovato e avvisando gli agenti che avrebbe cercato all'interno della grotta. Le voci che le risposero la esortarono ad aspettare. Spense la radio e poi attivò l'applicazione torcia del telefono. Con la mano destra aprì la fondina al fianco e fece scivolare fuori l'arma d'ordinanza.

Tenendo la torcia del telefono puntata davanti a sé con la mano sinistra e la pistola puntata nella stessa direzione con l'altra, Josie superò la porta di plexiglas.

E si fermò.

La bambina di nove anni che era in lei si mise a piangere. Il battito del cuore le rimbombava nelle orecchie come un migliaio di cavalli al galoppo. Poteva aspettare. Avrebbe dovuto aspettare. Tutte le altre volte che si era addentrata in spazi come la Grotta degli Amanti, Noah era al suo fianco e la sua presenza aveva tenuto a bada i suoi demoni, quanto bastava. Di certo anche un agente di pattuglia che fosse entrato con lei sarebbe stato preferibile che entrarci da sola. Incominciò ad abbassare le braccia, ma poi, per qualche motivo, un rumore si infranse contro il panico che si stava creando dentro di lei. Era un fruscio, proveniva dall'interno della grotta. Josie aveva sempre promesso a se stessa che non avrebbe mai consentito al proprio trauma di impedirle di fare il suo lavoro. Non avrebbe permesso alla donna che l'aveva rapita di vincere. Non avrebbe mai messo in pericolo delle persone innocenti a causa dei suoi problemi personali. Tirò su le braccia, le tenne dritte davanti a sé, con quel poco che la torcia poteva fare per penetrare l'oscurità antistante. Abbassando la testa, si inoltrò nell'oscurità. La sua mente frenetica cercò di fare uno degli esercizi di respirazione che le aveva insegnato la sua terapeuta. Non servì a nulla. A ogni respiro le si gonfiava il petto, rendendo instabile la luce e la sua pistola. A malapena percepiva il freddo, che nelle viscere della grotta era più profondo e penetrante, o l'odore, sgradevole e terroso. La luce della torcia illuminava le pareti di pietra, lungo le quali crescevano forme scure, e la terra e le rocce sotto i suoi piedi. Josie rimase accovacciata finché non si rese conto che il soffitto si era alzato. Guardando verso l'alto con la luce della torcia, vide decine di pipistrelli appesi come buste sospese dall'alto. Il suo stomaco venne scosso da un brivido e un'ondata di panico seguito da un conato di vomito la attraversò dalla testa ai piedi. I suoi piedi la portarono oltre la camera, dove il soffitto si abbassava di nuovo di circa mezzo metro sopra la sua testa. Cercò di captare di nuovo quel fruscio che aveva sentito poco prima, ma il rimbombo del battito del suo cuore era troppo forte. Le pareti si chiusero. La paura le strinse la cassa toracica in una morsa finché ogni passo in avanti divenne fisicamente doloroso. Josie aprì la bocca per identificarsi e per chiamare Eve, ma l'unico suono che le uscì dalla gola fu un rantolo strozzato.

Cercò di fare appello alla parte razionale di se stessa, la donna adulta dentro la sua mente, che capiva che la sua paura era basata su eventi che erano accaduti molto tempo prima.

Il fruscio si ripeté. Josie passò la torcia da un lato all'altro. Tutto il suo corpo si bloccò quando due occhi luminosi la scrutarono in mezzo a quell'oscurità. Le sue labbra si contorsero, cercando di formare delle parole, di emettere un qualsiasi suono. Non accadde nulla. La paura le stritolò le costole. Respirare era impossibile.

Quegli occhi sbatterono le palpebre e poi sparirono. Josie si impose di muoversi, per seguire la torcia, ma il suo corpo si ribellò, rimanendo bloccato al suo posto. Ora udì un fruscio più forte, a pochi metri di distanza.

Poi arrivò un gemito che allentò le viscere di Josie. Era sicuramente umano. Vicino.

Cercò di dire "Eve". Cercò di dire qualsiasi cosa, ma era

ancora paralizzata. Gli occhi riapparvero, stavolta triplicati. Tre serie di occhi luminosi a varie altezze, ma vicini al suolo. Solo quando si precipitarono tutti verso di lei, un urlo le uscì dalla gola, riempiendo la caverna e riverberando sulla pietra così forte che le sembrò che i suoi denti stridessero. Creature pesanti, grandi come il suo cane, le passarono sopra i piedi e tra le gambe, facendole perdere l'equilibrio. Riuscì a tenere salda la presa sulla pistola, ma il telefono volò in aria. Mentre cadeva sul sedere, la luce del telefono cadde, illuminando la coda grassa e pelosa di un procione che si trascinava nella direzione da cui era venuta Josie.

Non c'era tempo per provare sollievo. Il gemito che aveva sentito le riecheggiava nella testa. Mettendosi sulle ginocchia, si trascinò sul pavimento di terra battuta e afferrò il telefono, girandosi di scatto alla ricerca della fonte di quel rumore infernale. Il fascio di luce si posò su un piede, calzato da un elegante stivale grigio, con la parte inferiore sporca di fango.

Finalmente, le parole arrivarono. «Eve!» gridò Josie.

Si alzò e scattò verso il piede, colmando rapidamente la distanza. La sua mano tremante fece scorrere la luce della torcia sul corpo finché non si posò per un breve istante sul volto di Eve. Josie ripose la pistola nella fondina e cercò il polso, ma non c'era più. La pelle di Eve era fredda come il ghiaccio.

Ma quel gemito.

Eve era appoggiata a una parete della grotta, inclinata scompostamente verso sinistra, con le braccia e le gambe rilassate, come una bambola che fosse stata messa da parte. Josie appoggiò il telefono a terra, con la luce puntata verso l'alto, e prese Eve tra le braccia in modo da stenderla a terra. Josie iniziò le compressioni cardiopolmonari, contando nella sua testa. La familiarità del gesto, il fatto che l'agente di polizia addestrato dentro di lei prendesse il controllo della situazione, allentò la morsa d'acciaio della paura intorno alle sue costole. Tuttavia, quando si piegò per praticare la respirazione di soccorso, le fu difficile respirare a pieni polmoni.

Le labbra di Eve sapevano di ghiaccio e di morte.

Josie continuò ad andare avanti finché la grotta non fu illuminata dalle torce di una mezza dozzina di altri agenti. Continuò finché uno di loro non la prese tra le braccia e la portò via.

DICIOTTO
ANNOTAZIONE DAL DIARIO, SENZA DATA

Non posso resistere ancora a lungo. Voglio dare un taglio netto a questa storia. Per quanto sia possibile dare un taglio netto a una storia con lui. Non posso più sopportare le bugie e i sotterfugi. Sta rovinando la gioia più pura e profonda che abbia mai provato. Non voglio che il nostro futuro sia macchiato dal tradimento. Voglio poter gridare liberamente dai tetti che lo amo, che ci amiamo. So che entrambi saremo odiati per molto tempo, se non addirittura per sempre. Ma potremo contare sulla fiducia reciproca e questa è l'unica cosa che conta. Non dovremo più mentire. Non dovremo più tradire. Questo è ciò che conta. Ma ogni volta che immagino di sedermi per dirglielo, non riesco a respirare. Non lo capirà mai e non lo accetterà mai.

Temo che nessuno di noi due gli sopravviverà.

DICIANNOVE

Due ore dopo, Josie si ritrovò seduta sopra uno dei tavolini da pic-nic all'esterno della Grotta degli Amanti a fissare le operazioni nella radura, dove si erano riunite numerose persone con altrettante attrezzature. Alcuni agenti in uniforme stavano di guardia lungo il perimetro e facevano cenno di proseguire a tutti i visitatori del parco che si fermavano a guardare o a fare ipotesi su ciò che stava accadendo. Non era stato possibile far arrivare un'ambulanza così vicino alla grotta; perciò, i paramedici avevano dovuto trasportare nella radura due barelle con sopra dei sacchi per cadaveri. Uno di loro aveva offerto a Josie una coperta, che però lei aveva rifiutato. Il freddo che sentiva aveva poco a che fare con il freddo di gennaio. I ragazzi della Squadra di Raccolta delle Prove avevano caricato l'attrezzatura su dei carrelli pieghevoli, che avevano spinto lungo i sentieri e avevano installato all'interno della grotta abbastanza fari alogeni da illuminarla a giorno, ottenendo così di causare una certa agitazione nella colonia di pipistrelli che ci viveva dentro, ma questo non aveva impedito a Hummel e alla sua squadra di continuare a esaminare la scena.

La dottoressa Feist arrivò che la squadra non era ancora

uscita dalla grotta. Guardò Josie e prese la coperta da una barella vicina. Si avvicinò, facendo schioccare la coperta come un torero, e poi la avvolse strettamente intorno alle spalle di Josie.

«Dottoressa...» protestò lei.

«Silenzio.» la ammonì la Feist appoggiando il dorso della mano sulla fronte di Josie, poi sulla sua guancia. In qualche modo, tra le pieghe della coperta e del cappotto di Josie, trovò il polso e vi premette due dita contro la parte interna.

«Sto bene.» protestò ancora Josie.

La dottoressa Feist non prestò attenzione alle sue lamentele e quando fu soddisfatta del ritmo del battito di Josie, scomparve e riapparve pochi secondi dopo con una bottiglietta d'acqua. «Beva questa.»

Josie conosceva il medico legale abbastanza bene da sapere che non serviva a niente discutere e mandò giù un lungo sorso prima di mettere via la bottiglia sul tavolino su cui era seduta.

«Dov'è Noah?» le chiese la dottoressa.

«Sta cercando di trovare l'auto di Eve Bowers.» disse Josie. «Pensiamo che l'assassino se ne sia andato con quella.»

La Feist piegò le ginocchia e si chinò in avanti per guardare meglio il viso di Josie. «Si sente bene?»

Josie riuscì a sfoderare un debole sorriso. Non era certo la prima volta che era dovuta entrare in uno spazio buio e chiuso in servizio, né la prima volta che aveva cercato di salvare qualcuno senza riuscirci. Ma le costava sempre qualcosa. «Glielo direi se non stessi bene?» ribatté.

La dottoressa Feist sostenne il suo sguardo per un attimo e poi la sua espressione si addolcì. «Potrebbe, sa... dirmelo. Possiamo parlare di altre cose oltre che di cadaveri.»

Josie sospirò e si strinse la coperta intorno alle spalle. «Se per lei fa lo stesso, preferisco continuare a parlare di cadaveri. Almeno per oggi.»

Il medico legale annuì. «Allora mi dica che cosa abbiamo.»

Josie riepilogò gli eventi all'interno della grotta. La dottoressa fece alcune domande. Poi attesero che Hummel uscisse dalla grotta per consentire al medico di dare un'occhiata al corpo. La dottoressa Feist trovò tra le varie attrezzature una tuta in Tyvek, completa di cuffia, guanti e copriscarpe, e indossò il tutto. «Vuole unirsi a me?» le chiese quando si fu preparata. Josie guardò la luce che fuoriusciva dalla bocca della grotta. Sembrava ancora più brillante rispetto alla luce del sole che si abbassava all'orizzonte. «No.» disse. «Aspetto qui.»

La dottoressa Feist entrò. Il pomeriggio cedette il passo alla sera. Dopo quella che sembrò un'eternità, la Feist riemerse dalla grotta, si tolse i guanti, fece cenno a due paramedici e si fermò per un attimo a dar loro delle indicazioni; i due cercarono tra le loro attrezzature una tavola spinale e poi scomparvero nella grotta. Tirandosi indietro la cuffia, la dottoressa si avvicinò a Josie. «Se si sta autoflagellando per non essere riuscita a salvare quella giovane donna, può smetterla.»

Josie saltò giù dal tavolino. «Di che cosa sta parlando?»

«È morta da ore, Josie. È andata in rigor mortis proprio mentre la scena veniva analizzata. In base alla sua temperatura corporea e a quella della grotta, la mia stima iniziale è che sia stata uccisa tra le sette e le nove di questa mattina.»

«Ma l'ho trovata verso le dieci.» disse Josie. «L'ho sentita gemere. C'è stato un fruscio e poi un gemito. L'ho sentito bene.»

La dottoressa Feist le offrì un sorriso dolente. «Ha detto che c'erano almeno tre procioni lì dentro con lei, giusto? È molto facile che siano stati loro a causare il fruscio che ha sentito. Hummel ha trovato ogni tipo di involucro di cibo mangiato a metà in quella grotta. Devono essere stati quei procioni a portare quegli avanzi dentro la grotta per mangiarli.»

«Ma quel lamento...» continuò Josie. «Non è la prima volta che mi imbatto in un procione. Non fanno quel tipo di verso. Non come quello che ho sentito io. Quello era umano. Eve era ancora viva.»

Il mezzo sorriso della dottoressa si trasformò in una smorfia completa. «So che ha visto molti cadaveri, Josie, ma non ci ha passato tanto tempo in mezzo come faccio io. I corpi si lamentano, gemono e a volte stridono. Anche dopo la morte.»

Josie la fissò senza rispondere.

«L'aria può rimanere intrappolata nei polmoni. Non capita di frequente, ma di tanto in tanto succede, e poi, quando vengono spostati, l'aria viene espulsa e il suono ricorda quello di un lamento. L'ipotesi più probabile è che i procioni l'abbiano spinta e che, spostandola dalla sua posizione originale, l'aria le sia uscita dai polmoni, producendo il gemito che ha sentito.»

Josie sbatté le palpebre. Si sentì sprofondare la terra sotto i piedi. «Ho inquinato la scena...» disse. «Quando le ho praticato la rianimazione, ho inquinato la scena.»

La dottoressa Feist sospirò. Intanto, dietro di lei, i paramedici si affannavano per uscire dalla grotta, cercando di mantenere in piano la tavola spinale su cui avevano caricato Eve, in un sacco per cadaveri. Josie rimase a guardare i paramedici che la trasferivano dalla tavola a una delle barelle e la assicuravano. Hummel e un altro membro della Squadra di Raccolta delle Prove arrivarono un attimo dopo, portando delle buste per le prove e altre luci alogene. La dottoressa Feist fece cenno a Josie di seguirla e insieme si avvicinarono alla barella. I paramedici si allontanarono e lasciarono che il medico aprisse la cerniera della sacca. Da vicino, Josie vide che il bel viso di Eve Bowers si era trasformato in una maschera dell'orrore. La dottoressa Feist estrasse da una tasca una penna luminosa e la accese. La tenne in una mano e illuminò gli occhi di Eve. Erano gonfi, grotteschi, costellati di petecchie puntiformi che punteggiavano la sclera. Le labbra erano gonfie. Intorno al collo c'erano segni di legatura rosso fuoco.

«L'ha strangolata.» dedusse Josie.

«Sì.» confermò la Feist. «Tenderei a pensare con una cintura. A un'occhiata superficiale, direi che dall'impronta della lesione a stampo dovrei riuscire a scoprire il corpo contundente, ma ve ne darò conferma dopo l'esame.»

Non era la prima volta che Josie vedeva impressa sulla pelle della vittima l'impronta del corpo contundente; anzi, in diverse occasioni aveva visto che, nelle lesioni a stampo, la ferita era l'esatta immagine speculare dell'oggetto usato per uccidere la vittima; per questo, confidava che la dottoressa sarebbe riuscita a capire senza problemi il tipo di oggetto che l'aveva provocata.

La dottoressa Feist richiuse la cerniera della sacca e fece segno ai paramedici che potevano portare via il corpo di Eve. «Vi manderò i risultati dell'autopsia il prima possibile.» aggiunse guardando Josie.

Intanto, le si era avvicinato Hummel. Teneva tra le mani una macchina fotografica digitale, con il display acceso. «Qui abbiamo finito, ma prima che se ne vada, c'è una cosa che vorrei farle vedere.»

Inclinò la macchina fotografica in modo che Josie potesse vedere la foto. Per la prima volta dopo diverse ore il suo battito cardiaco tornò a salire. A meno di un metro dal corpo di Eve, lungo una delle pareti della grotta, era stata lasciata una scatola di legno rettangolare a forma di pacco regalo. Con tutta probabilità l'assassino doveva averla lasciata nella sua mano quando aveva portato Eve all'interno della grotta; quindi, dovevano essere stati i procioni, o Josie, a spostarla.

«Appena riuscite ad aprirla, voglio sapere cosa c'è dentro.» si raccomandò Josie. «E il suo telefono? Siete riusciti a trovarlo nella grotta?»

«Sfortunatamente no.» Hummel passò alle foto successive. «Un'ultima cosa...»

Girò di nuovo il display della macchina fotografica verso di lei; stavolta mostrava un primo piano di una delle mani delicate di Eve. Sulla prima nocca dell'anulare erano infilati l'anello di fidanzamento e la fede nuziale di Claudia Collins.

Hummel disse: «Questi non sembrano i gioielli mancanti dalla scena di ieri sera?»

«Sì, è vero.»

Prima di avere il tempo per pensare a cosa potesse significare, una figura apparve lungo il sentiero che portava al parco. Josie sentì che quasi le ginocchia le cedevano quando vide suo marito e dovette resistere all'impulso di correre verso di lui e di lasciarsi cadere tra le sue braccia. Dall'espressione di Noah capì che non potevano ancora chiudere la giornata.

«Tenente Fraley...» lo accolse Hummel. «Che cosa c'è?»

Noah diede un'occhiata a Josie, aggrottando leggermente le sopracciglia nel gesto di chiederle in silenzio se stesse bene. Dopo che lei gli fece un cenno appena percettibile, rispose. «Abbiamo trovato l'auto di Eve Bowers.»

VENTI

Josie azionò il riscaldamento dell'auto e lo mise al massimo; nel frattempo, Noah si era messo al volante e attraversava le strade di Denton. Alle sei del pomeriggio, era già buio pesto nella zona sud di Denton. Giusto una striscia di luna rischiarava il cielo nero, ma non era abbastanza per fare una luce significativa. A differenza delle altre zone della città, che erano circondate da ripide colline e dalle montagne, la parte meridionale di Denton era più pianeggiante e vedeva all'orizzonte dolci colline, terreni agricoli e una manciata di negozi. Un ramo del fiume Susquehanna che attraversava la parte orientale di Denton si arricciava a raggiungere il confine meridionale della città.

Davanti a loro, Noah seguiva i fanali posteriori dell'auto di Mettner, che si apprestava a percorrere lo stretto South Bridge in direzione di una zona più remota della parte sud della città. Gretchen, invece, era stata mandata a casa a riposare. Avevano trascorso i primi dieci minuti del viaggio in auto aggiornandosi a vicenda sugli sviluppi fino a quel momento, con Josie che aveva parlato per la maggior parte del tempo. Si era aspettata che Noah la rimproverasse per la questione dei procioni nella Grotta degli Amanti e si era aspettata che le rimproverasse anche di non aver aspettato i rinforzi; e invece, lui non aveva detto una parola. Anzi, Josie si era resa conto che Noah sapeva perfettamente quanto fosse stato difficile per lei entrare in quello spazio angusto e buio. E lo amava di più per il suo silenzio.

A quel punto, spostò la conversazione sull'auto di Eve Bowers. «Dove l'hanno trovata? Ci stiamo avvicinando alla contea di Lenore. Almeno è nella nostra giurisdizione?»

«Sì, mi hanno detto che è ancora Denton.» disse Noah. «Beh, in realtà si trova in un terreno di caccia statale, ma dato che non c'è nessun corpo al suo interno, la Polizia di Stato è felice di lasciare che ce ne occupiamo noi.»

Luci rosse e blu lampeggiavano davanti a loro, illuminando la notte. Tutto ciò che Josie riuscì a vedere fu una stretta strada a due corsie, due volanti della polizia di Denton e molti alberi spogli, con i loro rami scuri e sottili che si protendevano in ogni direzione. Mettner lasciò la macchina dietro una delle volanti e Noah si fermò subito dietro di lui. Tirò il freno a mano e prese il telefono dalla tasca per visualizzare una mappa della zona. Puntò un dito su quella che si presentava come una strada qualsiasi. «Noi siamo proprio qui.» Spostò la mappa con l'indice. L'icona di una puntina da disegno rossa apparve a lato della strada, nel bel mezzo di una zona boscosa. «E la macchina è qui.»

Josie gli prese il telefono dalle mani ed esaminò la mappa, pizzicando con il pollice e l'indice per restringerla o ingrandirla. Intorno a loro non c'era altro che vegetazione per chilometri e chilometri. Puntò un dito sull'area boschiva dalla parte opposta della strada rispetto a dove era stata trovata l'auto di Eve e lo trascinò in un cerchio che comprendeva un'ampia proprietà che si estendeva dalla strada su cui si trovavano fino a un'altra strada a ovest che le correva parallela. «Questa che cos'è?»

Noah sorrise. «È qui che le cose si fanno davvero interessanti. È una proprietà privata che appartiene a un uomo di nome...» Esitò per un effetto drammatico prima di rivelare la sorpresa. «Archie Gamble.»

Josie riportò l'attenzione sul telefono, ingrandendo e rimpicciolendo l'immagine per cercare di farsi un'idea più precisa delle dimensioni della proprietà. «È la seconda volta che sento questo nome nel giro di poche ore...» osservò Josie. «Sai dirmi per quale motivo?»

Noah allungò una mano e accese il terminale dati di bordo. «Non solo, sono molto più avanti di te...» annunciò e un attimo dopo, sullo schermo, apparve la foto della patente di Archie Gamble. Non era affatto quello che Josie si aspettava. Non che sapesse cosa aspettarsi. Forse l'inafferrabile fidanzato di Eve Bowers? D'altra parte, quali donne scrivevano in modo criptico i nomi dei loro fidanzati sul retro della posta indesiderata del loro capo e la lasciavano all'interno di un libro sulle relazioni? Josie non era in grado di dirlo, ma si sarebbe stupita se fosse stato Gamble a dare a Eve "lo sguardo di una donna innamorata". L'uomo della foto era sulla cinquantina, brizzolato, con occhi duri e spigolosi, lunghi capelli color sale e pepe e una barba incolta.

«Ha precedenti?» chiese Josie.

«A costo che tu non ci creda, non ne ha.» disse Noah. «È pulito.»

«Per quanto ne sappiano.» disse Josie. «Andiamo.»

Scendendo dall'auto, il suo respiro formò piccole nuvole che salivano e si allontanavano nell'oscurità.

La notte aveva portato un freddo più intenso che la fece rabbrividire dalla testa ai piedi. Si strinse il cappotto addosso. Vicino a una delle volanti, Mettner si era riunito con due agenti in uniforme che parlavano a bassa voce. Josie riconobbe uno degli agenti, era Dougherty, che stava facendo dei cenni alle loro spalle, verso il ciglio della strada e oltre. Lei vedeva solo il nero più pesto. «Abbiamo fatto un giro nella radura a circa quindici o venti metri dalla strada per assicurarci che fosse il veicolo che tutti stavano cercando. È una Nissan Rogue. La targa è intestata a Eve Bowers e il numero di telaio corrisponde. Danni minimi alla struttura del veicolo, nessun segno di slittamento sulla strada, almeno che possiamo vedere, quindi non sembra che si tratti di un incidente. Immagino che sappiate che abbiamo il permesso di rimuovere il veicolo, dato che si trova in un terreno di caccia statale. Ma abbiamo pensato che avreste voluto che la Squadra di Raccolta delle Prove venisse qui a dare un'occhiata prima di sequestrarlo; quindi, non abbiamo toccato o alterato nulla.»

«Ottima decisione.» disse Josie. «Ma la Squadra di Raccolta delle Prove ci metterà un po'. Stanno effettuando i rilievi su un'altra scena.»

«Non c'è problema.» convenne Dougherty annuendo. «Possiamo aspettare.»

Mettner fece un lungo sospiro. «Quindi è tutto qui? Restiamo qua fuori per qualche altra ora?»

«No.» gli disse Josie. «C'è qualcos'altro che possiamo fare.»

Noah approfittò dell'imbeccata per aggiornare Mettner circa la scoperta del nome di Archie Gamble nell'appartamento di Eve Bowers e sul fatto che l'uomo possedeva la proprietà adiacente al terreno di caccia statale dove era stata trovata la macchina di Eve Bowers.

«Beh, che diamine...» disse Mettner con un largo sorriso. «Andiamo a parlargli.»

VENTUNO

Lasciarono gli agenti in uniforme a sorvegliare l'auto di Eve, mentre loro percorrevano l'area boschiva fino alla parte anteriore della proprietà di Archie Gamble. Una cassetta per la posta di metallo tutta arrugginita traballava su un piolo piantato accanto a un vialetto sterrato. Josie rimbalzò sul sedile quando fece manovra con il fuoristrada per entrare nel vialetto. I fari illuminavano l'erba morta e gli alberi spogli su entrambi i lati. Le sembrò di essere stata in macchina per un'ora quando finalmente in lontananza si vide una piccola casa. Non appena i fari si posarono sulla facciata bianca, qualcosa di grigio e minuscolo sgusciò lungo il lato della casa e corse via immergendosi nell'oscurità. Assomigliava molto a un gatto. La casa di Gamble era un rettangolo a un solo piano basso. Alla loro destra era visibile una tenda parasole. Il piccolo portico sottostante era un buco nero. Non c'era luce a illuminare la casa, tanto dall'intero quanto all'esterno. Josie fermò la macchina accanto a un piccolo cassonato nero.

«Lasciate i fari accesi.» suggerì Mettner. «Non si vede un accidente qui fuori.»

Josie li lasciò accesi, ma si accorse che la luce non arrivava oltre il veicolo lasciando il portico immerso nell'oscurità e dovette sbattere le palpebre un paio di volte per adattare la vista a quell'oscurità scendendo dall'auto e man mano che si avvicinavano con circospezione alla casa. Sul lato opposto del cassonato si intravedevano le prime lastre di un passaggio di cemento. La seguirono finché non svoltarono bruscamente verso il portico.

Davanti a loro brillava un cerchietto arancione, incorporeo. Poi l'odore del fumo di sigaretta raggiunse le narici di Josie. I tre si bloccarono. Josie fece per prendere l'arma di ordinanza, ma si trattenne: non avevano ancora alcun chiaro indizio dell'imminenza di una minaccia. Avevano trovato l'auto di una vittima di omicidio nella proprietà accanto a quella di Gamble, che era attraversata dalla strada. Questo non dava loro diritto di entrare nella sua proprietà. L'unica giustificazione per la loro presenza era che avevano trovato il suo nome nell'appartamento di Eve Bowers, il che avrebbe permesso di fargli qualche domanda. Era possibile che non avesse nulla a che fare con l'omicidio di Eve Bowers o con quello di Claudia Collins e che il suo nome fosse comparso due volte nel giro di un giorno nel corso delle indagini per una semplice coincidenza. Ma Josie non credeva alle coincidenze.

Avvertendo una stretta allo stomaco, chiuse la mano a pugno. Il respiro di Noah le solleticava la nuca. Qualcosa davanti a loro scricchiolò.

«Mr. Gamble?» chiamò Josie. «Archie Gamble?»

Una voce bassa e rauca parlò da qualche parte nell'oscurità. «Siete venuti in tre, così vestiti, di sera... dovete essere della polizia.»

Noah presentò tutti quanti e disse: «Sì, siamo del Dipartimento di Polizia di Denton.»

«Cosa volete da me, allora?» domandò la voce.

Josie sbatté di nuovo le palpebre, cercando ancora di adattare gli occhi più rapidamente all'oscurità. Quando Archie Gamble tirò un'altra boccata di sigaretta, il suo volto si illuminò per un attimo. Era ancora più brizzolato di quanto non appariese nella foto della patente. Capelli incolti, occhi infossati circondati da rughe, sopracciglia indisciplinate, una lunga barba.

«Ci dispiace disturbarla, signore, soprattutto a quest'ora.» disse Mettner. «Ma abbiamo trovato un veicolo vicino alla parte posteriore della sua proprietà, nel punto in cui si affaccia su Wertz Road.»

«Avete detto di aver trovato un veicolo dentro la mia proprietà?»

«No.» disse Noah. «Su lato opposto di Wertz Road rispetto alla sua proprietà.»

«Quello è un terreno di caccia statale, figliolo. Non ha niente a che vedere con la mia proprietà.»

«Quel veicolo apparteneva a una donna che è stata uccisa oggi.» spiegò Josie. «Abbiamo trovato il suo nome tra i suoi oggetti personali. Vorremmo farle qualche domanda.»

Il cerchio arancione si illuminò e poi attraversò la notte, lasciando una scia di scintille che svanì rapidamente. Qualcosa atterrò ai loro piedi. Un altro scricchiolio. «Ho una torcia, la accendo, così possiamo vederci meglio, ma vi dico subito che ho una pistola a pallini sulle ginocchia.» li avvertì Archie Gamble. «Non ho intenzione di fare del male a nessuno, quindi non sparatemi.»

Prima che qualcuno potesse rispondere, la luce si accese. Non era una torcia portatile, ma una lanterna a batteria. Poggiava su un piccolo supporto circolare in ferro battuto, accanto a un posacenere che traboccava di mozziconi di sigaretta. Archie Gamble sedeva con la schiena dritta su una sedia a dondolo la cui imbottitura aveva visto giorni migliori. Indossava jeans sbiaditi e strappati, e un ginocchio peloso spuntava da uno strappo del pantalone. Una scritta sulla sua maglietta nera recitava: "Ti ascolto più volentieri quando taci...". Appoggiata sulle ginocchia teneva la pistola a pallini di cui li aveva avvertiti e aveva alzato le mani in alto, in modo che potessero vederle, e Josie avvertì un piccolo brivido di sollievo.

Mettner disse: «Le dispiace se le domando a che cosa vorrebbe sparare con quella?»

Sorridendo, gli angoli degli occhi di Archie Gamble si stropicciarono. «Giovanotto, puoi chiedere quello che vuoi.»

Lasciò passare alcuni secondi, rendendo evidente che non aveva intenzione di rispondere alla domanda.

Josie disse: «Per caso la punta sui gatti selvatici?»

Anche questa domanda passò ignorata. «Vi dispiace se ora abbasso le mani?» chiese invece Gamble.

«Se non a dispiace a lei...» rispose Mettner, «di mettere quella pistola a pallini a terra. Gliene saremmo grati.»

La sedia gemette sotto di lui quando Gamble posò lentamente la pistola a pallini sul pavimento del portico e la spinse via con lo stivale.

«Conosco qualcuno del Rifugio per Animali Zampe Preziose che sarebbe felice di venire a prendere i gatti selvatici che si trovano nella sua proprietà e di toglierglieli di mezzo.» lo informò Josie.

Gamble si sporse in avanti, catturando il suo sguardo. Le sue labbra si contrassero in quello che era una sottospecie di sorriso. «Non gradisco molto che la gente si aggiri per la mia proprietà senza la mia supervisione, ma grazie lo stesso.»

Josie non insistette sulla questione; se ci aveva azzeccato e Archie Gamble sparava pallini contro i gatti selvatici, benché lo facesse nella sua proprietà, la cosa non era legale. Avrebbero potuto affrontare la questione dei gatti in un secondo momento; la faccenda di cui dovevano chiedergli, cioè come avesse conosciuto Eve Bowers, aveva la priorità e prima lo facevano, meglio era.

«Non le ruberemo troppo tempo.» gli assicurò Josie. «Conosce una donna di nome Eve Bowers?»

Gamble si accese un'altra sigaretta. «No. Sono sicuro di no.»

Josie tirò fuori il telefono, alla ricerca della foto della patente di Eve, e la mostrò ad Archie Gamble. «Quindi, è sicuro di non conoscere questa donna?»

Senza esitare, lui rispose un secco: «No.»

«Allora saprebbe spiegarci il motivo per cui il suo nome è stato trovato scritto tra gli effetti personali di questa donna?»

«Nemmeno mezzo.»

La busta era indirizzata a Claudia. Non avevano ancora avuto modo di ottenere un riscontro sulla calligrafia. «E Claudia Collins?» continuò Josie.

Gamble aggrottò le sopracciglia. La sigaretta tra le sue labbra rimbalzò un paio di volte prima che la pizzicasse con due dita e la sfilasse dalla bocca. «Mi suona familiare.» Fece altri due tiri. «È in televisione, mi sembra...»

«Conduce un programma televisivo sulla WYEP che va in onda in tarda mattinata. Nei giorni lavorativi. Con suo marito, Beau Collins.»

Lui si lasciò andare a una lenta risatina. «Oh, giusto. Quella roba sulle relazioni. Che mucchio di stronzate. Allora, cos'è successo? Quel coglione di suo marito si è messo nei guai? Ha tirato in mezzo qualche ragazzina?»

Mettner aprì la bocca per parlare, ma Josie lo zittì con una gomitata discreta alle costole e domandò a Gamble: «Come mai dice che è un coglione?»

Lui ci mise un po' a rispondere, e Josie capì che quello era il suo modo di fare. Che fosse intenzionale o involontario, aveva l'effetto di farli pendere dalle sue labbra. Le si stavano congelando i piedi.

«Conosco le persone, ecco perché.» spiegò Gamble.

«Cosa sa di Beau Collins?» insistette Josie.

Lui le fece l'occhiolino. «Lei è un tipo in gamba, dico bene? So che quel tipo va in televisione in uno stupido programma che parla di cose stupide, con una moglie stupida che per come la vedo io non vale lo spazio che occupa.»

Josie accusò quel commento su Claudia Collins come se fossero vecchie amiche, anche se si erano incontrate una sola volta, e si chiese se Gamble l'avrebbe chiamata stupida se avesse saputo che era stata uccisa, e alla fine si disse che probabilmente non avrebbe fatto differenza.

«Ha mai conosciuto la moglie?» chiese Mettner.

«No.»

«Cosa le fa pensare che Collins si sia messo nei guai?» gli chiese Josie.

Un'altra lunga tirata di sigaretta, il cerchio arancione si ravvivò. «Mi sembra il tipo che si caccia nei guai.»

«Ha mai conosciuto Beau Collins?» gli domandò Josie.

«Non ufficialmente, no.» rispose Gamble. «Una volta l'ho incontrato alla motorizzazione. Si era messo in coda davanti a me. Gli ho parlato di quella cosa che si chiama educazione. Non ne sapeva nulla. Dopodiché, non ha voluto rivolgermi la parola ed è andato in fondo alla fila.»

«Lei come faceva a sapere chi era lui?» chiese Mettner.

«Le donne della fila cercavano di arruffianarsi quell'imbecille, ecco come.»

Noah cambiò argomento. «Lei è sposato?»

Arrivò un'altra risatina rauca. «Giovanotto, non mi sposerei nemmeno se qualcuno mi pagasse per farlo. La gente non odia nessuno più di quanto odi il proprio coniuge. Ora ditemi, abbiamo finito con questa storia?»

«Quasi.» disse Josie. «Abbiamo ancora un paio di domande: è rimasto a casa tutto il giorno?»

Gamble sospirò. «No, assolutamente no, ma se volete accertarvi che io non sia coinvolto nella cosa che state combinando qui, sono stato al bar di Leo dalle cinque alle undici, all'incirca.»

«Prima di allora, dov'è stato?» chiese Noah. «Diciamo questa mattina tra le sei e le dieci.»

«Sono stato qui, figliolo. Qui è dove vivo.»

«E ieri sera?» chiese Josie. «A partire dalle cinque?»

«Al bar da Leo. Si trova in Stott Street. Ci vado ogni venerdì dopo il lavoro e anche nei fine settimana.»

«Dove lavora?» chiese Mettner.

«Sono un falegname, figliolo. Non ho un laboratorio al momento, ma sono iscritto al sindacato. Vado dove mi dicono loro quando mi trovano da lavorare.»

Josie gli chiese: «Vive da solo?»

«Certo che sì.»

«Quando era a casa oggi, ha sentito qualcosa?» gli domandò Noah.

«Sarebbe a dire che vi state chiedendo se una donna si schianta con l'auto nel bosco e non c'è nessuno che la sente, potrebbe non essere successo davvero? Giovanotto, ho dieci ettari che si estendono da quella strada lì fino a quella successiva. Come vi ho detto, il veicolo di cui mi state chiedendo si trova in un terreno di caccia dello Stato. Non mi riguarda. Ma visto che me lo state chiedendo, non si sente altro che quello che succede qui davanti a questa casa.»

«Ci sono sentieri da qui a quell'area che passano dall'altra parte della proprietà?» domandò Mettner. «Fino a Wertz Road.»

«Cioè, volete sapere se sono andato a piedi fino alla riserva di caccia statale? Fino alla macchina che vi ossessiona tanto? O se sono andato a piedi dalla macchina fino a qui?»

«Entrambe le cose.» chiarì Mettner.

Gamble gli sorrise, ma c'era una punta di minaccia nel modo in cui restrinse gli occhi. «Mi state domandando se ho qualcosa a che fare con... come avete detto prima? Una vittima di omicidio?»

«Esattamente.» rispose Mettner.

«La risposta è no. Finché non siete arrivati voi a parlarmene, non sapevo nulla di vittime di omicidi o di auto su terreni che non mi appartengono. Ora andate a sbrigare i vostri affari sulla proprietà dello Stato e toglietevi dalla mia.»

Josie si fece avanti e gli porse un biglietto da visita che lui prese, strizzando gli occhi. «Quinn...» lesse. «Anche lei l'ho vista in televisione.»

«Ci chiami se si ricorda qualcosa di Eve Bowers.» gli disse.

L'uomo infilò il biglietto nella piega della sedia, dove evidentemente si trovavano gli altri suoi averi. Poi si allungò verso la lanterna e la spense. Appena si girarono per andarsene, qualcosa rimbalzò sul polpaccio di Josie. Il mozzicone di sigaretta. Si fermò e lo guardò, osservando il suo bagliore spegnersi.

La voce di Archie Gamble fluttuò nell'oscurità. «State tutti attenti là fuori. Non si sa mai cosa potrebbe succedere.»

VENTIDUE

Nonostante portasse i guanti, Josie si batté le mani e poi le strofinò il più velocemente possibile, sperando di riattivare un po' la circolazione. Stare all'aperto, sul ciglio della strada per due ore, a temperature che rasentavano lo zero l'aveva intorpidita dalla punta dei piedi a quella dei capelli. Ma non se ne sarebbe andata finché l'auto di Eve Bowers non fosse stata caricata sul carro attrezzi e trasportata al deposito della polizia.

Lungo l'orizzonte, il cielo era di un cobalto intenso. Le stelle scintillavano come gioielli. Le spesse nuvole che avevano portato la pioggia la sera prima avevano ora lasciato una cupola limpida e intatta sopra le loro teste. Josie ne era contenta; poche cose erano più dannose per una scena del crimine del tempo inclemente.

Noah uscì dall'auto con il telefono in mano e le guance che avevano preso una tonalità di rosa acceso. «Perché non entri qui dentro per qualche minuto? Ti assicuro che aiuta.»

Josie non gli rispose e tornò a guardare l'ampia apertura tra gli alberi attraverso la quale un assassino aveva condotto l'auto di Eve Bowers. Nel fitto dei rami nodosi e spogli, di tanto in tanto, baluginava il bianco brillante di una tuta di Tyvek di un membro della Squadra di Raccolta delle Prove. Uno di loro aveva installato delle luci lungo il perimetro della scena che riflettevano sulla vernice argentata dell'auto. Quella doveva essere la strada da cui l'assassino se ne era andato. Ma che direzione aveva preso poi? Non c'era niente nel raggio di chilometri.

Niente, fatta eccezione per la casa di Archie Gamble.

Sentì Noah che le si avvicinava. La sua presenza fisica era diventata come una calamita. Quando si trovava a pochi metri da lei, aveva quasi l'impressione che ogni cellula del suo corpo si spalancasse verso di lui.

«Cosa c'è?» le chiese Noah. «Pensi a Gamble?»

Il retro del polpaccio, nel punto in cui era rimbalzato il mozzicone dell'ultima sigaretta che Gamble aveva lanciato, le pizzicava ancora. Non le aveva fatto male. Non le era nemmeno rimasta la macchia sui jeans. Ma c'era qualcosa nell'atteggiamento di quell'uomo che le aveva fatto drizzare le antenne. Come se le stesse leggendo nel pensiero, Noah disse: «Ho capito. Anche a me ha dato quell'impressione, ma non sono riuscito a cogliere nessun dettaglio che lo collegasse a Eve Bowers o ai Collins. Ho fatto ricerche e controlli incrociati su quanti più profili di social media, banche dati, indirizzi e datori di lavoro conosciuti e non è venuto fuori nulla.»

«Potrebbe essere stato un paziente di Claudia.» suggerì Josie. «Quello non risulterebbe da nessuna ricerca, non con le severe leggi sulla privacy in vigore.»

«Gamble non è sposato e non sembra che lo sia mai stato, e ha negato di conoscere Claudia Collins. Ma non farà male approfondire anche questo aspetto, suppongo. Lo aggiungerò alla lista delle cose da fare. Non possiamo escludere che Gamble e Claudia avessero una relazione.»

Non era facile immaginare la gentile e vivace Claudia White che Josie aveva conosciuto a dicembre in compagnia dell'uomo irascibile che avevano appena incontrato e che, quasi sicuramente, sparava ai gatti che giravano intorno alla sua proprietà. A Josie non piaceva fare supposizioni, anche perché nel loro lavoro potevano fare la differenza tra la vita e la morte, ma il suo istinto le diceva che il legame tra Gamble e Claudia non era una relazione. «Ne dubito fortemente.» disse.

«Anch'io.» concordò Noah con un sospiro. «Sto solo cercando di considerare tutte le possibilità, soprattutto con un caso così povero di piste come questo.»

Josie guardò il suo viso, la barba di un paio di giorni che gli correva lungo la mascella. Non c'era nessuno, così alzò un dito e ne tracciò il profilo. «Dovremmo essere a letto adesso.» disse.

Lui le prese la mano e gliela strinse prima di lasciarla. «Non ricordarmelo.»

Avevano mandato Mettner a casa per dormire un po'. Il dipartimento era già molto provato da due omicidi in meno di ventiquattr'ore. Nessuno di loro avrebbe voluto andare a casa, non finché era in corso un'indagine così importante, ma avevano bisogno di farsi qualche ora di sonno se volevano risolvere la situazione.

«Chiamo il Rifugio di Zampe Preziose non appena apre.» si offrì Josie.

«Quel tipo se la prenderà e non poco.» commentò Noah.

«Lo spero.»

Noah ridacchiò finché non vide Hummel riemergere dall'apertura tra gli alberi, emettendo nuvolette a ogni respiro. Terriccio e foglie morte gli imbrattavano le ginocchia della tuta e a ogni passo rametti sottili scricchiolavano sotto le sue scarpe. «Possiamo andarcene da qui.»

«Avete trovato qualcosa?» gli chiese Noah.

«Un telefono.» disse Hummel. «Presumibilmente quello di Eve Bowers.»

«Ci semplificherebbe di gran lunga il lavoro se fosse il telefono dell'assassino.» commentò Noah.

«Trova il numero.» gli disse Josie. «Prepareremo un

mandato per il telefono in modo da poter accedere al suo contenuto il prima possibile.»

«Certo.» disse Hummel, ma non diede segno di voler tornare all'auto.

«Che altro c'è, Hummel?» gli chiese Josie.

«Ascoltate, non abbiamo trovato nulla di utile in questa macchina. Voglio dire, devo ancora fare tutte le analisi per le impronte ma, a parte questo, finora abbiamo trovato solo un paio di capelli corti e scuri. E senza bulbo. E comunque, potrebbero appartenere a chiunque. Basterebbe che Eve Bowers avesse dato un passaggio a qualcuno. Esamineremo l'auto da cima a fondo una volta che l'avremo portata al deposito, ma non sembra promettere bene.»

«Dove vuoi arrivare?» gli domandò Noah.

Hummel si spiegò meglio: «Se è venuto fin qui con l'auto di Eve, questo tizio deve essersene andato a piedi, non vi sembra?»

«È quello che ho pensato anch'io.» convenne Josie.

«Ho sentito che abbiamo una nuova unità cinofila.» continuò Hummel.

«Le notizie viaggiano veloci da queste parti.» borbottò Josie.

«Sì, abbiamo una nuova unità cinofila.» confermò Noah. «Ma non è un agente. È un consulente.»

«Molto bene.» disse Josie. «Voi aspettate a portare l'auto al deposito. Intanto io chiamo Luke.»

VENTITRÉ

Quando fece giorno, Josie e Noah erano esausti e non avevano fatto alcun passo avanti nella localizzazione dell'assassino. Luke e Blue si erano presentati sul posto, pronti a lavorare, ma Blue era riuscito soltanto a seguire le tracce dall'auto di Eve Bowers fino alla strada e continuando per circa mezzo chilometro verso sud, il che aveva indotto Josie a credere che l'assassino avesse parcheggiato un altro veicolo da quelle parti con cui andarsene una volta uccisa Eve, come avevano ipotizzato. In che modo fosse arrivato dall'auto nascosta al parco era un'altra questione. Magari a piedi. O magari in bicicletta o con qualche altro mezzo. Poteva anche essersi fatto portare da un complice. Josie fu scossa da un brivido al pensiero che un assassino così spietato potesse avere anche qualcuno che lo aiutava. C'era anche la possibilità che avesse usato un servizio di ride-sharing. Per questo aveva fatto preparare un mandato per tutti i servizi di ride-sharing della zona, in modo da verificare se qualcuno avesse prelevato o scaricato un passeggero in quell'area nel periodo di tempo interessato. Dovevano aspettare i risultati e Josie si augurava vivamente che non ci sarebbe voluto più di un giorno.

Poiché le ricerche di Blue non avevano prodotto alcun

risultato, avevano esaminato le prove a loro disposizione dopo che Hummel e la sua squadra avevano analizzato la scena del crimine e l'auto di Eve. Per cominciare, nessuna delle impronte trovate, né all'interno né all'esterno della macchina, era presente nel Sistema di Identificazione delle Impronte. La scatola rompicapo trovata vicino al cadavere di Eve Bowers era vuota. Josie non riusciva a capire a che gioco stesse giocando l'assassino, ma sapeva che, di qualunque cosa si trattasse, Beau Collins era al centro di quel gioco. L'assassino aveva ucciso la moglie e la sua assistente, lasciando su entrambe le scene una copia della scatola rompicapo che Beau e Claudia Collins usavano nella loro trasmissione. In una di queste scatole aveva lasciato una pagina del loro libro. Si era preso la briga di togliere l'anello di fidanzamento e la fede dal dito di Claudia Collins e di metterli al dito di Eve Bowers. Il messaggio che Margot Huff aveva ricevuto veniva dal telefono di Eve Bowers ed era diretto a Beau Collins. Quindi, una volta che Josie e Noah avessero avuto accesso al telefono di Eve Bowers, avrebbero capito se Beau non era stato sincero con loro fin dall'inizio.

Josie e Noah si avvicinarono alla porta dell'appartamento di Margot Huff proprio quando il sole stava sorgendo oltre le creste delle montagne che circondavano Denton. A differenza dello spazioso appartamento di Eve Bowers, con tanto di terrazzino e posto auto, quello di Margot si trovava all'interno di un palazzone a tre piani che contava più di cinquanta unità abitative. La moquette marrone e logora scricchiolava sotto i piedi di Josie mentre batteva per la terza volta sulla porta. Non avevano chiamato per farle sapere che sarebbero passati e dato che avevano incaricato un'unità di sorvegliare Beau Collins, a Josie era bastato chiamarli per scoprire che Beau era arrivato a casa di

Margot poco dopo la scenata allo studio del giorno prima e non se ne era andato.

«Mr. Collins, Miss Huff!» disse Josie a voce alta. «Polizia di Denton.»

In fondo al corridoio, una donna con una cuffia da doccia in testa fece capolino dalla porta. Josie le rivolse un sorriso a denti stretti e lei si ritirò nel suo appartamento. La porta dell'appartamento di Margot si aprì di scatto. Ma davanti a loro si ritrovarono Beau Collins, con indosso una maglietta bianca e un paio di pantaloni del pigiama blu scuro. Teneva gli occhi socchiusi contro le forti luci del corridoio, aveva i capelli tutti scompigliati e una barba incolta che gli copriva il viso. «Che succede?» sbottò.

«Mr. Collins, dobbiamo parlare.» esordì Noah.

Senza dire una parola, Beau si fece da parte e li lasciò entrare. Accedettero a un soggiorno minuscolo, non molto più grande delle stanze per gli interrogatori della stazione di polizia, tanto che Beau dovette girare intorno a loro, quasi sfiorandoli entrambi, per arrivare al divano. Si chinò per spostare da un lato un cuscino e una coperta della camera da letto prima di sedersi e fece cenno con un pollice sopra la spalla al resto della casa: la cucina e altre due porte erano in penombra, l'unica fonte di illuminazione dell'intero locale era la plafoniera sopra il lavandino.

«Margot sta ancora dormendo.» spiegò Beau in un sussurro.

«Non più...» disse Margot con voce assonnata, uscendo dalla penombra, da dietro una delle porte. «Che succede?» chiese infilandosi una felpa col cappuccio.

«Si sieda.» le disse Josie.

Margot si appollaiò sul bordo del divano, assicurandosi di rimanere ad almeno un metro e mezzo di distanza dal suo capo e tenendo lo sguardo fisso su Josie e Noah, con la voce resa stridula dall'apprensione, chiese: «Avete trovato Eve?»

Josie credeva fermamente nella necessità di non tirarla per le lunghe, di esprimersi nel modo più rapido e diretto possibile quando doveva dare cattive notizie; trovava che fosse sempre meglio strappare di netto il cerotto e farla finita. «Il suo corpo è stato trovato ieri in tarda mattinata. È stata uccisa. Il medico legale della nostra contea ha contattato il medico legale del luogo in cui vivono i genitori di Eve. Sono stati avvisati circa mezz'ora fa.»

Margot si premette una mano sulla bocca e cominciò a far dondolare il busto avanti e indietro.

Beau sbatté le palpebre per eliminare la stanchezza che ancora gli rimaneva addosso. «Cosa?» riuscì a chiedere. «Non potete dire sul serio. Non capisco. Ho visto Eve neanche due giorni fa... eravamo tutti qui in questo appartamento venerdì sera e lei stava bene. Per quale motivo l'avrebbero uccisa? Perché proprio lei?»

Noah disse: «Siamo davvero dispiaciuti per la vostra perdita».

«Cosa le ha fatto?» Beau chiese, con voce più forte ora.

«Non siamo autorizzati a fornire questi dettagli.» disse Josie. «Mi dispiace.»

«Ma pensate che sia stata la stessa persona?» li incalzò Beau. «Lo stesso mostro che ha ucciso mia moglie?»

«Sì.» confermò Noah. «Pensiamo di sì.»

Margot si mise a piangere sommessamente, arrotolando le mani nelle maniche della felpa, usandole per asciugarsi le lacrime. Beau la guardò, come se stesse valutando se cercare di darle conforto, ma poi parve decidere di non farlo, preferendo riportare la sua attenzione sui due detective. Josie tirò fuori il telefono e visualizzò una foto degli anelli di Claudia. La mostrò a Beau e gli chiese: «Sono gli anelli di sua moglie?»

Beau fissò la foto con aria perplessa. «S-sì.» balbettò. «Ma non capisco cosa...»

«L'assassino li ha presi a sua moglie venerdì, e li ha messi al dito di Eve, dopo averla uccisa.» gli spiegò Noah.

Beau si passò le mani tra i capelli. «Ancora non capisco.»

«Nemmeno noi.» ammise Josie. «Anzi, speravamo che lei potesse darci una spiegazione sul perché l'assassino avrebbe fatto una cosa del genere.»

«Io? E come diavolo faccio a sapere perché l'ha fatto?»

«Mr. Collins...» disse Noah. «Sappiamo che lei non è stato sincero con noi.»

La sua voce salì di un'ottava. «Non sarei stato sincero? Di che cosa state parlando?»

Josie si frugò nella tasca posteriore e tirò fuori un fascio di fogli piegati, che sparpagliò sullo stretto tavolino da caffè. «Per favore, guardi questi.»

Ebbero l'impressione che le schermate dei messaggi che la polizia di Denton aveva ottenuto dal telefono di Eve provocassero a Beau un dolore fisico.

«L'assassino ha lasciato sulla scena il telefono di Eve.» disse Josie. «Siamo riusciti ad accedere al suo contenuto. Questi risalgono ad appena tre mesi fa, ma credo che siano sufficienti.»

Margot abbassò le mani dal viso e si avvicinò per osservare bene i fogli. Non ottenendo risposta da Beau, Josie ne prese uno e lo lesse ad alta voce. «La sera del tre dicembre alle diciannove e quattordici, Eve Bowers ha mandato un messaggio: "Mi manchi tantissimo. Vederti solo due volte a settimana non è abbastanza. Ho bisogno di vederti di più. È passato un anno esatto. Quand'è che staremo insieme? Per davvero?". Cinque minuti dopo, lei ha risposto: "Lo so. Anch'io voglio vederti di più, ma non è possibile. Non voglio che Claudia diventi sospettosa". Eve le ha risposto: "Claudia non se ne accorgerà o non gliene importerà nulla. Non è possibile che tu la ami ancora. Non se ami anche me. Dimmi che lo fai solo per il programma". Lei le ha risposto: "Non riesco a pensare ad altro che a te. Vedrò di trovare più tempo per stare insieme".»

Josie lasciò l'ultima affermazione sospesa nell'aria. Margot fissò il profilo di Beau, con la bocca spalancata. C'era solo silenzio. Si sentiva solo il sibilo delle ventole del riscaldamento e una televisione che trasmetteva da qualche parte.

«Io amo mia moglie.» disse Beau con voce tremante. «Non so cosa stiate cercando di fare, ma...»

«Avere una relazione con l'assistente di sua moglie è un modo curioso di dimostrare l'amore per lei, Mr. Collins.» sentenziò Noah.

Beau scattò in piedi con le mani strette a pugno lungo i fianchi. «Eve aveva una cotta per me. Era giovane e bella e, sì, ho commesso un errore di valutazione. Niente di più. Stavo cercando di trovare un modo per farla finita con lei.»

Josie scosse la pagina che aveva appena letto. «Non sembra sia proprio così.»

Beau guardò dritto verso Noah. «Non capisco in che modo questo vi possa aiutare a trovare l'assassino. Chi se ne frega se ho commesso un errore di valutazione! Non ho ucciso nessuno. È stato... è stato questo mostro a uccidere! È a lui che dovreste stare appresso! È con lui che dovreste parlare! È lui quello che dovreste interrogare!»

«Se lei non è stato sincero su questa vicenda, la domanda è: su cos'altro ci ha mentito?» disse Josie.

«Su niente!» ribatté lui. «Ve lo giuro. Niente.»

Josie si abbassò e sfogliò di nuovo le pagine fino a trovare la trascrizione delle chiamate del venerdì precedente. Puntò l'indice sulla chiamata che aveva evidenziato prima del loro arrivo. «Questa è una telefonata ricevuta da Eve al suo cellulare venerdì pomeriggio.»

Beau non lo guardò nemmeno, invece Margot sì.

«Ha parlato con Eve alle quattro del pomeriggio.» disse Noah. «Giusto un paio d'ore prima che sua moglie venisse uccisa proprio quando era a casa, da sola.»

Beau spostò lo sguardo da Noah a Josie e viceversa, impotente. «E allora? Adesso sapete che io ed Eve avevamo una relazione. Avete letto un momento fa i nostri messaggi privati. Cosa c'è di tanto speciale in una telefonata?»

Senza prestare attenzione a quella domanda, Josie gli chiese: «Di cosa avete parlato?»

«Stavo cercando di rompere con lei. Di nuovo. Era il quindicesimo anniversario di matrimonio con mia moglie, per la miseria! Eve sarebbe stata presente alle riprese, a casa nostra, con me e mia moglie... mi sembrava sbagliato. Prima che ciò accadesse, volevo chiarire con Eve che tra noi era finita.»

«Ha detto a Eve di non partecipare alla cena per l'anniversario?» chiese Noah.

Beau aggrottò la fronte. «Cosa? No. Lei è... era l'assistente di Claudia. Non avrei potuto dirle una cosa del genere, senza contare che avrebbe sollevato troppe domande...»

«Ma senti questa!» esclamò Margot.

La testa di Beau scattò nella sua direzione. «Tu che vuoi?»

Margot arricciò le labbra. «Ma ti senti? Sei davvero disgustoso!»

«Margot, per favore...»

Josie li interruppe. «Quando ha finito questa telefonata di ventitré minuti con Eve Bowers, si aspettava di vederla a casa sua alle cinque e mezza per la cena dell'anniversario e le riprese?»

«Certo.» disse Beau, facendo ancora una volta avanti e indietro con lo sguardo tra Josie e Noah. «Era molto arrabbiata con me, ma aveva promesso che sarebbe venuta comunque.»

«In orario?» specificò Noah in modo eloquente.

Beau alzò entrambe le mani in aria e se le lasciò cadere sulle ginocchia. «Certo! Che cos'è questo processo? Smettetela di farne una questione su di me e iniziate a occuparvi dell'assassino! Vi scongiuro!»

Cambiando argomento, Noah chiese: «Il nome Archie Gamble le dice qualcosa?»

Beau strinse i pugni. «Chi?»

Josie lasciò cadere il foglio sul tavolo e tirò fuori il telefono per recuperare la foto della patente di Archie Gamble. «Sa chi è quest'uomo?»

Beau fissò la foto, alternando una serie di espressioni diverse prima di assestarsi finalmente sulla costernazione. «No, non lo so. Perché? È lui che ha ucciso Claudia ed Eve?»

«Non ne siamo sicuri...» disse Noah.

Josie mostrò la foto a Margot, che a sua volta scosse la testa. «Non l'ho mai visto prima.»

«Glielo chiedo di nuovo.» disse Josie guardando Beau. «Chi è quest'uomo?»

Le narici di Beau si dilatarono. Non rispose.

«Non ha mai incontrato quest'uomo? Mai?» chiese Noah.

«No, certo che no! Vi sto dicendo la verità.»

Intanto, Margot si era allontanata lentamente da lui fino a ritrovarsi con il corpo completamente schiacciato contro il lato opposto del divano, con le mani aggrappate al bracciolo come se fosse un giubbotto di salvataggio e lo fissava con evidente disgusto. «Come possiamo essere sicuri? Come si può essere sicuri di qualsiasi cosa tu dica?»

Beau si voltò verso di lei. «Margot, ti scongiuro...» le disse con occhi imploranti, ma quando allungò una mano verso di lei, Margot la schiaffeggiò sul dorso. «Non toccarmi!»

«Margot!» esclamò lui, con un tono che passò molto rapidamente al fastidio. «Non è possibile che tu sia arrabbiata con me. Non mi avevi nemmeno parlato di quell'uomo che frequentavi allo studio.»

«Non sono affari tuoi!»

«Anche tu hai nascosto delle cose!»

Margot aprì la bocca e fece un gran respiro. Come se avesse intuito che stava per esplodere contro Beau, Noah si affrettò ad aggiungere: «Il nome di Archie Gamble è stato trovato scritto tra le cose di Eve.»

Margot chiuse la bocca e la sua espressione passò dalla

rabbia alla confusione. Quanto a Beau, per la prima volta si poteva vedere una vera e propria incrinatura nella maschera da personaggio televisivo che indossava sempre: per un fugace secondo, la sua espressione fatta di seria indignazione, stanchezza e tensione svanì, e al suo posto subentrò la nuda paura rivelata da una, per quanto piccola, vena sulla tempia che si gonfiò e prese a pulsare così forte da raddoppiare.

«Eve... un momento, Eve lo conosceva?» chiese Beau.

«Ce lo dica lei.» lo incalzò Noah.

«Come fa... come faccio... come faccio a saperlo io?» balbettò.

«Il nome di Archie Gamble era scritto sul retro di una lettera indirizzata a sua moglie.» spiegò Josie. «È possibile che sia stata Claudia a scrivere il suo nome e che Eve l'abbia presa. Avremmo bisogno di campioni di calligrafia di entrambe per chiarirlo.»

La vena pulsante rallentò progressivamente. «Posso farlo. Ve li posso procurare. Oggi stesso, in effetti.»

«Ottimo.» disse Noah. «E sua moglie? Conosceva Archie Gamble?»

«No. Non credo. Non saprei. Potrebbe essere un suo paziente, o potrebbe esserlo stato in passato, magari. Posso parlarne con la segretaria di Claudia. Si chiama Trudy Dawson. Può darsi che sia necessario un mandato, viste le leggi sulla privacy, ma sicuramente lei sarà in grado di aiutarvi per qualsiasi cosa abbia a che fare con lo studio di Claudia.»

«Sarebbe fantastico.» disse Noah. «È improbabile che Mr. Gamble sia o sia stato un paziente di sua moglie, ma indagheremo. È possibile che Gamble e Claudia avessero una relazione?»

Dal fondo della gola di Beau si levò un verso di incredulità. «No, figuriamoci.» mormorò. «Non è possibile.»

Margot lo guardò con occhi ridotti a due fessure. «Come fai a dirlo?»

Beau alzò le mani in aria. «Perché Claudia non avrebbe mai avuto una relazione con un altro! Non l'avrebbe mai fatto! Se lo avesse fatto, anche con... una persona come quella, me ne sarei accorto. L'avrei visto aggirarsi nei dintorni, o qualcosa del genere, ma non l'ho mai incontrato prima. Non l'ho mai visto fino a oggi!»

Aveva incontrato Archie Gamble alla motorizzazione, se si voleva credere a quello che aveva detto Gamble. Era possibile che semplicemente non se lo ricordasse? Avrebbe avuto qualche motivo per mentire su una cosa del genere?

Josie recuperò ancora una volta la foto di Gamble e la girò verso Beau. «Per adesso, voglio che si prenda un momento. Guardi di nuovo questa foto e ci dica sinceramente che non ha mai incontrato quest'uomo in vita sua.»

Con un sospiro, Beau prese il telefono e studiò la foto di Archie Gamble che, per il modo in cui fissava con fare minaccioso, ricordava più che altro una foto segnaletica. Josie contò dieci secondi prima che Beau le restituisse il telefono. «Vi giuro che non conosco quest'uomo. Non l'ho mai incontrato. Non so cos'altro volete che vi dica o cosa volete che faccia. Mia moglie è morta. Eve è morta. Tutta la mia vita sta andando a rotoli. Dovreste essere in giro a fare il vostro lavoro e invece ve ne state qui a interrogare me, come se fossi una specie di criminale, cosa che non sono.»

«Stiamo facendo il nostro lavoro, Mr. Collins.» disse Noah. «Qualcuno sta uccidendo le persone intorno a lei. La sta minacciando. Deve avere per forza un'idea su chi potrebbe voler fare una cosa del genere.»

Beau sciolse i pugni, scuotendo le dita. «Lo ignoro completamente. Questa è la verità.» Si voltò verso Margot. «Margot, diglielo. Tu sei la mia assistente. Vedi praticamente tutto quello che succede dietro le quinte. Tutti quelli che fanno parte della mia vita. Sai che sono sincero. Diglielo.»

Margot lo guardò con un misto di dolore e di furia. «Eppure di Eve non sapevo niente.»

«Quello con Eve è stato un errore!» insistette lui.

Margot si alzò, incrociando le braccia sul petto. «Come hai potuto? Non posso nemmeno credere di aver pensato che tu fossi... Sai una cosa? Non ha importanza. Ho chiuso con questa storia.»

«Margot, ti prego!» cominciò lui, ma lei girò sui tacchi e uscì dalla stanza sbattendosi la porta alle spalle.

Beau puntò lo sguardo su Josie. «È contenta adesso? Sta mandando all'aria tutta la mia vita!»

«Non gliela sto mandando all'aria io.» lo corresse Josie. «È qualcuno che vuole in tutti i modi vederla soffrire. Dovrà avere almeno un sospetto di chi possa essere questa persona. Ce lo dica.»

«Non lo so!» urlò e gli scappò uno sputo. Cominciò a misurare con i passi i pochi metri che c'erano tra il divano e il tavolino da caffè. «Onestamente non so cosa potrei aver fatto a qualcuno per fargli desiderare di uccidere Claudia... o Eve... Tanto più che nessuno sapeva di noi.»

E invece qualcuno lo aveva scoperto. L'assassino si era persino premurato di sfilare gli anelli dal dito della moglie e di infilarli al dito dell'amante e di lasciare quest'ultima nella Grotta degli Amanti, luogo dal nome appropriato in cui abbandonare il corpo della donna con cui aveva una relazione extraconiugale. Che Beau mentisse o fosse sincero sul fatto di avere dei nemici, c'era una persona che lo stava prendendo di mira e usava coloro che lo circondavano per dimostrare le proprie intenzioni.

«Mr. Collins...» disse Josie con tono cordiale, «non stiamo cercando di mandare all'aria la sua vita o di mettere sotto i riflettori i suoi "errori di valutazione". Stiamo cercando di prevenire altri omicidi.»

Si immobilizzò, una ruga di preoccupazione sulla fronte si fece più profonda. «Altri? Perché dovrebbero essercene altri?»

«Perché potrebbero essercene.» disse Josie. «Questo assassino pensa di giocare una partita e non si fermerà finché non penserà di aver vinto. La domanda è: quante altre persone dovrà uccidere ancora, prima di pensare di aver vinto? Chi sono queste persone?»

Noah sollevò il mento in direzione della porta della camera di Margot. «Miss Huff?»

A questa prospettiva, Beau sembrò sbalordito. «Margot? No. È solo la mia assistente. Tutto qui.»

«Chi altro?» chiese Josie. «Chi altro c'è abbastanza importante per lei e che l'assassino potrebbe prendere di mira?»

«Detective...» disse Beau abbassando la testa, «c'era solo una persona importante per me, ed era mia moglie. Chiunque mi conosca lo sa. Per quindici anni è stata tutto il mio mondo. Chiunque sia questo mostro, non può farmi più male di quanto ne abbia già fatto portandomi via la mia Claudia.»

Non riuscì a trattenere oltre le lacrime. Si sedette di nuovo, singhiozzando tra le mani. «Mi dispiace.» disse. «Lo dico sinceramente, non so chi ci sia dietro a tutto questo.»

VENTIQUATTRO

Otto ore più tardi, trascorso un sonno agitato, Josie e Noah tornarono alla stazione di polizia dove trovarono Mettner e Gretchen seduti alle rispettive scrivanie, intenti a scrivere al computer con aria abbattuta ed esausta, tanto che non alzarono nemmeno lo sguardo quando li videro entrare. Non fino a quando Josie non strofinò tra due dita il sacchetto di plastica pieno di cibo da asporto. Allora, Gretchen si staccò dalla tastiera e, al di sopra degli occhiali da lettura, guardò il sacchetto. «È stata una giornata lunga e noiosa, con poche piste da seguire.» annunciò. «Se questa non è la cena per noi, devo chiedervi di andarvene.»

Senza alzare lo sguardo dal computer, Mettner disse: «Palmer, se vanno via, siamo bloccati qui per un altro turno.»

Josie scoppiò a ridere e infilata la mano nel sacchetto tir; fuori un paio di contenitori di plastica - uno per Gretchen e uno per Mettner – e li passò a Noah, che li distribuì. «I vostri preferiti.» annunciò.

Josie si sedette alla scrivania. «Non ci sono molti indizi...» ripeté, «è proprio quello che ogni detective vuole sentire.»

Nella stanza calò il silenzio mentre Mettner e Gretchen si

abbuffavano con la cena. Dall'altra parte della stanza, Amber Watts, la loro addetta stampa, era seduta alla sua scrivania e scriveva al portatile con il cellulare incastrato tra l'orecchio e la spalla. Ogni tanto parlava al telefono, ma Josie non riusciva a capire le parole.

Mettner guardò Amber e poi di nuovo Josie e Noah. «Il capo vuole che tenga lontana la stampa da questi omicidi.»

Noah rise. «Una passeggiata.»

Amber rivolse loro un sorriso a denti stretti e tornò a scrivere e a parlare al telefono.

«Puoi dirlo forte.» disse Mettner. «Ha passato tutto il giorno a trattenerli, ripetendo che presto terremo una conferenza stampa.»

«Ottimo.» disse Noah. «Sarà divertente.»

Josie si collegò al computer e trovò i file relativi al caso di Eve Bowers e Claudia Collins, e scorse i rapporti caricati dai vari membri della squadra.

Noah chiese: «Quindi, nessun passo avanti oggi?»

Mettner sospirò. «Nessun passo che ci abbia aiutati a trovare quest'uomo il più presto possibile.»

«In compenso...» intervenne Gretchen, «abbiamo passato in rassegna l'elenco dei dipendenti che lavorano al programma dei Collins. Ieri li ho interrogati tutti e ho fatto delle ricerche sul passato di ognuno. Dopodiché, sono passata ai dipendenti della stazione WYEP, visto che si trovano tutti nello stesso edificio, e ho fatto qualche ricerca anche su di loro. Finora nessuno ci ha insospettito, ma continueremo a lavorarci...»

«Solo un paio di persone con precedenti penali.» specificò Mettner. «Ma nessuno per crimini violenti.»

«In più, ieri, mentre ero alla WYEP, ho parlato con Raffy, che è il social media manager dell'emittente...» proseguì Gretchen.

«Lui e Margot Huff si frequentano.» la precedette Josie.

«Esattamente. Me l'ha solo accennato. Stavamo cercando

eventuali utenti che potessero essere stati bloccati dai canali dall'emittente o dai Collins per aver pubblicato post o inviato messaggi di contenuto inappropriato o d'odio su Beau e Claudia. Raffy ha detto che oggi avrebbe incontrato Margot e che, nel pomeriggio, avrebbero stilato un elenco completo, che ci manderà via e-mail. Lo stiamo aspettando.»

Josie pensò al modo in cui Margot aveva guardato Beau quella mattina, quando aveva scoperto la sua relazione con Eve. Pensò al modo in cui Beau, quando li avevano incontrati la mattina precedente alla sede dell'emittente, aveva sempre cercato di toccarla anche se lei gli aveva chiaramente fatto intendere che non gradiva alcun contatto fisico. Pensò al modo in cui era diventato subito accusatorio sul fatto che lei uscisse con Raffy. Era presumibile che tra loro ci fosse qualcosa di più e se non c'era in quel momento, poteva esserci stato in passato.

«Non volevi incontrarli?» le chiese.

Gretchen la guardò perplessa. «Non ne vedevo la necessità. A meno che tu non ritenga che uno di noi debba farlo.»

Tutti gli occhi si posarono su Josie, che si spiegò: «Vorrei solo parlare con Margot quando non è con Beau.»

«Io le ho parlato venerdì sera e Beau Collins non c'era.» disse Mettner. «Pensi che stia nascondendo qualcosa?»

«Non ne sono sicura.» disse Josie. «Ma la delusione che ha mostrato verso Beau quando ha scoperto della relazione con Eve mi è sembrata...»

«Strana.» finì per lei Noah. «In fin dei conti è il suo capo. Perché le interessava tanto che lui si comportasse in modo moralmente o eticamente corretto?»

«Senza contare che non credo proprio che quello che stiamo cercando sia un utente di Internet che sia stato bloccato dai canali dall'emittente...» continuò Josie. «Ovviamente dobbiamo considerare anche questo aspetto, ma ritengo che sia più probabile che l'assassino appartenga alla cerchia ristretta di Beau e Claudia. Una persona che ha abbastanza accesso ai Collins da conoscere i loro programmi giornalieri e capire cosa stava succedendo tra Beau ed Eve.»

«Ma tu hai detto che nemmeno la stessa assistente di Beau sapeva della storia tra i due.» le fece notare Mettner. «L'assassino potrebbe anche essere uno stalker di qualche tipo. Se seguiva i Collins, potrebbe aver visto Eve e Beau insieme. Se li teneva d'occhio, potrebbe aver intravisto l'opportunità di aggredire Claudia e averla colta al volo.»

«Si sarebbe assunto un bel rischio...» osservò Gretchen, «entrare in casa sua senza sapere quando o se sarebbe arrivato qualcun altro proprio mentre lui era nel bel mezzo di un omicidio.»

«Io continuo a dire che si tratta di una persona della loro cerchia ristretta.» ribadì Josie. «Secondo me Eve conosceva l'assassino. Non credo che altrimenti si sarebbe fermata quando lo ha incontrato al parco. E dal momento che non c'è nulla sul telefono di Eve che indichi che lui l'abbia contattata prima che lei andasse al parco ieri, sono convinta che stesse aspettando che lei passasse di lì.»

«Allora diamo un'altra occhiata, più da vicino stavolta, alla cerchia ristretta dei Collins. A cominciare da tutti quelli che dovevano essere a casa loro per l'anniversario venerdì sera. Possiamo approfondire le ricerche sulla troupe video.»

«Quel Liam è una testa calda e non sembra che Beau gli piaccia molto.» commentò Noah.

«È vero.» disse Gretchen. «Di tutti quelli con cui ho parlato allo studio, era quello che sembrava più affranto per la morte di Claudia. Non direi comunque che questo lo renda un assassino, ma di certo possiamo parlargli di nuovo.»

«Qualcuno dovrebbe parlare di nuovo anche con la produttrice.» suggerì Noah. «Si chiama Kathy.»

«Pensi che sia lei l'assassino?» disse Mettner.

Noah rispose con una scrollata di spalle. «Sembrava che le piacesse provocare Liam Flint. Non che questo la renda un sospettato. Penso solo che sappia delle cose. Era l'unica della troupe a sapere che Eve Bowers si vedeva con qualcuno. Nessun altro se n'era accorto.»

«Allora la aggiungiamo alla lista.» disse Josie. «Ma vorrei iniziare con Margot.»

Gretchen sorrise. «Agli ordini, Boss. Fatemi fare qualche telefonata per vedere se riesco a rintracciarla e poi potrete andare a parlarle.» disse prendendo il telefono. «Mett, intanto tu raccontagli cosa ha scoperto la dottoressa Feist.»

«Certo.» disse Mettner. «La dottoressa ci ha comunicato le sue conclusioni preliminari su Eve Bowers. Nessun segno di violenza sessuale. L'ora presumibile del decesso è tra le sette e le nove del mattino.»

«Il che coincide con quanto mi ha detto ieri sulla scena del crimine.» disse Josie. «L'ha uccisa subito.»

«Sembra di sì.» concordò Mettner. «La dottoressa è riuscita a prelevare del DNA dai suoi vestiti e ha provveduto a inviarlo al laboratorio della Polizia di Stato e dal momento che si tratta del secondo omicidio in due giorni a opera dello stesso assassino, il capo Chitwood ha richiesto che le analisi del DNA di entrambe le scene del crimine vengano accelerate.»

«Fantastico.» disse Noah. «Ma potremmo ancora dover aspettare dei giorni.»

«Giorni è meglio di settimane, Fraley.» gli ricordò Gretchen. «O di mesi.»

Mettner spostò lo sguardo avanti e indietro tra loro e una volta assicuratosi che avessero finito di parlare, continuò a esporre i risultati dell'autopsia. «La dottoressa ha determinato che la causa della morte di Eve Bowers è stata lo strangolamento con un laccio. Se avete il fascicolo aggiornato, potrete vedere le foto.»

Josie diede un'occhiata ai vari documenti finché non trovò i primi piani della gola di Eve che la dottoressa Feist aveva scattato durante l'esame. Noah fece il giro delle scrivanie e si mise dietro di lei, sporgendosi sopra la sua spalla per vedere meglio. Sotto le luci forti dell'obitorio, i segni rossi lasciati dai lacci creavano un netto contrasto con la pelle altrimenti immacolata e giovane di Eve Bowers.

«Cinque centimetri di larghezza.» lesse Noah. «Che cosa ha usato? Una cintura?»

«Non sembra. Guardate qui.» disse Josie indicando la parte superiore del segno lasciato sulla pelle, dove emergeva un minuscolo motivo fatto di piccolissime scanalature uniformi che ricordavano una fitta rete. «Qualunque cosa abbia usato, aveva una trama strettamente intrecciata.»

«Corda?» disse Noah.

«Non credo.» disse Josie.

«È troppo larga per essere un pezzo di corda.» disse Mettner. «E l'intreccio è troppo stretto, secondo me...» e dopo un attimo aggiunse: «Pensavamo a qualche tipo di cintura da donna, in stoffa magari. La dottoressa Feist ha trovato tracce di fibra sotto due unghie di Eve.»

«Può essere un guinzaglio di qualche tipo?» ipotizzò Noah.

«Troppo largo, a occhio.» disse Mettner. «Però sì, anche a me il disegno ricorda quello di un guinzaglio.»

Josie sentì crescere dentro di sé un moto di speranza. Era qualcosa. Magari non li avrebbe aiutati né identificare né tantomeno a localizzare l'assassino in giornata, ma era più di quanto avessero avuto fino a quel momento e tra questo e l'accelerazione delle analisi dei campioni di DNA trovati su entrambe le scene del crimine, le indagini avrebbero potuto procedere più rapidamente. Continuò a scorrere il fascicolo finché non trovò le immagini delle fibre, così piccole da dover essere osservate al microscopio. Erano di colore marrone chiaro. «Hummel è stato in grado di analizzarle sul posto.» specificò Mettner. «Poliestere. Oh, e quasi dimenticavo: Beau Collins ci ha mandato quei campioni di calligrafia per Eve e Claudia. La scrittura sul retro della busta appartiene alla moglie.»

«Li hai caricati nel file dell'indagine?» chiese Josie, cliccando furiosamente finché non trovò quello che cercava e aprì le foto di ogni campione. Le affiancò alla foto che aveva scattato alla busta. Noah si chinò di più per studiarle, tanto che Josie sentì il profumo del suo dopobarba.

«Sì, questa è sicuramente la scrittura di Claudia.» convenne. «Guarda la differenza.»

La calligrafia di Eve si sviluppava in tagli frettolosi, a differenza di quella di Claudia che era fatta tutta di lettere piccole e ordinate, e corrispondeva a quella della busta che Josie aveva trovato tra le pagine del libro dei Collins. «Perché Claudia avrebbe dovuto scrivere il nome di Archie Gamble?»

Mettner aggiunse con un'alzata di spalle: «Come mai Eve aveva la busta?»

Noah si allontanò e tornò alla sua scrivania. «Purtroppo, nessuno di loro è qui per dircelo. Abbiamo solo Beau, che ha già ribadito che né lui né Claudia conoscevano Gamble.»

«L'ha scritto sul retro di una busta di posta indesiderata, però.» disse Mettner. «Non si scrivono i nomi delle persone che si conoscono sulla posta indesiderata. Deve esserselo annotato per qualche altro motivo. Poi, in qualche modo, la busta è finita dentro quel libro nell'appartamento di Eve.»

«Hai ragione.» concordò Josie. «Purtroppo, questo non ci porta da nessuna parte. Ma, almeno, adesso sappiamo che, per qualche motivo, Archie Gamble era sul radar di Claudia prima che morisse. L'affrancatura della busta segna la metà di dicembre, quindi, a un certo punto dell'ultimo mese, Claudia sapeva di Gamble quanto bastava da scriversi il suo nome su una busta. E se l'avesse data a Eve incaricandola di fare qualche ricerca su di lui?»

«È possibile.» ammise Noah. «Ascoltate, tutto ciò che possiamo dire con precisione è che c'è un'altissima probabilità che questa sia la calligrafia di Claudia. Tutto il resto sono solo congetture che dubito fortemente ci porteranno da qualche parte.»

Josie annuì. «Allora andiamo avanti.»

Noah guardò Mettner. «Hai saputo qualcosa dalle società di ride-sharing?»

«Solo che nessun cliente ha prelevato o lasciato un mezzo vicino al parco pubblico o nel luogo in cui è stata trovata l'auto di Eve all'ora dell'omicidio.»

«A proposito del luogo in cui è stata trovata l'auto...» disse Gretchen, allontanando il cellulare dall'orecchio, «oggi uno dei volontari del Rifugio di Zampe Preziose è andato a casa di Archie Gamble per catturare i gatti selvatici e ha trovato un barile bruciato dietro casa. La cenere sul fondo era ancora calda.»

Un gemito collettivo si levò nella stanza. I barili per la combustione dei rifiuti non erano una cosa rara nella Pennsylvania centrale: erano molte le persone con grandi proprietà che bruciavano la spazzatura in modo da non dover pagare per lo smaltimento dei rifiuti. In alternativa ai rifiuti, bruciavano resti di foglie e alberi abbattuti. Ma il fatto che Archie Gamble avesse bruciato qualcosa all'interno del barile nelle ventiquattr'ore dei due omicidi e subito dopo che il veicolo di una delle vittime era stato rinvenuto vicino alla sua proprietà, non era un buon segno. Ma avrebbe potuto anche non significare nulla. Questo era l'aspetto frustrante delle indagini sugli omicidi: certe volte non si sapeva cosa fosse importante finché non si scopriva che lo era davvero.

«Suppongo che non possiamo ottenere un mandato per i resti all'interno del barile.» sospirò Noah.

«Ci abbiamo provato.» disse Gretchen componendo un altro numero sul telefono. «Ma in assenza di un indizio di colpevolezza forte o di un collegamento sufficientemente evidente tra l'omicidio di Eve Bowers e il materiale che Gamble ha bruciato nel barile, il giudice non ce lo ha concesso.»

Josie lanciò una serie di imprecazioni. Finivano in un vicolo cieco dopo l'altro.

«Parliamo degli alibi.» li incoraggiò Noah.

«Come abbiamo detto, oggi io e Gretchen abbiamo fatto dei controlli sul personale del programma e sul personale della stazione della WYEP.» disse Mettner. «Compreso Beau. La guardia di sicurezza della stazione ci ha detto che venerdì sera è stato lì fino alle cinque e quarantacinque. L'ha visto andare via. Poi sabato era con Margot, come sappiamo. Per quanto riguarda gli altri dipendenti, alcuni hanno un alibi per uno solo dei due omicidi, ma non per tutti e due. L'unica persona che non ha un alibi per nessuno dei due è l'operatore di ripresa, Liam Flint. Però, dal suo passato non è emerso nulla di preoccupante. Abbiamo fatto delle ricerche su Gamble, visto che il suo nome è venuto fuori nelle ultime ore, e non ha un alibi per l'ora dell'omicidio di Eve, ma stando a quanto ci ha riferito il barista del bar "Leo" è lì ogni venerdì sera dalle diciassette alle ventitré circa.»

Josie chiese: «Ma il barista lo ha visto lì tra le cinque e le sei del pomeriggio la sera in cui Claudia è stata uccisa?»

Mettner aggrottò le sopracciglia e tirò fuori il telefono per guardare i suoi appunti. «Non l'ha detto espressamente. Ogni volta che gliel'ho chiesto ha detto solo: "Gamble il venerdì è sempre qui alle cinque". Altri clienti abituali hanno detto la stessa cosa.»

Josie credeva alle parole della clientela del bar "Leo" tanto quanto credeva che uno squalo non avrebbe mangiato un'esca sanguinolenta. «Direi che è un alibi traballante, nella migliore delle ipotesi. Qualcuno di questi signori sarebbe disposto a testimoniare in tribunale?»

Noah rise. «Ne dubito.»

Gretchen lanciò il cellulare sulla scrivania. «Margot e Raffy saranno alla WYEP tra un'ora, se vuoi incontrarli per avere l'elenco delle persone segnalate sui canali dell'emittente e parlare con Margot.»

«Perfetto.» disse Josie. «Nel frattempo, c'è qualcun'altro con cui dovremmo parlare, qualcuno che era in stretti rapporti con i Collins più di chiunque altro all'interno della loro troupe.»

«La segretaria della clinica?» tirò a indovinare Gretchen.

«Precisamente.» disse Josie. «È stata l'ultima persona a vedere Claudia viva.»

Gretchen consultò un blocco note sulla scrivania. «Ci avevo già pensato. Si chiama Trudy Dawson...» disse leggendo il suo indirizzo a East Denton. «Ci siamo fermati a casa sua nel pomeriggio, ma era fuori. Ci ha aperto un'infermiera. A quanto pare, Trudy Dawson vive con la madre, che è anziana e ha bisogno di molte cure. Era uscita a fare la spesa e l'infermiera ci ha detto di ripassare, ma non ne abbiamo avuto la possibilità. Dovrebbe essere a casa ora.»

«Molto bene.» disse Josie, alzandosi. «Andiamo a parlare con lei. Le segretarie sono al corrente di tutto quanto avviene dietro le quinte.»

VENTICINQUE

Trudy Dawson viveva in un piccolo bungalow a un solo piano in un tranquillo quartiere nella parte orientale di Denton. Il vialetto d'ingresso era fiancheggiato da luci a energia solare che brillavano al crepuscolo. Nel portico era installata una lampada a soffitto. Prima che Josie e Noah potessero bussare, la porta si aprì di scatto. Davanti a loro apparve una donna vestita con un paio di jeans e un maglione blu. Aveva i capelli castani, tagliati a caschetto spettinato e striati di grigio, e gli occhi castano scuro, puntati dritti su di loro, da sopra un paio di spessi occhiali da lettura. «Siete della polizia.» disse lei, respingendo le loro credenziali con un gesto. «Beau mi ha chiamato ieri per darmi la terribile notizia. Poi di nuovo questa mattina per darmi altre brutte notizie. Mi ha chiesto anche di cercare qualcosa per voi. L'infermiera di giorno mi ha riferito che siete stati qui quest'oggi, ma io non c'ero.»

Si fece da parte e li fece accomodare in casa. Furono avvolti da una cappa d'aria calda, che li schiaffeggiò come se si trovassero davanti a un forno acceso a tutta potenza. Josie sentì immediatamente formarsi delle goccioline di sudore sul labbro superiore.

La porta d'ingresso dava direttamente su un piccolo soggiorno con una poltrona reclinabile e un divano marrone e deteriorato. Entrambi erano rivolti verso un televisore sintonizzato sul notiziario della sera della WYEP. Un'occhiata allo schermo fece capire a Josie che, nonostante i Collins facessero parte del palinsesto della WYEP, la divisione giornalistica non era ancora venuta a conoscenza degli omicidi di Claudia e di Eve. Invece, avevano riferito di una "forte presenza della polizia nel parco cittadino" il giorno prima, grazie alle macchinazioni di Amber. Era solo questione di tempo prima che trovassero qualcuno, appartenente alla sfera dei Collins o della WYEP, che riferisse dei due omicidi.

«Accomodatevi.» li invitò Mrs. Dawson con un gesto verso il divano. Josie e Noah si fecero strada intorno a un piccolo tavolino da caffè e si sedettero. Josie si tolse il cappotto. Noah si allargò il colletto ma si lasciò addosso il suo. «Sono spiacente per il caldo.» disse Mrs. Dawson andando a sedersi sul bordo della poltrona reclinabile. Dal tavolino adiacente prese un telecomando e premette un tasto. La poltrona emise un ronzio e si sollevò leggermente verso l'alto. «È per via di mia madre.» continuò. «Ha un'insorgenza precoce di Alzheimer. Si dimentica di mangiare. Si dimentica come si mangia. Ormai è tutta pelle e ossa, quindi ha sempre freddo. Posso aprire una finestra, se volete.»

Josie avrebbe voluto cogliere al volo l'offerta, ma Noah sorrise e disse: «Va bene così. Non le ruberemo troppo tempo.»

Mrs. Dawson armeggiò di nuovo con il telecomando della poltrona finché non trovò una posizione comoda. Tirò su col naso e con la mano libera si asciugò le lacrime che le scivolavano sulle guance. «Ho ancora problemi a elaborare la cosa. Non riesco a crederci. Povera Claudia. Siete riusciti a fare qualche progresso?»

«La nostra indagine è in corso.» disse Noah.

Mrs. Dawson mise da parte il telecomando della poltrona e

si sfregò di nuovo le guance. «Mi dispiace. Credevo di essermi sfogata ieri, ma non è così.»

«Mrs. Dawson, se vuole possiamo tornare in un altro momento.» disse Josie.

«No, no. Non importa. Il minimo che possa fare è rispondere alle vostre domande. Oh, e mi dovevo ricordare di dire alla polizia questa cosa, a proposito di un uomo, Archie Gamble. Beau mi ha chiesto di controllare se è stato un paziente di Claudia. In realtà non avrei il permesso di rivelare i nomi dei pazienti, ma Beau è stato molto persuasivo e mi ha garantito che non mi sarei messa nei guai. In ogni caso, non credo che abbia importanza, visto che non abbiamo mai avuto un paziente con quel nome.»

«Grazie.» disse Josie. Tirò fuori il telefono e cercò la foto della patente di Archie Gamble. Girandola verso Trudy, le chiese: «Ha mai visto quest'uomo prima?»

Mrs. Dawson ne studiò il volto. «Mi dispiace, no. Non l'ho mai visto.»

Josie le chiese: «Claudia ha mai parlato di lui?»

«No, mai.»

«Da quanto tempo lavora per Beau e Claudia Collins?» si informò Noah.

Trudy fece un sorriso velato dal pianto. «Da prima che diventassero "Beau e Claudia". Ho lavorato per il medico che gestiva la clinica prima che Beau ne prendesse il posto. Beau è entrato subito dopo la laurea. Poi l'altro medico è andato in pensione e Beau ha deciso di continuare da solo. Claudia ha iniziato a lavorare in pianta stabile quando è diventato evidente che lui stava mandando tutto a rotoli. Lei lo ha salvato. Ha salvato la clinica e il mio lavoro più di una volta nel corso degli anni.»

Con il dorso della mano, Josie si asciugò il sudore che le si formava sulla fronte. «Cosa intende dire?»

«Voglio solo dire che, beh, Beau... Dio lo benedica. Non è

difficile da guardare ed è un uomo di buone intenzioni, ma non se l'è mai cavata bene nella clinica privata. Riceveva lamentele. Perdeva pazienti.»

«Che tipo di lamentele?» chiese Noah.

«Quanti tipi di lamentele ci sono?» disse Mrs. Dawson ridendo flebilmente della sua stessa battuta e asciugandosi altre lacrime con il pollice. Respirando a lungo, alzò una mano e tirò su le dita che poi spinse una per una verso il basso usando l'altra mano.

«Mancava agli appuntamenti. Arrivava in ritardo. Emetteva fatture errate. Non sembrava abbastanza interessato a certi pazienti. Sembrava troppo interessato ad altri pazienti. Non credo che gli sia mai piaciuto quel lavoro e quindi non l'ha mai preso molto sul serio.» Si lasciò cadere le mani in grembo e sospirò.

«Cosa intende con "sembrava troppo interessato" ad alcuni pazienti?» si informò Josie.

Mrs. Dawson scosse la testa. «Ci sono state alcune incomprensioni nel corso degli anni. Posso dire che, quando arriva una coppia, nel novantacinque per cento dei casi, il marito non ha alcuna voglia di ricorrere alla terapia e quindi si mostra subito ostile. Quando questi mariti vedevano che Beau era gentile con le loro mogli, che queste si sentivano ascoltate davvero per la prima volta nella loro vita, non lo gradivano affatto e lo accusavano di fare favoritismi o di provarci e non tornavano più.»

«Secondo lei ci provava?» chiese Noah.

«Santo cielo, no. Come ho detto, alcune di quelle mogli erano così bisognose di attenzioni che la loro reazione naturale era di pura gioia al fatto che qualcuno volesse finalmente ascoltare ciò che avevano da dire. Pendevano dalle sue labbra, non vedevano l'ora di tornare...»

«Lei però non partecipava alle sedute, vero?» chiese Josie.

«Certo che no, no. Tutto questo è privato e protetto dalla Legge sulla Responsabilità e la Riservatezza dell'Assicurazione

Sanitaria. Posso dirvi soltanto quello che potevo osservare dalla sala d'attesa prima e dopo gli appuntamenti. Quello che sentivo quando Beau non c'era. O quello che mi dicevano i mariti quando chiamavano per annullare tutti gli appuntamenti successivi.»

«Beau ha mai superato il limite?» chiese Josie catturando una goccia di sudore con l'indice prima che le rotolasse giù per il naso. «Si è mai comportato in modo inappropriato?»

«Non credo.» disse Mrs. Dawson. «Se l'ha mai fatto, io non me ne sono accorta.»

«Beau ha mai avuto contatti con pazienti o ex pazienti al di fuori della terapia?» domandò Noah. «Che lei sappia?»

Mrs. Dawson guardò Noah con occhi ridotti a due fessure. «Mi sta chiedendo se ha mai avuto una relazione con una paziente?»

«L'ha fatto?» la incalzò Noah.

L'espressione di Mrs. Dawson si rilassò. Uno sguardo lontano le attraversò gli occhi. Qualcosa sopra le loro teste attirò la sua attenzione. Si alzò in piedi, con un braccio teso. «Mamma!» esclamò. «Dove hai messo il deambulatore?»

Josie e Noah girarono la testa e videro una donna anziana con i capelli bianchi, corti e radi, che si avvicinava a loro dalla porta di un'altra stanza. Era magra proprio come Mrs. Dawson aveva detto. Indossava una felpa viola troppo grande per la sua struttura esile ed emaciata. Con dita sottili si aggrappava ai mobili per aiutarsi ad avanzare. Quando raggiunse il salotto, la sua andatura vacillò. Mrs. Dawson colmò la distanza che la separava dalla madre e le passò abilmente un braccio intorno alla vita prima che cadesse. «Mamma, ti serve il deambulatore per non cadere.»

«Chi sono questi ragazzi?» chiese lei, indicando Josie e Noah.

«Quelli non sono ragazzi, mamma. Sono qui per parlarmi del mio capo.»

La madre cercò di allontanare la figlia, schiaffeggiandole il braccio con cui le cingeva la vita sottile. La sua attenzione era ancora rivolta a Josie e Noah. «È meglio che li mandi in presidenza. Se li becchi qui fuori nel corridoio senza permesso, devi mandarli direttamente in presidenza!»

«Mamma, dai. Lascia che ti aiuti. Ti devo sorreggere per non farti cadere.» Mrs. Dawson tenne un braccio intorno alla vita della madre, allontanandola da Josie e Noah e guidandola lungo il corridoio. Tornò qualche minuto dopo, con una smorfia di scusa sul volto. «Mi dispiace tanto.»

Josie sorrise. «Era un'insegnante?»

Mrs. Dawson ricambiò il sorriso e andò a sistemarsi sulla poltrona reclinabile. «Esatto. Ha lavorato per trentasette anni in una scuola elementare. Scusate, dove eravamo rimasti?»

«Volevamo sapere se Beau avesse mai avuto una relazione con una paziente.» ricapitolò Josie per riprendere il filo del discorso.

«Giusto...» disse Mrs. Dawson. «Non mi sembra. Se l'ha fatto, non ne ho mai saputo nulla.»

«Però non ne è sicura.» precisò Josie.

Mrs. Dawson non rispose, aveva improvvisamente spostato tutta la sua attenzione su un filo sfilacciato del bracciolo della poltrona.

«Mrs. Dawson, capisco che sia imbarazzante, ma sono domande che dobbiamo fare in casi come questo.» le spiegò Noah con voce pacata. «Stiamo cercando una persona che possa provare rancore nei confronti di Beau o Claudia Collins. Una persona che possa avercela con uno di loro, con Beau in particolare. Una persona che potesse desiderare di fare del male a lui o a sua moglie.»

Mrs. Dawson tirò il filo e poi se lo avvolse intorno all'indice. Quando fu chiaro che non aveva intenzione di rivelare ciò che sapeva, Josie disse: «Ha detto che alcuni dei mariti che Beau Collins aveva in cura erano insoddisfatti. Arrabbiati addirittura.

Le viene in mente se c'è attualmente, o se c'è mai stato in passato, uno tra quegli uomini, qualcuno dei pazienti, che potrebbe prendere di mira i Collins?»

Il filo aveva lasciato piccoli segni rossi sulla punta delle dita di Mrs. Dawson. «A dire la verità non me ne viene in mente neanche uno, anche se non potrei dirvelo nemmeno se lo sapessi. Dovreste saperlo. Le leggi sulla riservatezza mi impediscono di rivelare qualsiasi informazione, compresi i nomi.»

«Tuttavia, in questo caso...» puntualizzò Noah, «se ritiene che un particolare paziente possa rappresentare una minaccia, penso che le sia permesso dirci il suo nome.»

«Ma è proprio questo il punto.» disse Mrs. Dawson. «C'erano pazienti che non erano soddisfatti di Beau, ma non mi viene in mente nessuno che potesse rappresentare una minaccia. Non me la sento di dirvi i nomi dei pazienti insoddisfatti o che hanno lasciato la clinica. Ora che Claudia se n'è andata, mi dovrò trovare un nuovo lavoro.» Fece cenno alla porta dall'altra parte della stanza. «Devo pensare a mia madre. Devo provvedere a lei e voglio tenerla a casa con me il più a lungo possibile. Per questo ho bisogno di uno stipendio. Se violassi le leggi sulla riservatezza, non troverei mai un altro lavoro come questo.»

«Lo capiamo, Trudy, davvero.» le assicurò Josie. «Ma l'assassino di Claudia è ancora una minaccia. Non le stiamo chiedendo di farci vedere una cartella clinica. Le stiamo chiedendo un nome.»

Con un sospiro, Mrs. Dawson incrociò di nuovo lo sguardo di Josie. «Sono desolata. Anche se mi venisse in mente un nome, e come vi ho detto non me ne viene neanche uno, non me la sentirei di rivelarlo. Per quello che posso dire, non c'è nessuno che sarebbe stato capace di fare del male a Claudia o a Beau. Questa è la verità. Beau non vede più i pazienti. Ha smesso di vederli molto tempo fa. C'era solo Claudia e i suoi pazienti la adoravano. L'adoravano davvero. Santo Dio. Immagino che da domani dovrò iniziare a fare delle telefonate, per dare la notizia.»

Si interruppe quando altre lacrime le scivolarono sul viso. «Claudia era l'unica ragione per cui la clinica era ancora in piedi. Come ho detto, se non fosse stato per lei, avrei perso il lavoro molto tempo fa. In tutti questi anni, con mia madre così malata, ho avuto bisogno di questo lavoro. Non so nemmeno come farò finché non ne troverò un altro. Magari potrei rinunciare all'infermiera a domicilio per un po'. Dovrò parlare con Beau. Mio fratello vive in Virginia ed è sempre in viaggio per lavoro. Sono tutto ciò che resta alla mamma. Già così è abbastanza confusa...»

Josie si sentì stringere il cuore per quella donna. Ricordava quando sua nonna, Lisette, era stata costretta ad andare in una struttura di assistenza specializzata. Fino ad allora, Josie era riuscita a tenere Lisette a casa con sé e Ray finché aveva potuto ma alla fine aveva trasferito sua nonna in una struttura con un gran peso sul cuore, anche se era la cosa migliore da fare e anche se Lisette stessa aveva insistito per farlo. Josie si avvicinò Mrs. Dawson e le toccò la mano. «Siamo noi a essere dispiaciuti. Non era nostra intenzione turbarla. Vogliamo solo trovare il responsabile. Lei è stata l'ultima persona a vedere Claudia viva. Come le è sembrata?»

Mrs. Dawson fece un respiro profondo. «Mi sembrava stesse bene. Era sempre al meglio di sé quando curava i pazienti. Era la cosa che ama... che amava davvero. Tutta quella roba dei libri e del programma in televisione...» sventolò le mani in aria. «Quella è roba adatta a Beau. Lei aveva accettato per fargli un piacere. E anche per i soldi, che non hanno guastato, ne sono certa.»

«Le aveva detto se aveva avuto problemi con qualcuno ultimamente? Forse non con un paziente, ma con qualcun altro? Magari qualcuno dello studio televisivo? Un vicino di casa? Un amico?»

«No.» disse Mrs. Dawson. «Niente del genere. Claudia era una persona dolce, sempre e comunque. Non ho mai conosciuto nessuno che ce l'avesse con lei.»

«Che lei sappia, Claudia aveva una relazione?» le domandò Josie.

Gli occhi di Mrs. Dawson si rabbuiarono. Tentò un sorriso che non resse. Dopo una breve esitazione, disse: «Non che io sappia, no. Di certo è stata molto tollerante. Beau può essere un po' eccessivo con tutte le sue idee geniali, aggiungendo sempre qualcosa in più ai loro progetti, ma lei lo ama. Lo amava. Non credo che lo tradirebbe. Voglio dire, non credo che lo avrebbe...» ma non riuscì ad andare avanti.

«Cosa voleva dire?» chiese Josie.

Mrs. Dawson guardò il pavimento e agitò in aria una mano in gesto liquidatorio. «Non è niente. Sto pensando troppo. E con Claudia morta non sarebbe giusto dirlo.»

«Dire che cosa?» domandò Noah.

Le lacrime le colarono di nuovo lungo il viso. «È solo che non voglio infangare la sua reputazione in alcun modo. Era davvero una persona adorabile.»

«Trudy...» disse Josie addolcendo la voce, «le assicuro che, se ci dice la verità, non infangherà la reputazione di Claudia, anzi potrebbe avvicinarci a scoprire l'identità della persona che l'ha ammazzata.»

«Ma io non la so la verità.» insistette Mr. Dawson. «So solo che...» ma si interruppe di nuovo e distogliendo lo sguardo iniziò a scavare con l'unghia dell'indice nel bracciolo della poltrona. «Non voglio dare inizio a situazioni spiacevoli. A pettegolezzi. Non portano mai a nulla di buono.»

«Allora ci dica solo quello che sa.» la spronò Noah. «Soltanto quello che sa. Niente di più e niente di meno.»

Mrs. Dawson inspirò con un brivido. «Nei mesi precedenti la sua morte, forse anche nell'ultimo anno, Claudia aveva preso l'abitudine di lasciare la clinica per andare a pranzo.»

Josie e Noah si scambiarono un'occhiata stranita: era questo il segreto scandaloso che la segretaria non voleva rivelare?

«Non capisco.» disse Noah.

Mrs. Dawson estrasse un altro filo dal tessuto della poltrona e lo schiacciò tra il pollice e l'indice. «In tutti gli anni in cui ho lavorato per lei, Claudia ha amato il suo lavoro più di ogni altra cosa al mondo. La clinica, non le altre cose. Una volta arrivata, non ne usciva finché l'ultimo paziente della giornata non se ne era andato. Quando mangiava, rigorosamente qualcosa di leggero, lo consumava alla scrivania. Spesso Beau cercava di convincerla ad andare a pranzo insieme a lui, ma lei non voleva. Poi, un giorno, ha iniziato a uscire a pranzo. Così, di punto in bianco. E non si trattava di pranzi veloci. Alcuni giorni stava via per più di un'ora, tanto che, parecchie volte, ho dovuto rinviare qualche appuntamento perché era in ritardo.»

Josie chiese: «Le ha mai detto dove andava?»

«No...» disse Mrs. Dawson. «Si limitava a dire che stava uscendo e che sarebbe tornata prima dell'appuntamento successivo. Prima usava sempre quell'ora per aggiornare le cartelle. Per questo lo trovavo molto strano.»

«Le ha mai chiesto spiegazioni?» disse Noah.

Mrs. Dawson scosse la testa. «Non mi sembrava corretto e poi non erano affari miei. Oltretutto, tornava sempre così... rinvigorita. Qualsiasi cosa facesse, la rendeva felice. Non la vedevo così da molto tempo. Non dall'inizio del suo matrimonio con Beau.»

«Pensa che stesse vivendo un'avventura?» le chiese Noah.

Il filo si staccò dalla tappezzeria, allungandosi. «Non so che dire. È solo che mi sembrava così insolito per lei fare una cosa del genere.»

«Sono un'infinità le persone che iniziano relazioni fuori dal matrimonio.» affermò Josie. «Comprese quelle che, apparentemente, non lo farebbero.»

«Sì, ma Claudia... può darsi che abbiate ragione, ma sembra davvero fuori dal suo carattere.»

«Ha idea di chi fosse la persona con cui andava a pranzo?» chiese Noah.

«No, e mi imbarazza ammetterlo, ma una volta ho dato un'occhiata alla sua agenda personale e non c'era proprio nulla. Forse non andava con nessuno a pranzo. Forse andava a farsi fare un massaggio o a fare una lezione di yoga. Ecco perché non volevo parlarne, perché non ho idea di cosa facesse davvero in quei momenti. Mi dispiace di non potervi essere di maggiore aiuto.»

Josie si alzò e sentì la schiena madida di sudore, così come era umida la mano con cui frugava in tasca per trovare un biglietto da visita da consegnare a Trudy. Passandoglielo, le fece la consueta filastrocca di chiamarli se le fosse venuto in mente qualcosa che avrebbero dovuto sapere. Qualsiasi cosa.

Tornati in macchina, Josie si voltò verso Noah: «Dobbiamo vedere se riusciamo a far accelerare i tabulati telefonici di Claudia. Potrebbe esserci qualcosa che può far luce su questa storia: messaggi di testo, messaggi vocali... una traccia qualunque.»

«Chiamerò l'ufficio legale del gestore.» disse Noah. «Provo a smuovere un po' le cose. Nel frattempo, andiamo a trovare Margot Huff.»

VENTISEI

I corridoi della WYEP erano inaspettatamente silenziosi per essere una stazione televisiva. Il notiziario veniva trasmesso in diretta nello studio principale. L'area che l'emittente riservava ai Collins era deserta. Margot non si trovava da nessuna parte, nemmeno nella piccola fila di uffici destinati alla troupe che lavorava all'Angolo delle Coppie con i Collins. Trovarono soltanto la produttrice, Kathy, sola nel suo piccolo ufficio intenta a fissare lo schermo del computer. Si alzò di scatto dalla scrivania quando Josie bussò alla porta semiaperta.

«Mi dispiace disturbarla.» disse Josie.

Kathy si sistemò i capelli scuri ed esibì un sorriso. Quando vide Noah in piedi dietro Josie, abbassò lo sguardo sulla camicetta bianca e sui pantaloni color caffè, lisciandone le pieghe. Da vicino, Josie stimò che dovesse avere circa cinquant'anni. Le pareti alle sue spalle erano tappezzate di fotografie in cui era stata immortalata insieme a varie celebrità.

Noah diede una spintarella a Josie per farle superare la soglia e tese una mano alla produttrice, che la accettò ampliando il sorriso, ma non meno nervosa, a giudicare dal piccolo fremito agli angoli della bocca. Nervosa perché trovava Noah attraente o perché nascondeva qualcosa?

«Spero che non le dispiaccia se siamo passati.» le disse Noah. «Abbiamo solo qualche domanda.»

«Certo...» disse Kathy. «Ho sentito la terribile notizia di Eve. Molto triste. Tragica. Era così giovane.»

«Ha ragione.» concordò Noah. «Sono state quarantott'ore molto difficili, tanto per la vostra squadra quanto per la nostra, per cercare di capire chi c'è dietro tutto questo. Sappiamo che ha parlato con i nostri colleghi e ha dato loro qualche informazione: che ha lavorato al programma di Beau e Claudia fin dall'inizio, che ha fatto carriera dalla redazione della WYEP, dove ha lavorato per diversi anni.»

Kathy annuì, tenendo gli occhi incollati sul viso di Noah. Lui passò alla parte successiva con delicatezza. «Lei afferma anche che il suo rapporto con Beau Collins e con tutti gli altri membri della realizzazione del programma è sempre stato esclusivamente professionale.»

«Sì, è così infatti.» confermò Kathy.

«Volevamo parlare con lei perché, tra tutti i membri della redazione, lei è stata l'unica con un occhio abbastanza acuto da capire che Eve era innamorata.» proseguì Josie.

Kathy rivolse lo sguardo su di lei, stavolta con un sorriso sincero che le si allargava sul viso. «La ringrazio. Non avevo capito che fosse importante. Stavo solo constatando ciò che avevo osservato.»

«E ci è stato molto utile.» confermò Noah. «Ci chiedevamo se ci fossero altre cose che è riuscita a osservare o a sentire o a notare negli ultimi mesi, magari anche nell'ultimo anno, e che potrebbe condividere con noi.»

«Oh, beh, ho già detto ai vostri colleghi tutto quello che so.»

Josie tirò fuori il suo telefono e cercò la foto di Archie Gamble. La girò verso Kathy, che però non diede alcun segno di riconoscerlo, tanto da chiedere: «Chi è?»

«Speravamo potesse dircelo lei.» ammise Noah.

Kathy scosse la testa. «Non ho mai visto quest'uomo.»

«Si chiama Archie Gamble.» spiegò Josie. «Questo nome le ricorda qualcosa?»

Un altro sguardo vuoto, un altro scuotimento di testa.

Noah disse: «Però conosce Liam Flint, vero?»

L'espressione di Kathy si rabbuiò. «Mi dispiace per la scena dell'altro giorno sul set. Ma, in tutta onestà, quel ragazzo è un idiota e un arrogante. Pensa davvero di essere migliore di tutti gli altri. Anzi, se devo dire la completa verità, non piace a nessuno. Lo tolleriamo e basta.»

Josie chiese: «Lei è a conoscenza di qualche rancore che Liam possa nutrire nei confronti di Beau o Claudia?»

Kathy scoppiò in una risata dalle note alte e inaspettate. «Direi nei confronti di Beau. Non ha mai fatto mistero di odiare Beau. Ma credetemi se vi dico che Liam ce l'ha con il mondo intero.»

Noah disse: «Per caso ha mai notato se c'era qualcuno, secondo lei, che potesse voler fare del male ai Collins o addirittura uccidere Claudia? O Eve?»

Le ultime tracce della risata di Kathy svanirono via via che considerava la gravità della domanda. Si prese un lungo momento. Alla fine, disse: «Non mi viene in mente nessuno. Non all'emittente. O, almeno, non ho mai notato niente. Però su Internet ricevono un sacco di critiche. Dovreste parlarne con Margot Huff. È lei che si occupa dei social media.»

«Lo faremo.» le assicurò Noah con un sorriso. Un sorriso smagliante che Josie gli aveva visto usare con i testimoni decine di volte. «La ringrazio, Kathy.» disse Noah porgendole un biglietto da visita. «Ci è stata di grande aiuto. Ci chiami se le viene in mente qualcos'altro.»

Kathy fissò il biglietto mentre Josie e Noah si avviavano fuori dall'ufficio. Erano già in corridoio quando lei li chiamò: «Aspettate!»

Li raggiunse in mezzo al corridoio vuoto, guardandosi intorno per assicurarsi che non ci fosse nessuno nelle vicinanze prima di abbassare la voce fino a ridurla a un sussurro. «Non l'ho detto a voi o ai vostri colleghi perché ho pensato che Eve ve l'avesse detto prima di morire, ma penso che non l'abbia fatto.»

«Che cosa?» chiese Josie.

Kathy infilò il biglietto da visita nella tasca dei pantaloni. Si passò di nuovo le mani tra i capelli. «Circa un mese fa, mi sembra tra il Giorno del Ringraziamento e Natale, ho sentito Eve e Claudia che parlavano. Erano nell'ufficio di Claudia. La porta era socchiusa. Ero andata a chiedere qualcosa a Claudia, ma le ho sentite parlare quando ho raggiunto la porta, così mi sono fermata e... mi vergogno a dire che ho origliato. Solo per pochi secondi. Claudia stava dicendo a Eve che aveva il sospetto che qualcuno la stesse seguendo.»

«Ha detto cosa le faceva sospettare che qualcuno la pedinava?» la incalzò Noah.

Kathy scosse la testa. «Sono arrivata proprio alla fine della conversazione. Sono riuscita giusto a sentirle dire a Eve qualcosa del tipo: "È solo una sensazione che ho ultimamente, come se qualcuno mi osservasse ovunque vada". A questo Eve le ha risposto sottolineando che era una celebrità e che era costantemente sotto gli occhi del pubblico e che, probabilmente, era solo per quello. Poi mi hanno sentito fuori dalla porta e hanno smesso di parlare.»

Josie le chiese: «E dopo lei ha detto niente a Claudia o a Eve?»

Kathy si portò una mano al petto. «Oh no, naturalmente no. Non volevo che pensassero che stavo origliando. Suppongo che, se Claudia avesse sospettato che qualcuno la seguiva, che la pedinava davvero, si sarebbe rivolta alla polizia. Oppure avrebbe potuto assumere un investigatore privato, una guardia del corpo o qualcosa del genere. Claudia e Beau sono abbastanza ricchi da poterselo permettere. Ma non le ho più sentito accennare alla questione, quindi ho pensato che l'avesse risolta o che Eve avesse ragione. Che era tutto nella testa di Claudia.»

VENTISETTE

Josie e Noah ringraziarono Kathy per il suo tempo e tornarono alla postazione degli addetti alla sicurezza per farsi dare indicazioni sull'ufficio di Raffy Sullivan. Trovarono la porta aperta e Raffy seduto dietro una minuscola scrivania, in una stanza senza finestre grande un quarto dell'ufficio di Kathy, intento a scorrere la pagina Facebook della WYEP su un computer portatile. Accanto al computer c'erano due telefoni cellulari. In quell'angusto ufficio c'era spazio per un'altra sedia da ufficio accanto a quella che occupava lui, dal cui schienale pendeva una borsa da donna.

«Oh, salve!» li accolse Raffy quando Josie bussò contro lo stipite della porta. «Vi direi di accomodarvi, ma non c'è molto spazio.»

Josie riuscì a infilarsi all'interno. Noah rimase sulla soglia.

«Come potete vedere, hanno iniziato a trasformare gli sgabuzzini in "uffici" e...» aggiunse Raffy, facendo le virgolette intorno alla parola "uffici". «Margot è andata in bagno, ma ho preparato la lista che mi ha chiesto la vostra collega, se volete prenderla.» Uno dei telefoni sulla scrivania squillò. Raffy lo coprì rapidamente con la mano, trascinandolo verso di sé e respingendo con gesto noncurante la chiamata. Gettandolo di nuovo sulla scrivania, sollevò una pila di fogli posti proprio accanto al portatile e le porse a Josie. Mentre lei li scorreva, Noah iniziò con le domande.

«Questa è la lista delle persone che sono state bloccate sia dalle piattaforme della WYEP che da quelle dei Collins, giusto?»

«Sì, esattamente.» confermò Raffy. «Margot e io abbiamo pensato di unire le forze. Come potete vedere, la maggior parte di queste persone prende di mira direttamente i Collins sui loro social personali, ma abbiamo aggiunto quelli che occasionalmente lo fanno anche sui social media dell'emittente. Alcuni arrivano sulle pagine della WYEP dopo che Margot li ha bloccati sulla pagina dedicata al programma.»

L'elenco era lungo. Nomi, foto del profilo e tutte le informazioni che si potevano ricavare dalle sezioni personali. Si trattava per lo più di uomini.

«Dato che avete dovuto bloccarli per i commenti contro i Collins...» disse Noah, «può dirci che tipo di commenti facevano? C'era qualcuno che sembrava nutrire intenzioni di vendetta personale nei confronti di uno dei due?»

Raffy si accarezzò con fare pensieroso il pizzetto. Il cellulare ricominciò a vibrare. Con una smorfia, Raffy guardò lo schermo e questa volta Josie riuscì a leggere il nome che vi lampeggiava. *Brooke.* Raffy rifiutò anche questa chiamata e tornò a guardare Noah. «Vendetta? È una parola forte. Per lo più si tratta di persone molto meschine che odiano i Collins per i motivi più disparati: i loro capelli, la loro voce, qualcosa che hanno detto una volta in un episodio del programma. Una donna ha iniziato a infastidirli perché aveva provato uno degli esercizi della trasmissione con suo marito e lui le aveva dato della stupida. Poi ci sono le donne che sono ossessionate da Mr. Collins e sono convinte che dovrebbe lasciare Claudia...» fece un cenno verso i fogli che Josie teneva tra le mani, «mi sembra che queste due le troviate a pagina dieci. Comunque, insieme a ogni profilo abbiamo inserito le schermate dei contenuti a causa dei quali abbiamo negato l'accesso a ciascun utente.»

Josie scorse fino a pagina dieci e lesse le informazioni dei profili e poi i commenti e i messaggi che quelle donne avevano lasciato.

So che siamo fatti per stare insieme. So che lo sai anche tu, nel profondo. Devi trovare il coraggio di lasciarla una volta per tutte.

Beau, tesoro, non riesco a pensare ad altro che a te, giorno e notte. Ti prego, vieni da me.

Claudia è una stupida puttana che non ti soddisferà mai. Lascia che ti mostri cosa sa fare una vera donna.

Mi fa star male vederti fingere con lei giorno dopo giorno in televisione. So che la odi. Sono l'unica che può renderti felice.

Il tono dei commenti che avevano pubblicato rasentava la psicosi, ma era sufficiente perché una delle due facesse tanto per rovinare la vita di Beau Collins? Possibile che simili smanie avessero consentito a una di quelle persone di elaborare un piano così accurato? Quantomeno vivevano in quella zona? Era necessario fare un controllo approfondito dei precedenti di ciascuna di loro.

«Hanno ricevuto anche qualche minaccia?» chiese Josie.

«Dipende da cosa si intende per minaccia.» sentenziò Raffy. «Ci sono state alcuni commenti che ho fatto vedere al mio capo perché pensavo che in quelle circostanze sarebbe stato il caso di coinvolgere la polizia, ma il suo parere è stato che "spero che tu muoia" non era una minaccia diretta.»

«Sul serio?» chiese Josie. «Chi lo ha detto fra questi?»

«A pagina quattordici.» le disse Raffy. «Ma quello che sta cercando è a pagina ventuno.»

Josie passò dalla quattordicesima alla ventunesima pagina ed esaminò il profilo di un certo Ron Abbott. La foto del profilo mostrava un uomo che, a occhio e croce, doveva avere sui trentacinque anni, con una folta chioma di capelli biondi su un viso di forma ovale. Via via che sfogliava le schermate dei messaggi e dei commenti che Abbott aveva fatto, Raffy cominciò a raccontare: «Questo tizio aveva già cominciato a vomitare commenti sui social media dell'emittente circa cinque anni fa, dopo che il libro dei Collins era diventato un bestseller, o quello che è, e nell'arco dell'anno seguente avevano iniziato a condurre il programma in studio. Era sgradevole. Davvero sgradevole. Diceva ogni genere di cose su Mr. Collins. Sembrava che ce l'avesse con lui, come se gli avesse fatto qualcosa di personale. All'epoca, avevo appena iniziato a gestire le piattaforme di social media, quindi ero l'interlocutore di riferimento per questo tipo di situazioni. Margot non aveva ancora iniziato. Bloccavo i suoi commenti in continuazione, ma lui tornava sempre con un altro stupido profilo falso. Puntualmente sottoponevo la questione al mio capo, ma anche in questo caso o non si trattava di commenti che lui riteneva "considerabili come una minaccia", oppure mi prometteva di "passarla a Beau e lasciare che se ne occupasse lui". Un giorno Abbott ha smesso. Ho pensato: "Bene. Finalmente si è dato pace con questa storia".»

«Ma non aveva finito.» lo anticipò Josie. Scorrendo le parole di Abbott, sentì le dita fredde di un brutto presentimento che le risalivano lungo la schiena.

Spero che tu muoia di una morte lenta e dolorosa.

Tu e quella puttana di tua moglie meritate di essere torturati.

Qualcuno dovrebbe farti a pezzi e costringere quella deficiente di tua moglie a guardare.

Il cellulare di Raffy iniziò a vibrare ancora una volta. Era di nuovo Brooke. Raffy tirò un sospiro e respinse la chiamata per la terza volta. Poi mise il telefono in silenzioso. «Mi dispiace.» disse. «È la mia ex ragazza. Non riesce a lasciarmi andare. Comunque, cosa stavamo dicendo?»

«Che Ron Abbott non aveva finito con la sua campagna di odio.» riassunse Josie.

«No, affatto.» riprese Raffy. «Aveva solo trovato un altro modo per entrare. È stato quando i Collins hanno chiuso le loro piattaforme personali per creare specifici account per il programma. Poi hanno messo Margot al comando. A quanto pare, Beau e Claudia lo bloccavano da tempo sui loro account personali. Ma quando sono stati creati i nuovi profili, Abbott è andato subito all'attacco. È così che io e Margot ci siamo conosciuti, in realtà. Per via di questo Abbott. Continuava a ripresentarsi con nomi diversi, ma dal linguaggio si capiva che era sempre lui. Comunque, non credo che Margot fosse preparata per uno come lui. In alcun modo.»

«Beh...» disse Josie, indicando una schermata. «Qui sostiene che Beau Collins meriterebbe che gli venissero asportati con violenza i genitali per poi usarli per fare certe cose piuttosto disgustose direttamente su di sé.»

Noah si chinò per dare un'occhiata ed emise un fischio basso.

«E questo non è nemmeno il peggio.» disse Raffy «Se continua, vedrà.»

«Ma lascia questi commenti in modo che non sembrino una minaccia.» osservò Josie. «Non ha mai detto che lo avrebbe fatto, ha sempre detto solo che questo è ciò che Beau Collins si sarebbe meritato»

«Proprio così.» disse Raffy.

Josie sentì la terra sprofondare sotto i piedi quando arrivò alle schermate dei commenti in cui Abbott diceva ciò che Claudia si meritava.

Dovrebbero accecarla con dei punteruoli roventi.
Merita di morire tanto quanto quel pezzo di merda di
suo marito.

«Potrà anche non trattarsi di minacce dirette...» commentò Josie, «ma di certo sarebbero sufficienti per giustificare un ordine restrittivo. Ha mai scoperto perché né Beau né Claudia si sono rivolti alla polizia?»

Raffy si alzò e si mise tra Josie e Noah, dando una sbirciatina nel corridoio, girando la testa da una parte e dall'altra prima di voltarsi verso di loro. «Probabilmente non dovrei dirvelo. Lo so solo perché ho sentito Beau che ne parlava con il mio capo... non si sono rivolti alla polizia perché questo Abbott era un paziente.»

«Un paziente di Beau o di Claudia?» lo incalzò Noah.

Raffy si sedette di nuovo sulla sedia e allacciò le mani dietro la testa. «Non ne sono sicuro, ma tenderei a dire di Beau, visto che era a lui che indirizzava la maggior parte dei suoi commenti. Credo che stessero solo cercando di mantenere il riserbo, soprattutto perché la trasmissione aveva appena iniziato a prendere piede.»

Josie arrivò alla fine del fascicolo, all'ultimo dei falsi account che Ron Abbott aveva apparentemente creato per terrorizzare i Collins. «Di questi commenti non c'è più traccia dall'anno scorso. Sa per quale motivo sono cessati?»

Raffy scosse la testa. «Per quanto ne so io, monitorando solo i contenuti della WYEP, sono cessati molto prima. Potete chiederlo a Margot. Ma il fatto è che talvolta questi soggetti semplicemente smettono di comparire sui social media e noi non scopriamo mai per quale ragione.»

L'ha scoperto. Non riesco proprio a immaginare da cosa lo abbia capito. Forse mille piccole cose su cui non posso più esercitare il mio controllo. Tutta la mia attenta pianificazione per trovare il modo di dirglielo non è servita a un bel niente. Volevo che lo facessimo insieme e che potessimo lasciare questa casa orrenda subito dopo che glielo avessi detto, in modo che non potesse farmi del male. In qualche modo, lui lo sapeva. Si è arrabbiato ed è stato crudele. E alla fine mi ha fatto del male. Ma non era niente che non mi avesse già fatto in precedenza. Una parte di me è sollevata, perché il peggio è passato. Mi auguro. Magari andrà tutto bene. Continuo a ripetermi che, anche dopo quello che ho fatto, non mi merito tutto questo. Il mio amante mi dice sempre che mi merito di più e di meglio. Una vita vera con un amore vero. Non riesco nemmeno a scrivere il suo nome. Neanche adesso.

Tra poco lo incontrerò e gli darò la notizia e così non dovremo più nasconderci.

VENTINOVE

Josie consegnò la pila di fogli a Noah e lo lasciò con Raffy. Stavano parlando con lui da diversi minuti e Margot non era ancora tornata dal bagno. O si trovava in qualche situazione di disagio, o li stava evitando di sua iniziativa. Il bagno delle donne più vicino era in fondo al corridoio. Josie varcò la porta e iniziò a controllare ogni cubicolo. Erano tutti vuoti, tranne l'ultimo. Due piedi delicati in ballerine nere scomparvero rapidamente verso l'alto nel momento in cui Josie si avvicinò alla porta.

«Miss Huff.» disse Josie. «So che è lì dentro.»

Non ottenendo risposta, Josie attese qualche istante e riprovò. «Margot, per favore. Ho solo qualche altra domanda da farle. Mi rendo conto che lo scorso fine settimana è stata sottoposta a un enorme stress per tutto quello che è successo e non voglio che per lei le cose si facciano ancora più spiacevoli. Le garantisco che non ci metterò molto.»

Da dietro la porta si sentì uno scricchiolio. Poi, con uno stridulo filo di voce, Margot disse: «Ho già parlato con uno dei vostri venerdì, dopo che Claudia... dopo che Eve ha trovato Claudia. Gli ho raccontato tutto.»

«Sì.» disse Josie. «Lo so. Abbiamo apprezzato la sua collaborazione, soprattutto in un momento così difficile, ma venerdì non sapevamo tutte le cose di cui siamo a conoscenza attualmente. Per questo al mio collega non poteva venire in mente di farle le domande che vorrei farle io adesso.»

«Non sapevo di Beau ed Eve. Glielo giuro.»

«E io le credo.» le assicurò Josie. «Margot, lei non è nei guai. Questo voglio metterlo in chiaro. Davvero, voglio solo parlare con lei. Mi dia cinque minuti. Può mettere il cronometro, se vuole.»

Un altro scricchiolio. «Ho lasciato il telefono nell'ufficio di Raffy.»

«Possiamo usare il mio.» suggerì Josie sfilandolo dalla tasca, inserendo il codice di accesso e aprendo l'applicazione della sveglia. La impostò per cinque minuti. Poi si accovacciò e appoggiò il telefono, con lo schermo rivolto verso l'alto, sul pavimento. Lentamente, lo spinse sotto la porta. «Ora lo faccio partire.»

Nel momento in cui toccò il comando di avvio, vide che Margot calava un piede per scendere dalla tavoletta del gabinetto. «D'accordo...» disse Margot.

Josie avrebbe preferito vederla in faccia, ma si sarebbe accontentata. «Cosa può dirmi di Ron Abbott?»

«Quello che scriveva quei commenti sui Collins? Tutto ciò che so è nel fascicolo che abbiamo messo insieme io e Raffy. Non glielo ha dato?»

«Sì.» disse Josie. «Ma Raffy non ha saputo dirci perché Abbott ha improvvisamente smesso di cercare di terrorizzare Beau e Claudia l'anno scorso. Mi chiedevo se lei lo sapesse.»

«No, mi dispiace. Non ho idea del perché. Da un giorno all'altro ha smesso.»

«Che cosa sa di lui?»

«Solo che era un completo psicopatico. Uno psicopatico con un grande, grandissimo bisogno di aiuto. Ho detto a Beau che avrebbe dovuto parlarne con la polizia, ma lui mi ha risposto che prima o poi si sarebbe stancato di essere ignorato e se ne sarebbe andato. Ed è andata così infatti.»

«Margot, non la prenda male, ma devo chiederglielo. C'è mai stato qualcosa di sentimentale o intimo tra lei Beau Collins?»

Ci fu un attimo di silenzio, poi un fruscio e il forte rumore della tavoletta del gabinetto che sbatteva sul bordo. La porta del bagno si aprì. Margot apparve davanti a Josie, con il petto gonfio e il viso rosso aragosta. «Mi prende in giro? È disgustoso! No. Mai. Anche l'altro poliziotto me l'ha chiesto. Perché pensate tutti che io e Beau...» alzò gli occhi al soffitto e fu scossa da un brivido. «Mi viene da vomitare anche solo a pensarci.»

«Mi accontento.» disse Josie, piegandosi per recuperare il suo telefono tra i piedi di Margot.

«Solo perché andava a letto con Eve non significa che lo faceva anche con me. Che schifo.» disse con la bocca contorta per il disgusto.

«Sembra che lei lo conosca molto bene.» osservò Josie. «Voi due avete un livello di confidenza che si vede raramente tra un superiore e un dipendente.»

Margot passò davanti a Josie per raggiungere i lavandini e si studiò il viso allo specchio. Spalancò gli occhi quando vide il profondo rossore sulle sue guance. Aprì il rubinetto più vicino e si inumidì le mani per sciacquarsi il viso con l'acqua fredda. «In effetti non posso darle torto...» convenne. «Ma è solo perché Beau è davvero un brav'uomo. Questo è il mio primo vero lavoro. Mi sono laureata in comunicazione alla Denton University. Volevo restare qui, ma non riuscivo a trovare lavoro. Poi ho completamente fallito il colloquio con Beau, ma lui è stato così gentile. Non avrebbe dovuto darmi il lavoro, ma lo ha fatto. È sempre stato cortese e non in modo fastidioso, se è questo che sta pensando.»

Incrociò lo sguardo di Josie guardandola nello specchio. Josie non disse nulla.

«Quindi sì, magari sembra che siamo... non so come dire... in rapporti informali o qualcosa del genere, ma perché Beau è fatto così. È sempre stato un brav'uomo... o almeno, così pensavo finché non ho scoperto di lui ed Eve. Adesso sto ripensando a ogni interazione che ho avuto con lui. Tutto ciò che ha detto, tutto ciò che gli ho visto fare, tutto ciò che ho sentito. Come quella volta in cui...» non finì la frase e aprì il rubinetto. Il rossore sul viso si era ridotto a un rosa più sano. Josie controllò di nascosto il timer del telefono: mancavano un minuto e trentasette secondi.

«Quella volta in cui?» la incalzò lei.

Stando al timer, le ci vollero sette secondi per rifletterci su. «Credo che ora non abbia più importanza.» disse infine. «Una volta, qualche mese fa, ho sentito Beau e Claudia che litigavano. Erano qui, nello studio di registrazione. Nell'ufficio di Beau. Mi aveva mandato a prendergli il pranzo e quando sono tornata ho trovato la porta chiusa. Ma anche così, facevano abbastanza rumore da permettermi di sentire buona parte di quello che dicevano. Non ho afferrato tutto, ma da quello che ho potuto capire, lui aveva trovato un mucchio di soldi nella borsa di Claudia. Tonnellate di soldi. Era completamente fuori di sé. Continuava a chiederle come avesse potuto farlo senza nemmeno consultarlo, cose del genere. Poi ho visto arrivare quella stupida produttrice, Kathy, dal fondo al corridoio. Fa sempre la spia su tutto. E io non volevo finire nei guai, così sono tornata allo studio e ho aspettato che Beau mi chiamasse.»

«E in seguito non gli ha mai chiesto spiegazioni?» chiese Josie.

«All'inizio non avevo intenzione di farlo, ma nei giorni successivi aveva talmente i nervi a fior di pelle che, alla fine, ho ammesso che li avevo sentiti senza volere. Volevo assicurarmi che fosse tutto a posto. Voglio dire, io ho bisogno di questo lavoro.»

Mancavano meno di trenta secondi.

«E Beau che cosa le ha detto?» le chiese Josie.

«Che Claudia aveva prosciugato uno dei loro conti tra i più consistenti perché voleva fare una donazione in contanti al nuovo centro per le donne e voleva farla in contanti perché non voleva che la donazione fosse riconducibile a loro, per non dare l'impressione che stessero cercando di ottenere buona stampa facendo una donazione così cospicua. Beau mi ha spiegato che si era arrabbiato tanto perché Claudia non aveva neanche pensato di consultarlo prima di agire. E non perché l'avrebbe fermata se glielo avesse detto, ma solo perché si trattava di una somma di denaro veramente grande, proveniente da entrambi, che avrebbe dovuto prima parlarne con lui.»

«Quanto contante era?» chiese Josie.

Margot si premette le dita sulle guance. «Non ne sono sicura. Beau non ne ha fatto parola. Ha detto soltanto che si trattava di decine di migliaia di dollari.»

«Quando è successo?»

Per fortuna Margot non perse troppi secondi preziosi per cercare di ricordare. «All'inizio di ottobre, mi sembra.»

«E lei gli ha creduto? Riguardo ai soldi? Riguardo alla loro provenienza e alla loro destinazione?»

Il timer suonò, riecheggiando per tutto il bagno.

Margot sobbalzò per lo spavento e guardò Josie che spegneva l'allarme.

Josie la guardò per vedere se avrebbe risposto all'ultima domanda.

Margot si girò per guardare Josie. «All'inizio sì, ma ora non ne sono più tanto sicura.»

Noah stava ancora parlando sulla soglia dell'ufficio di Raffy quando Josie uscì dal bagno; aveva lasciato Margot all'interno per calmarsi, anche se era certa che non avrebbe avuto la minima intenzione di uscire finché Josie e Noah non se ne fossero andati. Quando si avvicinò all'ufficio, sentì la voce di Raffy che arrivava fino al corridoio. «...non credo in tutta questa storia delle relazioni. Voglio dire, è bello e so che molte persone ci guadagnano, ma l'ho provato con la mia ex e non ha funzionato per niente.»

«Cosa non ha funzionato? Fare giochi per favorire l'intimità?» gli chiese Noah.

Raffy scoppiò in una risata.

«Neanche lontanamente, detective. Ci ha solo fatto capire che volevamo cose diverse, e una volta che l'abbiamo capito, è finita.»

«Quando è successo?» chiese Noah.

«Ah, non saprei proprio.» disse Raffy. «Qualche anno fa. Ma ci siamo sempre tenuti in contatto. Non l'abbiamo chiusa in cattivi rapporti, è finita e basta. Guardi un po' qui: la mia ex mi ha chiamato sei volte solo nell'ultima mezz'ora. Qualche volta si ubriaca e fa stronzate come queste e poi la mattina dopo non se le ricorda nemmeno.»

«Pensa che tornerete mai insieme?»

Un sospiro. «Non lo so, amico. Può darsi.»

«Ha mai pensato di chiedere a Beau Collins un consiglio sulle relazioni? Faccia a faccia? O a Claudia?»

La risata di Raffy questa volta si fece più rumorosa. «Mi sta prendendo in giro, vero? Ma neanche per sogno. Mi piace questo lavoro e voglio tenermelo, ma detto tra noi, è tutta una barzelletta. C'è un motivo se la gente su Internet li bombarda di commenti negativi, amico. Ci pensi bene. Per quale ragione un ex paziente dovrebbe dire le cose che ha detto Abbott? C'è qualcosa di strano. Non accetterei mai consigli sulle relazioni da persone i cui pazienti pensano che meriterebbero di essere torturati.»

«Margot sembra prendere il suo lavoro molto seriamente. Lei sa cosa pensa dei Collins?»

«Oh, cavolo.» disse lui con una risatina. «Senta, tra me e Margot c'è una certa sintonia, ma non è una cosa seria. Non mi interessa davvero quello che pensa. È una storia senza futuro.»

«Beau Collins sembra preoccupato che possa esserlo.» continuò Noah.

Un lungo espiro. «Ci scommetto. Quel tipo ha una marcia in più.»

«Cosa vuol dire?»

Raffy abbassò la voce e Josie si avvicinò alla porta in punta di piedi per sentirlo. «Non c'è niente che gli impedisca di sbattersi tutto quello che si muove quando sua moglie non guarda. Margot mi ha raccontato di Eve. Non mi sorprende affatto. Non me l'ha mai detto ma, se volete la mia opinione, si sbatte anche lei.»

«Margot?» disse Noah.

«Diavolo, sì. Con tutto il tempo che quei due passano insieme. Il modo in cui si parlano. Mi stupirei del contrario.

Non ho intenzione di scommettere con gli scarti di quel tizio.»

Josie aveva sentito abbastanza. Si avvicinò a Noah. «Sei pronto?»

Raffy trasalì nel vederla. «Oh, ehi, ha parlato con Margot?»

«Sì.» disse Josie.

Non si preoccupò di salutare, si allontanò con Noah al seguito e una volta fuori, gli disse: «La cosa migliore che capiterà a Margot sarà di rompere con quell'idiota.»

«Sono d'accordo.» disse Noah.

Salirono in macchina e, imboccando la strada di ritorno verso la centrale, Josie lo aggiornò su tutto ciò che Margot le aveva detto.

«Pensi che Margot ti abbia detto la verità sul fatto di non avere alcun tipo di relazione con Beau?» le chiese Noah alla fine.

«Su qualcosa sta mentendo.» sentenziò Josie. «Ma non su questo. Sia la moglie che l'amante di Beau Collins sono state uccise. Se fossi nei suoi panni e avessi una qualche relazione con lui, passata o presente, lo direi. È una questione di autoconservazione.»

«Sono d'accordo. E dei soldi che Claudia avrebbe donato? Cosa ne pensi?»

«Non so bene cosa pensare.» ammise Josie. «Il senso di quella storia era che Margot temeva che Beau avesse mentito sull'intera faccenda.»

«Comunque, è una storia pazzesca. Se Claudia Collins ha prelevato decine di migliaia di dollari dai loro conti bancari senza nemmeno discuterne con lui, deve esserci sotto qualcosa.

Poi c'è Kathy che dice che Claudia pensava di essere seguita. Stiamo a malapena scalfendo la superficie di quello che stava succedendo a queste persone.»

«Ho la stessa sensazione...» concordò Josie. «Ma cosa facciamo con queste informazioni? Non possiamo dimostrare che Claudia fosse pedinata, né chi lo stesse facendo... e i soldi? Supponendo che non li abbia davvero devoluti, possiamo collegarli agli omicidi?»

Noah pensò per un momento. «Dubito fortemente che un giudice concederebbe un mandato per i documenti finanziari dei Collins a questo punto. È strano, ma non si collega a nessuno dei due omicidi. A meno che Beau non stesse mentendo e il denaro fosse destinato a qualcos'altro, ma anche in questo caso dovremmo essere in grado di produrre un chiaro collegamento con gli omicidi.»

«Possiamo fare una ricerca sul centro per le donne e scoprire se hanno ricevuto una grossa donazione anonima in contanti durante il mese di ottobre. Chiamerò domani, per prima cosa.» disse Josie. «Dobbiamo chiedere dei soldi anche a Beau, ma prima di farlo voglio fare una piccola ricerca su Ron Abbott.»

Tornati in centrale, ci vollero pochi minuti per collegare i profili che Raffy e Margot avevano condiviso con loro a un Ron Abbott che viveva nella contea di Lenore, a sud di Denton. Josie non ci mise niente a scoprire perché Abbott aveva smesso bruscamente di dare il tormento ai Collins online. Fissando lo schermo, i suoi acidi gastrici entrarono in iperattività. «Noah!» disse. «Vieni a vedere.»

Lui fece scorrere la sedia intorno alle loro scrivanie fino a trovarsi accanto a lei e leggendo l'articolo di nove mesi prima del "Fairfield Review", un piccolo giornale locale della contea di Lenore, mormorò: «Porca puttana.»

GLI AGENTI DELLO SCERIFFO DELLA CONTEA DI LENORE INTERVENGONO IN UN CASO DI OMICIDIO-SUICIDIO

*Fairfield, Pennsylvania - La scorsa notte il Dipartimento
dello Sceriffo della Contea di Lenore ha risposto alle
chiamate dei vicini lungo la strada rurale 714. Molti
residenti hanno riferito di aver sentito degli spari provenire da una residenza di proprietà di Ron e Casey
Abbott. Un vicino avrebbe sentito delle grida provenire
dall'abitazione prima degli spari. Quando gli agenti della
contea di Lenore sono arrivati sul posto, hanno trovato i
proprietari della casa, Ronald Abbott, trentaquattro anni,
e sua moglie, Casey Abbott, trentatré anni, deceduti in
un apparente caso di omicidio-suicidio.*

*"L'indagine su questa terribile tragedia è in corso." ha
dichiarato un rappresentante dell'ufficio dello sceriffo.
I vicini e gli amici della coppia riferiscono che gli Abbott
avevano problemi coniugali da anni.*

*"Non era una situazione felice..." ha detto una delle
colleghe di Casey Abbott, che ha chiesto di rimanere
anonima. "Discutevano sempre. Lui era dispotico e con
il passare del tempo è peggiorato. Credo che una volta
abbiano provato a fare terapia di coppia, ma non è servita
a nulla. Non so perché lei sia rimasta con lui, a dire il
vero. Ho sempre temuto che lui avrebbe finito col fare
una cosa del genere, ma Casey non ne voleva sapere".*

*Il fratello di Ronald Abbott racconta una storia molto
diversa del matrimonio della coppia. "Mio fratello era un
uomo buono e un marito devoto. Non so cosa sia successo
a porte chiuse. Non parlo con mio fratello da anni,
perché sono stato lontano, sono nell'Esercito, ma so che
non era un uomo violento. Qualunque cosa sia successa
in quella casa, Casey lo ha spinto a farlo".*

I funerali della coppia saranno privati.

Josie stampò l'articolo e poi chiuse la pagina. Riaprì il sito
web della WYEP e inserì una serie di termini di ricerca relativi

a Ron e Casey Abbott, oltre a "omicidio-suicidio" e "coppia della contea di Lenore". Non ne venne fuori nulla. «La WYEP non ne ha parlato.»

«Ma è accaduto nel loro territorio di competenza.» disse Noah. «Pensi che siano stati i Collins a oscurarlo?»

«C'è un solo modo per scoprirlo.» disse Josie. «Abbiamo un'intera lista di cose di cui discutere con Beau Collins.»

«A parer mio dovremmo chiedere degli Abbott anche a Trudy Dawson.»

«Sì, ma dubito che ce lo dirà, a meno che Beau non le dia prima il permesso. Sarebbe meglio preparare un mandato.»

«Per la documentazione sugli Abbott? Nessun giudice ce lo concederà. Gli Abbott sono morti. Non possono essere collegati a questi omicidi.»

Josie imprecò. «Hai ragione.»

«Sai cosa faccio? Chiamo l'unità che abbiamo messo su Beau e vedo dov'è...»

«Buona idea.» convenne Josie. «Ma prima voglio fare qualche ricerca in più sugli altri utenti che commentavano sui social dei Collins per assicurarmi che non ci sia sfuggito qualcos'altro.»

«Dammi metà di quella lista. Penso che dovremmo fare rifornimento di caffè.»

TRENTUNO

Josie si mise a frugare in uno dei cassetti della scrivania, e non smise di rovistare finché le sue dita non si chiusero su un flacone di ibuprofene. Lo stappò e ne estrasse tre pillole che mandò giù a secco. Tra il caso, la mancanza di sonno e le ore passate davanti allo schermo del computer, le si era formato un cerchio alla testa. Scolò quel poco di caffè del Komorrah's Koffee che era rimasto sulla scrivania. Di fronte a lei, alla sua scrivania, Noah sonnecchiava sulla sedia e lei non aveva il coraggio di svegliarlo perché aveva già finito di lavorare alla sua metà dell'elenco degli utenti che ce l'avevano con in Collins. Non gli poteva rimproverare un sonnellino di dieci minuti.

Nel frattempo, lei terminò le ultime ricerche che portarono solo ad altri vicoli ciechi. Nessuna delle altre persone che erano state bandite dalla sezione commenti dei social media dei Collins e della WYEP viveva a Denton e di queste solo una di loro - una delle donne ossessionate da Beau - abitava a breve distanza.

Non poteva essere che qualcuno del posto. Qualcuno che conosceva il parco pubblico e le aree della città con un numero di telecamere ridotto, dove era meno probabile che si trovassero i rilevatori delle targhe. Per quanto Josie detestasse Raffy, aveva fatto una buona osservazione sugli ex pazienti dei Collins. Trudy Dawson aveva negato qualsiasi problema con i pazienti del passato, ma Josie aveva la sensazione che avrebbe fatto di tutto per mantenere il suo lavoro, anche coprire Beau. Se Beau non voleva che si parlasse di questi pazienti, Trudy avrebbe tenuto la lingua a freno. Ma se quello che Raffy aveva sentito era corretto e gli Abbott erano ex pazienti, era logico che non fossero gli unici ad avere problemi con Beau Collins.

Josie aprì il browser Internet sul computer e cercò lo studio di consulenza matrimoniale dei Collins. Ci volle un po' per trovare qualcosa che riguardasse specificamente lo studio, dato che le prime tredici pagine dei risultati di ricerca erano incentrate sul loro libro, il loro programma o il loro podcast. Ma alla fine, trovò quello che stava cercando: le recensioni. Ce n'erano alcune su Yelp, prevalentemente favorevoli. Nelle recensioni a due e tre stelle gli utenti che le avevano lasciate si lamentavano dei ritardi di Beau agli appuntamenti di diversi anni prima. Le recensioni su Google erano ancora meno. Erano tutte positive e più recenti e parlavano solo di Claudia in termini entusiastici. Josie trovò un terzo sito specifico per Denton, chiamato "Citizen Review", dove c'erano molte più recensioni rispetto agli altri siti. Josie evitò le recensioni positive e cercò direttamente quelle a una stella. Ce n'era solo una. Era stata pubblicata da un utente registrato semplicemente come "Anonimo" più di quattro anni prima.

Beau Collins è un bugiardo libidinoso di cui non ci si può fidare. Non è un vero terapeuta. La sua missione non è aiutarti. La sua missione è rubarti la moglie. Non dovrebbe essere autorizzato a fornire consulenza alle coppie. State attenti con lui perché metterà vostra moglie contro di voi. Ci prova con lei davanti a voi e poi ride quando gli dite di smetterla. Chiama vostra moglie e ci parla in privato, senza che voi lo sappiate. È un imbro-glione e un truffatore. Rovinerà il vostro matrimonio e la vostra vita. E voi lo pagherete per rubarvi la moglie! STATE LONTANI DA QUELL'UOMO. È un essere osceno che meriterebbe di subire l'ira di tutti i mariti a cui ha fregato la moglie. Spero che un giorno questo bastardo riceva il trattamento che si è andato a cercare.

Era stato Ron Abbott a scrivere quella recensione? O era stato qualcun altro? Lo avrebbero aggiunto all'elenco delle domande da porre a Beau Collins.

Josie preparò un mandato per "Citizen Review" per vedere di riuscire a scoprire chi aveva scritto la recensione. Poteva aspettare fino all'indomani per farlo firmare e poi inviarlo via e-mail a "Citizen Review". Noah si svegliò di soprassalto proprio quando lei stava finendo. Sbatté le palpebre e si passò le mani sul viso. «Perché mi hai lasciato dormire?»

«Non hai dormito a lungo.» disse Josie. «Perché non chiami l'unità assegnata a Beau e scopri dove si trova? Intanto io stampo una cosa. Voglio farti vedere quello che ho trovato.»

Detto fatto, Noah si attaccò al telefono dando a Josie il tempo di stampare la recensione. «Beau alloggia all'Hotel Eudora.» la avvertì Noah.

Non appena sentì il nome dell'Hotel Eudora, Josie venne travolta da un'ondata di angoscia, al ricordo di un caso recente che aveva portato alla luce diverse attività sgradevoli che si svolgevano nelle camere dell'albergo, anche se all'insaputa del suo direttore. Benché l'Eudora fosse l'hotel più vecchio, più grande e più raffinato della città, i ricordi di quel caso erano indelebili tanto che, se Josie avesse potuto non mettere mai più piede in quel posto, le sarebbe andato benissimo. «Dove altro sarebbe potuto andare?» commentò alzandosi. Fece il giro della scrivania e passò la recensione a Noah. «Guido io. Voglio farti leggere questa mentre ci andiamo.»

Trovarono Beau Collins al bar del ristorante "Da Bastian" situato proprio all'ingresso dell'hotel. Era seduto da solo in fondo al bancone e fissava un bicchiere di liquido ambrato. Bourbon, da quello che Josie riuscì a percepire quando si avvicinarono e l'odore le arrivò alle narici. Qualcosa dentro di lei si contorse per il desiderio: per un attimo fu inebriata dal ricordo del Wild Turkey che le lasciava una lunga scia infuocata di soddisfazione dal fondo della gola fino allo stomaco. Aveva smesso di bere anni prima. Dopo l'ultima volta che aveva visto Luke Creighton, quando si era resa conto che ubriacarsi fino a perdere i sensi, per quanto fosse bello sul momento, portava a scelte sbagliate e a conseguenze addirittura peggiori, e non faceva assolutamente nulla per dissipare il suo dolore mentale.

Beau Collins non aveva di queste remore: mandò giù il bourbon e fece segno al barista di prepararglierne un altro. Il barista diede un'occhiata a Beau, soffermando lo sguardo sulla barba incolta e irregolare, i capelli scompigliati, la camicia stropicciata e abbottonata storta, e la sua postura accasciata. Gli versò un altro bicchiere, accompagnandolo però dal monito: «Questo è l'ultimo.»

Beau non replicò. Si limitò a fissare con tale attenzione il bicchiere che Josie si chiese se gli stesse parlando.

Noah le diede una gomitata. «Secondo me è troppo ubriaco per parlare.»

«C'è solo un modo per scoprirlo.» sentenziò Josie. «Potrà anche essere ubriaco, ma abbiamo due omicidi da risolvere.»

Quando lo raggiunsero, Josie gli batté una mano sulla spalla. L'alcol aveva rallentato i suoi riflessi. Ci volle un secondo buono perché girasse la testa nella loro direzione, e la sua espressione vuota si riempisse di disappunto. «Detective Quinn. Mi state seguendo?»

«Lo sa che la stiamo seguendo.» rispose lei, accomodandosi sullo sgabello accanto al suo. «Stiamo cercando di tenerla al sicuro.»

Il suo sguardo tornò al bourbon che aveva davanti.

Noah si spostò dall'altra parte. «Quanti ne ha bevuti?»

Beau prese il bicchiere e fece ondeggiare il liquido. «Non abbastanza da dimenticare che la mia vita, così come la conoscevo, è finita.»

Josie si morse la lingua: *tu sei ancora qui. Claudia ed Eve non ci sono più.* Aveva bisogno di risposte da quell'uomo.

Beau rimise giù il bicchiere e guardò da Noah a Josie. «Fatemi indovinare: avete altre domande.»

Josie annuì. «Cominciamo con Claudia. Qualche mese fa ha prelevato una grossa somma di denaro da uno dei vostri conti. O almeno così ha detto lei a Margot.»

«Maledizione...» mormorò Beau. «Quella ragazza... non c'è niente di riservato? Era una cosa privata. Una questione privata tra me e mia moglie.»

Noah disse: «Quindi sua moglie ha davvero prelevato dei contanti da uno dei vostri conti senza consultarla?»

«Sì. Era per una donazione in denaro a un'associazione di beneficenza di cui si occupava.»

Josie chiese: «Di quanti soldi stiamo parlando?»

«Trentamila dollari.»

Noah chiese: «Come si chiama questa associazione di beneficenza?»

Beau fece una scrollata di spalle. «Non saprei. Mi sembra che sia qualcosa che ha a che fare con le donne o la violenza domestica o qualcosa del genere. Perché?»

«Non sa a quale associazione di beneficenza sua moglie ha dato trentamila dollari prelevati dai vostri conti?» chiese Josie incredula.

«Claudia faceva quello che voleva, questo è il punto, chiaro? Non mi è mai importato della donazione, mi importava solo del fatto che non ne aveva parlato prima con me. Voleva che non si risalisse a noi. Ma non capisco cosa c'entra questo con il suo omicidio.»

Josie cambiò argomento. «Sapeva che nell'ultimo anno Claudia lasciava il suo ufficio alla clinica per andare a pranzo fuori quasi ogni giorno? A volte per più di un'ora. A volte così a lungo da dover rimandare gli appuntamenti?»

Beau ne rimase sorpreso. «No.» disse. «Non lo sapevo. Con chi andava a pranzo?»

Noah disse: «Speravamo che ce lo potesse dire lei.»

Beau sospirò. Si portò i palmi delle mani agli occhi e se li strofinò. «Non ne ho idea. Dovreste chiederlo a Trudy.»

«L'abbiamo fatto.» disse Josie. «Ma non sa con chi si frequentava Claudia.»

«Non posso aiutarvi.» disse Beau.

«Claudia ha detto a Eve che pensava di essere pedinata da qualcuno.» proseguì Noah. «Era ottobre. Lei lo sapeva? Claudia le ha mai parlato di una cosa del genere?»

Beau sbatté lentamente le palpebre. «Che cosa? No, no, no. Io non ho mai... lei non ha mai... Claudia pensava di essere pedinata? Non ne ha mai fatto parola. Non posso aiutarvi nemmeno con questo.»

Josie disse: «Allora ci parli di Ron Abbott.»

Beau scosse la testa e poi strinse il ponte del naso tra il pollice e l'indice. «È morto.»

«Lo sappiamo.» disse Noah. «Ha ucciso la moglie e poi ha puntato la pistola contro se stesso.»

«Una tragedia.»

«Era un suo paziente?» chiese Josie.

«Perché mi chiedete di un uomo morto? Un uomo morto non può aver ucciso mia moglie, né tantomeno Eve.»

«No, ma potrebbe averlo fatto qualcuno che lo conosceva, qualcuno che teneva a lui.» ribatté Noah.

«Allora, era un suo paziente?» ripeté Josie.

Beau studiò di nuovo il bicchiere di bourbon. «Sì, è stato un mio paziente per un periodo molto breve. Ron era ossessivo, prepotente, crudele. Non avrebbe mai tratto beneficio da una terapia. Ho fatto del mio meglio, ma, come c'era da aspettarsi, se n'è andato dopo appena un mese.»

«Perché lei aveva una relazione con Casey Abbott?» lo apostrofò Josie.

Beau ridacchiò. «Ora pensate che io abbia avuto relazioni con chicchessia, non è vero? Per via di Eve.»

«È andato o non è andato a letto con Casey Abbott?» lo apostrofò Noah.

«No, non ci sono andato a letto di certo.» rispose Beau. «Ma anche se l'avessi fatto, che differenza farebbe ormai? È morta. Suo marito è morto. Sono tutti morti! Tutti tranne l'assassino che voi due non sembrate molto interessati a trovare.»

«La notizia dell'omicidio-suicidio degli Abbott ha fatto notizia a Fairfield, nella contea di Lenore, ma la WYEP non ne ha parlato. L'ha fatta censurare lei?» chiese Josie.

Beau abbassò la testa. «Non ne vado fiero, però sì l'ho fatto. Sono andato a parlare con il direttore del notiziario della WYEP e gli ho chiesto di non pubblicare la storia. L'ha fatto per farmi un favore.»

La facilità con cui lo ammise, fece sembrare la cosa la più sincera che avesse detto da quando sua moglie era stata uccisa. E aggiunse: «Adesso potete lasciarmi in pace?»

Josie prese dalla tasca la recensione, lisciando le pieghe sul bancone. La porse a Beau. «Questa l'ha scritta Ron Abbott?»

Beau lesse la recensione con occhi vitrei. «Non ne ho idea.»

«Era a conoscenza di questa recensione?» chiese Noah.

Beau rimase in silenzio.

«Mr. Collins?» lo incalzò Josie.

Beau prese il bourbon e lo buttò giù in un sorso. Schioccò le labbra e si pulì il viso con la manica. «Sì. Ero a conoscenza di questa recensione già quando venne pubblicata diversi anni fa. Ma non so se l'abbia scritta Ron Abbott.»

«Chi gliene aveva parlato?» chiese Josie.

Il tono di Beau si fece carico di stanchezza. «Claudia. Era sconvolta. L'aveva presa piuttosto seriamente. Ma, come ho detto a lei in quell'occasione e come sto dicendo a voi in questo momento, non so chi l'abbia scritta né so il perché. Dopo la pubblicazione di questa recensione, ho esaminato le cartelle di tutti i pazienti che avevano lasciato lo studio da poco. Ma non ho mai trovato nessuno che ritenevo avesse motivo di scrivere quella recensione. Non ho mai avuto un comportamento inappropriato con i miei pazienti. Non ho mai fatto avances né avuto rapporti sentimentali o sessuali con le mie pazienti, né in passato né oggi.»

«Nemmeno con Casey Abbott?» chiese Josie.

Beau non rispose.

«Allora perché qualcuno avrebbe scritto questa recensione?» gli fece notare Noah.

Beau fissò con desiderio il fondo del bicchiere vuoto.

«Detective, state perdendo tempo con questa storia. C'è una persona che non conosco che ha scritto questa recensione, ma non so dirvi il perché. Ho sempre pensato che l'autore mi avesse confuso con un altro consulente matrimoniale o che magari non volesse altro che mettermi in imbarazzo e danneggiare la mia reputazione. E bisogna dire che ha raggiunto il suo obiettivo in pieno, visto che ha causato non poche difficoltà tra me e Claudia.»

«Se era preoccupato dei danni alla sua reputazione, perché non ha rintracciato quel tizio e non l'ha denunciato per diffamazione?» gli chiese Josie. «O quantomeno per chiedere la rimozione della recensione?»

«Avete già provato a contattare "Citizen Review"?»

«Non ancora.» disse Josie. «Volevamo prima sentire lei.»

«Bene, allora. Fatelo. Capirete in un batter d'occhio perché non sono riuscito a fare nessuna delle due cose. Credetemi, quella stupida recensione è una macchia. Grazie a Dio, ora che sono passati così tanti anni, non la si vede più così frequentemente quando consultano le nostre recensioni, ma per un pezzo è stato un problema non di poco conto.»

«Vorremmo che ci fornisse i nomi di tutti i pazienti che hanno interrotto gli incontri con lei intorno a quel periodo.» disse Josie.

«Non posso assolutamente rendere nota una cosa del genere. Lo saprete senz'altro. Senza una minaccia molto specifica, non posso darvi i nomi. Anche se è mia intenzione chiudere la clinica, ora che Claudia non c'è più, qualunque elenco vi fornissi con i nomi dei miei ex pazienti potrebbe comunque mettere a rischio la mia licenza, se qualcuno di loro avesse da ridire. Se volete quei nomi, dovrete presentarmi un mandato. E comunque, malgrado le mie conoscenze legali siano limitate, sono abbastanza sicuro che sia estremamente improbabile che un giudice firmi un mandato per una richiesta così generica.»

Josie incrociò lo sguardo di Noah. Sapevano entrambi che Beau aveva ragione. Potevano certamente preparare un mandato, ma nessun giudice lo avrebbe approvato senza un collegamento tra i nomi che avrebbero potuto ricavare dagli archivi di Beau e la minaccia imminente che l'assassino rappresentava.

«Per di più...» continuò Beau, «tenete presente che questa persona, chiunque essa sia, ha scelto di pubblicare le sue recriminazioni in forma anonima, su un sito che, nella migliore delle ipotesi, è inaffidabile. Si tratta di accuse piuttosto gravi, eppure non è mai stato presentato alcun reclamo formale contro di me presso la commissione statale per le licenze. Potete verificarlo voi stessi. Fidatevi quando vi dico che si trattava di un gioco crudele in cui il premio finale era quello di rovinarmi definitivamente. Alla fine, non l'ha ottenuto.»

«Mi permetta solo di essere chiaro...» disse Noah «Lei è assolutamente sicuro che questa recensione non sia stata scritta da un suo ex paziente?»

Beau esitò prima di rispondere. «A meno che non l'abbia scritta Ron Abbott, nel qual caso vi ho già detto che sono tutte bugie, allora sì, sono sicuro. Ora, per favore... lasciatemi in pace.»

Fecero come aveva chiesto.

Josie si sentì sollevata di poter uscire dall'albergo e di tornare in macchina. Mise in moto e uscì dal parcheggio dell'Hotel Eudora.

«Sta mentendo.» sentenziò. «Ha avuto eccome una relazione con Casey Abbott.»

«Lo penso anch'io.» concordò Noah. «Possiamo chiamare l'ufficio dello sceriffo della contea di Lenore e parlare con chi ha lavorato al caso Abbott e informarci se avevano scoperto qualcosa. Magari contattiamo i suoi colleghi, i vicini, il fratello di Abbott. Qualcuno deve pur sapere qualcosa.»

«Ma questo non ci avvicina a trovare l'assassino.» osservò Josie. «Però Beau Collins ha ragione: non può essere stato un uomo morto a uccidere sua moglie e la sua amante. Eppure, non riesco a proprio a capirlo quel tipo: perché mentire sugli Abbott? Non ha più importanza ormai.»

«Forse perché una volta che ammettesse di aver avuto una relazione con una paziente, sarebbe costretto ad ammettere di averne avute delle altre.» ipotizzò Noah.

«Hai ragione.» disse Josie. «Ma se le informazioni che non ci sta dicendo fossero la chiave per risolvere l'intero caso? Deve per forza sapere qualcosa che non ha voluto dirci. Deve avere un'idea di chi c'è dietro tutto questo. Claudia Collins ed Eve Bowers sono morte. Sono a rischio la sua attività, il suo programma, i contratti per i libri... tutto ciò che ha. C'è da chiedersi se avrà comunque queste cose ora che sua moglie è morta. Il loro successo è il risultato del fatto che si sono presentati come una specie di coppia perfetta, che fosse vera o no.»

«Se amasse sua moglie quanto sostiene...» osservò Noah,

«nessuna di queste altre cose avrebbe importanza. Se ti succedesse qualcosa, passerei a ferro e fuoco l'intera città per scovare la persona che ti ha fatto del male.»

TRENTADUE

Beau Collins aveva ragione sul sito web "Citizen Review". Dopo aver fatto firmare il mandato, Josie e Noah passarono il resto della domenica sera a cercare di capire dove inviare il mandato per ottenere informazioni sul sito, senza alcun successo. Tutti gli indirizzi e-mail che provavano risultavano inesistenti. Quando finalmente trovarono un nome associato al sito, era così generico che non ebbero modo di restringere il campo per trovare il proprietario.

Il lunedì mattina presto, l'intera squadra era seduta alla scrivania, ognuno immerso nella propria tana del bianconiglio su Internet, alla ricerca di maggiori informazioni sul sito e su come accedere alle informazioni personali dei recensori.

Un altro vicolo cieco.

Josie abbandonò momentaneamente le ricerche su "Citizen Review" e chiamò il centro per le donne per verificare la donazione anonima di trentamila dollari di ottobre. Saltò fuori che non l'avevano ricevuta. Né a ottobre né in nessun altro mese dell'ultimo anno. Infatti, il contatto che Josie aveva al centro per le donne scoppiò in una risata così fragorosa e così prolungata all'idea, che il resto della squadra la sentì attraverso il ricevitore del telefono. Josie riattaccò e aggiornò i colleghi. Stavano discutendo su quale potesse essere la destinazione di quel denaro quando il capo Chitwood uscì dal suo ufficio e attraversò la sala grande. Si avvicinò al televisore fissato alla parete, trovò il telecomando e premette il tasto per accenderlo. Poi girò sul canale della WYEP. Il volto di Beau Collins riempì lo schermo. Si era fatto la barba, ma il suo viso aveva un colorito giallognolo e infossato, anche per la generosa quantità di trucco che evidentemente gli era stata applicata sulla pelle.

Il capo si voltò a guardare la squadra. «Questo bastardo è in diretta. È in onda, proprio in questo momento.» sbottò e il suo viso segnato dall'acne diventò rosso vivo. A ogni parola, la sua voce diventava più forte, fino a gridare. «Sua moglie è stata violentemente ammazzata in casa sua nel giorno del loro anniversario di matrimonio. Poi la sua assistente, e amante per giunta, è stata massacrata! E questo idiota sta facendo un programma sulle relazioni proprio adesso. Qualcuno di voi lo sapeva?»

Scossero la testa all'unisono. Josie si appoggiò allo schienale della sedia e incrociò le braccia sul petto. «Non abbiamo mai discusso se sarebbe andato avanti o se avrebbe mollato il programma.»

«Io pensavo semplicemente che non sarebbe stato così stupido da partecipare a qualche diretta questa settimana.» disse Gretchen.

Il capo puntò il telecomando sopra la spalla verso lo schermo. «Amber si è fatta in quattro per tenere la stampa fuori da questa storia il più a lungo possibile, in modo da poter controllare come e quando l'avrebbero scoperto. Ha lavorato così duramente che le ho dato la mattina libera! E questo tizio va a spiattellare tutto in televisione. Ci ritroveremo con un incubo tra le mani.»

Gretchen si alzò e si avvicinò al capo. Gli prese il telecomando di mano e lo puntò sul televisore. «Oppure potrebbe attirare il tipo di attenzione che rende molto più difficile per l'assassino operare senza essere catturato.»

«Io credo che l'assassino voglia attirare l'attenzione.» disse Noah. «E Beau Collins sembra essere l'obiettivo dell'assassino. Quale modo migliore per punirlo se non farlo cadere in disgrazia di fronte all'opinione pubblica?»

Il capo gridò allo schermo come se fosse Beau Collins stesso.

«Poteva prendersi una pausa! Evitare di andare in onda per qualche settimana come avrebbe fatto qualsiasi persona normale!»

Josie disse: «La notizia si sarebbe comunque diffusa in fretta, Signore, anche nonostante gli sforzi di Amber.» disse Josie. «Trudy Dawson, la segretaria della clinica, aveva intenzione di iniziare a chiamare i pazienti di Claudia oggi stesso per informarli.»

Gretchen premette un tasto del telecomando e il volume aumentò. La voce di Beau non era affatto sicura come nei video che Josie aveva visto in precedenza.

«Fedeli spettatori, so che vi state tutti chiedendo, dopo la puntata di venerdì scorso, come sia andata la cena del grande anniversario! Per chi di voi era connesso per la puntata questo fine settimana e si aspettava di vedere foto o video, credetemi, eravamo pronti a presentarvi quello che volevate. Sfortunatamente...» gli si incrinò la voce. Abbassò il mento sul petto per un lungo, angosciante momento. Poi fece un profondo sospiro e guardò ancora una volta la telecamera con gli occhi che brillavano pieni di lacrime. Quando ricominciò a parlare, la sua voce era roca: «Carissimi telespettatori, amici, colleghi, sono devastato nel comunicarvi che, durante il fine settimana, ho perso la mia amata Claudia. È morta inaspettatamente. Non riesco nemmeno a credere alle mie stesse parole...» Una lacrima gli scivolò dall'angolo dell'occhio e scese lungo il naso. Si prese un altro momento per ricomporsi, ma anche così la sua voce era instabile. «Non so come farò ad andare avanti senza la mia compagna, l'amore della mia vita. Non so cosa sia la vita senza Claudia. Lei era tutto per me. Mi ha reso migliore in tutti i sensi. Avete visto... avete visto tutti come ha tirato fuori il meglio di me proprio in questo programma. Avevamo così tanti progetti per il futuro. Il nostro futuro, il futuro di questa trasmissione. Speravamo di aiutare tante coppie a conoscere il legame profondo e incrollabile che io e Claudia abbiamo trascorso la nostra vita a costruire e perfezionare.»

Fece un'altra pausa. La telecamera era ancora puntata sul suo volto, abbastanza vicino da riuscire a catturare una delle sue palpebre che si contraeva. Gli sfuggirono altre lacrime che asciugò con un fazzoletto di carta che un assistente alle riprese, fuori dall'inquadratura, gli aveva passato. Con un altro respiro tremante, riprese: «Tutti quei progetti sono andati in fumo. Certe volte la vita va così. Certe volte, per quanto si possa pianificare con cura o per quanto ci si possa sforzare, le cose accadono e basta. Certe volte interviene una forza esterna che non si può prevedere.» Si schiarì la gola, deglutì due volte. «Come una tragedia inimmaginabile.»

Josie si era alzata in piedi e si era spostata al fianco di Gretchen. Nel frattempo, la telecamera si era allontanata dal viso di Beau, dandogli modo di cambiare posizione sulla sedia e rivolgere lo sguardo verso un'altra telecamera e di continuare. «E altre volte è il tuo stesso fallimento. Non parliamo spesso di fallimento in questo programma perché vogliamo che tutti voi abbiate successo! Ma il fallimento è... è reale e prima o poi a tutti tocca affrontarlo. Mia... ehm, mia moglie, per esempio. Sapete, credo che, se fosse qui, vi direbbe...» si interruppe e si piegò in avanti per poi portare un bicchierone di caffè verso le labbra. La mano gli tremò mentre beveva un sorso abbondante e poi usò la manica per pulirsi il labbro superiore.

«Mia moglie, Claudia...» riprese poi, «vi avrebbe detto che il suo più grande fallimento è stato non ottenere quella posizione che desiderava tanto quando eravamo molto giovani. Aveva finito da pochi anni il dottorato di ricerca. Voleva tanto lavorare con le vittime di violenza domestica.»

Noah e Mettner si erano spostati alle spalle di Josie, Gretchen e Chitwood.

«Ma che sta combinando quest'uomo?» chiese Noah.

«Sua moglie è stata appena uccisa e lui va in diretta televisiva a parlare del suo più grande fallimento?» gli andò dietro Mettner. «È assurdo.»

Josie alzò una mano per farli tacere, permettendo loro di continuare ad ascoltare Beau. «Nessuno era più qualificato di Claudia per quella posizione. Sicuramente sono di parte...» fece un debole sorriso, «ma se la meritava e sarebbe stata una grande risorsa per quel posto. Sfortunatamente, scelsero un'altra soluzione e Claudia non ottenne l'incarico. Dire che ne fu devastata è dire poco. Naturalmente, ora sappiamo che è stato meglio così. Alla fine, abbiamo aperto la nostra clinica, insieme, abbiamo scritto un libro e abbiamo avuto la fortuna e il privilegio di trascorrere gli ultimi anni con tutti voi!»

«Ho visto abbastanza.» disse Chitwood.

Josie andò alla scrivania e prese il cappotto dallo schienale della sedia. «Muoviamoci.» disse. «Dobbiamo andare alla WYEP.»

La squadra si voltò a guardarla. «Adesso?» disse Mettner.

«Il più grande fallimento di sua moglie?» disse Josie. «A te cosa sembra?» chiese guardando Noah.

«Una domanda del loro gioco delle Cinque Curiosità di Famiglia.» rispose lui. «Porca miseria. L'assassino lo ha contattato.»

Gretchen spense il televisore. «E gli ha detto di andare in onda oggi e rispondere a quella domanda.»

Il capo lanciò un grido così forte da far trasalire tutti quanti. «Non state qui a cianciare! Portate il vostro culo in quello studio!»

TRENTATRÉ

Per la prima volta dall'inizio delle indagini, Beau Collins sembrava spaventato. Seduto su una grande sedia in pelle da dirigente dietro la scrivania del suo ufficio nello studio della WYEP, sembrava anche più piccolo. I suoi occhi si muovevano nella stanza, che nel giro di pochi minuti si era fatta molto affollata. Josie era praticamente spalla a spalla con Noah e Margot Huff. Dietro di loro c'erano Kathy, la produttrice, e Marissa Parker, la direttrice di scena. Sulla porta dell'ufficio c'erano un paio di altre persone che Josie ricordava da sabato.

«Per favore...» cominciò Josie, «tutti quanti eccetto Mr. Collins, siete pregati di uscire e andare nello studio di registrazione e di aspettarci lì.»

Quando furono rimasti soli con Beau, Josie chiuse la porta e si avvicinò a lui, sporgendosi sopra la scrivania. «Mr. Collins, l'assassino l'ha contattata direttamente?»

Beau si prese un attimo di silenzio. Poi guardò la porta chiusa. «Sì.»

Noah sospirò. «Perché non ci ha chiamato appena l'ha contattata?»

Beau alzò le mani e fece spallucce. «Cosa avrei dovuto fare? Non c'era tempo!»

«Ne ha avuto abbastanza per elaborare la sceneggiatura di quello spettacolino.» lo rimproverò Noah. «Avrebbe potuto chiamarci.»

Josie gli chiese: «Come si è messo in contatto con lei?»

Lui prese il telefono, digitò un codice di accesso e lo porse a Josie. «Dal telefono di Claudia.»

Sullo schermo c'era una serie di messaggi di testo tra Beau e il contatto che aveva chiamato "Bellissima Claudia" con tre emoji a forma di cuore.

Scorrendo a ritroso, Josie vide diversi messaggi tra marito e moglie sulla cena di anniversario e su altri problemi di programmazione. Non c'era nulla di insolito in quei testi, a meno che non si contasse la mancanza di emozioni o di giocosità nei loro scambi. Persino Josie e Noah si inviavano emoji di cuori e baci di tanto in tanto. Tornò allo scambio più recente. Un messaggio era arrivato sul telefono di Claudia alle sette e mezza di quella mattina. Due ore intere prima della messa in onda del programma. Josie mise da parte la sua rabbia per il momento e lesse:

Gioca al mio gioco e nessun altro dovrà morire. Vai in onda oggi. Devi dare al pubblico la risposta a questa domanda: qual è il più grande fallimento di mia moglie? Se non darai la risposta giusta ne pagherai il prezzo. Se non andrai in onda, ci saranno delle conseguenze.

Seguiva una serie di messaggi di Beau, ogni risposta sempre più disperata.

Chi sei? Che cosa vuoi da me?

Perché stai facendo tutto questo?

Rispondimi!

C'è nessuno?

Per favore, rispondimi.

*RISPONDIMI! PERCHÉ MI STAI FACENDO
QUESTO?*

Ma non era seguita alcuna risposta.

Josie tornò a scorrere i messaggi fino al periodo precedente l'omicidio di Claudia e li lesse attentamente. «Lei e sua moglie avete lo stesso modello di telefono?»

Lui annuì. «Li abbiamo presi a buon prezzo.»

Josie disse: «Quindi si può capire quando Claudia ha visualizzato i suoi messaggi.»

Beau annuì entusiasta e indicò il telefono. «Sì! È proprio così. Come può vedere, i messaggi più vecchi risultano letti, quelli più recenti no. Non capisco cosa sia successo. Che cosa significa?»

Josie passò il telefono a Noah perché lo guardasse. Un attimo dopo, disse: «Chiamo la centrale, vedo se riescono a fare un'altra triangolazione al telefono di Claudia.»

Fece scivolare di nuovo il telefono sulla scrivania verso Beau e lasciò la stanza.

«Questo significa che l'assassino ha spento il telefono non appena ha saputo che lei aveva letto il suo messaggio.» concluse Josie. «Quindi ne sa abbastanza da lasciarlo spento per la maggior parte del tempo. Altrimenti, saremmo riusciti a localizzarlo molto rapidamente.»

Beau afferrò il telefono eccitato e lo agitò in aria. «Ma stamattina era acceso! Potete vedere dov'era in quel momento, no?»

«È quello che sta andando a controllare il mio collega in

questo momento, sì.» disse Josie. Per qualche motivo, non pensava che avrebbe portato a qualcosa. Fino a quel momento, l'assassino era stato diversi passi avanti a loro. Era esperto, sofisticato e sembrava conoscere bene i mezzi tecnologici di cui la Polizia si serviva per rintracciare i criminali, o almeno abbastanza da averli elusi fino a quella mattina.

«Allora possiamo trovarlo!» esclamò Beau con una speranza così disperata nella voce da renderla quasi infantile, tanto che Josie si sentì davvero male per lui.

«Non è così semplice.» gli disse.

«Sì, che lo è! Triangolate la posizione del telefono, o qualsiasi cosa dobbiate fare per scoprire dov'era stamattina, andate lì, lo arrestate, e questo incubo finisce.»

«Mr. Collins...» disse Josie, «se la persona con cui abbiamo a che fare ne sa abbastanza da accendere e spegnere il suo telefono in modo che non possiamo localizzarlo, non credo che commetterebbe una sciocchezza come rimanere nel luogo in cui l'ha acceso l'ultima volta. Ma certamente cercheremo qualsiasi indizio nella zona in cui è stato acceso questa mattina.»

«Ho fatto quello che mi ha detto.» disse Beau. «Ho seguito le sue regole. Questo significa che si fermerà, giusto?»

Josie sentì lo stomaco bruciare. «Mr. Collins, secondo lei perché questo assassino ha voluto che lei andasse in televisione a parlare del più grande fallimento di sua moglie?»

Beau guardò ovunque, tranne che verso Josie. Accanto al portatile c'era una foto incorniciata di lui e sua moglie davanti alla Torre Eiffel. La prese e la girò verso di lei. «Ho sempre desiderato andare a Parigi.» disse.

Josie si chiese dove volesse andare a parare. Aveva tutta l'aria di essere sul punto di crollare per la tensione.

«Sono cresciuto su una barca da pesca nel Maine. Cosa ne sapevo di Parigi? Mi sembrava il massimo della raffinatezza.» Ridacchiò. «Sciocco, lo so. Quando abbiamo venduto il primo milione di copie del nostro libro, Claudia mi ha sorpreso con un viaggio a Parigi. Ci guardi. Eravamo così felici.»

Josie diede un'altra occhiata alla foto. Era stata scattata di giorno. La luce del sole scendeva sui lunghi capelli biondi di Claudia, rendendoli scintillanti quasi quanto il suo enorme sorriso. Beau era in piedi dietro di lei, e le cingeva la vita con le braccia. Teneva la guancia premuta contro la tempia della moglie e anche lui faceva un bel sorriso per la macchina fotografica. In effetti, sembravano felici e molto innamorati.

«È successo prima... di tutta questa storia.» disse Beau. «Prima ancora di ricevere il nostro primo assegno per i diritti d'autore. Lei aveva attinto ai nostri risparmi per finanziare quel viaggio, sapendo che dopo avremmo avuto i soldi della vendita del libro. Allora eravamo solo due sposini al verde.» Gli venne da ridere. «Ci sentivamo come se avessimo appena vinto alla lotteria.»

«Mr. Collins?» disse Josie.

Beau sbatté le palpebre più volte. Gli occhi gli erano diventati lucidi di nuove lacrime. «Adesso abbiamo i soldi. Un sacco di soldi. Ma niente di tutto questo significa qualcosa senza Claudia. Perché questa persona continua a torturarmi se mi ha già portato via la persona più importante della mia vita?»

La porta si aprì di scatto. Era Noah, con il cellulare in mano. «L'ultima connessione del telefono è all'antenna del parco pubblico o, meglio, all'interno del parco. È stato un paio d'ore fa, ma forse dovremmo dare un'occhiata.»

Josie si avvicinò alla scrivania e appoggiò una mano su quella di Beau Collins. «Dobbiamo andare. Se l'assassino si mette in contatto con lei, deve chiamarci immediatamente. Oppure porti il telefono all'agente che la sorveglia. Se gli dice che l'assassino ha appena inviato un messaggio, lui può chiamare la centrale per triangolare il telefono di Claudia in quel momento. Potrebbe essere l'unico modo per trovare quest'uomo e porre fine a questa faccenda.»

TRENTAQUATTRO

Josie sbuffò e osservò la nuvoletta che si disperdeva davanti a lei, via via che si arrampicava su uno dei sentieri più remoti del parco pubblico. Si trovava quasi all'estremità opposta del parco rispetto alla Grotta degli Amanti, cosa di cui era estremamente contenta. Non aveva alcun desiderio di rivedere quel posto tanto presto, con o senza la sua squadra. Su entrambi i lati, gli alberi si ergevano verso il cielo, con i tronchi che ricordavano alte e scure sentinelle che si estendevano a perdita d'occhio. Josie sentiva i polpacci in fiamme e, nonostante le temperature fossero scese sotto lo zero, il sudore le si raccoglieva lungo la nuca. Si aprì la cerniera del giaccone e continuò a camminare. Dietro di lei, sentiva la terra battuta scricchiolare sotto i passi del resto della squadra. Si sentiva anche un respiro pesante.

«Non dovrei essere così fuori forma.» bofonchiò Gretchen.

«Troppi croissant alle noci?» la stuzzicò Mettner.

«Non sono troppo fuori forma per prenderti a calci nel culo, Mett. Ricordatelo.»

Noah si mise a ridere. «Pagherei davvero per vederlo.»

Josie era troppo concentrata sul sentiero che aveva di fronte per partecipare alle battute. Guardò la mappa sul telefono e si fermò. «Credo che ci siamo.» annunciò.

Ebbe un tuffo al cuore girando su se stessa: erano nel bel mezzo di un sentiero che non veniva usato quasi da nessuno, soprattutto a causa della ripida pendenza, e serpeggiava nella parte più settentrionale del parco, vicino al confine con l'università di Denton; solo gli studenti occasionalmente utilizzavano quel sentiero per accedere al parco.

«Qui non c'è niente.» dichiarò Mettner. «Cosa c'è di speciale in questo posto?»

«Niente.» disse Noah. «Ecco perché l'ha scelto.»

Gretchen guardò indietro nella direzione da cui erano venuti. «Questo sentiero sale dall'area principale del parco e poi? Fa il giro a ritroso?»

«Esatto.» disse Noah. «L'altra estremità arriva dove ci sono i campi da softball, ma è così ripido che non viene usato praticamente da nessuno.»

«Ma c'è abbastanza gente per permettergli di mimetizzarsi.» disse Mettner. «Questo parco è ancora piuttosto frequentato, anche a gennaio, soprattutto di giorno.»

A riprova di quanto aveva appena affermato, due donne si avvicinarono con passo deciso alle loro spalle, lanciando occhiatacce ai detective mentre li aggiravano.

«Porca puttana.», disse Josie una volta che le due donne furono abbastanza lontane. «Ci sono tre punti di accesso a questo sentiero, ammesso che non abbia tagliato per il bosco.»

«E sono passate quasi quattro ore da quando è stato qui.» osservò Mettner. «Un altro vicolo cieco.»

«No.» disse Josie. «Non è detto che lo sia. Possiamo creare un'altra geo-recinzione...»

«Che mostrerà cosa?» la provocò Mettner. «Niente! Questo tizio è troppo intelligente.»

«Ma anche quelli intelligenti sbagliano di tanto in tanto.» gli ricordò Josie. «Vale la pena di provare. Passiamo i rilevatori di targhe vicino al parco.»

«Perché in effetti l'ultima volta ci è andata bene...» brontolò Mettner.

«Ehi!» lo rimbeccò Noah con tono di avvertimento. «Dobbiamo provarle tutte. Hai visto di cosa è capace questo tizio.»

Gretchen sospirò. «Vale la pena di provare. Possiamo presumere che sia ancora in zona. Penso che dovremmo chiamare anche il cane.»

Tutti gli occhi si rivolsero a Josie. Tra lei e gli altri presenti si allungò un lungo momento carico di attesa. Quando il silenzio fu troppo scomodo da sopportare per lei, scattò: «Che c'è?»

Vedendo però che nessuno le rispondeva, Josie cercò di smorzare il tono. «Sentite, mi rendo conto che è imbarazzante. Io e Luke siamo stati fidanzati. Luke...» Non riuscì a finire.

«Ti ha tradito in tutti i modi possibili?» disse Noah per lei.

«Ahia.» disse Mettner sottovoce.

Gretchen fece una smorfia. «Non ha tradito solo te, Boss. Ha tradito anche tutti noi.»

Josie aprì la bocca per difendere Luke, ma poi la richiuse. Noah e Gretchen avevano ragione. Allora perché sentiva il bisogno di prendere le sue difese? Magari perché aveva pagato un prezzo troppo alto per tutte le scelte sbagliate che aveva fatto?

Non ricordava molto della notte che aveva trascorso insieme a Luke cinque anni prima, ma ricordava la conversazione che avevano fatto dopo, quando lui e Blue erano venuti a Denton per aiutare il dipartimento a trovare una bambina di sette anni scomparsa. Il Luke con cui aveva parlato quel giorno non era lo stesso uomo che aveva tradito lei e tutti i colleghi. Le esperienze che aveva vissuto lo avevano umiliato e persino spezzato. Per anni si era nascosto nella fattoria della sorella, dove avrebbe potuto tranquillamente rimanere per il resto dei suoi giorni, in isolamento. Invece, stava cercando di rimettersi in piedi. Stava cercando di trovare delle anime perdute. Stava cercando di aiutare altre persone.

Josie sospirò. «Tutto questo fa parte del passato. Davvero. Sono passati anni. Ha scontato la sua pena. Non indosserà mai più l'uniforme. Eppure, è qui, che ci piaccia o no. Il capo lo ha assunto come consulente, quindi vi dirò la stessa cosa che direbbe Chitwood: dobbiamo considerare Luke come una risorsa in più. Una risorsa di cui il nostro dipartimento ha estremo bisogno. Tutto qui. Non c'è altro.»

«Il suo cane è formidabile.» concesse Noah.

«D'accordo.» disse Mettner. «Chiamiamo il cane. Ma cosa useremo per fargli seguire la sua traccia?»

«L'auto di Eve Bowers.» disse Gretchen. «Dobbiamo farlo. Possiamo far rimorchiare l'auto fin qui e chiedere a Luke di raggiungerci con il cane. Non abbiamo altro.»

Rimasero in silenzio quando un uomo passò accanto a loro correndo lungo il sentiero, superandoli senza degnarli di uno sguardo. Una volta che lo ebbero perso di vista, Mettner riprese: «È vero. Non abbiamo altro.»

Noah sbatté i piedi e infilò le mani nelle tasche del cappotto. «D'accordo, beh, dobbiamo escogitare un qualche tipo di piano invece di stare qui a congelarci il culo tutto il giorno. Io posso occuparmi della geo-recinzione.»

«Io faccio partire il rilevamento delle targhe e vedo se riusciamo a ricavare qualcosa dalla sorveglianza di quest'area, residenziale e commerciale.» disse Mettner.

«Io mi occuperò di contattare "Citizen Review" e vedrò se riusciamo a rintracciare il recensore arrabbiato.» aggiunse Gretchen.

Josie sospirò. «Io chiamo Luke.»

TRENTACINQUE

Un'ora più tardi, Josie si ritrovava seduta al caldo nella sua auto vicino all'ingresso principale del parco pubblico e guardava il carro attrezzi con la Nissan di Eve Bowers. Hummel lo seguiva in un fuoristrada. Luke e Blue erano a poca distanza. Aspettò che tutti gli altri fossero scesi dai loro veicoli prima di raggiungerli. Blue scodinzolò felice un paio di volte quando la vide avvicinarsi. Josie si mise in ginocchio e gli diede una grattatina dietro le orecchie. Luke le sorrise. Ricambiando il sorriso, Josie gli spiegò di cosa avevano bisogno. Fu sollevata nel vedere che il suo volto passava da un sorriso giocoso a uno di grande serietà. Pochi istanti dopo, l'uomo alla guida del carro attrezzi aveva abbassato il cassone del pianale abbastanza da permettere a Blue di salirci sopra e di annusare il sedile del conducente.

Hummel, seduto accanto a Josie, guardava Luke dare istruzioni a Blue. «È sicura che funzionerà?»

Josie sospirò. «Non ne sono sicura, ma stiamo esaurendo le piste da seguire.»

Pochi secondi dopo, Blue scese dal retro del pianale e si diresse al trotto verso il sentiero che Josie e la squadra avevano percorso poco prima. Mentre superava la macchina in cui erano seduti lei e Hummel, Luke annunciò: «Ha trovato la traccia.»

Le ore successive passarono in modo confuso. Josie si rallegrava del fatto che lei e Noah avessero fatto della corsa una parte regolare della loro routine di attività fisica perché Blue li obbligava a un'andatura dal ritmo sostenuto, guidandoli con sicurezza e fermandosi solo quando Luke lo costringeva a farlo. Li portò a fare il giro completo del parco e poi a uscirne, girando intorno alla parte centrale della città e dirigendosi verso sud.

«Quando trova la traccia, si dimentica di tutto il resto.» spiegò Luke la prima volta che fece fermare Blue per riempire una ciotola di gomma pieghevole con una bottiglietta d'acqua che portava in uno zaino in modo che il cane potesse bere.

Accaldata e arrossata per lo sforzo, Josie camminò lungo il selciato, guardando indietro nella direzione da cui erano venuti. Se quella era la strada che l'assassino aveva percorso a piedi, si era premurato di evitare le zone più congestionate della città. Quella era una zona ancora residenziale, ma le case erano più distanti l'una dall'altra e lontane dalla strada. Anche nel caso in cui i residenti avessero installato dei sistemi di videosorveglianza in casa, era improbabile che le telecamere avessero ripreso un uomo che camminava; in ogni caso, c'era abbastanza traffico pedonale che poteva essere riuscito a non farsi notare da nessuno.

«Posso chiamare un'unità.» disse a Luke. «E dirgli di raggiungerci qui. Blue può riposarsi e riscaldarsi nel retro dell'auto prima di proseguire.»

Luke scosse la testa. «No, per ora è a posto.» Blue stava già tirando il guinzaglio, lavorando furiosamente con il naso. «Comunque ti farò sapere quando avremo bisogno di quell'unità.»

Ripresero la ricerca con Blue in testa, Luke dietro di lui che mormorava incoraggiamenti e Josie alle sue spalle. Perse la cognizione del tempo. Non aveva la possibilità di controllare il telefono o l'orologio. C'era solo la ricerca. Quando si fermarono di nuovo, erano nella zona sud di Denton; a occhio e croce, dovevano aver percorso poco più di cinque chilometri dal parco pubblico. Luke diede un altro po' d'acqua al cane e a quel punto Josie chiamò un'unità. Dopo un breve momento di riposo, Blue era pronto a ripartire. Josie aveva la bocca asciutta e si chiese quanto avesse camminato, se non corso, l'assassino.

Avrebbe voluto chiedere a Luke per quanto tempo pensava che Blue potesse ragionevolmente proseguire la ricerca, ma non si azzardò a interrompere la loro concentrazione.

Solo quando vide che Blue imboccava un vialetto di ghiaia con una cassetta della posta malconcia, si permise di nutrire un po' di speranza. Alla fine del vialetto apparve una casa monofamiliare con un cassonato. Blue era a circa un metro e mezzo dal veicolo quando si mise in allerta passiva, sedendosi obbediente e guardando Luke con occhi solenni.

«Ci siamo.» disse Luke.

«Questo è...» le parole di Josie furono inghiottite dal suono della voce roca di un uomo.

«È meglio che vi fermiate tutti dove siete, che giriate il culo e che ve ne andiate dalla mia proprietà o vi toccherà pagarla con il sangue.»

Archie Gamble uscì da dietro il furgone, con una balestra in mano.

Blue scattò in piedi e cominciò ad abbaiargli contro.

In rapida successione, Gamble brandì la balestra contro ciascuno di loro prima di puntarla in direzione di Blue. Luke si frappose immediatamente tra Gamble e il cane. Alzò le mani e disse: «Non vogliamo problemi. Non punti quell'affare contro il mio cane.»

Josie aveva già in mano la pistola d'ordinanza e si mise in posizione di tiro in modo che, se avesse dovuto sparare, non avrebbe rischiato di ferire Luke o Blue.

«Mr. Gamble, abbassi subito quell'arma.»

Lui la puntò verso Josie. «Sei in una proprietà privata, signorina.»

«Sono anche una detective del Dipartimento di Polizia di Denton e le ordino di abbassare subito quell'arma.»

Luke diede un comando a Blue e il cane smise di abbaiare; si limitò a emettere un basso ringhio e a scrutare Archie Gamble tra le gambe del padrone.

Gamble si lasciò sfuggire una risata priva di umorismo.

La balestra gli traballava nella presa. Gli occhi di Josie erano incollati al dardo, caricato, pronto per essere scoccato. La sua punta aveva tre lame.

«Vuole spararmi?» disse Gamble. «Nella mia stessa proprietà?»

«Non se mette giù l'arma.» disse Josie.

«Signore, ci dispiace molto.» disse Luke. «Stavamo conducendo una ricerca. Il cane ci ha portato nella sua proprietà. Non volevamo fare nulla di male. Saremo felici di andarcene se abbasserà l'arma.»

Gamble lanciò un'occhiata a Luke, che teneva ancora le mani alzate. Guardandole bene, si immobilizzò, poi girò il corpo in direzione di Luke, abbassando un po' la balestra. «Che diavolo ti è successo alle mani?»

Luke lanciò un'occhiata a Josie. Lei gli fece un leggero cenno, indicandogli che poteva continuare a confrontarsi con Gamble. Aveva già ottenuto l'attenzione di quell'uomo, che per il momento aveva leggermente abbassato la balestra.

«È una lunga storia.» gli disse Luke. «Sarei felice di raccontargliela una volta o l'altra, ma preferirei davanti a una birra e non a una balestra.»

Come se si fosse accorto solo in quell'istante che stava imbracciando la balestra, Archie Gamble abbassò lo sguardo per guardarla. Rise e se la lasciò cadere sul fianco. Guardando Josie, si accigliò. «Immagino che non sarà felice finché non l'avrò messa a terra, dico bene?»

Josie annuì.

Gamble si voltò e mise la balestra nel cassone del fuoristrada. Una volta che si fu allontanato di qualche passo, Josie rimise la sua arma nella fondina. Lui la guardò con attenzione. «Lei...» disse. «Era qui l'altra sera.»

«Sì.»

«Per una donna e una macchina.»

«Esatto.» disse Josie.

«È lei che ha mandato qui quei maledetti animalisti a cercare di prendere i gatti. Ha una bella faccia tosta, lo sa?»

Josie non disse nulla.

Alle sue spalle sentì uno scricchiolio di ghiaia. Si guardò di sfuggita alle spalle e si sentì sollevata: la volante che li aveva affiancati per quasi tutto il pomeriggio, quando Blue aveva bisogno di riposare e riscaldarsi, era appena entrata nel vialetto e ne stavano scendendo due agenti in uniforme. Josie fece loro segno di aspettare.

Gamble si accigliò. «Qual è il problema stavolta?»

«Il nostro cane da ricerca ha seguito l'odore del sospettato di due omicidi fino a qui, nel suo vialetto. Cosa può dirci in proposito?»

Gamble inarcò un folto sopracciglio. «Vi dirò questo. È meglio che vi procuriate un mandato e che mi troviate un avvocato prima di dire un'altra parola. Ora sparite dalla mia proprietà.»

«Noi ce ne andiamo.» concesse Josie. «Ma, nel frattempo, i miei colleghi metteranno la proprietà sotto sequestro.»

«Metteranno la proprietà sotto sequestro?» le fece eco Gamble. «E questo che diavolo vorrebbe dire?»

Uno degli agenti in uniforme si fece avanti. «Venga con me, signore.» disse a Gamble.

«Col cavolo che lo faccio!» ringhiò Gamble.

L'altro agente si avvicinò. «C'è qualcun altro qui con lei?»

«No. Ora andatevene dalla mia proprietà!»

«Non possiamo farlo, signore.» disse il primo agente.

Josie lasciò che fossero loro a gestire la situazione. Si sarebbero assicurati che Gamble non rientrasse in casa sua e non manomettesse eventuali prove prima che il mandato venisse notificato. Avrebbero anche controllato la zona per assicurarsi che non ci fosse nessun altro. Tenendo gli occhi puntati sui tre uomini, Josie fece cenno a Luke e Blue di dirigersi verso la strada. Li seguì dando le spalle, continuando a osservare Gamble che discuteva animatamente con gli uomini.

Una volta sulla strada, a pochi metri dal vialetto di Gamble, Luke emise un lungo sospiro. Josie non si era accorta di quanto stesse tremando finché Blue non si mise a uggiolare. Luke si inginocchiò e il cane gli leccò le guance. «È tutto a posto, bello. È tutto a posto.»

Alzò le mani maciullate per accarezzare il muso di Blue, ma tremavano troppo perché riuscisse anche solo a dargli un buffetto.

«Luke...» disse Josie.

Si rannicchiò su se stesso, con la testa sulle ginocchia. Blue uggiolò di nuovo e si accoccolò dietro il collo del padrone.

Josie lo aveva già visto così una volta. L'aveva aiutata a cercare un testimone, ma quando l'avevano trovato, avevano scoperto che era stato ucciso. La scena del crimine aveva riportato alla mente di Luke un forte trauma. Quando rispose, la sua voce era ovattata. «È tutto a posto. È tutto a posto.»

Josie si mise in ginocchio accanto a lui e gli passò un braccio sulla schiena. Avvicinò il viso al suo orecchio. Sentì il suo odore di segugio e di dopobarba. «Luke, guardami.»

Lui scosse la testa. Blue guaì. Josie accarezzò la testa del cane e lo rassicurò: «Va tutto bene, bello.»

Frugò nello zaino di Luke fino a trovare una bottiglia d'acqua. «Luke, siediti e bevi questa.»

Lentamente Luke alzò la testa. Il suo volto aveva un colorito cinereo. Cercò di prendere la bottiglia, ma le mani gli tremavano troppo. Josie posò la bottiglia e gli strinse le mani tra le sue. «Guardami.» gli disse. «Stai bene. Sei al sicuro.»

Le mani di Luke erano strane, come se non fossero affatto delle mani, ma un insieme di ossa bitorzolute, placche metalliche e carne cicatrizzata mal assemblati tra di loro.

Come facevano a non dargli fastidio?

Resistendo all'impulso di guardarle da vicino, Josie sostenne lo sguardo di Luke fino a quando il panico non abbandonò i suoi occhi azzurri e fu sostituito da qualcosa di simile al sollievo. Stava tornando in sé. Accanto a loro, Blue riprese a scodinzolare. Si avvicinò alla spalla del padrone.

Luke ritirò le mani e se le strofinò sul davanti della giacca. «Dovresti chiamare per quel mandato.» borbottò.

Josie non si mosse. «Luke...»

Lui si alzò in piedi, facendo un respiro tremolante, e si allontanò da lei. «Sto bene.» disse. «Io... tu dovresti procurarti quel mandato. Fai quello che devi fare.»

Non la guardava, ma sembrava stare molto meglio di qualche istante prima.

Si chinò, accarezzò i fianchi del cane e fu ricompensato con leccatine bavose sul viso.

Josie prese il cellulare dalla tasca e chiamò la squadra.

TRENTASEI
ANNOTAZIONE DAL DIARIO, SENZA DATA

C'è stato un incidente. O almeno è quello che mi dice lui. Dice di essere mio marito, ma io non mi ricordo di lui. Non mi ricordo di questa casa. Non mi ricordo della mia vita. Quest'uomo è crudele. Non mi sembra di essere il tipo che si sposerebbe con uno come lui. D'altra parte, non ho saputo nemmeno chi fossi io, fino a quando non ho trovato questo diario. Ora so di aver tradito mio marito nel modo più terribile che si possa immaginare. Ora capisco perché mi tratta così male. Mi sforzo ogni giorno di recuperare il passato. Ma il passato non torna. Ci sono solo le ceneri dell'incidente. Non riesco ancora a dare un senso a tutto questo. Per lo più, mi sento tormentata dalla sensazione che ci sia qualcosa di cruciale di cui mi dovrei ricordare, ma che continua a sfuggirmi.

Vorrei poter ricordare l'uomo di cui mi sono innamorata, l'oggetto del mio tradimento. Se mi amava così tanto, dov'è andato?

TRENTASETTE

Josie percepiva su di sé la forza dello sguardo di Archie Gamble quando i due agenti in uniforme lo scortarono, uno per lato, dalla macchina parcheggiata nel vialetto di casa sua fino alla strada dove stava aspettando insieme a Noah e Mettner di entrare dentro casa. Avevano radunato abbastanza volanti della polizia lungo la strada, con fari e lampeggianti accesi, per contrastare l'oscurità che calava intorno a loro. Era ora di cena, ma sembrava che nessuno avesse voglia di mangiare. Dal momento che Gamble non era particolarmente entusiasta della loro presenza, avevano deciso di scortarlo fino a un'altra volante, parcheggiata sul ciglio della strada, dalla quale non avrebbe potuto osservare e protestare contro ogni loro spostamento, almeno fino a quando Josie, Noah e Mettner non avessero completato la perquisizione della proprietà.

Quando Archie Gamble li superò mentre si dirigeva verso di loro, un profondo rantolo catarroso gli scaturì dalla gola. Si girò e sputò oltre la spalla, facendo cadere un grumo di muco tra il giallognolo e il marrone sullo scarpone di Josie. Ma lei non ci badò, si limitò a fissarlo senza battere ciglio, finché lui non distolse lo sguardo. Invece, Noah, che era di fianco a lei, mormorò: «Non so cosa darei per dare un pugno in faccia a quel tipo.»

«Forza, mettiamoci al lavoro.» li esortò Mettner tirando fuori dalla tasca del cappotto un paio di guanti di lattice e infilandoli.

Josie abbassò lo sguardo sul globulo di saliva. «Mi occorre che uno di voi mi aiuti a mettere in busta questo.»

Noah disse: «Come mai?»

Josie si voltò e vide che Archie Gamble si era messo a discutere animatamente con uno degli agenti di pattuglia, gesticolando con foga, con una sigaretta spenta tra le labbra. Dovevano avergli impedito di fumare nell'autopattuglia. «Voglio mettere in una busta il mio scarpone, così prendiamo il campione di DNA dallo sputo.»

Mettner si avvicinò e lo guardò anche lui. «Stai scherzando, vero?»

«Neanche lontanamente.» disse Josie. «Non siamo nella sua proprietà e questo è uno sputo fresco.»

Mettner la fissò.

«Possiamo prelevare tracce di DNA dall'interno della casa.» obiettò Noah. «Il mandato è abbastanza ampio da permetterci di raccogliere il DNA dai locali dell'abitazione. Questo tizio ha lasciato mozziconi di sigarette abbandonati ovunque.»

«Avevamo a malapena una causa probabile sufficiente per far firmare quel mandato.» disse Josie. «Qualsiasi avvocato difensore degno di questo nome chiederà l'annullamento dei campioni di DNA raccolti da quei mozziconi di sigaretta trovati nella sua proprietà. Possiamo raccogliere anche quelli, ma voglio anche questo campione.»

Mettner sospirò: «Vado a prendere una busta per le prove.»

«Un attimo.» lo trattenne Noah. «Teniamo dei cambi di vestiti sui sedili posteriori della nostra auto. Prendo i tuoi scarponcini di riserva.»

Gamble tenne lo sguardo puntato su Noah vedendolo

correre accanto alla macchina, lungo la strada, fino al loro veicolo e quando lo vide tornare portando un paio di scarponi, un lento sorriso gli si allargò sul volto e si girò verso Josie, digrignando i denti, con un'aria molto soddisfatta di sé. Josie affrontò di petto il suo sguardo e gli sorrise a sua volta, finché non vide il sorriso di Gamble vacillare e la sua espressione trasformarsi per l'incertezza. L'agente in uniforme gli disse qualcosa, distogliendo l'attenzione di Gamble, che da quel momento non si voltò più verso di lei.

Dopo aver riposto lo scarpone in una busta ed essersi infilata il paio di scarponcini di riserva, Josie e Noah si misero i guanti e si avviarono verso la porta d'ingresso della casa di Gamble. Nel frattempo, Mettner iniziava a perquisire il cassonato, facendosi luce con una torcia elettrica. Gretchen invece era già andata a casa a dormire. Quando varcarono la soglia, la puzza investì Josie come un treno, una combinazione di nicotina, sudore e cibo avariato che le fece lacrimare gli occhi. Alle sue spalle, Noah riuscì a dire: «Buon Dio...» prima di avere un conato di vomito.

Josie si stropicciò il naso. «Speriamo di finire il più velocemente possibile.»

«Non faremo mai abbastanza veloce. Guarda questo posto.»

Il soggiorno e la sala da pranzo erano un unico ambiente molto spazioso. Lungo una parete c'era una porta che sembrava condurre a un corridoio. Verso il fondo della casa, Josie poteva vedere una parte della cucina. Ogni superficie, compresa una buona porzione dei pavimenti, era ricoperta di oggetti vari. La sua mente cercò di elaborare il tutto, ma non sapeva dove cominciare a guardare. Su un lato della stanza c'era un mucchio di cuscini, vestiti e riviste a ricoprire tutto il divano. Avvicinandosi, Josie vide che erano tutte riviste pornografiche. Donne nude in ogni sorta di posa erano sparpagliate davanti a lei sulle pagine aperte. Una piccola area in un angolo del divano, grande quanto il posteriore di Archie Gamble, era libera da qualsiasi oggetto. Posacenere, lattine di birra, pacchetti di sigarette vuoti e schiacciati e vecchi contenitori di cibo coprivano il tavolino da caffè. A una parete erano addossati tre televisori, ma solo uno era collegato alla presa di corrente. Contenitori di caffè pieni di bulloni, chiodi, rondelle e punte da trapano erano disseminati sul pavimento. Josie catalogò altri oggetti sparsi apparentemente senza ordine: un sellino da bicicletta, una sdraio da giardino chiusa, un bastone, una cassetta degli attrezzi, una palla da bowling e il cassetto di un mobile pieno di chiavi a brugola. Ovunque posasse lo sguardo c'erano cianfrusaglie sparse a casaccio.

«Questo tizio è un accumulatore seriale.» commentò Noah. «Voglio dire, dà un'occhiata a questo posto...» aggiunse con un gesto verso un lungo tavolo nella zona pranzo pieno di altri oggetti che sembravano appoggiati e lasciati lì: un forno a microonde, una padella di metallo piena di telecomandi, un mucchio di guanti da lavoro in pelle consumati, una vecchia insegna al neon che pubblicizzava la birra Black Label e una decorazione da giardino in plastica a forma di pupazzo di neve. «Come diavolo facciamo a trovare qualcosa in un macello come questo?»

La porta d'ingresso cigolò e apparve Mettner, che rimase a occhi spalancati. «Ditemi che è solo un sogno...»

«Magari fosse un sogno, Mett.» disse Josie.

«C'è una puzza qui dentro...» si lamentò Mettner. «Ecco perché quel tizio stava in veranda di notte. Chi ce la fa a dormire con questo fetore?»

Noah si diresse verso il corridoio. «Forse le camere da letto non sono messe così male.»

«Ne dubito fortemente.» borbottò Mettner. «Come intendete procedere?»

«Con metodo.» disse Josie. «Tu inizia da qui. Io comincerò dalla cucina e Noah si occuperà di... qualsiasi stanza ci sia là dietro.»

L'odore in cucina era più forte. Una torre di piatti sporchi in bilico nel lavandino minacciava di crollare. Sul bancone erano sparsi contenitori di cibi precotti lasciati a metà tutti ammuffiti. Un altro stuolo di lattine di birra vuote e posacenere stracolmi di mozziconi di sigaretta copriva una porzione del piccolo tavolo di formica; invece, la parte restante era coperta da un'altra collezione di riviste con donne nude. Da sotto spuntavano un paio di giornali piegati. In tutta la stanza l'unica superficie libera era una sedia infilata sotto il tavolo, con la seduta in vinile immacolata. Josie si mise dietro alla sedia e scattò una foto per documentare esattamente come aveva trovato il tavolo. Poi spostò con attenzione le riviste e i giornali. Trovò una forchetta incrostata di una sostanza indefinibile. Un altro posacenere pieno. Un accendino. Un paio di occhiali. Una penna. Un piccolo quaderno a righe pieno di appunti scritti a mano in stampatello. All'inizio della prima pagina c'erano le iniziali "C.C.". Sotto c'erano colonne con varie date. Sotto ogni data c'erano gli orari e quelli che sembravano i nomi di una serie di luoghi. Le annotazioni iniziavano più di un mese prima, con la data del 13 novembre sotto la quale era riportata un'annotazione:

7:00 studio (da sola)
10:30 ufficio
13:00 La Locanda
14:13 ufficio
17:00 casa (da sola)

La combinazione delle iniziali C.C. e delle annotazioni su "studio" e "ufficio" furono sufficienti a convincere Josie che Archie Gamble aveva seguito Claudia Collins almeno nei due mesi precedenti al suo omicidio, tanto da prendere un appunto anche su quando era sola.

«Noah? Mett?» chiamò.

Sfogliò le pagine successive, constatando che gli appunti

non cambiavano un granché: documentavano dove si trovava C.C. in ogni momento della giornata, quando arrivava, quando ripartiva e se si spostava da sola. Alcune annotazioni erano strane combinazioni di numeri e lettere: 4342SSRD compariva due volte, ma Josie non riusciva a capire cosa significasse. Scattò alcune foto e chiamò di nuovo Noah e Mettner. «Credo di aver trovato qualcosa!»

Mettner apparve sulla soglia della cucina. Noah lo raggiunse pochi secondi dopo. Josie mostrò a entrambi ciò che aveva trovato.

«Dobbiamo setacciare ogni centimetro di questo posto!» esclamò Noah. «E dobbiamo portare Gamble in centrale per interrogarlo.»

TRENTOTTO

Alcune ore più tardi, passata la mezzanotte, Archie Gamble uscì dal comando di polizia di Denton, fischiettando un motivetto sbarazzino e sorridendo a chiunque lo guardasse, compresa la folla di giornalisti che circondava l'edificio, affamati di notizie sull'omicidio di Claudia Collins. Li ignorò completamente mentre saliva sul suo furgone e se ne andava. Nel momento in cui Gamble era stato preso in custodia per essere interrogato, aveva chiesto di contattare un avvocato. Poco dopo, il più rinomato avvocato penalista di Denton, Andrew Bowen, era arrivato per rappresentare Gamble.

Josie e Bowen si conoscevano da diversi anni e la loro non era una relazione piacevole. Lui la guardò con occhi di fuoco per tutto il tempo che lei illustrava la situazione ed elencava ciò che avevano trovato nella proprietà di Archie Gamble. Sfortunatamente per la Polizia di Denton e l'indagine su Claudia Collins ed Eve Bowers l'unica prova che avevano recuperato era il quaderno. Nonostante una ricerca esaustiva, il telefono di Claudia non era stato rinvenuto. Il contenuto del bidone bruciato avrebbe richiesto giorni, se non settimane, per essere analizzato. Fra la miriade di oggetti in casa di Archie Gamble, inoltre, non avevano trovato nessun oggetto che potesse essere stato usato per strangolare Eve Bowers.

Andrew Bowen aveva consigliato ad Archie Gamble di non parlare con loro. Senza poter comprovare che il quaderno appartenesse a Gamble o che quella che si leggeva fosse la sua calligrafia o una prova inconfutabile che C.C. fossero le iniziali di Claudia Collins, e senza che fossero state trovate altre prove relative a Claudia Collins nella sua proprietà, avevano dovuto lasciarlo andare. Un taccuino che riportava le iniziali C.C. e una lista di orari sospettosamente simili a quelli di Claudia Collins non sarebbero stati sufficienti per accusare Archie Gamble di averla uccisa. E per giustificare l'accusa di omicidio di Eve Bowers avevano ancora meno elementi. A parte il fatto di aver trovato il nome di Gamble scritto su una busta rinvenuta in casa di Eve Bowers, non c'era alcun collegamento evidente tra loro. In buona sostanza, non avevano elementi a sufficienza per accusarlo di qualcosa.

Bowen lo sapeva. Gamble lo sapeva. Josie e la squadra lo sapevano. Erano a un altro punto morto.

Quando Gretchen tornò per il turno di notte, Josie, Noah e Mettner la aggiornarono e poi andarono a casa. Con il pilota automatico, Josie si fece la doccia e si cambiò, preparò qualcosa per cena per sé e per Noah e diede da mangiare a Trout, lo portò a fare una passeggiata e quando tornò ci giocò un po'. Una volta che furono a letto, tutti e tre insieme, la mente di Josie andò in sovraccarico. Era Archie Gamble l'assassino? Aveva raccolto tutte le informazioni personali che l'assassino sembrava conoscere sui Collins pedinando Claudia? Era lui la persona che Claudia credeva la stesse pedinando? In qualche modo aveva capito che era lui e aveva scoperto il suo nome? Lo aveva scritto su una busta della posta indesiderata che in qualche modo era finita in possesso di Eve Bowers? Stando a quanto aveva detto Kathy sulla conversazione che aveva sentito, Claudia aveva raccontato a Eve che pensava di essere seguita. Quindi, Claudia aveva dato a Eve la busta su cui aveva scritto il nome di Archie Gamble in modo che Eve potesse indagare su di lui? Se così fosse stato, perché Eve non ne aveva fatto parola la sera dell'omicidio di Claudia?

Passando a Gamble, ammesso che lui fosse l'assassino, dove aveva nascosto il telefono di Claudia? Era possibile che avesse distrutto le prove del suo omicidio bruciandole nel bidone sul retro di casa sua. Ma se così fosse stato, perché non aveva distrutto tutto? Perché aveva lasciato il quaderno in giro? Era intenzionale o se ne era semplicemente dimenticato? Magari ne aveva perso le tracce nel disordine in casa. E se era stato abbastanza accorto da bruciare le prove concrete, perché aveva corso altri rischi, per esempio attirando l'attenzione su di sé dopo aver abbandonato l'auto di Eve così vicino alla sua proprietà? A meno che non gli fosse affatto venuto in mente che questa circostanza avrebbe portato a lui. D'altra parte, non sospettava minimamente che Eve si fosse scritta il suo nome finché non glielo avevano detto.

Tra un ragionamento e l'altro, il messaggio dell'assassino a Beau Collins continuava a tornarle in mente:

*Gioca al mio gioco e nessun altro dovrà morire. Vai in
onda oggi. Devi dare al pubblico la risposta a questa
domanda: qual è il più grande fallimento di mia moglie?
Se non darai la risposta giusta ne pagherai il prezzo. Se
non andrai in onda, ci saranno delle conseguenze.*

Beau aveva seguito le indicazioni che l'assassino gli aveva dato. Significava che aveva finito di uccidere? Ci sarebbero stati altri messaggi?

Josie aveva difficoltà a credere che un assassino come quello con cui avevano a che fare sarebbe stato in grado di fermarsi. Si girò a guardare Noah. Era sdraiato sulla schiena, a torso nudo, con una mano piegata dietro la testa e l'altra che puntava il telecomando verso la televisione. Josie si voltò a guardare lo schermo, ma lui sfogliava la guida così velocemente che lei riusciva a malapena a distinguere il titolo delle trasmissioni. Non avrebbe scelto nessun canale. Non lo faceva quasi mai. Era una cosa che l'aveva fatta diventare matta per anni, finché non aveva capito che in quei momenti Noah non stava affatto cercando un programma che lo aiutasse a rilassarsi. Era l'atto della ricerca che lo aiutava a rilassarsi. Per quanto la riguardava, qualsiasi programma che parlasse di ristoranti o di cucina o di qualsiasi cosa anche solo lontanamente collegato alla gastronomia la faceva addormentare in pochi secondi. Quando Noah raggiunse il limite dei canali a loro disposizione, ricominciò da capo. Josie scavalcò il cane che russava e si distese accanto a Noah, appoggiando la testa al suo petto. «Ci pensi tu a riflettere, vero?» le sussurrò tra i capelli.

Josie gli mise una mano sul cuore, il suo battito costante la rassicurò.

«Pensi che Beau Collins abbia risposto alla domanda dell'assassino come voleva lui?»

«Difficile a dirsi.» rispose Noah. «Ma non credo che questo tizio abbia finito. Dice che è un gioco, ma per quanto è feroce il suo modus operandi, dubito fortemente che permetterà a Beau Collins di vincere. Quantomeno, se è Gamble l'uomo a cui stiamo dando la caccia, gli abbiamo appena reso molto più difficile portare avanti il suo gioco.»

«Hai ragione.» disse Josie. «Il capo ha messo un'unità a sorvegliare casa sua.»

«Sì, è vero, ma Gamble potrebbe facilmente sgattaiolare dal retro, sparire su quei dieci ettari della sua proprietà, e sbucare da qualche parte dove nessuno si accorgerebbe dei suoi movimenti. E, a tal proposito, noi come ci muoviamo?»

«Penso che dovremmo rintracciare gli ex pazienti dei Collins, come gli Abbott per esempio.» disse Josie.

«Ma non possiamo farlo se nessuno ci dirà chi sono questi pazienti.» le ricordò Noah. «Beau Collins non ha intenzione di rivelare i nomi dei pazienti, per nessun motivo.»

«Invece Trudy Dawson potrebbe.» disse Josie. «Mi rendo conto che è una mossa azzardata ma, secondo me, dovremmo parlarci di nuovo, metterla di fronte a ciò che sappiamo sugli Abbott e sulla recensione. Sa qualcosa e non ce lo sta dicendo.»

«Allora domani andiamo a parlarle di nuovo.» propose Noah abbassando il braccio da dietro la testa e avvolgendolo intorno alle spalle di Josie. «Come sono andate le cose con Luke oggi?»

Lei si augurò che Noah non percepisse la tensione nella sua voce. «Bene... è solo che... ho l'impressione che gli ci vorrà un po' per abituarsi di nuovo a lavorare sul campo.»

«Immagino che sappiamo quale sia stato il suo più grande fallimento.» mormorò Noah.

«Ehi!» protestò Josie, di nuovo sopraffatta dall'impulso di difendere Luke.

«Scusami.» disse Noah, sfiorandole la fronte con le labbra. «Era una cattiveria gratuita. Avevi ragione su quello che hai detto prima, sul fatto che dovrebbe affrontare le conseguenze delle sue azioni e scontare la sua pena. Non dovrebbe tornare sul campo e ricominciare a lavorare con le forze dell'ordine. Si renderà conto che la gente lo odia, ma sta cercando di fare una cosa buona e questo dovrebbe avere un significato.»

Josie pensò a Luke ridotto in ginocchio, alle sue mani mutilate tra le sue, il panico che lo attraversava come una corrente elettrica. Non voleva più parlare di lui. «Come pensi che ce la caveremmo io e te in un quiz di Cinque Curiosità Familiari?» gli chiese d'impulso.

Noah scoppiò a ridere. «Pensavo che non credessi in queste cose.»

«Non ci credo, infatti.» confermò lei, tracciando con le dita la muscolatura del suo addome. «Ma c'è una bella differenza tra non sapere in che modo prende il caffè il tuo partner e quale sia il suo più grande fallimento.»

Noah la strinse a sé. «Questo vale per tutti e due. La questione del fallimento.»

«Cosa vuoi dire?»

«Tu pensi che il tuo più grande fallimento sia stato non essere riuscita a salvare tua nonna.»

A Josie mancò il fiato. Aveva fallito in molte cose nella sua vita. Impedire alla donna che si spacciava per sua madre di fare del male alle persone, compresa lei stessa; sposarsi; fidanzarsi; salvare il suo defunto marito; salvare le persone che aveva giurato di proteggere e servire; risolvere dei casi. Ma se doveva indicare il suo più grande fallimento, allora sì, era quello di non essere riuscita a salvare la vita di sua nonna. Sentì il pizzicore delle lacrime sul fondo degli occhi che tanto le era estraneo. Con la sua terapeuta aveva lavorato a lungo per cercare di "emozionarsi", ma Josie lo odiava ancora e aveva sempre resistito al pianto a tutti i costi.

Deglutendo per mandare giù il groppo in gola, disse: «E tu pensi che il tuo più grande fallimento sia non essere arrivato a casa di tua madre dieci minuti prima.»

Sentì Noah farsi teso e la voce gli uscì roca quando rispose: «Allora credo che ci conosciamo abbastanza bene.»

«Non importa quante volte ci diremo che quelle cose non sono state colpa nostra.» disse Josie. «Non ci crederemo mai, vero?»

L'autocolpevolizzazione, radicata com'era nella psiche di entrambi, li avrebbe accompagnati per il resto della loro vita. Era una verità immutabile.

Le dita di Noah si aggrovigliarono tra i capelli di Josie. «Purtroppo. Ma sai, se mi chiedessero qual è il più grande fallimento di mia moglie, non direi questo.»

Lei si spostò in modo da poterlo guardare in faccia. «Sul serio? E, secondo te, quale sarebbe stato il mio più grande fallimento?»

Lui sorrise. Lasciando cadere il telecomando, le tracciò di nuovo la cicatrice sul viso. «Non avermi sposato prima.»

TRENTANOVE

Martedì mattina il numero di giornalisti fuori dalla centrale di polizia era cresciuto in modo esponenziale. Con l'assicurazione del capo Chitwood che lui e Amber si sarebbero occupati della stampa, Josie e Noah andarono a parlare di nuovo con Trudy Dawson. Pesanti nuvole grigie riempivano l'orizzonte quando arrivarono nel quartiere commerciale nella parte meridionale di Denton davanti al tozzo edificio a un solo piano con tetto piano che ospitava la clinica dei Collins. L'edificio si trovava su un appezzamento di terreno di proprietà con un piccolo parcheggio asfaltato. C'era solo un'auto parcheggiata nel posto più vicino alla porta d'ingresso. Josie lasciò la macchina proprio di fianco.

La porta dell'ufficio era aperta. Noah la spalancò e la tenne ferma per far passare Josie. Non fece neanche due passi all'interno che si trovò di fronte a una scena stranamente familiare a quella che avevano trovato nella sala da pranzo dei Collins appena quattro giorni prima. Non c'erano schizzi di sangue, ma gli altri elementi in comune erano indiscutibili.

«Noah!» chiamò sfoderando l'arma d'ordinanza dalla fondina. Alle sue spalle sentì Noah che apriva la fondina e ne estraeva a sua volta la pistola. Rallentò il respiro.

A bassa voce, Noah disse: «Controlliamo ogni stanza e poi chiamiamo la cavalleria.»

Josie gli fece un cenno d'intesa. La porta d'ingresso dell'ufficio si apriva direttamente su un'enorme area di ricevimento con le pareti dipinte di malva e decorate con fotografie di fiori in primo piano. L'uno di fianco all'altra, superarono due file di sedie che circondavano uno stretto tavolino da caffè e si diressero verso una gigantesca scrivania, dietro la quale sedeva Trudy Dawson, accasciata sulla sedia, con il mento appoggiato al petto. A lato della scrivania si apriva un corridoio buio. Noah tenne la pistola puntata verso il corridoio, coprendo Josie che allungava una mano sotto la cortina di capelli di Trudy e le premeva due dita sulla gola. Nel momento in cui aveva percepito la perfetta immobilità del corpo di Trudy, aveva capito che non avrebbe trovato il battito.

Si voltò a guardare Noah e scosse la testa. Lui annuì e le fece un cenno verso il corridoio. Insieme, si fecero strada in quella direzione, ispezionando ogni stanza man mano che passavano davanti a una porta: due uffici, una stanza adibita ad archivio, un bagno, una sala per le pause e due ripostigli. Infine, un ingresso posteriore, chiuso a chiave. Non c'era nessuno. Non c'era niente di strano.

Se non per la povera Trudy.

Riposero le armi nelle fondine e tornarono al parcheggio, facendo attenzione a non alterare la scena più di quanto non avessero già fatto. Josie ne approfittò per fare un lento giro intorno all'edificio, intanto che Noah chiamava la centrale.

All'esterno ogni cosa sembrava intatta, fatta eccezione per le telecamere di sorveglianza: erano quattro in tutto, una per ogni lato dell'edificio. Su ciascuna, l'obiettivo era stato ricoperto di vernice spray nera. Nel frattempo, avevano cominciato a cadere leggerissimi fiocchi di neve. Quando tornò all'auto, Noah le aprì la portiera. «Sali.» disse. «Restiamo al caldo. Ci vorranno ore prima di poter rientrare.»

Josie sentiva la colazione che le si agitava nello stomaco nel guardare le autopattuglie che arrivavano una dopo l'altra e riempivano il piccolo parcheggio. Due agenti, il fuoristrada della Squadra di Raccolta delle Prove, un'ambulanza, il piccolo veicolo della dottoressa Feist e, infine, Gretchen in un'auto non contrassegnata. Scese e si diresse verso Josie e Noah, salendo sul sedile posteriore. «Mett ha ricevuto un'altra chiamata. Decesso senza testimoni. Cosa avete?»

Josie e Noah la aggiornarono in fretta. Quando ebbero finito, Gretchen sospirò. «Va bene. Dovremo cercare di ottenere le riprese delle telecamere della clinica per vedere se riusciamo a vedere la persona che le ha dipinte con lo spray.»

«Dubito che riusciremo a ottenere qualcosa.» disse Noah. «Ma possiamo provare.»

«Vado a procurarmi i filmati delle telecamere di sorveglianza delle altre attività commerciali lungo questa strada per vedere se salta fuori qualcosa.»

Josie sentì giungere uno scricchiolio dal sedile posteriore quando Gretchen si allungò verso di lei e le diede un colpetto con la penna sulla spalla. «Lo prenderemo, Boss. È il nostro mestiere.»

«Grazie Gretchen.» disse Noah. Una volta che Gretchen fu uscita dall'auto, Noah si portò il cellulare all'orecchio e Josie ascoltò la telefonata all'agente incaricato di sorvegliare la casa di Archie Gamble. Nel silenzio dell'abitacolo, riusciva a sentire la voce dell'agente: Gamble non aveva mai messo la testa fuori da quando era tornato a casa la sera prima. Dopo aver riattaccato, rimasero in silenzio a guardare i membri della Squadra di Raccolta delle Prove che entravano e uscivano dalla clinica.

Al pensiero della madre di Trudy, lo strazio che Josie aveva avvertito nel cuore da quando avevano rinvenuto il cadavere di Trudy dietro la scrivania le diede una fitta. Trudy era così attaccata a sua madre. Josie aveva ammirato la determinazione di quella donna nel prendersi cura della madre tenendola a casa nonostante l'Alzheimer fosse una malattia tanto tremenda, tanto spietata. E non poteva fare a meno di chiedersi cosa sarebbe successo a quella povera donna adesso che era rimasta senza la figlia; se non se ne fosse occupato il fratello di Trudy, non avrebbe avuto alternativa che andare in una struttura specializzata. In ogni caso, la vita come la conosceva era finita.

«Occorre che qualcuno vada a casa di Trudy.» disse di scatto Josie. «Sua madre ha l'Alzheimer e non può essere lasciata sola, ricordi? C'è un'infermiera diurna, ma...»

Noah le coprì la mano con la sua. «Fammi fare qualche telefonata. Me ne occupo subito.»

Doveva aver intuito che lei voleva stare da sola, perché scese dall'auto per fare le telefonate. Alla fine, la Squadra di Raccolta delle Prove diede loro il via libera per entrare nell'edificio. Trovarono le tute per entrare sulla scena del crimine nel retro del fuoristrada di Hummel e si vestirono. All'interno della clinica, la dottoressa Feist, già equipaggiata, era appostata al fianco di Trudy e sollevava con delicatezza il mento della vittima. Noah si mise di fronte alla scrivania, mentre Josie ci girò intorno. «Stesso tipo di segni di legatura...» osservò il medico legale, indicando le striature rosso-violacee che circondavano la gola della segretaria.

La dottoressa Feist continuò: «Le ferite sono quasi identiche a quelle trovate sul corpo di Eve Bowers. Sembra che l'assassino abbia usato lo stesso tipo di legatura.»

Noah chiese: «Qualche ipotesi sull'ora del decesso?»

«Non è morta da molto, questo lo posso dire con certezza. Sta entrando in rigor mortis proprio in questo momento. In base ai miei primi rilievi della temperatura e alla temperatura di questa stanza, direi che presumibilmente è stata uccisa verso le otto di questa mattina, le otto e mezza al massimo.»

Noah le informò: «L'infermiera di giorno a casa con sua madre ha detto che è uscita alle sette e mezza.»

Josie fece due calcoli: «Dovrebbe essere arrivata qui al più tardi alle otto.»

L'avevano trovata verso le nove e un quarto. Nel frattempo, erano passate le undici.

Josie rivolse la sua attenzione agli oggetti disposti sulla scrivania. Lo schermo del portatile era buio. La cornetta del telefono riposava nell'alloggiamento. Le fotografie sulla scrivania mostravano Trudy Dawson con una donna più anziana e un uomo più giovane. Senza dubbio sua madre e suo fratello.

La dottoressa Feist si spostò dall'altra parte del corpo di Trudy Dawson e per la prima volta Josie ebbe una visione libera del grembo della segretaria. Teneva una mano appoggiata sulla coscia, con il palmo rivolto verso l'alto, in cui reggeva una scatola di legno rettangolare a forma di pacco regalo. Josie sentì l'acido bruciare nello stomaco. «Noah!» esclamò.

Girò intorno alla scrivania per vedere meglio.

Hummel sbucò dal corridoio. «Ehi.» disse. «L'ho lasciata perché volevo che lo vedeste. La farò analizzare e aprire il prima possibile.»

«Grazie.» disse Josie. «Se contiene qualcosa, voglio saperlo al più presto. E il telefono di Trudy? È qui o l'ha preso lui?»

«Se si sta chiedendo se questo tizio è un collezionista di telefoni, no. È qui.» disse Hummel. «E anche la sua borsa. Ho perlustrato l'intero locale e non mi sembra che sia particolarmente alterato.»

Josie tornò verso la porta d'ingresso ed esaminò di nuovo la stanza senza la scarica di adrenalina che aveva accompagnato il ritrovamento del cadavere e senza la rabbia che ne era seguita. I suoi occhi si spostarono dalla scrivania al corridoio. Tutto ciò che Trudy avrebbe dovuto fare era alzarsi e fare quattro o cinque passi per andare dalla sua sedia al corridoio, alla fine del quale si raggiungeva la porta di servizio.

Noah guardò Josie con espressione perplessa. Poi lanciò un'occhiata in fondo al corridoio e tornò da lei. Seguendo i suoi pensieri prima che lei li esprimesse, come faceva spesso, Noah disse: «Aveva una chiara visuale sulla porta del retro. Le sarebbero bastati pochi secondi per arrivarci.»

Josie si guardò intorno, osservando le sedie e il tavolo. Sembravano tutti perfettamente al loro posto. «Non potevano esserci appuntamenti oggi. Ieri Beau ha annunciato in diretta che Claudia è morta. Trudy sarà venuta a contattare i pazienti che ancora non lo sapevano.»

Josie tornò alla porta e poi si diresse lentamente verso la scrivania. «Credo che lo conoscesse. Si è avvicinato abbastanza da ucciderla. Lei non è scappata.»

«Può darsi che non abbia avuto il tempo di scappare.» suggerì Noah.

Josie girò intorno alla scrivania e si chinò per guardare sotto. «Non ha lottato. O se l'ha fatto, lui ha coperto le tracce rimettendo tutto a posto.»

«Da questo esame sommario, non vedo tracce di altre ferite, ma vi farò sapere quando avrò fatto l'autopsia.» disse la dottoressa Feist.

«Se riuscissimo a dimostrare che lo conosceva...» disse Noah, «potremmo convincere un giudice a firmare un mandato che ci permetta di vedere i nomi dei pazienti.»

Josie scosse la testa. «Probabilmente ci lasceranno vedere solo i nomi dei pazienti che avevano appuntamenti per oggi, fissati prima della morte di Claudia. Dovremmo ottenere un mandato per quei nomi. Dobbiamo parlare con loro e assicurarci che nessuno di loro fosse qui oggi.»

«Non c'erano.» intervenne Hummel. «Non c'era nessuno, tranne Trudy e l'assassino. Lo schermo del suo computer era acceso quando siamo arrivati. L'applicazione del sistema di sicurezza è sul suo desktop ed era aperta.»

«Sarebbe a dire che stava controllando le telecamere quando è arrivato questo tizio?» domandò Noah.

«Questo non lo so.» disse Hummel. «Posso solo dirvi che il

programma era aperto. Ho fatto una rapida revisione dei filmati. Qualcuno è stato qui intorno alle sette e quarantacinque, anche se non si vede. Ma è verso quell'ora che il beccuccio di una bomboletta di vernice spray appare nel campo visivo di ogni telecamera. Tutti e quattro gli obiettivi sono stati dipinti con lo spray. L'assassino è stato abbastanza attento da non farsi riprendere da nessuna telecamera, né prima né durante.»

«Fantastico.» sospirò Josie. «Semplicemente fantastico.»

Noah disse: «Ecco perché Gretchen è andata a fare un sopralluogo negli altri esercizi commerciali lungo questa strada. Non è detto che se non riusciamo a vedere nessuno nelle riprese di questa clinica, non ci riusciamo neanche da una delle telecamere di un'attività vicina. Magari individuiamo il veicolo con cui è venuto.»

«Ho visto abbastanza.» disse Josie. «Hummel, fammi sapere se ottieni qualche riscontro sulle impronte che hai rilevato. Devo sapere cosa c'è nella scatola il prima possibile.»

«Agli ordini Boss.» rispose lui.

La porta d'ingresso si aprì. La voce dell'agente Brennan attraversò la soglia. «Detective? Tenente? La detective Palmer è tornata. Dice di avere qualcosa.»

QUARANTA

Josie si ravviò i capelli raggiungendo Noah alle spalle di Gretchen, stringendosi attorno al piccolo schermo di un computer portatile sul bancone di un'agenzia di noleggio auto. La Prime Car Rental si trovava di fronte alla clinica gestita dai Collins e, sebbene non fosse direttamente allineata, le loro telecamere puntavano su un frammento dell'ingresso del parcheggio. Il direttore si sedette proprio davanti al computer, avviando i filmati per la seconda volta.

«Ne sei sicura?» chiese Noah guardando Gretchen.

«Sì.» disse lei. «Guardiamolo di nuovo.»

Il direttore avviò il filmato e lo schermo si riempì della ripresa sul parcheggio appena fuori dalle porte d'ingresso, dove erano parcheggiate diverse auto. Più avanti c'era la strada e dall'altra parte di questa il rialzo di un marciapiede e poi la superficie liscia dell'asfalto nero dove iniziava l'ingresso del parcheggio della clinica dei Collins. La prospettiva ne mostrava solo una porzione. Josie sapeva che da quel punto di osservazione, rivolto verso l'ufficio dei Collins dall'altra parte della strada, la metà dell'ingresso che riuscivano a vedere era il lato a sud di Denton vero e proprio. L'orario in basso a destra dello schermo segnava le otto e ventotto. Mentre guardavano, lungo la strada passò un'auto e poi un furgone, entrambi diretti a nord, verso la città. Altre auto passavano nella direzione opposta, allontanandosi dalla città.

«Ecco che arriva.» disse Gretchen. «Tenete d'occhio l'ingresso del parcheggio dei Collins.»

Passavano ancora un paio di secondi e poi qualcosa di sfocato attraversava lo schermo, apparendo per un secondo nella parte dell'ingresso visibile alla telecamera. Poi spariva.

«Cosa stiamo guardando?» chiese Noah.

Gretchen emise un verso di frustrazione. Si avvicinò al direttore e, dopo aver modificato qualche impostazione, riavvolse il video e lo mise in pausa nel momento in cui appariva l'oggetto. «Questa non è un'auto.» disse.

Josie si avvicinò di più, cercando di distinguerlo. «Ma sembra una ruota. Qualcosa di simile.»

«Perché è una bicicletta!» affermò Gretchen in tono trionfante. Con l'indice tracciò le linee che raggiungevano i bordi del semicerchio sfocato. «Questi sono i raggi. Questa è una parte della gomma. Quella... quella cosa quadrata è un piede o un pedale, credo.»

«Una bicicletta che lascia il parcheggio della clinica dei Collins.» ricapitolò Noah. «È questo ciò che ci stai dicendo?»

Il viso di Gretchen arrossì per l'eccitazione. Si passò una mano tra i capelli brizzolati. «Esatto! Questo spiegherebbe perché non riusciamo a trovare nulla con quei dannati lettori di targhe.»

«E spiegherebbe come mai il cane da ricerca sia riuscito a seguire l'odore dell'assassino per quasi dieci chilometri.» aggiunse Josie. «Dal parco pubblico alla casa di Archie Gamble.»

«Avete trovato una bicicletta nella proprietà di Archie Gamble?» domandò Gretchen.

«Un paio.» rispose Josie. «Nel garage. Ho seri dubbi che

fossero nelle condizioni di girare per la città, ma non ho guardato molto da vicino. Non pensavo fosse importante.»

Gretchen disse: «Chiederemo un altro mandato per farle esaminare.»

«E a quel punto?» chiese Josie. «Dimostreremo che Archie Gamble possiede una bicicletta? Tenderei a credere che la maggior parte delle persone in questa città possieda almeno una bicicletta.»

«Ma ci vanno in giro a gennaio?» la incalzò Noah.

Josie fece una scrollata di spalle. «Alcuni lo fanno, il tempo è stato incostante. Anche se riuscissi a far firmare a un giudice un mandato per sequestrare le biciclette di Archie Gamble come prova, non possiamo dimostrare che si trovasse su una delle due scene del crimine. Abbiamo un agente di pattuglia che lo controlla fuori da casa sua.»

«Potrebbe essere uscito dal retro.» suggerì Gretchen.

«Possibile.» convenne Josie. «Ma non possiamo dimostrare che sia uscito effettivamente da lì. Spenderemmo ore e lavoro e tutto ciò che otterremmo sarebbero un paio di biciclette e ancora nessuna pista. Dobbiamo trovare questo tizio o, se in qualche modo c'è Gamble dietro a tutto questo, dobbiamo raccogliere abbastanza prove per accusarlo. Abbiamo a che fare con uno intelligente. Molto più furbo della media dei criminali. Non lascia impronte, non lascia tracce di DNA. Non si fa riprendere da nessuna telecamera. Nemmeno nei dintorni della scena!»

«Però possiamo seguire le telecamere di sorveglianza degli esercizi commerciali vicini.» propose Noah. «Cercare di seguire il suo percorso, volendo. Vedere se riusciamo a ottenere un'immagine migliore. Di lui o della bicicletta.

O magari portiamo Luke e Blue sul posto e vediamo se riusciamo a fargli seguire l'odore dell'assassino da qui fino alla sua meta.»

«Non sono sicura che sia una buona idea.» disse Josie.

«Penso che abbiano bisogno di riposo. Stavolta potremmo chiamare l'unità cinofila dello Sceriffo.»

«Luke era un agente una volta.» le ricordò Noah. «Sa bene quanto sia importante. Sa che non glielo chiederemmo se l'assassino non si muovesse così velocemente. Ha avuto un giorno per riposarsi. Inoltre, abita vicino. Può arrivare qui molto più velocemente dell'unità cinofila dello sceriffo. Chiamalo. Gretchen e io ci occuperemo delle telecamere.»

Josie sentì di nuovo le mani mutilate di Luke che tremavano tra le sue. Archie Gamble l'aveva praticamente fatto a pezzi.

Cosa sarebbe successo se si fossero trovati faccia a faccia con l'assassino, che fosse Gamble o qualcun altro?

«Josie...» disse Noah, distogliendola dai suoi pensieri. «Mi hai sentito?»

«Sì, ho sentito. Chiamo Luke.»

QUARANTUNO

Verso sera inoltrata, l'eccitazione per le potenziali piste percorribili era svanita, sfumando come il flash di una macchina fotografica che si dissolve in nero. Noah e Gretchen avevano trovato un filmato sgranato di quello che sembrava un uomo in bicicletta, ma troppo indistinto per dire se si trattasse di Gamble o di qualcun altro, e ne avevano seguito gli spostamenti passando per sette attività commerciali diverse fino a un quartiere di Denton che Gretchen chiamava la "zona morta". Era la stessa zona che Josie e Luke avevano attraversato il giorno prima tra il parco pubblico e la casa di Archie Gamble. Qualche residenza sparsa, nessuna telecamera. Da lì in poi non lo avrebbero più potuto seguire in nessuna direzione.

Luke era stato felice di tornare alla ricerca con Blue, che aveva fiutato l'odore dell'assassino alla clinica dei Collins, ma poi lo aveva perso nel bel mezzo di una delle strade della zona morta. Josie aveva parlato con tutti gli abitanti dell'isolato, ma nessuno ricordava di aver visto un uomo in bicicletta o un uomo che aveva caricato una bicicletta su un veicolo e se ne era andato, e Josie era abbastanza sicura che fosse andata così. Non avevano attivato lettori di targhe in quella zona di Denton o in altre abbastanza vicine da giustificare una ricerca anche perché non avrebbero saputo che tipo di veicolo cercare. Tornati alle loro scrivanie in centrale, si erano messi a lavorare in silenzio al computer. Nessuno aveva l'energia né tantomeno l'ottimismo che ci sarebbero voluti per fare quattro chiacchiere. Mettner entrò per dare il cambio a Gretchen e passò alcuni minuti a farsi aggiornare sui nuovi sviluppi del caso. Gretchen stava per andarsene quando la porta delle scale si aprì di botto e Hummel la varcò con due buste di carta per le prove tra le mani. Josie si alzò e sgomberò immediatamente la scrivania. Hummel si infilò un paio di guanti prima di rovesciare il contenuto della prima busta. Erano i resti della scatola rompicapo che era stata rinvenuta sul corpo di Trudy Dawson. Due lati scheggiati, uno con il fiocco di legno e l'altro con il lungo scomparto rettangolare. Questa volta afferrò con destrezza il cuscinetto a sfera che rotolava verso il bordo della scrivania di Josie. «Stessa cosa.» esordì.

Noah e Mettner si avvicinarono e si accalcarono dietro di loro. «Non riuscivi ad aprire neanche questa?» chiese Mettner.

Hummel alzò gli occhi al cielo. «A differenza di questo bastardo, io non ho tempo per i giochetti. Facendo le analisi per le impronte abbiamo trovato alcune impronte parziali, un'impronta completa, ma nessun riscontro nel Sistema di Identificazione delle Impronte.»

«Cosa c'era dentro?» chiese Josie.

Hummel prese in mano l'altra busta delle prove, più grande della prima. All'interno c'era una sorta di involucro, sgualcito perché era stato piegato più volte, che Hummel consegnò a Josie. Poi raccolse i pezzi della scatola rompicapo e li depositò di nuovo nella busta. Una volta finito, Josie gli restituì l'involucro. Lo scosse e lo lisciò sulla scrivania. La sua superficie morbida era grigia e macchiata dalla polvere magnetica per le impronte digitali. «Di nuovo...» disse Hummel, «l'analisi delle impronte è stata un buco nell'acqua. Siamo riusciti a escluderne alcune come quelle di Trudy Dawson. La dottoressa Feist ci ha fornito le impronte di eliminazione quando ha fatto l'autopsia. Come sapete, ho anche quelle di Beau Collins. Oltre a questo, solo un mucchio di impronte complete e parziali, ma nessun riscontro nel Sistema.»

Josie guardò l'indirizzo del mittente sulla busta. Era quello della clinica di Claudia Collins. Era indirizzata all'Associazione delle Donne della Pennsylvania per il Rifugio e l'Assistenza. La busta non era stata affrancata. Con delicatezza, Hummel ne estrasse il contenuto, che a sua volta era ricoperto di polvere per impronte digitali, e lo dispose sulla scrivania, lisciando le pieghe man mano che procedeva. Erano quattro fogli. Il primo era una carta intestata con il nome di Claudia Collins stampato in alto. La data risaliva a quattordici anni prima. «Questa è una lettera di presentazione.» disse Josie. «Di accompagnamento al suo curriculum per la posizione di direttore dei servizi.»

«Ieri Beau Collins è andato in televisione e ha detto ai telespettatori che Claudia non aveva ottenuto questo lavoro.» osservò Noah.

«Ovvio che non l'aveva ottenuto.» disse Mettner, indicando la busta. «La domanda non è mai stata spedita.»

«Perché mai ce l'aveva Trudy Dawson?» si chiese Noah.

«Lo sappiamo il perché.» disse Josie. «Quando abbiamo parlato con lei, ci ha detto quanto fosse importante - anzi, quanto fosse fondamentale - per lei mantenere il posto di segretaria della clinica. Senza quel lavoro, non avrebbe potuto prendersi cura di sua madre. Beau ci ha detto che Claudia, non avendo ottenuto il posto che voleva, era rimasta a lavorare alla clinica con lui.»

«Beau non avrebbe tenuto Trudy come segretaria se Claudia se ne fosse andata?» domandò Mettner.

«Non è questo il problema.» puntualizzò Noah. «Il problema è che Beau avrebbe fatto fallire la clinica. Non se la sarebbe mai cavata senza Claudia. È quello che ha detto Trudy.»

Mettner puntò un dito sulla domanda di assunzione. «Stai dicendo che è stata la segretaria a sabotare la carriera di Claudia?»

«Difficile dirlo.» disse Josie. «Possibile che Trudy sapesse cos'era? È plausibile che Claudia l'avrebbe spedita dalla clinica, dove Trudy avrebbe potuto vederla e prenderla?»

«Sopra ci sono le impronte di Trudy.» intervenne Hummel. «Non sul contenuto, ma sulla busta.»

Avevano visto quanto Trudy Dawson fosse rimasta sconvolta dall'omicidio di Claudia. Tutto ciò che era successo era semplicemente il suo tentativo di conservare il suo posto di lavoro? La malattia della madre era stata diagnosticata tanti anni prima, quando Claudia aveva compilato il curriculum? Trudy avrebbe avuto motivo di agire in modo così disperato all'epoca?

«Penso che sia il caso di parlare con Beau.» disse Josie. «Abbiamo tanto di cui discutere.»

QUARANTADUE

Josie si diresse verso l'Hotel Eudora con Noah al suo fianco e, ancora una volta, trovò Beau al bar del ristorante "Da Bastian". Le si strinse il cuore quando lo guardò negli occhi e li vide vuoti e vitrei. «Oh, ehilà, detective.»

«Mr. Collins... è ubriaco.» constatò Noah avvicinandosi.

Beau agitò un braccio in aria con fare di sufficienza e per poco non cadde dallo sgabello. Josie lo recuperò al volo, passandogli un braccio intorno alla vita e guidandolo di nuovo in posizione eretta.

«Grazie.» disse Beau. Fece segno al barista, ma questi non lo accontentò.

«Mr. Collins...» disse Josie, «abbiamo delle domande da farle.»

«Domande, domande.» biascicò con voce impastata. «Sempre a fare domande. Vi ho detto tutto quello che so.»

Noah diede una gomitata a Josie. «Non è in condizione di rispondere a nessuna domanda in questo momento.»

Josie si sentì avvampare di rabbia. Ogni momento che Collins passava a ubriacarsi fino a rendersi praticamente incapace di intendere e di volere era un momento che rallentava ulteriormente la loro indagine.

«Mr. Collins...» riprovò Josie, «ha saputo di Trudy Dawson?»

La sua espressione si fece vuota nel cercare sul fondo del bicchiere che stringeva saldamente sul bancone. «Perché, cosa vi fa pensare che io sia ubriaco? Me lo ha detto uno dei vostri agenti quando mi ha chiesto il permesso di esaminare i filmati della sorveglianza della clinica.» biascicò ancora prima di scoppiare a piangere. I singhiozzi lo scossero così forte che rischiò di nuovo di scivolare dallo sgabello. Con entrambe le mani si aggrappò al bordo del bancone. Il barista scosse la testa, prese il bicchiere vuoto e si diresse verso il fondo del locale, dove si attaccò al telefono.

Noah si buttò in avanti e aiutò Beau a rimettersi a sedere. «Ho l'impressione che la butteranno fuori di qui. Perché non lascia che la accompagniamo nella sua camera?»

Beau annuì incapace di proferire parola. Il suo viso rosso a chiazze era gonfio e bagnato dal pianto. Josie lo prese sotto l'altro braccio e insieme si avviarono verso l'uscita. Diversi avventori avevano smesso di parlare e di mangiare e li stavano fissando. Josie vide uno o due di loro con il cellulare alzato. Foto e video sarebbero finiti su Internet in un batter d'occhio, pensò, eppure Beau Collins avrebbe trovato un modo per rigirare la faccenda, magari dicendo che il suo dolore per la morte della moglie era così forte che aveva perso la testa e si era ubriacato a tal punto che aveva dovuto farsi riaccompagnare nella sua stanza da due agenti.

Il direttore dell'Hotel Eudora, John W. Brown, li incontrò nel salone d'ingresso dell'albergo. Era stato collaborativo e corretto durante le indagini su alcune persone che lavoravano all'hotel e aveva in qualche modo superato lo scandalo scoppiato in seguito a quel caso. Tuttavia, Josie sapeva che la sua priorità era sempre la reputazione dell'hotel.

«Detective.» li accolse guardandoli con un sorriso dolente. «Mr. Collins.»

Beau non gli rivolse lo sguardo; continuò invece a singhiozzare sommessamente. Anche le sue lacrime avevano l'odore del bourbon.

«Stiamo accompagnando Mr. Collins nella sua stanza.» spiegò Josie.

Brown lanciò un'occhiata a Beau. «Sì, l'avevo capito. Mi rendo conto che ha vissuto un'esperienza terribile, Mr. Collins. Mi trovo in accordo con la Detective Quinn nel ritenere che il posto giusto per lei, in questo momento, sia quello confortevole della sua suite. Tuttavia...» e rivolse la sua attenzione a Josie e Noah, «vedere uno dei nostri ospiti di più alto profilo, in evidente difficoltà, che viene portato via dal bar dalla polizia, non fa certo una bella impressione, per nessuno di noi. Che ne direste se da ora in poi se ne occupasse il mio personale di assistere Mr. Collins? Mi assicurerò di chiamarvi direttamente se dovessero sorgere altri problemi.»

Come a comando, due addetti del personale dell'hotel apparvero alle spalle del direttore Brown. Noah fece loro un cenno e questi si avvicinarono per scortare via Beau. Mentre lo portavano a fatica lungo il corridoio verso un ascensore riservato al personale, Josie si voltò verso Brown. «Come sapete, abbiamo messo un agente di pattuglia qui fuori per tenere d'occhio Mr. Collins, se dovesse decidere di lasciare l'hotel.»

Brown sorrise con decisione. «Sì, il vostro capo mi ha contattato direttamente per avvertirmi. Non è un problema.»

«Ma ci sono molti modi per uscire dall'hotel...» puntualizzò Noah, «e per quanto Collins possa essere ubriaco...»

Il direttore Brown alzò una mano a indicargli che non era necessario che proseguisse. «Non aggiunga altro. Dirò al mio personale di tenerlo d'occhio con discrezione per tutta la durata del suo soggiorno. Dubito che nelle condizioni in cui si trova possa andare da qualche parte stasera, ma sarò felice di fare tutto il possibile per aiutarvi a garantire la sua sicurezza.»

«Molto gentile.» disse Josie. «Torneremo a parlare con Mr. Collins domani, quando sarà sobrio.»

D'altronde non c'era molto altro che potessero fare se non aspettare il giorno seguente.

A differenza di Beau, così come di Noah e Trout che russavano accanto a lei, Josie passò la nottata completamente sveglia e in preda all'inquietudine. Studiando il volto di Noah nella penombra della luna, la sua irritazione si trasformò in disorientamento. Le parole che lui aveva detto il giorno prima le tornarono in mente.

Se ti succedesse qualcosa, passerei a ferro e fuoco l'intera città per scovare la persona che ti ha fatto del male.

Sapeva che era vero. Avrebbe smosso cielo e terra. Non si sarebbe mai dato pace. E lei avrebbe fatto lo stesso per lui. Era sempre meglio che conoscersi l'un l'altro attraverso le Cinque Curiosità di Famiglia. Josie era cresciuta in un ambiente nocivo, era stata cresciuta fino all'età di quattordici anni da una donna che intendeva come "buona relazione" quella in cui riusciva a farla franca dopo aver ucciso il proprio compagno o aver sfigurato la propria figlia. Il migliore amico e primo amore di Josie, Ray Quinn, proveniva da una famiglia quasi altrettanto disastrosa. Suo padre era un alcolizzato che picchiava moglie e figlio, finché un giorno li aveva abbandonati a loro stessi. Né Josie né Ray sapevano in cosa consistesse una "buona" relazione. Sapevano solo che volevano impedire che il dolore si riversasse l'uno sull'altro. Avevano provato e fallito con il matrimonio. Miseramente. Poi Josie aveva provato e fallito nel suo fidanzamento con Luke. Miseramente. Noah si era affrettato a dare la colpa a Luke, ma la verità era che Josie gli aveva tenuto nascosto così tanto di sé che lui non aveva mai avuto molto su cui lavorare.

E, cionondimeno, anche con le sue profonde ferite psichiche, le cicatrici fisiche e i modelli di relazioni avvelenate, Josie aveva amato abbastanza intensamente da battersi sia per Ray che per Luke. Non era stato sufficiente, ma ci aveva provato.

Beau sembrava più preoccupato del proprio status che di aver perso sua moglie. Stava cadendo a pezzi proprio quando avevano più bisogno di lui per catturare la persona che l'aveva uccisa. Un assassino a cui avrebbe potuto condurli se solo avesse smesso di mentire. Diceva che Claudia aveva significato tutto per lui, ma quando gli veniva data la possibilità di identificare un potenziale assassino, si chiudeva in se stesso. Perché? La distanza tra loro era diventata così grande da essere impossibile da colmare? C'era mai stato un vero affetto tra Beau e Claudia Collins? La foto di Parigi faceva sembrare che un tempo fossero stati profondamente innamorati. Ma lo erano stati davvero?

Un palmo caldo toccò la mano di Josie, stringendola e accarezzandola poi su e giù per il braccio con movimenti dolci e regolari. Il suo corpo si rilassò. Con la voce intrisa di sonno, Noah disse: «Devi dormire un po'. Beau Collins sarà ancora all'Eudora domattina e ti assicuro che non sarà meno coglione dell'ultima volta che l'abbiamo visto.»

Aveva ragione, ma questo non l'aiutò a dormire.

La mattina successiva, l'unità assegnata avvisò Josie e Noah che Beau Collins era andato alla WYEP. Nel giro di poco, si ritrovarono al centro del set del programma dei Collins e fissavano Beau Collins, seduto sul divano bianco, che veniva preparato da uno degli stilisti. Non c'erano telecamere in funzione. Mancava ancora più di un'ora alla messa in onda della trasmissione, ma diversi membri del personale si muovevano per prepararsi alla puntata di quella mattina, compreso Liam Flint, che stava facendo finta di aggiustare una manopola immaginaria sul lato della telecamera solo per origliare la conversazione e non era bravo neanche a fingere. Dall'altra parte del palco, Margot Huff si attardava osservando con attenzione, con un tablet stretto al petto. Una truccatrice con una piccola borsa si avvicinò a Beau, ma lui le fece cenno di andarsene.

«Mr. Collins...» disse Josie. «Penso che sarebbe meglio se andassimo a parlare nel suo ufficio.»

Beau Collins guardò Josie e Noah, con un'autentica angoscia dipinta sul volto. Deglutì a fatica, il pomo d'Adamo gli rimbalzò in modo prepotente e la voce gli si fece roca. «Se si tratta di Trudy, contatterò suo fratello quanto prima. Intendo coprire le spese del funerale e, naturalmente, fare tutto il possibile per aiutarlo a prendersi cura della madre.»

«Lei e Trudy eravate molto legati?» gli chiese Josie.

«È stata la segretaria della clinica per oltre vent'anni, ci lavorava prima ancora che la rilevassimo.» spiegò Beau.

«Però lei non esercitava più da molto tempo.» osservò Noah.

«Certo, ma Trudy era comunque una parte vitale del nostro lavoro. Praticamente gestiva da sola quella clinica.»

«Aveva molte responsabilità...» convenne Josie.

Collins annuì.

«Ci si poteva fidare di lei per qualsiasi cosa.» aggiunse Noah.

«Sì...» sussurrò Beau. «Per qualsiasi cosa.»

Josie si spostò, insinuandosi tra il tavolino da caffè in mezzo a loro e il divano. Si appollaiò sul bordo, quasi ginocchio a ginocchio con Beau, e si protese verso di lui. Emanava ancora un leggero sentore di bourbon. «Se le capitava di dover recuperare un documento importante, poteva chiedere a lei di farlo, no?»

«Certo.» rispose Beau.

«Anche se quel documento doveva essere spedito.» disse

Josie. «Poteva chiedere a Trudy di prenderlo e di metterglielo da parte, non è vero?»

A fronte corrugata, Beau la guardò con sguardo confuso. «Non capisco.»

Da dentro la giacca, Noah estrasse un fascio di fogli. Erano copie della domanda di assunzione di Claudia. Noah li passò a Josie, che li distribuì con cura sul tavolo, spostandosi leggermente per fare spazio. Nell'atto di studiarli, la postura di Beau si irrigidì. «Continuo a non capire.» disse poi. «Questo... questo sembra il curriculum di Claudia. Che rilevanza ha per la vostra indagine sul suo omicidio? Cosa state cercando di dirmi? Che mia moglie stava cercando volontariamente di chiudere la sua clinica e di cambiare con questo posto?» Allungò la mano e prese la copia del curriculum di Claudia.

«Questa... aspettate. La data su questa...»

«Risale a quattordici anni fa.» concluse Noah per lui. «Cosa può dirci di questa storia, Mr. Collins?»

Beau si prese un lungo momento per studiare ogni documento. Poi picchiettò un dito tremante sulla pagina. «Vi ho già detto quello che so al riguardo. Ieri, in diretta, ho raccontato quello che so a tutta la città. Non so cosa stiate cercando di ottenere, ma...»

«Pensiamo che abbia sbagliato la risposta.» spiegò Josie.

Beau la guardò sbalordito. «Che cosa?»

«La risposta alla domanda dell'assassino.» chiarì Noah. «"Qual è il più grande fallimento di mia moglie?" secondo noi lei ha risposto male. Crediamo che questo possa essere il motivo per cui l'assassino ha preso di mira Trudy.»

«L'assassino ha messo questo all'interno di una delle sue scatole rompicapo e l'ha lasciato in mano a Trudy dopo averla uccisa. L'ha sistemata in modo che noi la trovassimo e sapessimo che era importante.»

Con la coda dell'occhio, Josie si accorse che Liam Flint si

stava avvicinando, senza nemmeno preoccuparsi di far finta di armeggiare con la macchina da presa.

Beau scosse la testa con veemenza. «Non ho sbagliato la risposta! Quello che ho detto è corretto. Era la risposta giusta. Non capisco cosa stiate dicendo.»

Josie indicò la lettera di accompagnamento. «L'Associazione delle Donne della Pennsylvania per il Rifugio e l'Assistenza non aveva "scelto un'altra soluzione", vero? Claudia non ottenne il lavoro perché loro non ricevettero mai la sua domanda. Se ne occupò Trudy. E se la tenne stretta. Dato che Trudy era la segretaria della clinica, è facile presumere che Claudia le avesse chiesto di chiamare per avere conferma del ricevimento. Sarebbe stato abbastanza facile per Trudy mentire e dire che aveva chiamato e che le avevano detto che avevano ricevuto la domanda di Claudia.»

«Io non... io non capisco cosa state dicendo né dove volete arrivare.» disse Collins. «Trudy era un'impiegata fedele e determinata. Non mi piace che mettiate in dubbio il suo comportamento in questo modo.»

«Fu un'iniziativa di Trudy o le disse lei di farlo?»

Collins non li guardò. «Non so di cosa stiate parlando. Non so cosa c'entri tutto questo con l'omicidio di mia moglie.»

«C'entra, invece.» lo contraddisse Noah, «Altrimenti l'assassino non l'avrebbe portato alla nostra attenzione.»

Beau diede un'altra occhiata inorridita ai fogli sparsi sul tavolo, poi si alzò e se ne andò. Margot si affrettò a seguirlo accompagnata dal ticchettio dei tacchi. Josie lanciò uno sguardo verso la telecamera, ma Liam Flint si era dileguato. Erano soli come soltanto si può essere su un set televisivo.

QUARANTATRÉ

Nel corridoio, i dipendenti della WYEP lanciavano a Josie e Noah sguardi incuriositi. Era la terza volta che andavano alla redazione dell'emittente nel giro di cinque giorni. Erano a metà strada del corridoio che conduceva all'atrio e al banco della sicurezza, quando Liam Flint uscì da una porta non contrassegnata. Non si accorse di loro. Si stava allontanando in fretta, a testa bassa, con lo zaino e il casco da ciclista stretti al petto. Intorno al collo aveva una sciarpa di cachemire color sabbia.

Josie sentì il battito del cuore aumentare. «Noah, guarda...» sussurrò. «Ha un casco da bicicletta.»

Anche qualcos'altro l'aveva colpita, ma non riusciva a capire esattamente di cosa si trattasse.

«Mr. Flint.» lo chiamò Noah.

L'improvviso inarcamento delle sue spalle fece capire a Josie che Liam aveva sentito Noah, ma non si voltò comunque; al contrario, affrettò il passo, superando le porte dell'ingresso e girando a sinistra per imboccare un altro corridoio.

Josie e Noah lo seguirono. «Mr. Flint!» disse lei a voce alta quando lo rividero. «Si fermi, per favore. Vorremmo parlare con lei.»

Questa volta Liam si fermò, ma non si voltò, aspettando invece che Josie e Noah lo raggiungessero. Senza guardarli, chiese: «Cosa volete?»

«Dove sta andando?» gli domandò Josie. «Non stavate per andare in onda?»

Liam abbassò lo sguardo sullo zaino e sul casco che teneva in mano. Alzò una mano e si aggiustò la sciarpa. Ancora una volta, Josie ebbe l'impressione che ci fosse qualcosa di importante proprio davanti a lei, a parte il casco da ciclista, ma non riusciva proprio a capire cosa fosse. «Non posso più lavorare per questa trasmissione.» disse Liam. «Darò le mie dimissioni a Beau in un'altra occasione. Ma non posso partecipare.»

«Per via di Claudia?» gli chiese Josie con tono sommesso.

Alla fine, Liam si voltò a guardarli. Le lacrime gli scendevano lente sulle guance. Afferrò un'estremità della sciarpa e la usò per asciugarsi gli occhi. «Non c'è nessuna trasmissione senza Claudia.»

Fu in quel momento che Josie capì cos'era l'indizio che ricambiava il suo sguardo.

«Era importante per lei, vero?»

Lui non rispose.

Josie fece un cenno alla sciarpa che portava. «È una sciarpa molto bella, Mr. Flint. Dove l'ha presa?»

Dietro gli occhiali, sgranò gli occhi. «È un regalo.»

«Da parte di Claudia?» gli chiese, anche se sapeva già la risposta: il giorno in cui Claudia aveva salvato Harris da un incidente con un ciclista, tra gli oggetti nella sua borsa c'era una sciarpa di cachemire della stessa fattura e dello stesso colore della sciarpa che Liam indossava in quel momento.

Liam li fissò per qualche istante ancora e lasciò che la sciarpa gli ricadesse addosso. «Devo proprio andare.» disse.

«È stata Claudia a darle quella sciarpa, vero?» insistette Josie. «Come regalo di Natale.»

Ancora una volta non le rispose, allontanandosi lentamente

di qualche passo da loro, tanto che per un attimo Josie si chiese se stesse per darsela a gambe verso l'estremità opposta del corridoio, dove c'era una porta con la scritta USCITA.

«Le piace giocare a golf, dico bene?» continuò Josie.

Il suo viso si fece confuso per l'improvviso cambio di argomento. «Io... ehm... io... sì, ma come fa a saperlo?»

Liam lanciò un'occhiata furtiva alla porta d'uscita. Josie non intendeva mollare. «Per Natale, insieme alla sciarpa, Claudia le aveva regalato anche un set di palline e tee da golf, dico giusto?»

«Non è come pensa!» sbottò lui.

«Lei ha reagito all'omicidio di Claudia più duramente di chiunque altro della troupe. È chiaro che non è stato sincero con la nostra squadra in merito alla relazione che aveva con lei. Mr. Flint, a prima vista si direbbe che lei e Claudia avevate avuto una relazione.»

«Non è così!» rispose Liam con uno sguardo sbalordito. «Non è assolutamente vero.»

«Ma non c'è dubbio che Claudia fosse molto speciale per lei.» disse Josie.

Liam scosse la testa. «Lo era, sì. Ero innamorato di lei, ma non avevamo una relazione. Niente affatto.»

«Tuttavia sembra che l'aveste.» ribadì Noah.

Liam scosse la testa. «Non è così. Ve lo giuro. Non è come pensate. Credetemi, mi sarei voluto spingere oltre, ma Claudia non l'avrebbe mai fatto. Non finché fosse stata sposata con Beau.»

«Però c'era qualcosa tra voi...» disse Josie. «Claudia provava lo stesso sentimento per lei?»

«Credo di sì, ma non abbiamo mai superato quel limite.» Dovettero sembrare poco convinti, perché subito dopo aggiunse: «Non mi aspetto che capiate.»

Josie lasciò che il silenzio facesse il suo lavoro, aspettando di vedere cosa avrebbe detto Liam Flint quando si fosse sentito in dovere di riempirlo. Alla fine, sussurrò: «È stato lui, sapete.»

Prima che Josie e Noah potessero rispondere, una donna si avvicinò a passo spedito da dietro l'angolo in fondo al corridoio e si diresse verso di loro. Josie non la riconobbe, lei li degnò appena di uno sguardo, passò davanti a loro con un brusco cenno del capo e sparì in una stanza alla fine del corridoio. Una volta chiusasi la porta alle spalle, Josie chiese: «Chi ha fatto che cosa?»

Liam tenne la voce bassa. «Beau Collins ha fatto in modo che la sua segretaria prendesse quella domanda di lavoro da una pila di posta in uscita, così che Claudia non venisse presa in considerazione per quel posto.»

«Lei come fa a saperlo?» chiese Noah.

Liam fece un respiro profondo. «È stata Claudia a dirmelo.»

«Intende dire che Claudia sapeva cos'era successo alla sua candidatura?» chiese Josie.

«Aveva sempre sospettato che Beau avesse sabotato la sua candidatura, ma non era mai riuscita ad averne conferma. Poi, qualche mese fa, Trudy glielo aveva confessato.»

Josie chiese: «Cosa è successo qualche mese fa?»

«Avevano ricevuto la prima offerta per fare il salto a livello nazionale con il programma.» spiegò Liam. «A quanto pare, Trudy era preoccupata per il suo lavoro. Aveva detto a Claudia che temeva che, se il programma avesse raggiunto livelli più alti, Claudia avrebbe dovuto chiudere la clinica. Era la parte del suo lavoro che le piaceva di più. Claudia aveva replicato a Trudy che questa era sempre stata la regola tra lei e Beau: potevano fare tutto quello che lui voleva, scrivere un libro, condurre un programma, tenere un podcast, a patto che lei potesse mantenere la sua attività, a prescindere da tutto. A quel punto Trudy aveva detto che Beau avrebbe ottenuto ciò che voleva, indipendentemente da ciò che avrebbe dovuto fare. Claudia le aveva chiesto cosa intendesse dire e avevano cominciato a discutere finché, alla fine, l'intera faccenda non era venuta a galla. All'epoca in cui Trudy aveva preso in consegna la domanda di assunzione, Claudia lavorava solo part-time alla clinica. Tutti sapevano che non aveva intenzione di rimanere e che voleva occuparsi delle vittime di violenza domestica, così aveva messo la domanda di assunzione nel cestino della posta in uscita. E Beau convinse Trudy a prenderla e a distruggerla.»

«Trudy accettò tutto questo?» domandò Josie.

Liam fece un'alzata di spalle. «Non avete visto Beau in televisione? Sa essere piuttosto persuasivo. Senza contare che in questo modo Trudy aveva ottenuto un aumento e la certezza di poter conservare la propria posizione professionale.»

«Come ha reagito Claudia a questa rivelazione?» si informò Noah.

«Nell'unico modo in cui Claudia ha sempre reagito alle cose: con compassione. Era arrabbiata, era ferita, come c'era da aspettarsi, ma così aveva anche avuto conferma di qualcosa che sospettava da tempo. Le cose vanno sempre per il verso che vuole Beau. Cominciava a sembrarle sospetto. Ad ogni modo, Trudy le aveva detto che non c'era problema se la voleva licenziare, perché si era sentita in colpa per tutti questi anni, ma Claudia non l'ha licenziata. Ho sempre detto a Claudia che era troppo gentile, anche a scapito del suo stesso bene.»

«Beau ha mentito quando ha detto che non aver ottenuto quel lavoro è stato il più grande fallimento di Claudia?»

Liam si pulì il naso con la manica della camicia. «No. Claudia lo ha pensato per molto tempo. Mi diceva che quella posizione era una delle poche cose che avesse mai voluto e una delle poche in cui avesse mai fallito. In un certo senso, è stata contenta quando Trudy le ha detto la verità.»

«Sa se di questo ne ha mai discusso con Beau?» chiese Josie.

«No, non credo che l'abbia mai fatto.»

«Lei e Claudia passavate molto tempo insieme?» si informò Josie.

«Ogni volta che potevamo. Di solito ci incontravamo a pranzo, sul tardi. Dopo aver concluso le riprese del mattino, vedeva i pazienti fino all'una o alle due. A quell'ora, di solito, io finisco qui, quindi andavo in bicicletta alla sua clinica e la incontravo. C'è un posticino a South Denton che serve pranzo e cena. Si chiama La Locanda.»

Archie Gamble aveva menzionato quel ristorante più di una volta, come risultava negli appunti di Josie. Era stato Mettner a contattare il ristorante. I dipendenti ricordavano che Claudia andava spesso a pranzo e che incontrava un uomo, ma nessuno ricordava che aspetto avesse, quanti anni avesse o altri particolari, se non che era un uomo. I filmati di sorveglianza della Locanda venivano cancellati ogni ventiquattr'ore, a meno che non si verificasse un incidente.

«Ho sentito parlare di quel ristorante.» Noah indicò il casco da ciclista tra le braccia di Liam. «Va spesso in bicicletta? Anche a gennaio?»

Liam annuì. «Finché non nevica o non ghiaccia, sì. Cerco di salvare l'ambiente e tutto il resto. Inoltre, è anche un buon modo per tenersi in forma.»

«Possiede un veicolo a motore?»

«Sì, ma se posso, preferisco sempre andare in bicicletta.»

Josie lanciò un'occhiata a Noah, che annuì quasi impercettibilmente. Avrebbero fatto un'indagine molto più approfondita nel passato di Liam Flint non appena fosse stato possibile, ma per il momento avevano bisogno di sapere cosa sapeva e come faceva a saperlo.

«Lei e Claudia eravate soliti incontrarvi a pranzo a La Locanda.» ricapitolò Josie. «Claudia non era preoccupata che vi vedessero insieme?»

«Perché avrebbe dovuto? Come ho detto, non è mai successo nulla tra di noi. Non fisicamente.»

«Ma questo non lo sapeva nessun altro...» gli fece notare Josie.

«Beau è al corrente della vostra... amicizia?» domandò Noah.

«No, non lo sa nessuno. Non facevamo un segreto dei nostri incontri a pranzo, ma nemmeno mettevamo gli striscioni. Quando eravamo qui a lavoro, cercavamo di essere professionali. Saluti informali, convenevoli cordiali e niente di più. Ma Claudia non era mai veramente se stessa quando era in questi studi.» aggiunse con tono malinconico.

«Da quanto tempo andava avanti questa storia tra voi due?»

«All'incirca da un anno.» disse Liam, asciugandosi una lacrima che gli scivolava sulla guancia e sulla barba. «Più o meno un anno fa l'ho trovata fuori, nel parcheggio, che piangeva a dirotto. Era mortificata, ma le ho detto che non c'era bisogno di esserlo. Abbiamo cominciato a parlare. E da lì è nata la nostra storia.»

«Questa relazione le ha creato problemi nella sfera privata?»

«Non mi vedo con nessuno.»

«Come mai Claudia piangeva?» chiese Josie.

«Ha detto che era stanca di mentire.»

«Mentire su cosa?» lo incalzò Noah.

Liam guardò di nuovo la porta d'uscita. La sua espressione passò dal desiderio alla rassegnazione. Con un pesante sospiro, si voltò verso di loro e disse: «Su un sacco di cose.»

QUARANTAQUATTRO

Josie indicò la fine del corridoio, dove c'era la porta d'uscita. «Ha lasciato la bicicletta là fuori? Forse dovremmo uscire prima di continuare a parlare, per non correre il rischio che uno dei suoi colleghi avvicinandosi ci senta.»

In questo modo, ne avrebbero approfittato per dare un'occhiata alla sua bicicletta.

Liam annuì e li condusse lungo il corridoio in un piccolo locale sul retro dell'edificio. Su un piccolo pianerottolo di cemento c'era una panchina con un posacenere accanto e una rastrelliera per le biciclette a lato. C'era solo una bicicletta alla catena. Liam si avvicinò e appese il casco al manubrio, ma non fece alcuna mossa per liberarla. Josie la guardò attentamente, cercando di capire se corrispondeva alla bicicletta che avevano visto nei video di sorveglianza dopo l'omicidio di Trudy Dawson. Josie approfittò che Noah riprendesse le domande per scattare di nascosto alcune fotografie e inviarle a Gretchen.

«Su cosa mentiva Claudia, Mr. Flint?» chiese Noah.

«Per lo più durante il programma. Mentiva moltissimo nel corso della produzione.»

«Perché il suo matrimonio con Beau era una farsa?» lo incalzò Noah.

Il volto di Liam si oscurò. «No, non per questo. Magari fosse stato per questo. Avrebbe significato che io e Claudia potevamo stare insieme. Invece lei lo amava. Lo amava davvero.» Quelle ultime parole le pronunciò con un misto di disgusto e di incredulità. «Ma molte delle cose che facevano nel programma erano inventate.»

«Per esempio?» chiese Josie.

«Per esempio, non le piaceva il tiramisù. Lo detestava, in effetti. Ma una volta in una puntata Beau aveva detto che le piaceva e poi aveva ricevuto tiramisù dagli spettatori, dai lettori, dai fan e persino dai pazienti. A volte doveva persino mangiarlo davanti alla telecamera.»

«Non poteva semplicemente correggerlo?» chiese Josie. «Se stavano giocando a Cinque Curiosità di Famiglia, non poteva semplicemente correggerlo e fargli pubblicare l'hashtag #quellochenonsapevo?»

Liam scoppiò a ridere. «Allora Beau avrebbe passato tutta la vita a pubblicare tweet di correzione e avrebbe fatto la figura del cretino che è davanti a migliaia di telespettatori.»

Josie disse: «Sta dicendo che non sapeva nulla di sua moglie?»

«Sto dicendo che non l'ha mai capita. Non l'ha mai capita veramente. Credo che prima le prestasse attenzione, ma una volta che il libro ha iniziato a vendere e si sono presentate tutte le altre opportunità, ha smesso.»

Noah gli chiese: «Non ne hanno mai parlato in privato?»

«Non credo che fosse questo il modo in cui funzionavano le cose nel loro rapporto. Non saprei rispondere. Magari ne hanno parlato, ma anche se l'avessero fatto, Beau Collins non è il tipo d'uomo che si assumerebbe mai la responsabilità di qualcosa che per lui sia anche solo vagamente sgradevole. È quasi patologico. Non gli piace la colpa.»

Questo suonava plausibile per Josie. Anche quando gli erano state presentate prove evidenti della sua relazione con Eve Bowers, lui aveva minimizzato, descrivendola come un errore di valutazione e riportando più volte la conversazione sul suo anniversario. «Claudia sapeva della sua relazione con Eve?»

La tristezza oscurò il viso di Liam. «Se lo sapeva, non me l'ha mai detto. Ne dubito, però. Era molto affezionata a Eve.»

«Lei lo sapeva?» chiese Noah.

«No, non lo sapevo. Credo che nessuno lo sapesse, sinceramente. Può darsi che Margot lo sapesse. Non se ne è mai parlato, questo è certo. Da parte mia, se avessi saputo una cosa del genere, l'avrei sicuramente detto a Claudia.»

«Quando è stata l'ultima volta che ha parlato con Claudia?» gli chiese Josie.

«Venerdì dopo la puntata. Abbiamo parlato di quanto sarebbe stato imbarazzante: avrei fatto parte della troupe che registrava la grande cena dell'anniversario.»

«E prima di allora?» chiese Noah. «Quando è stata l'ultima volta che l'ha vista in privato?»

«Mercoledì.»

«Vi siete tenuti in contatto chiamandovi o per messaggio?» chiese Josie.

«Sì. Le ho mandato un messaggio venerdì sera per dirle che Margot mi aveva chiamato per avvertirmi che erano tutti in ritardo.»

Ne avrebbero avuto conferma se la compagnia telefonica di Claudia fosse stata disposta ad accelerare il mandato per i suoi tabulati telefonici. Josie mise da parte la frustrazione e si concentrò su Liam. «Le ha risposto?»

I suoi occhi si inumidirono. Con voce roca, disse: «No. Ma a quel punto se n'era già andata. L'ho saputo solo dopo, quando siamo arrivati con l'attrezzatura e abbiamo trovato la polizia.»

«Quando i nostri colleghi l'hanno interrogata l'altro giorno, lei non ha menzionato nulla di tutto ciò.» osservò Noah. «Perché?»

Liam si guardò i piedi. La sua voce era densa di lacrime non versate. «Mi dispiace. Era una cosa privata. Claudia voleva che rimanesse tra noi, per sempre. Ho cercato di rispettare il suo desiderio. Non volevo rischiare di infangare la sua reputazione. La gente non avrebbe capito. Avrebbero pensato male, proprio come avete fatto voi. Avrebbero fatto delle supposizioni. E lei non è più qui per difendersi. E comunque, immagino che adesso penserete che io sia un sospettato. Sbaglio forse?»

«Mette sicuramente a repentaglio la sua credibilità.» confermò Josie.

«Dove si trovava venerdì pomeriggio prima di arrivare a casa di Claudia e Beau Collins per le riprese?»

Lui alzò lo sguardo al cielo, evitando qualsiasi contatto visivo. «Ero a casa.»

«C'è qualcuno che vive con lei e che potrebbe confermare che si trovava a casa?» chiese Noah.

Liam scosse la testa.

«E sabato mattina tra le sei e le otto?» aggiunse Josie.

«Sono stato a casa fino alle sette e mezza. A quell'ora sono uscito per venire in studio.»

«E ieri? Tra le sette e quarantacinque e le nove del mattino?»

«Sono stato a casa fino alle otto e un quarto. Sarei dovuto uscire di casa alle sette e mezza, come sempre, ma ero arrabbiato e frustrato. Avevo cominciato a pensare di non presentarmi affatto e alla fine ho fatto tardi. Sono arrivato qui alle otto e quarantacinque più o meno.»

«Claudia le ha mai parlato di un uomo di nome Archie Gamble?»

«No.» rispose Liam con semplicità.

Prendendo il telefono, Josie tirò fuori la foto della patente di

Gamble e la mostrò a Liam. «Ha mai visto o incontrato quest'uomo?»

Liam si prese qualche secondo per studiare la foto prima di rispondere: «No. Chi è?»

Josie non perse tempo a rispondere alla sua domanda e infilò in tasca il telefono, chiedendogli: «Claudia le ha mai detto che aveva l'impressione che qualcuno la pedinasse?»

Liam sgranò gli occhi. «Cosa? No. Ma è vero?»

«Crediamo di sì.» disse Noah. «Mr. Flint, lei ha detto che Claudia mentiva su molte cose. C'era qualcos'altro oltre agli aspetti legati al programma?»

Liam si allontanò di qualche passo, prendendo a camminare lentamente in un piccolo cerchio e visto che si stava prendendo molto tempo per rispondere alla domanda, Noah continuò: «Sappiamo che è preoccupato per la reputazione di Claudia, ed è ammirevole, ma possiamo assicurarle che nessun danno alla sua reputazione vale la vita di qualcuno. La persona che l'ha ammazzata è ancora a piede libero e ha già tolto tre vite in cinque giorni. Se lei sa qualcosa che potrebbe aiutarci, anche se ha qualche dubbio che sia veramente utile, ce lo deve dire.»

Liam smise di camminare, ma i suoi occhi rimasero incollati ai piedi.

«Il fatto è che non so su cosa mentisse. Claudia non ha mai voluto dirmelo, ma di qualunque cosa si trattasse, doveva essere qualcosa di enorme.»

«Cosa intende dire?» gli domandò Josie.

Finalmente lui alzò lo sguardo. «Claudia nascondeva un segreto. Qualche mese fa, dopo la storia di Trudy, ho notato che c'era qualcosa che la turbava. Durante i nostri pranzi era distratta. Un paio di volte, qui allo studio, ho visto che aveva le lacrime agli occhi e cercava di non farsi notare da Beau e dalla troupe, anche se non era difficile visto che nessuno le prestava attenzione. Le ho chiesto più volte cosa la preoccupasse. Lei negava ogni cosa, ma io le ho detto: "Negare potrà anche funzionare con Beau, ma io ti conosco. Dimmi cosa c'è che non va e basta".»

Noah chiese: «Cosa le ha risposto?»

Si aggiustò gli occhiali. «È scoppiata in lacrime. Ha risposto che non avrebbe mai potuto dirmelo. Le ho detto che poteva dirmi tutto e che l'avrei sempre amata. A prescindere da qualsiasi cosa. Tutto quello che ha voluto dirmi è stato che anni prima aveva fatto qualcosa di terribile e che solo di recente si era resa conto del male che aveva causato. Ho cercato di consolarla, ma lei ha continuato a dire che quello che aveva fatto era imperdonabile. Le ho assicurato che per me era difficile immaginare che avesse fatto qualcosa di tanto terribile perché non mentivo quando dicevo che era la persona migliore che avessi mai conosciuto. Ha detto che avrebbe voluto poter tornare indietro e che non avrebbe mai potuto dirlo a nessuno. Avrebbe distrutto la sua vita.»

«Ma non le ha detto di cosa si trattava?» chiese Josie.

Lui scosse la testa. «Ho provato e riprovato. Pensavo che se fosse riuscita a confessarmelo si sarebbe sentita meglio e, magari, avremmo trovato un modo per risolverlo insieme. Dopo un po' mi ha chiesto di lasciar perdere, perché tanto lei si era messa l'anima in pace. Dovevo dimenticare tutto. Ma sono convinto che questa cosa la tormentava.»

«Non si è fatto nessuna idea di cosa si trattasse?» lo incalzò ancora Noah. «Non sarebbe in grado di fare delle ipotesi?»

«No, non saprei proprio.» rispose Liam. «Ho passato settimane a cercare di formulare una mia idea, ma non ci sono riuscito.

Non mi viene in mente letteralmente niente di così grave che lei possa aver fatto. Non riesco proprio a immaginare cosa potesse intendere di tanto imperdonabile.»

Josie chiese: «Le hai mai chiesto se Beau lo sapeva?»

«Non mi ha mai dato una risposta diretta. A un certo punto si è limitata a dire: "Non voglio più parlarne". Ho rispettato la sua volontà. Pensavo sinceramente che un giorno si sarebbe sentita a suo agio a parlarne. Ma i mesi sono passati e il suo umore è tornato normale e, dato che era felice, non ho insistito sulla questione. Avevo intenzione di chiederglielo di nuovo, un giorno, ma poi è stata uccisa.»

Qualche mese prima, i Collins avevano firmato un contratto importante per portare il loro programma a livello nazionale. Qualche mese prima, Claudia aveva scoperto che il marito aveva sabotato i suoi obiettivi di carriera. Qualche mese prima, aveva prelevato trentamila dollari in contanti da un conto bancario per donarli a un ente di beneficenza, che non aveva alcuna traccia di tale donazione. Qualche mese prima, Archie Gamble aveva iniziato a pedinarla.

Nessuna di queste cose sembrava collegata all'altra.

Prima che potessero fare altre domande a Liam, il telefono di Josie squillò. Lo tirò fuori dalla tasca. Era Beau Collins.

Il volto di Liam perse tutto il colore. «Non pensate che il suo omicidio sia collegato alla cosa che stava nascondendo, vero?»

Josie rispose. «Quinn.»

La voce di Beau Collins si sentiva bene anche da lontano: «Ho bisogno che torniate subito in studio.»

«Che succede?» gli chiese lei.

«Per favore, venite il più velocemente possibile. Ho ricevuto un altro messaggio dall'assassino.»

QUARANTACINQUE

Rientrati nello studio, videro che un gruppo di persone si era riunito intorno al divano dove ora sedeva Beau che cullava il suo cellulare tra le mani. Erano accorsi tutti quelli che lavoravano al programma, tra cui Margot che si era messa dietro al divano, appena alle spalle di Beau. La piccola folla si sciolse quando Josie e Noah si avvicinarono con Liam Flint al seguito. Tenendo le mani tese per prendere il telefono di Beau, Josie vide che le sue tremavano nell'atto di consegnarglielo. Sullo schermo era apparso un nuovo messaggio da parte di Bellissima Claudia con tre emoji a forma di cuore. Era arrivato sei minuti prima.

Noah era già al telefono con la centrale per chiedere che venissero fatte altre triangolazioni sul telefono di Claudia. Josie era in preda all'eccitazione: forse avevano la possibilità di catturare quell'uomo prima che scappasse di nuovo. Guardò il messaggio sul telefono di Beau.

Proviamo di nuovo. Vai in onda oggi stesso e rispondi a questa domanda: qual è il più grande rimpianto di mia moglie? Se non vai in onda in giornata o se non rispondi bene neanche questa volta, sai cosa succede.

Questa volta Beau non aveva risposto. Noah riattaccò. «La centrale sta eseguendo la triangolazione in questo esatto momento. Però potrebbe volerci anche mezz'ora.»

Josie girò il telefono verso di lui in modo che potesse leggere il messaggio. «Merda.» disse.

Il viso di Beau era bianco come la cenere. «Cosa devo fare?»

«Dobbiamo prendere tempo.» disse Josie. «Se la centrale riesce a rintracciare il telefono, possiamo mandare delle unità a prendere questo tizio.»

Margot si fece avanti. «La puntata inizia tra quindici minuti. Dovrebbe andare in onda.»

«Non abbiamo tempo.» disse Beau. «Devo farlo.»

«Potreste cancellare la puntata per oggi.» propose Noah. «Potreste avvertire la WYEP che avete problemi tecnici.»

«Non in quindici minuti.» disse qualcuno alle loro spalle. La produttrice, Kathy, si fece avanti. «Deve andare in onda. Non mi interessa cosa fa, ma la trasmissione deve andare in onda. Dobbiamo pensare agli sponsor.»

«Bene.» disse Josie. «Fate il vostro lavoro.»

«Ma devo rispondere alla sua domanda?»

In una frazione di secondo, Josie fece una serie di calcoli nella sua testa. Per quello che erano in grado di dire, non c'era alcun pericolo che Beau andasse in onda e nemmeno che rispondesse alla domanda. Il pubblico non aveva idea di cosa stava succedendo; sapevano che Claudia era morta, ma le uniche persone che sapevano del gioco erano l'assassino e i presenti in quello studio. Anche se Josie non si sarebbe mai espressa a favore di un gioco diretto dalla mente di un brutale assassino, i potenziali benefici sembravano superare i costi. L'assassino era stato molto chiaro: se Beau non fosse andato in onda, ci sarebbero state delle conseguenze; se Beau avesse risposto male alla domanda, ci sarebbero state delle conseguenze. L'ultima volta Beau aveva risposto in modo errato e Trudy Dawson ci aveva rimesso la vita; perciò, era lecito pensare che, se Beau non fosse andato in diretta o avesse risposto male alla domanda, qualcun altro avrebbe pagato con la vita.

L'unico problema era che, se Beau avesse risposto in modo errato, non ci sarebbe stato modo di sapere chi avrebbe preso di mira l'assassino.

Avvicinandosi all'orecchio di Josie, Noah sussurrò: «Deve rispondere. Non possiamo dirgli di non rispondere sapendo che potrebbe esserci in gioco la vita di un'altra persona. La nostra migliore possibilità di evitare un altro omicidio è fargli rispondere a questa benedetta domanda.»

Nonostante nello studio ci fosse fresco, Josie sentiva il sudore accumularsi lungo la nuca. «Mr. Collins, qual è la risposta alla domanda?»

Per un breve momento, Beau sembrò spaesato. «Cosa?»

«Lei farà questa puntata e parlerà al pubblico del più profondo rimpianto di sua moglie. Qual era?»

«Sì.» si intromise Kathy. «Dobbiamo saperlo per poter scrivere un copione prima che tu vada davanti alle telecamere.»

Josie resistette all'impulso di dare una gomitata alla produttrice.

Beau sembrava confuso. «Il suo più grande rimpianto? È lo stesso di ieri: non aver ottenuto quel lavoro. Avrebbe voluto lavorare con le vittime di violenza domestica e non ne ha mai avuto la possibilità. Continuavo a dirle che con il nostro nuovo status e la sicurezza finanziaria di cui godevamo, nulla le avrebbe impedito di farlo. Avrebbe potuto aprire una dannata casa di accoglienza tutta sua, se era quello che voleva.»

Josie si trattenne dal fargli notare che a Denton esisteva già un eccellente centro di accoglienza per le donne ma preferì chiedergli: «Ne è assolutamente sicuro?»

«Sì.» insistette lui.

«È sicuro che, se Claudia fosse qui davanti a noi e le facessimo questa domanda, questo è ciò che risponderebbe?» lo incalzò Noah.

«Certo!» ribadì Beau.

«No.» disse Liam Flint entrando nel gruppetto, inducendo tutti a guardarlo.

Beau gli chiese: «E tu chi diavolo sei?»

«È un operatore di ripresa.» borbottò Margot.

«Cosa?» disse Beau. «Non l'ho mai visto prima.»

«Sabato ha avuto un alterco fisico con Kathy proprio davanti a te.» gli ricordò l'assistente. «Non te lo ricordi?»

Beau si girò e la guardò, con la furia che gli balenava negli occhi.

«Beh, scusatemi se non mi accorgo di ogni minimo particolare. Mia moglie è appena stata uccisa!»

«Gente, non abbiamo tempo per questi battibecchi.» li spronò Kathy. «Ci restano sette minuti.»

Liam strinse di nuovo le mani sui fianchi. Sotto la barba, il suo viso arrossì. «Lavoro qui dall'inizio del programma, coglione! E, a parte questo, ti sbagli. Non poter fare il lavoro che voleva non era il più grande rimpianto di Claudia. Era non aver mai avuto figli.»

Beau mise su una faccia che sembrava fosse appena stato preso a schiaffi. Ci furono alcuni secondi di perfetto silenzio e stupore.

«È vero e lo sai.» ribadì Liam. «Voleva dei figli.»

«Ma io... io non posso. Lei lo sapeva. Sapeva che io non potevo... insomma, avete capito.»

«Avreste potuto adottarne uno!» ribatté Lam. «Ma ti sei rifiutato.»

«Come diavolo fai a saperlo? Non sei nessuno!»

«Come ti permetti?» gli rispose Liam con voce tremante.

«Quattro minuti, gente!» gridò Marissa, la direttrice di scena. «Sloggiate dal mio set! Muoversi, muoversi, muoversi!»

Noah spinse delicatamente Liam indietro, allontanandolo dal set. Tutti gli altri, tranne Beau e la responsabile del trucco, si ritirarono ai margini dello studio. Qualcuno si avvicinò e si assicurò che il microfono di Beau fosse in funzione. Poi si ritrovò da solo sul divano e qualcuno fece il conto alla rovescia: «In diretta fra tre, due...» l'uno era silenzioso, scandito solo da un segnale della mano. Appena lo vide, sul corpo di Beau sembrò prendere il sopravvento qualche processo automatico: un sorriso perfettamente adatto alla tristezza della situazione si allargò sul suo volto. Cominciò a parlare, con scioltezza e sicurezza, ma anche con un'aria solenne. Josie impiegò qualche secondo per individuare il teleprompter. Beau si prese un momento per dare il benvenuto agli spettatori e ringraziarli per essersi sintonizzati. «Ho ricevuto a casa un'enorme quantità di messaggi di sostegno da tutti voi per la morte di Claudia. Potrà sembrarvi strano che io sia qui a parlare con voi, quando mia moglie mi è appena stata portata via, ma sono sempre stato onesto con il nostro pubblico. Come voi avete trovato conforto nel nostro programma, io trovo conforto in voi, il nostro pubblico. Avete imparato a conoscere la mia amata Claudia quasi quanto la conoscevo io. Non ci sono compagni migliori in questo lutto delle persone che l'hanno amata di più.»

A queste parole il suo sorriso vacillò. Si prese un attimo, sbattendo le palpebre e guardando il suggeritore elettronico. Con molta meno sicurezza di prima, proseguì: «Voi, gente adorabile là fuori, avete sempre detto quanto Claudia e io vi abbiamo aiutato a superare tutti i momenti difficili della vostra vita. Oggi io mi rivolgo a voi chiedendovi di aiutarmi nel mio momento più buio. Vi chiedo di stare con me per la prossima mezz'ora e di ricordare l'incredibile donna che sedeva proprio qui al mio fianco.»

Accarezzò il cuscino del divano accanto al suo. Da dove si trovava, Josie poté vedere che le sue dita stavano tremando. Il testo sul teleprompter scomparve. Kathy non era riuscita ad andare oltre. Da quel momento era tutto nelle mani di Beau. Pregò in silenzio che qualsiasi cosa lui dicesse fosse la risposta giusta. Non avrebbe saputo ancora dire di chi potesse fidarsi di più: se di Beau o di Liam. Forse nessuno dei due conosceva Claudia così bene come credeva.

Beau si guardò intorno, come se cercasse qualcuno. Poi guardò le sue ginocchia. L'ora della diretta passava. Kathy sibilò qualcosa nelle sue cuffie. Infine, Beau alzò lo sguardo. «Claudia e io dovevamo presentare un'edizione in diretta di Cinque Curiosità di Famiglia quest'oggi. Vorrei solo prendermi qualche momento per parlare di questo particolare segmento. Come tutti sapete, il quiz è disponibile sul nostro sito web. Claudia e io abbiamo sempre pensato che fosse un modo semplice e divertente per aumentare l'intimità emotiva tra voi e il vostro partner. Claudia lo adorava. Le piaceva il modo in cui iniziava con domande facili e poi finiva con una domanda molto profonda. Era solita dire che era lì che si trovava l'oro, in quelle domande serie, perché sono difficili sia per chi deve rispondere sia per il partner che deve confermare o smentire. Vi dirò...» non riuscì a proseguire e puntò un dito verso una delle telecamere, con il suo sorriso sicuro, ma adeguatamente cupo che tornava al suo posto. «Posso avere l'ultima domanda per oggi?»

Nessuno al di fuori del campo visivo della telecamera si mosse, ma Beau annuì comunque e disse: «Grazie.» Rivolgendosi nuovamente ai telespettatori, riprese: «Io e Claudia non conoscevamo queste domande in anticipo. Questo è un po' come barare, non vi sembra?»

Per un attimo sembrò confuso, poi fece un sorriso nervoso alla telecamera. «Beh...» continuò, «non sono sicuro di cosa sia successo qui. Dovevamo fare l'edizione dell'anniversario, ma sembra che questa sia una domanda normale.» Fece un gesto con la mano, ma senza rivolgersi a nessuno. «No, no, va bene così. Farò questa.» Sorridendo di nuovo alla telecamera centrale, aggiunse: «Dobbiamo saperci adattare nella vita, no? E imparare a essere flessibili.»

Josie era impressionata dalla facilità con cui si era adattato alla diretta senza avere un copione, a una situazione in cui la posta in gioco era tanto alta, fingendo che tutto fosse stato preordinato e che la troupe fosse coinvolta.

«Molto bene, ecco la domanda a cui avremmo dovuto rispondere alla fine della puntata di oggi.» Fece finta di leggere: «Qual è il più grande rimpianto di mia moglie?»

«Cosa pensi che dirà?» le sussurrò Noah.

«Non ne ho idea.» gli rispose sottovoce.

Beau guardò di nuovo giù e poi di nuovo la telecamera, con un viso dalle linee morbide e amichevoli. «Gente, se me lo aveste chiesto qualche anno fa, vi avrei detto che il più grande rimpianto di mia moglie era non aver mai potuto lavorare con le vittime di violenze domestiche. Era una causa che le stava molto a cuore. La vita ci è sfuggita di mano. La nostra clinica si è riempita di lavoro. Poi abbiamo scritto il libro e, beh, il resto lo sapete.» Un altro grande sorriso. «Ma una volta che Claudia e io siamo invecchiati un po', alcune... opportunità ci sono passate davanti e... vi dirò la dolorosa verità. Il più grande rimpianto di mia moglie era non aver avuto figli.»

«Ha dato entrambe le risposte.» esclamò Noah.

Era una trovata geniale, anche se Josie non l'avrebbe mai ammesso davanti a Beau Collins. Emise un piccolo sospiro di sollievo. Sicuramente l'assassino doveva dargli il "merito" di aver azzeccato la risposta giusta. A meno che, ovviamente, entrambe le risposte non fossero sbagliate. Di fronte a queste considerazioni, Josie sentì il mal di testa che cominciava a pulsare nella tempia. Intanto, Collins continuava: «Claudia e io siamo sempre stati così concentrati sulle nostre carriere e sull'aiuto che potevamo dare a persone come voi che non ne abbiamo mai parlato fino a quando non ci siamo avvicinati entrambi alla soglia dei quarant'anni. A quel punto sembrava che fosse biologicamente improbabile per noi avere figli. Abbiamo pensato a lungo all'adozione e alla fine abbiamo deciso che, se volevamo davvero fare il passo di portare un bambino nella nostra casa e nella nostra vita, quel bambino meritava la nostra completa attenzione. Dovevamo prendere una decisione: continuare a lavorare a pieno ritmo e aiutare il maggior numero possibile di coppie, oppure ridimensionarci, adottare e concentrarci sull'aiuto a una sola persona.»

Josie resistette all'impulso di alzare gli occhi al cielo. «Questo tizio sta davvero cercando di trasformare in qualcosa di nobile l'essere uno stronzo?» si chiese Noah.

«Sembra di sì.» mormorò Josie.

Beau si fermò per una pausa pubblicitaria. Noah controllò le notifiche. «Il telefono di Claudia si è agganciato a un'antenna sul terreno di caccia statale a circa un chilometro e mezzo di distanza dalla proprietà di Archie Gamble. Mett e Gretchen sono già per strada con le unità di supporto.»

Uno degli assistenti di ripresa diede a Beau un altro conto alla rovescia e lui ricominciò a parlare, questa volta raccontando il suo più grande rimpianto, quello di non essere stato vicino a sua madre quando stava ricevendo le cure contro il cancro. Vedendolo lanciato nell'adduzione di una serie di giustificazioni, Josie si girò verso Noah. «Muoviamoci.»

QUARANTASEI

Era pomeriggio inoltrato quando Josie e la squadra tornarono alla stazione di polizia. Lei aveva tutto il corpo irrigidito e intirizzito per essere rimasta all'aperto per così tante ore. Il capo aveva richiamato gli agenti che erano partiti per partecipare a una ricerca massiccia nel terreno di caccia statale adiacente alla proprietà di Archie Gamble. L'agente che avevano incaricato di sorvegliare la casa aveva riferito che Gamble non aveva messo il naso fuori per tutto il giorno, ma Josie immaginava che avrebbe potuto tranquillamente sgattaiolare dal retro, attraversare il bosco, percorrere Wertz Road e inviare il messaggio a Beau. Durante la perquisizione nella casa non avevano trovato il telefono di Claudia, ma questo non significava che non lo avesse lui. Poteva benissimo tenerlo nascosto da qualche parte. Indipendentemente da queste considerazioni, non avevano trovato nulla e l'assassino se l'era cavata ancora una volta.

Intanto, il capo Chitwood si era piazzato davanti alle loro scrivanie al centro della sala comune con le braccia incrociate sul petto magro. «Mi state dicendo che questo tizio si trovava sul terreno di caccia statale vicino a Wertz Road alle otto e trentacinque di questa mattina, giusto il tempo di inviare a Beau

Collins una delle sue domande senza senso e che, nonostante siano arrivati lì una dozzina di agenti di polizia meno di mezz'ora dopo, non abbiamo ottenuto nulla?»

Nessuno gli rispose.

«Quinn!» abbaiò. «Qual è il prossimo passo?»

Ogni centimetro del suo corpo era ridotto allo stremo delle forze e dovette cercare di riordinare i pensieri, di tornare a concentrarsi, per rispondergli: «Magari potremmo provare un'altra geo-recinzione...»

«Com'è che questa è diventata la tua nuova risposta a tutto?» le chiese Mettner.

«Attento Mett...» lo ammonì Noah.

«Chiudete il becco tutti e due.» li zittì il capo.

«Guardiamo la posizione in cui il telefono di Claudia si è collegato all'ultima antenna oggi e allarghiamo il recinto da lì in ogni direzione per l'ora successiva all'invio del messaggio.» propose Josie.

«È un'area estesa.» le fece notare Gretchen. «Molto estesa. Potrebbero esserci centinaia e centinaia di numeri da passare al setaccio. Senza contare che questo tizio doveva spegnere il proprio telefono prima di arrivare al punto in cui aveva deciso di accendere quello di Claudia e mandare un messaggio a Beau. Se è stato abbastanza scaltro da tenere il telefono di Claudia spento fino a quando non ne ha avuto bisogno, allora, con tutta probabilità il suo numero non apparirà sulla geo-recinzione.»

«Ma non è detto che sappia qualcosa sulle geo-recinzioni.» osservò Josie. «Per esempio, potrebbe aver spento il proprio telefono quando si trovava già all'interno della geo-recinzione. Oppure potrebbe non sapere quanto deve tenersi distante dalla posizione dell'ultimo collegamento del telefono di Claudia all'antenna quando spegne il suo. Non scartiamo la possibilità che si trovasse all'interno della geo-recinzione, ma non lo abbiamo notato perché ci sembrava troppo distante dal punto in cui il telefono di Claudia ha emesso l'ultimo segnale. Potrebbe essere stato proprio sotto il nostro naso e potremmo essercelo perso perché non lo stavamo nemmeno cercando.»

«Sei tu che hai detto che secondo te questo tizio fa parte della cerchia ristretta dei Collins.» ribatté Mettner. «Le persone che ne fanno parte erano tutte lì oggi, allo studio.»

«Non se l'assassino si avvale dell'aiuto di un complice.» gli fece notare Noah. «Potremmo avere a che fare con più di una persona.»

«È vero.» concesse Josie. «Potremmo esserci concentrati troppo sulla cerchia ristretta, trascurando di guardare altrove.»

«Ma abbiamo guardato altrove.» obiettò Gretchen. «Stiamo ancora tenendo d'occhio Archie Gamble.»

«Quinn, puoi andare solo dove ti portano le prove.» tagliò corto il capo Chitwood.

Josie avviò il computer, soprattutto perché non sapeva cos'altro fare. «E se ci fosse sfuggito qualcosa tra le prove? E se questo tizio fosse stato all'interno delle geo-recinzioni quando ha acceso il telefono, ma non avessimo notato il suo numero perché non risultava vicino al punto in cui il telefono di Claudia si è collegato all'ultima antenna?»

Chitwood, Noah e Mettner si scambiarono occhiate confuse e Gretchen disse: «In realtà c'è un modo semplice per capire se è stato sotto il nostro naso per tutto il tempo e ci è sfuggito. Ci basterebbe effettuare un confronto incrociato dei numeri delle due geo-recinzioni che abbiamo già e vedere se tra questi un numero compare entrambe le volte.»

Chitwood sospirò. «Potrebbe valerne la pena. Non c'era modo che questo tizio sapesse quanto erano grandi le geo-recinzioni e nemmeno che sospettasse che le avremmo usate. Ora parliamo del prossimo obiettivo dell'assassino. Avete idea di chi potrebbe esserci nel suo mirino?»

Josie tirò fuori i risultati dei due mandati per le geo-recinzioni e ricominciò a esaminare i numeri, partendo dai risultati più recenti estratti dal parco il giorno in cui Eve Bowers era stata uccisa.

«Io non ne ho idea.» ammise Noah. «E anche Beau sostiene di non averne. L'ho chiamato mentre eravamo per strada e gli ho chiesto cosa ne pensava e lui mi ha detto che non c'è rimasto nessun altro che l'assassino potrebbe prendere di mira.»

«Deve essere Margot Huff.» sentenziò Gretchen. «È sensato ritenere che la prossima sia lei. Sta sempre con lui. Alcuni pensano che abbiano avuto o stiano avendo una relazione, nonostante lei neghi. Non importa se Beau non vuole ammettere che rimarrebbe sconvolto se lei venisse uccisa, perché lo sarebbe.»

Il capo fece un cenno di assenso. «Mettiamo un'unità a sorvegliarla. Subito. Che si mettano in contatto con lei e le facciano sapere che le resteranno appresso finché non avremo risolto questo caso.»

Gretchen prese il telefono della sua scrivania per accordarsi con Margot.

«Immagino che all'assassino non interessi se Beau ha davvero risposto correttamente alla sua domanda.» commentò Mettner. «Ma quale risposta pensate fosse quella giusta alla domanda di oggi?»

«Il fatto di non avere avuto figli.» sentenziò Gretchen, riattaccando. «È sicuramente quella.»

«Perché?» chiese Noah. «Perché è una donna? Non tutte le donne vogliono figli.»

«No.» rispose Gretchen. «Non perché è una donna. Perché avere un rimpianto implica che qualcosa non può essere cancellato. Come quello che ha detto Beau Collins sul fatto di non essere stato presente quando sua madre era in cura per il cancro. È l'impossibilità di tornare indietro ciò che lo rende un rimpianto. Ma se quella donna voleva dei figli e poi si è ritrovata in un matrimonio in cui suo marito non poteva averne e si rifiutava in tutti i modi di adottarne, allora sì, è facile che avesse dei rimpianti.»

«Questo ha senso.» disse Noah. «Anche se, tecnicamente, Beau aveva azzeccato la prima domanda. Stando a quanto ha detto Liam Flint. Ma allora non si spiega perché quest'uomo ha ucciso Trudy Dawson...»

Josie alzò lo sguardo dallo schermo del computer e disse: «Questo assassino sta giocando a un gioco con regole che non conosciamo.»

«Oppure è solo uno psicopatico fuori di testa e col cuore di ghiaccio. Non mi interessa il motivo per cui ha messo in piedi questo giochino, voglio solo che sia catturato. Catturato! Mi avete sentito?» sbraitò Chitwood.

«Signore...» disse Gretchen. «Ci stiamo facendo il culo. E cercare di capire, in un modo o nell'altro, il motivo per cui questo assassino fa le cose col metodo con cui le fa, potrebbe generare nuove piste.»

Chitwood le puntò contro un dito: «E allora vedete di inventarvi qualcosa. E alla svelta Palmer. Non voglio che questo stronzo continui a far fuori gente nella mia città.»

E con questo si diresse nel suo ufficio sbattendo la porta.

«Alla faccia del nuovo Chitwood, più alla mano.» mormorò Mettner.

Noah disse: «Questo è il nuovo Chitwood, più alla mano.»

Gretchen rise.

Josie tornò al computer e passò alla successiva raccolta di risultati della geo-recinzione, quella della notte in cui Claudia era stata uccisa.

«A nessuno di voi sembra che queste domande siano strane?» domandò Mettner. «Per quale ragione questo tizio costringe Beau Collins ad andare in televisione e a parlare dei segreti più intimi di sua moglie? Cosa sta cercando di ottenere?»

«Io credo che stia cercando di smascherare Beau, rivelando quanto poco abbia prestato attenzione a Claudia.» suggerì Noah. «Sta cercando di far sapere a tutti che un impostore.»

«Se le cose stanno così...» disse Josie, «dobbiamo indagare

più a fondo su Liam Flint. Stando a quello che ha detto a me e a Noah questa mattina, non solo aveva un debole per Claudia, ma detestava, e non poco, Beau.»

«Il problema è che oggi era con noi quando è arrivato quel messaggio.» rimarcò Noah.

Josie alzò lo sguardo su Mettner abbastanza a lungo da leggere sul suo volto quanto fosse sconfortato e frustrato.

Gretchen disse: «Come ha detto Fraley, Flint potrebbe aver avuto un complice.»

Mettner si avvicinò e si mise accanto alla sedia di Josie. «Boss, vedi il numero di Flint su quelle geo-recinzioni?»

«No.» rispose Josie. «Non vedo il numero di Flint qui.» Però due numeri attirarono la sua attenzione. Numeri familiari.

«Dammi un secondo.» disse a Mettner. «Devo controllare una cosa.»

Prese il suo cellulare e scorse i contatti, rimproverandosi di non ricordare più i numeri a mente. Come chiunque altro, ormai, inseriva i contatti nella rubrica del telefono sotto il rispettivo nome o sotto la fotografia profilo e tutto ciò che doveva fare era premere sul contatto o scorrere con il dito per chiamare. Difatti, trovò conferma che il primo numero che riconosceva era quello di Misty Derossi, il che non era inaspettato perché la sera dell'omicidio di Claudia Collins, Misty aveva accompagnato Harris a una delle sue partite di pallacanestro nel nuovo centro ricreativo vicino al parco pubblico e Josie e Noah avevano in programma di raggiungerla, se non avessero avuto l'imprevisto del lavoro.

Passò al secondo numero, cercandolo prima nel telefono e poi controllandolo in un database. «Porca puttana...» mormorò.

«Cosa c'è?» chiese Mettner, avvicinandosi e dando un'occhiata allo schermo del computer.

Josie usò il telefono per trovare la pagina Facebook di Misty e la scorse finché non trovò le foto della partita di Harris. Misty non ne aveva pubblicata nessuna; non aveva mai condiviso foto di Harris online, ma era stata taggata dall'allenatore di basket, insieme a una dozzina di altri genitori, in una serie di fotografie in cui si vedevano i bambini che giocavano. Josie le sfogliò una per una. In nessuna di quelle foto si vedeva Harris, ma non erano i bambini che le interessava controllare.

La voce di Mettner si fece improvvisamente molto vicina al suo orecchio. «Boss, non credo che la cosa andrebbe molto a genio alla nuova versione, più alla mano, del capo, se ti vedesse scorrere sui social quando abbiamo un'indagine importante in corso.»

Josie trovò quello che stava cercando e ingrandì un angolo della foto. Eccitata, girò lo schermo in faccia a Mettner. «Questa è una partita di basket che si è svolta il pomeriggio dell'omicidio di Claudia al centro ricreativo vicino al parco. Questa è una folla di spettatori.»

Indicò un uomo. Se ne stava in disparte, con le braccia incrociate sul petto e teneva la testa bassa.

Le sedie scricchiolarono quando Noah e Gretchen si alzarono e si riunirono intorno a Mettner, dietro la sua sedia. «Non può essere vero.» disse Noah.

«Ha detto che era allo studio della WYEP.» aggiunse Mettner. «Abbiamo le prove!»

«Non abbiamo le prove.» lo corresse Gretchen. «Solo una dichiarazione dell'addetto alla sicurezza. Niente vieta che abbia mentito. Potrebbe essere stato pagato per mentire. È ovvio che Beau Collins voleva mantenere segreta la sua presenza a quella partita.»

«Ma perché?» si chiese Noah. «Che diavolo ci faceva Beau Collins a una partita di minibasket?»

«Ho qualche sospetto.» dichiarò Josie. «Ma non lo sapremo con certezza finché non ne avremo parlato con lui. Muoviamoci.»

QUARANTASETTE

Quando Beau Collins aprì la porta della sua stanza d'albergo aveva l'aria di chi avesse appena subito un pestaggio. I capelli sporchi e tutti in disordine, le occhiaie che gli macchiavano la pelle sotto gli occhi, un filo di barba sul viso. Sparito il completo dal taglio elegante che gli avevano visto portare allo studio, indossava adesso un paio di pantaloni da ginnastica e una maglietta su cui spiccava una macchia di origine non identificabile. Ritrovandosi davanti i due detective abbassò le spalle, come se si stesse preparando a ricevere cattive notizie e quando parlò si sentì una zaffata di bourbon. «È morto qualcun altro?»

«Mr. Collins...» cominciò Josie, «possiamo entrare?»

Beau si guardò alle spalle. Josie e Noah erano già stati nella sua suite, che comprendeva una zona giorno e una camera da letto. La camera da letto era un disastro di vestiti buttati a casaccio, ma la zona giorno non era male.

«Non ci importa del disordine.» gli garantì Josie.

«Non si tratta di questo.» disse Beau con un sospiro. «C'è Margot qui con me e non perché ci vado a letto insieme. È venuta per darmi una mano.»

«Lo sappiamo.» disse Noah. «Ne siamo al corrente. Il nostro

capo le ha assegnato un'unità. L'agente di guardia è qui fuori e gli abbiamo parlato quando siamo arrivati.»

«A condizione che non le dispiaccia rispondere ad altre domande davanti a lei.» aggiunse Josie.

Beau fece una risata secca. «Ha già sentito tutti i profondi e oscuri segreti che non volevo far sapere a nessuno negli ultimi giorni. Cosa volete che ci sia ancora?»

Dato che Josie non rispose, sul suo viso balenò un'ombra di preoccupazione. Tuttavia, si fece da parte in modo che potessero entrare. Margot si aggirava nella zona giorno con un sacco della spazzatura nel quale stava infilando i contenitori del cibo da asporto. Senza trucco, vestita in modo informale con jeans e maglietta nera a maniche lunghe, dimostrava meglio la sua età. In effetti, sembrava molto giovane e c'era qualcosa di vagamente familiare nello sguardo di sorpresa che rivolse a Josie e Noah. Lasciò cadere il sacco della spazzatura sul pavimento e si pulì le mani sui jeans. «Io posso andarmene.» disse. «Lascio questo per il personale delle pulizie. Però, Beau, devi farli entrare domani.»

Da dietro di loro, Beau disse: «No. Ti prego, resta, Margot. Mi sentirei meglio se tu restassi.»

Lei guardò verso le porte che conducevano al bagno e alla camera da letto. «Vado un attimo in bagno.»

Beau la guardò andar via e si buttò sul lungo divano. «Ditemi.» disse in tono grave. «Non risparmiatemi i dettagli.»

«Non è morto nessuno.» disse Noah. «Non ancora.»

Beau apparve momentaneamente disorientato. «Cosa?» Un sorriso tremulo apparve sul suo viso. «È una buona cosa!»

«Certo.» disse Noah, scambiando un'occhiata con Josie. «È una buona cosa.»

«Ma avete delle novità.»

«Abbiamo delle domande.» precisò Josie. «Prima di tutto, un membro della troupe del vostro programma ci ha informato poco fa che Claudia stava mantenendo un segreto di qualche tipo. Lei ne è a conoscenza?»

Beau aggrottò la fronte. «No. Non mi risulta che Claudia avesse dei segreti. Chi è stato a dirvelo?»

«Questo non importa.» disse Josie. «Ciò che importa è che si trattava di un segreto che Claudia credeva potesse distruggere la sua vita.»

Beau si mise a ridere. «Beh, ma è assurdo. Non so chi ve lo abbia detto ma, chiunque sia, si sbaglia di grosso. Mia moglie era una brava persona. Una donna gentile e premurosa. Una donna onesta.»

«Non possiamo dire lo stesso di lei, però.» gli fece notare Josie.

«E questo che cosa vorrebbe dire?» chiese Beau.

«Ha mentito anche sulla donazione che Claudia ha fatto.» puntualizzò Noah.

Beau aprì la bocca per ribattere. Josie contò due secondi prima che la richiudesse; dopo diversi tentativi per dire qualcosa, dalle sue labbra uscirono finalmente delle parole: «Non ho fatto niente del genere.»

«Il centro per le donne non ha mai ricevuto una donazione in denaro per trentamila dollari.» disse Josie.

Beau sbatté le palpebre. «Cosa state dicendo?»

«Claudia non ha mai donato quei soldi. Cosa ne ha fatto?»

«E io che ne so? Come faccio a saperlo?»

«Non le ha mai chiesto una ricevuta?» chiese Noah. «Neanche per la dichiarazione dei redditi?»

«Io... io non pensavo di... io pensavo che fosse lei a... io...» non tentò oltre e si prese un momento per rallentare il respiro.

«Non so cosa ne abbia fatto di quei soldi. Ho pensato che avesse consegnato la ricevuta al commercialista. Mi sono sempre fidato di lei e non le stavo col fiato sul collo. Come ho detto, Claudia era onesta. Non ha mai mentito. Se ha detto che quel denaro lo aveva dato in beneficenza, è quello che ha fatto. Potrebbe averlo dato a un altro ente di beneficenza.»

Delle due l'una: o in perfetta buona fede ignorava che fine

avevano fatto quei trentamila dollari, oppure stava mentendo. Josie scommise sulla seconda ipotesi.

Tirò fuori il telefono e visualizzò la foto che aveva trovato su Facebook. Girandolo verso Beau in modo che vedesse lo schermo, disse: «Lei ci ha detto che si trovava allo studio della WYEP quando hanno ammazzato sua moglie.»

Lui diede un'occhiata alla foto, ma non la guardò bene. «Ed è così. Ve l'ho detto, la guardia di sicurezza ha potuto confermare a che ora sono uscito.»

«Ha mentito.» lo accusò Josie.

«No, non ho mentito! Io...»

«I nostri colleghi, la detective Palmer e il detective Mettner, hanno appena parlato con quella guardia.» lo interruppe Noah. «Ha ammesso che lei lo ha pagato per mentire sull'ora in cui ha lasciato lo studio.»

«No, no. Non è vero. Non è come dice... c'è stato un malinteso...»

Interrompendolo di nuovo, Noah disse: «Mr. Collins, abbiamo prove che la piazzano al centro ricreativo vicino al parco pubblico. Può dirci cosa stava facendo?»

«Stavo...» si interruppe, guardando il sacco della spazzatura che Margot aveva lasciato sul pavimento. Josie lasciò che il silenzio si prolungasse. A giudicare dalla serie di scricchiolii che giungevano dalla stanza del bagno, Margot stava quasi sicuramente origliando. Beau si strofinò gli occhi con i palmi delle mani. «È stata una cosa da nulla. Stavo tornando a casa e mi sono fermato...»

Vedendo che non si decideva a concludere la frase, Noah lo apostrofò: «Era in ritardo per la cena del suo quindicesimo anniversario e ha deciso di fermarsi al centro ricreativo per guardare un gruppo di bambini di sette e otto anni che facevano una partita di minibasket?»

Un altro scricchiolio. La porta del bagno si aprì di uno spiraglio. Josie rimise il telefono in tasca. Le parole di Liam Flint le tornarono in mente. Beau non avrebbe mai ammesso nulla, nemmeno se fosse stato messo di fronte a prove concrete. «Mr. Collins...» disse, «come può ben vedere, siamo in possesso di fotografie che la ritraggono alla partita. I miei colleghi stanno raccogliendo filmati dall'interno e dall'esterno del centro ricreativo. Mi vengono in mente soltanto due ragioni che spiegherebbero perché ha mentito sul motivo per cui si trovava al parco: o lei è coinvolto in questi omicidi oppure sta nascondendo qualcosa di molto grosso. Qualcosa che non vuole che nessuno sappia. Qualcosa che non voleva assolutamente che sua moglie venisse a sapere.»

Beau sembrò colpito. «Non ho niente a che fare con tutto questo. Se mi vedete in quelle riprese, potete vedere che ero al centro ricreativo nello stesso momento in cui mia moglie era a casa a fare i preparativi per la cena dell'anniversario. Sono arrivato subito dopo Margot, che ve lo può confermare.»

«Come mai è andato alla partita?» chiese ancora Noah.

Beau perseverò nel silenzio.

«Sabato l'assassino ha lasciato il corpo di Eve all'interno della Grotta degli Amanti con gli anelli di sua moglie al dito.» proseguì Josie. «Eve era la sua amante.»

«Vi ho già detto che avevo rotto con lei, che era stato uno sbaglio. Un errore di...»

«Un errore di valutazione, sì.» disse Josie al posto suo. «Ce l'ha detto. Lunedì l'assassino le ha mandato un messaggio chiedendole quali fossero i più grandi fallimenti di Claudia. Lei ha risposto che per lei il più grande fallimento era stato non aver ottenuto il lavoro presso l'Associazione delle Donne della Pennsylvania per il Rifugio e l'Assistenza. Che lei sia o non sia riuscito a rispondere correttamente adesso è irrilevante. Quando Trudy Dawson è stata uccisa, l'assassino ha sistemato il suo corpo con la domanda di assunzione che lei e Trudy avevate prelevato dalla posta in partenza.»

«Non ho mai detto a Trudy di farlo.» protestò.

Josie alzò una mano per farlo tacere. «Non mi interessa. Voglio che mi ascolti. La sua risposta alla domanda era legata a Trudy e all'omicidio di Trudy. Che lei le abbia detto o meno di prelevarla dalla posta, Trudy ha preso la domanda di assunzione di Claudia e ha fatto in modo che non venisse spedita. Trudy è stata uccisa. Mi dica che capisce dove voglio arrivare.»

Josie non riuscì a capire se l'occhiata vuota che Beau le rivolse fosse autentica o finta.

«Oggi è andato in onda e ha detto a tutti i telespettatori che il più grande rimpianto di sua moglie era quello di non aver avuto figli.»

Beau fece un verso di esasperazione. «Stando a quello che ha detto il primo che passava. Un operatore di ripresa, a quanto pare. Non ricordo nemmeno di averlo mai visto prima. Dovreste fare un controllo su di lui.»

«L'abbiamo fatto.» disse Noah. «Lavora per la WYEP da quasi dieci anni. È passato dalla redazione giornalistica al vostro programma quando ha cominciato ad andare in onda.»

«Aveva ragione lui, vero?» lo incalzò Josie. «Claudia voleva dei figli, ma lei non ne voleva. Quando in un matrimonio solo una persona vuole dei figli, di solito non se ne hanno. Claudia è rimasta con lei, ma si è pentita di non essere diventata madre.»

«E con questo? Claudia ha fatto una scelta. Ha scelto di stare con me e di portare avanti le nostre carriere.»

«Cosa succederebbe se l'assassino dovesse ritenere che lei ha sbagliato la risposta?» gli domandò Noah.

Beau alzò le mani al cielo e se le lasciò cadere sulle ginocchia, con sguardo impotente. «Non lo so! Non so cosa diavolo abbia in mente questo mostro, questo pazzo, non ho idea di cosa stia pianificando.»

«Invece noi lo sappiamo.» disse Josie. «Possiamo fare un'ipotesi. Pensava che lei avesse sbagliato la prima risposta, così ha eliminato la persona che era a conoscenza della candidatura di Claudia per quella posizione, la persona che era direttamente coinvolta nello stroncamento dei sogni di sua moglie e nell'occultamento del suo segreto. Se adesso l'assassino dovesse ritenere che "avere figli" non sia la risposta corretta, chi ucciderà?»

Beau scosse la testa. «Lo dico sinceramente, non lo so.»

«Perché è andato a quella partita di minibasket?» gli chiese Josie.

«Ve l'ho già detto, mi sono fermato...»

Si udirono dei passi sulla moquette. Josie e Noah si voltarono e videro Margot che si avvicinava. Scansò con forza sorprendente Josie e Noah e si piazzò davanti a Beau. «Di che cosa stanno parlando?»

Lui non rispose. Margot guardò Josie e poi Noah. Tese una mano. «Voglio vedere quella foto.»

Josie gliela porse. Margot la fissò per un lungo momento. «Avete detto che era una partita tra bambini piccoli?»

«Bambini tra i sette e gli otto anni.» precisò Noah.

Margot restituì il telefono a Josie e guardò Beau. «Sei un figlio di puttana! Sette o otto anni? Sarebbe stato...» Si interruppe, alzando gli occhi al soffitto come se stesse facendo dei calcoli. «Proprio quando Claudia era nel pieno dell'età fertile. Che cosa hai combinato?»

Beau balzò in piedi, con le mani alzate in posizione di difesa. «Margot... ascoltami. È stato un errore, chiaro? L'ho vista solo un paio di volte. Voleva tenere il bambino. Non è che avessi scelta.»

Prima che Josie o Noah potessero reagire, Margot gli si avventò contro, con le braccia tese per spingerlo con forza e Beau cadde sul divano. «Sei disgustoso!» sbraitò lei, mettendosi sopra di lui. «Ho chiuso con questa storia. Non ho bisogno di stare con te. Non ho bisogno di questo lavoro di merda e non ho più intenzione di mantenere alcun segreto per te.»

Si avvicinò a una delle poltrone *bergère* e prese la sua borsa. Margot aveva già messo la mano sulla maniglia quando Beau gridò: «Margot, ti scongiuro. Non andartene. Ora che non ho più Claudia, non mi resta nessuno. A tutta quella gente, produttori, agenti, manager... non importa niente di me. A loro interessa fare soldi. Ho bisogno di te.»

Josie dovette ammettere che aveva proprio un aspetto patetico e distrutto.

Margot esitò. Si voltò. Aveva le guance bagnate dalle lacrime. Fece qualche passo verso di lui. Poi si fermò e lo fissò attentamente. A giudicare dalla sua reazione, Margot non se l'era bevuta, perché si mise le mani sulle orecchie e iniziò a urlare. Beau si ritrasse, con aria spaventata, come se nella stanza fosse appena entrato un animale selvatico. Lasciando cadere le mani lungo i fianchi, Margot sbraitò ancora: «Tu non hai bisogno di me. Non ti è mai importato niente di me finché non mi sono presentata alla tua porta. Sei un colossale pezzo di merda. Non so perché ho pensato... Sai una cosa? Ti meriti di soffrire.»

Girò i tacchi e con un secco "Mi dispiace" rivolto a Josie e Noah, se ne andò.

Beau la guardò andare via, ricacciando indietro le lacrime.

«Le dispiacerebbe dirci cos'era tutta quella scena? Quando siamo arrivati qui, ci ha detto che non andava a letto con la sua assistente. Ma sembra piuttosto sconvolta dalla notizia che ha avuto un figlio da un'altra donna.»

L'espressione di Collins si contorse. «Non vado a letto con Margot! Lei è la mia... lei è... oh mio Dio.» Abbassò il viso tra le ginocchia, come se stesse per vomitare. Dopo aver fatto alcuni respiri profondi, si ritirò su. «È mia figlia.»

Nemmeno Josie se lo sarebbe aspettato, ma in qualche modo, riuscì a tenere per sé la sorpresa.

«È successo prima che io e Claudia... beh, ero giovane ed ero uno studente.» si affrettò a specificare Beau. «Non ero pronto ad avere figli. Sua madre disse che andava bene, che poteva cavarsela da sola. Stava a me decidere se volevo far parte della vita di Margot o tirarmene fuori. All'inizio pensavo che avrei potuto fare un salto di tanto in tanto, ma poi ho incontrato Claudia e la vita mi è sfuggita di mano. A Claudia non l'ho mai detto e lei non l'ha mai scoperto. Nessuno lo sa. Un giorno Margot si è presentata allo studio, dicendo di essere mia figlia. Voleva solo conoscermi. Non potevo certo incontrarla senza attirare le attenzioni sbagliate, vi pare? Così l'ho assunta come assistente. In questo modo, nessuno avrebbe battuto ciglio nel vederci passare così tanto tempo insieme.»

Josie si chiese quante altre cose ci fossero che nessuno sapeva e quante di queste avessero provocato i terribili eventi degli ultimi giorni. Per il momento, doveva concentrarsi sulla questione immediata.

«Ha avuto una relazione anche con una donna otto o nove anni fa.» aggiunse Josie. «Chi è?»

Lo sguardo di Beau rimase fisso sulle sue ginocchia. «Preferirei non dirlo.»

«Capisce che l'assassino potrebbe prendere di mira questa donna... e vostro figlio?»

Beau si portò una mano al petto. «Mio figlio? No, non lo farebbe.»

«Questo non possiamo darlo per scontato.» gli fece notare Noah. «Anzi, dobbiamo prendere precauzioni. Ci dica il nome della madre.»

«Non potete... non potete... le ho promesso che non avrei disturbato lei e non avrei confuso lui. Se pensasse di essere in pericolo a causa mia o di Claudia, potrebbe... non sarebbe giusto. Per favore.»

«Sono sicura che la preoccupazione per la sicurezza del figlio supererà qualsiasi risentimento che quella donna possa nutrire nei suoi confronti.» disse Josie. «Ci dica solo come si chiama. Per favore. Dobbiamo assicurarci che siano al sicuro. Prima è, meglio è.»

«L'ultima volta, quando ha ucciso Trudy, è stato quasi subito dopo le riprese della trasmissione.» aggiunse Noah.

«Quando è stata l'ultima volta che ha avuto contatti con questa donna?»

Collins spalancò gli occhi. «Non ho alcun contatto con lei. Questo è l'accordo. Mi permette soltanto di vedere una foto di Sam ogni tanto. Tutto qui. Se sapesse che sono stato a quella partita, si infurierebbe. Io pago per tutti i bisogni di Sam e sto fuori dalle loro vite e in cambio lei non dice a nessuno che ho un figlio. Non che voglia farlo. Mi odia. Ascoltate, è impossibile che questo assassino sappia di lei o di Sam. Ve lo assicuro. Nessuno lo sa.»

«Ci scuserà se non le crediamo, Mr. Collins.» disse Josie. «Non è stato particolarmente disponibile con noi fin dall'inizio. Anzi, ci ha detto solo bugie su bugie.»

«Sono al sicuro.» insistette Beau. «Per favore. Non voglio che nessuno sappia...»

«Se non ce lo dice lei, parleremo con tutte le madri dei bambini delle squadre che giocavano quella sera finché non la troveremo. Scelga: o tutti quelli che erano al centro ricreativo quella sera scopriranno che lei ha avuto un figlio in segreto con un'altra donna, oppure ci dice il suo nome e noi proteggeremo discretamente l'identità della madre e di suo figlio. A lei la scelta.»

Per un lungo momento Josie pensò che non glielo avrebbe detto. Si accasciò al centro del divano, rannicchiandosi tra i cuscini. Dopo quella che sembrò un'eternità, disse: «Jasmine. Jasmine Toselli.»

QUARANTOTTO

Jasmine Toselli viveva dalla parte opposta della città, sul lato orientale di Denton. La sua casa era ben tenuta, con diversi giochi adatti a un bambino di sette anni sparsi per il giardino e sul portico. Tuttavia, l'intera casa sarebbe potuta stare tranquillamente dentro il salotto dei Collins. Josie pensò all'enorme abitazione di Beau, diventata una scena del crimine, vuota, e intanto, a pochi chilometri di distanza, suo figlio viveva in una casa modesta, completamente ignaro dell'identità del padre o del pericolo che ora incombeva su di lui e su sua madre. Josie e Noah avevano chiesto alle unità più vicine di recarsi immediatamente a casa di Jasmine Toselli per verificare che andasse tutto bene. Quando Josie e Noah arrivarono, trovarono due auto di pattuglia parcheggiate davanti alla casa. Le luci delle finestre erano accese, ma gli agenti in uniforme si aggiravano comunque intorno alla casa facendosi luce con le loro torce. Uno di loro stava scendendo i gradini del portico nel momento stesso in cui Josie e Noah stavano scendendo dall'auto. «Sembra che non ci sia nessuno.» constatò. «Le luci sono accese, ma non ha risposto nessuno quando abbiamo bussato e suonato il campanello. La centrale ha i numeri di telefono del cellulare e di casa, ma non risponde. Una finestra qui davanti e una sul retro ci permettono di avere una visuale limitata dell'interno, ma sembra che non ci sia anima viva.»

«Potrebbero essere al piano di sopra o in una stanza che non si vede dalle finestre.» suggerì Noah. «Dobbiamo entrare. Non credo che sia opportuno aspettare che la centrale cerchi di mettersi in contatto con questa donna per telefono. Anzi, chiedete alla centrale di fare una triangolazione del suo telefono proprio in questo momento.»

«Agli ordini.» disse uno degli altri agenti incamminandosi a testa china sulla radio.

Josie sentiva lo stomaco in fiamme. Girò su se stessa, dando uno sguardo a quella stradina pittoresca e tranquilla. «Sappiamo che tipo di automobile guida Jasmine Toselli? Se non è sul vialetto, potrebbe essere uscita.»

L'altro agente indicò una piccola Mitsubishi parcheggiata un paio di case più avanti. «È quella la sua auto.»

Questo significava che Jasmine e Sam Toselli erano tornati a casa. Allora perché non rispondevano al telefono? Perché Jasmine non era venuta ad aprire la porta?

Josie salì di corsa le scale. «Andiamo. Entriamo. Non voglio perdere altro tempo.» Ordinò all'altro agente di fare il giro dell'abitazione e di coprire il punto d'ingresso sul retro. Noah la raggiunse sul portico. «Non possiamo entrare forzando la porta.» le disse a bassa voce.

«Col cavolo che non possiamo.» disse Josie.

«Josie, siamo venuti per controllare la situazione. Possiamo entrare solo se sono visibili segni di lotta o se vediamo un corpo. E non se ne vedono.»

«Noah!» disse lei, sentendo come una morsa che le stringeva il petto. «Sai benissimo che questo assassino li sta cercando. Potrebbe averli già uccisi.»

«Possiamo fare qualche telefonata, cercare di contattare amici o parenti di Jasmine Toselli. Magari possiamo contattare la scuola di Sam e scoprire quali sono i suoi contatti di emergenza.»

«Non possiamo aspettare.» ribatté Josie.

«La procedura è...»

Le parole le uscirono come un grido prima che potesse fermarle. «Non me ne frega un accidente della procedura in questo momento!» Era la prima volta che alzava la voce con lui. Noah fece un passo indietro. Con più calma, Josie aggiunse: «Questo bambino ha l'età di Harris, Noah. Ha sette anni. Posso entrare da sola. Tu puoi scendere da questo portico e lasciare che me ne assuma tutta la responsabilità. Il capo può licenziarmi, per quanto mi riguarda. Non riuscirei a sopportarlo se aspettassimo ancora e questo bambino morisse. Io...» ma si interruppe perché Noah non la stava più guardando. Teneva lo sguardo fisso sulla porta alle sue spalle, con gli occhi rivolti verso il basso all'altezza della vita. «Josie...» gracchiò. «Guarda.»

Josie si girò verso la porta. C'era una porta-zanzariera con pannelli di vetro. Un tassello più grande in basso e uno più piccolo in alto. All'inizio Josie vide solo l'impronta lasciata dalla mano unticcia di un bambino sul pannello di vetro inferiore. «Io non...» cominciò lei, ma Noah le si avvicinò, la prese per le spalle e la guidò verso il punto da cui avrebbe potuto vedere meglio.

«Puoi vederla da questa angolazione.»

Si voltò di nuovo verso la porta. La morsa che le stringeva il petto si fece più dolorosa. Noah aveva ragione. Non era visibile a meno che non ci si trovasse esattamente nel punto in cui la luce colpiva la porta dalla giusta prospettiva. Gli oli naturali del dito del bambino avevano lasciato un disegno grossolano del volto di un uomo. Un semplice ovale, due occhietti, un taglio per il naso, un altro taglio per la bocca e scarabocchi irregolari per la barba. Accanto c'era quella che all'inizio sembrava una freccia ma che, a un esame più attento, si capiva che doveva essere una pistola. Sotto entrambi gli elementi disegnati frettolosamente c'erano due parole, scarabocchiate dalla mano incerta di un bambino di sette anni.

Uomo cattivo.

Prima che Josie potesse reagire, Noah le era passato davanti, spalancando la zanzariera, con la pistola pronta in mano. Provò a girare la maniglia della porta d'ingresso, ma non si mosse. Facendo un passo indietro, sollevò un piede armato di scarpone e colpì con un calcio il punto proprio accanto al pomello. Ci vollero tre tentativi, poi il legno si scheggiò e la porta si aprì di scatto.

Lui si voltò a guardarla. In qualche modo, la sua mente aveva inserito il pilota automatico. Anche lei aveva sfoderato la pistola dalla fondina. Senza doverci pensare, grazie alla memoria muscolare, erano entrati in modalità di sgombero della casa. Noah prese il comando.

Quando varcarono la soglia, Noah ispezionò il lato destro della stanza e Josie quello sinistro. La sua mente catalogava i dettagli man mano che procedevano, archiviandoli per un uso futuro, se si fosse reso necessario. Un piccolo ingresso era separato dall'ampio soggiorno da un muro alto fino alla vita. Il tappeto dell'ingresso era tutto pieghe. Nel soggiorno, un iPad giaceva sul divano accanto a una coperta bianca stropicciata. Sul tavolino da caffè c'era una ciotola di salatini.

Accanto c'era una scatola rompicapo rettangolare.

«Noah.» esclamò Josie.

«L'ho vista.» disse lui. «Continuiamo.»

Distolse lo sguardo dalla scatola, cercando di ignorare l'afflusso di sangue nelle orecchie e di elaborare il resto di ciò che vedeva.

Il televisore trasmetteva un programma di cartoni animati che Harris guardava così spesso che Josie poteva recitarne ogni episodio a memoria. Dall'altra parte della mezza parete, c'era un cavalletto con una lavagna magnetica riverso su un lato. I pennarelli erano sparsi sul pavimento. Una lampada a stelo giaceva rotta a metà lì vicino, con un ciuffo di capelli ricci e castani impigliato nel cavo. Gocce di sangue luccicavano come rubini alla luce tremolante della lampada distrutta. C'era stata una colluttazione in quella stanza. Jasmine Toselli aveva lottato con tutte le sue forze. Il battito del cuore di Josie tuonava violentemente contro la gabbia toracica. Cercò di fare del suo meglio per contenere l'ansia che le attanagliava lo stomaco. Era difficile non pensare a Misty e a Harris di fronte a uno spettacolo del genere. Immaginando il terrore che Jasmine e Sam Toselli dovevano aver provato in quegli attimi, Josie ebbe un sussulto viscerale.

Dovevano continuare a cercare.

Da lì si spostarono verso la cucina, uno spazio aperto che comprendeva anche la sala da pranzo. A Josie quasi si chiuse la gola quando vide il frigorifero. Disegni di vari animali e automobili e di qualche dinosauro ne ricoprivano una buona metà, mentre l'altra metà era tappezzata con le foto di una donna e di un bambino. Jasmine e Sam Toselli. Allo zoo, al parco pubblico, a una partita di basket, a un'assemblea di premiazione scolastica di qualche tipo. Jasmine era più giovane di quanto Josie si aspettasse, aveva i capelli ricci e castani, e un sorriso ampio e vivace. Sam assomigliava più a lei che a Beau Collins, anche se Josie poté notare la somiglianza con il padre negli occhi e nella forma della mascella. Il sorriso di Sam corrispondeva a quello di sua madre in ogni foto, e la fessura tra gli incisivi sciolse il cuore di Josie nello stesso istante in cui vide quegli scatti. Dovette distogliere l'attenzione da quell'immagine per mantenere la concentrazione sulla scena. Un cellulare con lo schermo in frantumi giaceva vicino alla porta. Una ciotola di pasta era stata lasciata cadere tra il piano cottura e il tavolo, dove era stato apparecchiato per due. Nel bicchiere di uno dei due c'era del succo di frutta. Dopo aver controllato la cucina, trovarono una porta che conduceva a un seminterrato. Josie ringraziò il cielo che fosse ben illuminato; videro che era stato trasformato in una palestra domestica. Non c'era nessuno. Con passo regolare e misurato salirono al piano di sopra. Due camere da letto e un bagno, vuoti e senza segni di colluttazione. Quando tornarono in soggiorno, Josie rilasciò il respiro che stava trattenendo, sollevata dal fatto di non aver trovato la madre e il bambino già morti. Ma non appena quel pensiero le passò per la testa, la paura lo sostituì. Se non erano in casa loro, significava che li aveva portati via l'assassino.

Noah si era fermato al centro del soggiorno. «Jasmine doveva essere in cucina quando lui è arrivato. In qualche modo, è riuscito a entrare. Lei si è fatta prendere dal panico. Lui è andato in cucina e l'ha aggredita. Hanno lottato fino a qui.»

Josie cercò di immaginarselo. In quale momento Sam aveva avuto il tempo di lasciare il suo messaggio? Era stato lui a far entrare il rapitore? O la porta d'ingresso era stata forzata? Il bambino aveva cercato di scappare quando l'assassino aveva aggredito sua madre in cucina e poi era rimasto paralizzato? Magari perché non voleva lasciare la madre da sola; così aveva osservato la scena dalla porta, aveva scarabocchiato il suo messaggio, e aveva cercato di tornare in soggiorno quando l'assassino era uscito dalla cucina con Jasmine, provocando una seconda colluttazione? Con queste, una domanda ancora più agghiacciante balenò nella mente di Josie: il sangue in salotto apparteneva alla madre o al bambino? O uno di loro aveva ferito l'assassino in modo così grave da provocargli un'emorragia?

«Dobbiamo chiamare Gretchen e Mett.» disse. «E la Squadra di Raccolta delle Prove. Dobbiamo scoprire cosa c'è in quella scatola rompicapo. Subito. Questa scena deve essere analizzata. La strada deve essere setacciata. Bisogna raccogliere i filmati di ogni singola casa dotata di videosorveglianza. "L'uomo cattivo" in questo disegno ha la barba. Anche Archie

Gamble ha la barba. Dobbiamo contattare l'unità di guardia fuori da casa sua.»

Noah ripose la sua arma nella fondina e tirò fuori il telefono. Uscirono e assegnarono a un agente in uniforme il compito di sorvegliare la scena fino all'arrivo della squadra di Hummel.

«Chiamo la Polizia di Stato.» disse Noah. «Dobbiamo diramare immediatamente un'allerta AMBER per Sam Toselli.»

Josie si voltò verso la porta d'ingresso. «Dobbiamo dare priorità all'apertura della scatola rompicapo. È possibile che qualsiasi cosa contenga possa aiutarci a trovarli prima dello scadere del tempo.»

QUARANTANOVE

«Non posso aprirla così, semplicemente.» disse Hummel. «Dobbiamo analizzare la scena. Lo sa bene.»

Josie era in piedi sul portico di Jasmine e Sam Toselli, di fronte a lui, con le mani sui fianchi. Noah era in strada, già al telefono con la Polizia di Stato che stava lavorando per lanciare un'allerta AMBER per Sam. «Non abbiamo tempo, Hummel. Per esaminare una scena del crimine ci vogliono ore. Devo sapere subito cosa c'è dentro quella scatola. Se al suo interno c'è qualcosa che potrebbe aiutarci a trovare questa donna e suo figlio prima che vengano uccisi, dobbiamo saperlo.»

Hummel fece un sospiro, si sistemò la cuffia e cominciò a camminare in un piccolo cerchio di fronte a lei.

Josie fece un cenno verso la porta d'ingresso. «Chan è dentro in questo momento a scattare foto. Puoi prendere quella scatola, analizzare le impronte latenti proprio qui con la polvere di alluminio e poi aprirla.»

«Di solito non è così che mi piace fare le cose.» disse Hummel. «Sa cosa succede poi quando si arriva in tribunale. Se si commette anche il minimo passo falso, l'avvocato difensore ci farà un figurone.»

Josie allungò una mano sul suo avambraccio, fermandolo sul posto. «Stiamo parlando di un bambino di sette anni, Hummel. Abbiamo già il DNA di questo assassino da molte altre scene. Se riusciamo a trovare Sam e Jasmine Toselli vivi, la scatola non avrà molta importanza. Potranno testimoniare. Per favore, non ti sto chiedendo di scendere a compromessi. Non ti sto chiedendo di compromettere l'intera scena del crimine. Ti sto chiedendo di aprire una scatola dopo che è stata fotografata.»

Noah salì di corsa i gradini. «L'allerta AMBER è stata diramata. Gretchen e Mettner saranno qui nei prossimi sessanta secondi. L'agente che staziona fuori dalla proprietà di Archie Gamble dice che è in casa e che ci è rimasto tutto il giorno. Ho già mandato dei ragazzi di pattuglia a controllare il vicinato per vedere se riusciamo a scoprire qualcosa... forse qualcuno ha visto quest'uomo o ci sono telecamere che mostrano un'auto.» Si interruppe quando si rese conto che nessuno dei due gli stava prestando attenzione. «Che succede?»

Josie non lasciò il braccio di Hummel. Mantenne lo sguardo fisso su di lui. «Apri la scatola.» disse a bassa voce.

Le sembrò che fosse passata un'eternità quando finalmente Hummel alzò l'altra mano e si liberò dalla sua presa abbassandole la mano con un colpetto. «Mi dia qualche minuto.»

Josie si sentì sollevata quando lo vide sparire in casa, chiamando l'agente Jenny Chan.

Prima che potesse dire una parola a Noah, vide che Gretchen e Mettner si precipitavano lungo la strada. «Siamo arrivati il prima possibile.» disse Mettner.

Josie e Noah li raggiunsero sul marciapiede e li ragguagliarono intanto che Hummel esaminava la scatola rompicapo e la apriva. Stavano ancora parlando quando tutti i loro telefoni emisero simultaneamente un allarme. Era l'allerta AMBER lanciata per Sam Toselli. Quando Josie lo silenziò, vide sul suo telefono un messaggio che il capo Chitwood aveva inviato a tutti e lo riferì alla squadra «Il capo vuole organizzare una conferenza stampa.»

«Allora dobbiamo fornirgli tutte le informazioni che abbiamo a disposizione.» disse Gretchen. «Questo è un quartiere residenziale con un'alta densità di popolazione. Non è possibile che nessuno abbia visto un'auto. Questo tizio non ha rapito una madre e suo figlio portandoli via in bicicletta.»

Noah disse: «Ho già mandato gli agenti a controllare i filmati di sorveglianza.»

Dal portellone aperto del fuoristrada della Squadra di Raccolta delle Prove, Hummel chiamò: «Boss! Ho aperto la scatola!»

Lo raggiunsero di corsa e formarono un cerchio intorno a Hummel. Aveva steso un telo di plastica sul retro del fuoristrada in modo da poter lavorare sulla scatola con la polvere alla ricerca di impronte per poi aprirla. Un martello di gomma giaceva accanto ad alcuni pezzi scheggiati della scatola. Proprio di fronte a sé, Hummel aveva spianato il foglio di giornale che era stato arrotolato all'interno della scatola.

«Ma i giornali li stampano ancora?» chiese Mettner.

«Potrebbe essere vecchio...» gli fece notare Gretchen.

«Da quello che si vede non c'è data.» osservò Hummel.

«C'è un modo per capire da quale giornale proviene?» chiese Noah.

Hummel lo girò e guardò il retro, sul quale si leggeva un annuncio per una rimozione di alberi. «No, ma non dovrebbe essere difficile scoprirlo scorrendo questo articolo.» Lo girò di nuovo e lo stese in modo che potessero leggerlo. Il cuore di Josie partì al galoppo via via che leggeva.

DONNA DELLA CONTEA DI LENORE SUBISCE UNA LESIONE CEREBRALE ANOSSICA IN UN TRAGICO INCIDENTE STRADALE

Brooke Sullivan, trent'anni, residente nella contea di Lenore, ha riportato gravi lesioni cerebrali anossiche dopo che il suo veicolo è precipitato nel Cedar Creek nei pressi di Old Arch Bridge. Il veicolo è stato rinvenuto lunedì, sospeso dal ponte sottosopra in quello che sembra essere un incidente. Solo un tratto danneggiato del ponte e i rami di un albero vicino alla riva del torrente hanno evitato che il veicolo precipitasse completamente nell'acqua. Brooke Sullivan è rimasta intrappolata all'interno dell'auto a causa di un malfunzionamento della cintura di sicurezza. Passando di lì, un altro residente della contea di Lenore ha visto il risultato dell'incidente e ha chiamato i soccorsi.

Quando i primi soccorritori sono arrivati sul posto, un'altra parte del ponte si era sgretolata, facendo cadere l'automobile ancora più in basso e facendola entrare nell'acqua del torrente. La testa della donna è rimasta sommersa per un tempo imprecisato prima che i primi soccorritori riuscissero a liberarla. Dopo averla estratta dall'auto, i soccorritori sono riusciti a rianimarla e a trasportarla al Denton Memorial Hospital.

"È in stato vegetativo persistente." ha dichiarato il primario di neurologia. "Ha subito lesioni al cervello per mancanza di ossigeno quando è rimasta bloccata nell'auto con la testa immersa nell'acqua. Speriamo per il meglio in termini di recupero, ma non possiamo prevedere quante funzioni potrà riacquistare, sempre ammesso che le riacquisti".

Per il momento le forze dell'ordine non sono in grado di stabilire il motivo per cui la donna si sia schiantata sul ponte, ma hanno ipotizzato che l'incidente possa essere stato causato dalle condizioni meteorologiche, visto che quel giorno le temperature erano scese sotto lo zero e il ponte si era ghiacciato. Le autorità hanno anche dichia-

*rato che la donna era da sola nell'auto e non ritengono
che nell'incidente siano rimasti coinvolti altri veicoli.*

«Sullivan.» disse Mettner. «Perché mi è familiare?»

«Anche il nome Brooke mi è familiare.» aggiunse Noah.

«L'addetto ai social media della WYEP si chiama Sullivan!» Esclamò Gretchen. «Raffy Sullivan.»

«E ci ha detto che la sua ex ragazza si chiama Brooke.» continuò Josie.

«Già, quando eravamo lì per parlare degli utenti che commentavano sui profili dei Collins, una donna di nome Brooke continuava a chiamarlo.» ricordò Noah.

Josie tirò fuori il suo telefono e aprì il browser Internet, cercando Brooke Sullivan su Google. Venne fuori un solo risultato: un articolo del "Fairfield Review" della contea di Lenore. Era lo stesso articolo che avevano appena letto. «L'incidente che ha avuto risale a cinque anni fa.» disse Josie. Consultò uno dei database della Polizia per fare una rapida ricerca su Brooke Sullivan. «A quanto pare, vive ancora in una casa nella contea di Lenore, al 4342 di Silver Springs Road a Fairfield. Verifico subito sul terminale mobile che sia aggiornato, ma credo che valga la pena di fare un controllo.»

Josie aveva l'impressione che l'indirizzo le fosse familiare, ma non sapeva dire perché.

Il suono di un cellulare che squillava li spinse a controllarli tutti. Noah estrasse il suo. «È il mio.» disse. «È l'Hotel Eudora.»

«Ottimo.» disse Gretchen. «Se Beau è nella sua stanza, di' loro di tenerlo dov'è, perché abbiamo delle domande da fargli.»

Noah rispose allontanandosi per un attimo dalla squadra. «Non abbiamo indagato sullo stato delle relazioni di Raffy Sullivan, ma solo sul suo passato.» disse Mettner. «Non ha precedenti penali. Nessun arresto. Non c'era nulla di preoccupante. Quindi chi è? Perché l'assassino ci ha lasciato un indizio che ci conduce alla sua ex-fidanzata? O, immagino, a sua moglie?»

«Hanno lo stesso cognome.» osservò Gretchen. «Potrebbe essere sua sorella, anche se, visto che ha detto a Noah e Josie che era la sua ex ragazza, allora sì, potrebbe anche essere sua moglie o potrebbe esserlo stata in passato. Si vedeva con Margot Huff. Magari non voleva che lei scoprisse che era divorziato.»

«Oppure è ancora sposato con lei.» suggerì Mettner.

Josie cominciò a ripercorrere nella sua mente l'intero caso. «Questo assassino non ha mai avuto intenzione di farla franca...» si disse.

«Cosa vuoi dire?» chiese Mettner.

Gretchen studiò Josie. «Il boss ha ragione. Questi omicidi hanno sempre avuto l'unico scopo di rovinare la vita di Beau Collins.»

«D'accordo, vuole vendicarsi di qualcosa.» convenne Mettner. «Si direbbe, però, che lista di peccati che Beau Collins deve espiare sia piuttosto lunga.»

L'assassino aveva iniziato con Claudia, allestendo la scena del delitto in una serata che la coppia aveva intenzione di pubblicizzare in modo massiccio. Aveva lasciato dietro di sé una scatola rompicapo che doveva aver ordinato sul sito web dei Collins e che conteneva una pagina del loro libro. Un libro sulla ricerca e sul gioco come metodi per rafforzare le relazioni. Era evidente che l'assassino stava giocando ancora prima di inviare quel messaggio a Margot Huff dal telefono di Eve Bowers in cui diceva che il gioco era iniziato. Il suo obiettivo non era solo quello di rovinare la vita di Beau Collins, ma di smascherarlo, di svelare tutti i suoi segreti, rendendo nota la relazione con Eve, denunciando il furto della domanda di lavoro di Claudia, portando alla luce la famiglia segreta. Josie riteneva praticamente fin dall'inizio che l'assassino dovesse essere un membro della cerchia ristretta di Beau e Claudia Collins. Eppure, sembrava che nessuno corrispondesse alla perfezione.

«Raffy Sullivan ha avuto accesso alla cerchia ristretta dei Collins per mesi.» disse Josie. «Come ha detto Gretchen, è uscito con Margot. Quando ci siamo incontrati con lui, lei aveva persino lasciato il telefono nel suo ufficio, incustodito, per andare alla toilette. Questo significa che si fida di lui. Sullivan era alla sede dell'emittente perché ci lavora. Ha accesso a luoghi e persone.»

«Pensi che sia Raffy Sullivan l'assassino?» le chiese Gretchen.

«Su questo non mi pronuncio.» disse Josie.

«Se è lui l'assassino...» rifletté Mettner, «per quale motivo ci avrebbe indirizzati contro di sé? Non ha senso. Il gioco prevede che la cosa contenuta nella scatola conduca a un segreto custodito da Beau Collins. Brooke Sullivan dovrebbe essere il segreto. Non credo che abbiamo abbastanza informazioni per affermare che Raffy sia l'assassino. Non sappiamo abbastanza su di lui e sul suo ruolo. Dobbiamo rintracciare Raffy e parlargli. Gli ho fatto le domande di routine il primo giorno allo studio. Ho fatto alcune ricerche sul suo passato. Ha preso in affitto un appartamento non lontano da qui. Posso anche chiamare la WYEP e farmi dire se è lì.»

Noah tornò verso di loro. «Non c'è.»

«Cosa vuoi dire?» chiese Josie.

Noah alzò il telefono, anche se ora lo schermo era nero. «Ero al telefono con John W. Brown, il direttore dell'Eudora. Un membro del personale ha riferito di aver visto Beau che lasciava l'hotel passando da un'uscita di servizio posteriore con un altro uomo, a occhio e croce una ventina di minuti fa. Stanno controllando il filmato, ma quello insieme a Beau è stato descritto come un uomo di età fra i trentacinque e i quarant'anni, alto, con capelli castani e il pizzetto.»

«Corrisponderebbe alla descrizione di Raffy.» disse Gretchen.

Noah si allontanò di corsa, avvertendoli da sopra la spalla: «Vado lì e guardo il filmato io stesso. Vi farò sapere.»

«Nel frattempo...» disse Josie, «credo che qualcuno di noi

dovrebbe individuare il ponte dove è avvenuto l'incidente. Tanto che l'assassino sia Raffy o meno, avrà allestito gli omicidi di Jasmine e Sam su quel ponte.»

«Cosa te lo fa pensare?» chiese Mettner.

«Ha ucciso Claudia Collins alla cena del suo anniversario, considerando che, per molti versi, il matrimonio dei Collins era una finzione. Ha ucciso Eve Bowers nella Grotta degli Amanti, perché era l'amante segreta di Beau. Ha ucciso Trudy Dawson nell'ufficio dello studio, il luogo del "crimine" che Trudy e Beau hanno commesso contro Claudia. Questo assassino ci ha guidati per tutto il tempo. Ci ha guidati in un tour dei segreti, delle indiscrezioni e dei peccati di Beau. Non avrebbe senso che avesse lasciato questo preciso articolo su questa precisa scena se non intendeva svelare qualche nuovo segreto o condurci ai corpi di Sam e Jasmine. Questo articolo ci indirizza verso il ponte.»

«Tu resta qui e occupati della scena.» disse Gretchen mettendo una mano sulla spalla di Mettner. «Procuraci tutto quello che puoi. Testimoni, filmati... hai detto che l'appartamento di Raffy non è lontano da qui: manda un'unità a bussare alla sua porta. Nel frattempo che tu ti occupi di questo, io vado nella contea di Lenore, trovo questo ponte e faccio degli accertamenti.»

«Io mi informo sull'ultimo indirizzo conosciuto di Brooke Sullivan.» si offrì Josie.

«Ci vai da sola?» le chiese Mettner.

«Neanche per sogno.» disse lei. «L'articolo dice che è residente nella contea di Lenore. Chiamerò lo sceriffo locale e gli chiederò assistenza. Sono sicura che qualcuno mi raggiungerà laggiù. Se andiamo nel loro territorio a parlare con Brooke e a controllare il ponte, li dobbiamo avvertire.»

«Farò una telefonata anch'io.» disse Gretchen.

Mentre Josie guardava i suoi colleghi dividersi per lavorare su piste diverse, il suo telefono cominciò a squillare. Lo tirò fuori e accettò la chiamata. «Quinn.»

«Boss!» rispose il sergente Dan Lamay. «Ho appena riattaccato da una telefonata con l'agente assegnato ad Archie Gamble.»

Il terrore si fece pesante come un mattone nello stomaco di Josie. «Che cosa ha detto?»

«Ehm... ha detto che Archie Gamble è sparito.»

«Che cosa?»

«Non è a casa e l'agente non riesce a rintracciarlo.»

«Ne sei sicuro?»

«Ehm, sì. A quanto pare, l'agente in servizio lo ha visto uscire da casa a piedi e addentrarsi nel bosco. Da allora non l'ha più visto.»

«Quanto tempo fa è successo?» chiese Josie.

«Circa venti minuti.»

Josie sospirò. «Me ne occupo io.»

CINQUANTA
ANNOTAZIONE DAL DIARIO, SENZA DATA

Ora so chi è. Il mio amante. Oggi è venuta una donna a casa nostra. Non vedo più nessuno, oltre a mio marito, a parte quando andiamo dal medico. Lo so perché scrivo ogni giorno su questo diario, così mi ricordo cosa succede. Ho controllato tutte le annotazioni dal giorno dell'incidente. In nessuna si parla di persone diverse dai medici. Quando ho sentito la voce di una donna provenire dalla cucina, ho capito che l'avevo già sentita. Dovevo vedere il suo volto. Se l'avessi vista mi sarebbe tornato in mente qualcosa. Volevo solo sbirciare nella stanza, ma sono caduta. Da quando ho avuto l'incidente, cado spesso. Mi hanno sentito. Mio marito ha provato un grande piacere a farmi vedere da lei. Mi ha fatto domande a cui non sapevo rispondere finché non ho iniziato a piangere. Ogni volta che dicevo che non lo sapevo o che non me lo ricordavo, lui sembrava farsi più contento. Sembrava un atto di sadismo. Anche quella donna deve averlo pensato, perché anche lei si è messa a piangere. Dopo che se n'è andata, gli ho chiesto chi fosse. Lui ha detto che me lo avrebbe mostrato. Ha tirato fuori il suo computer portatile e ha aperto un programma da farmi vedere. Si vedeva uno spezzone di un programma televi-

sivo. Si chiamava *L'angolo delle Coppie con i Collins.* Ho riconosciuto la donna che era appena stata a casa nostra.

E l'uomo. Appena l'ho visto, ho capito. Era proprio lui. L'uomo che amavo. E lui è in televisione, con sua moglie, e invece io sto qui, a perdere tempo, in questo piccolo girone dell'inferno, con un uomo che dice di essere mio marito, ma il cui odio per me sembra non avere fine.

CINQUANTUNO

Una volta salita in auto, Josie avviò al massimo il riscaldamento. Il brivido che si era impossessato di lei nel momento in cui aveva visto il disegno di Sam Toselli sulla porta non la abbandonava. Accese il terminale di bordo e si prese un attimo per cercare Brooke Sullivan. Non c'erano molte informazioni. Non era mai stata arrestata, tanto meno condannata per un reato. La sua patente era scaduta da tre anni, ma la foto mostrava una giovane donna con lunghi capelli castani e un sorriso a labbra chiuse. Aveva tutti i requisiti per essere bella, se solo non avesse avuto il peso di tutto il mondo sulle spalle. Josie si chiese con cosa fosse alle prese quando era stata scattata quella foto. Se Raffy era un assassino a sangue freddo, era poco probabile che fosse un marito gradevole. Avendo sentito in che termini aveva parlato di Brooke e Margot quando credeva che lui e Noah stessero parlando in privato, Josie non si sarebbe stupita se ci fosse stata una storia di abusi. Non riuscì a trovare alcun rapporto su chiamate domestiche nella loro abitazione, ma questo significava poco.

Poi si concentrò sull'indirizzo della contea di Lenore. C'era qualcosa in proposito che la continuava a tormentare. La casa era registrata solo a nome di Brooke. La cercò su una mappa.

Ingrandendo, vide che si trovava a pochi chilometri dalla casa scalcinata di Archie Gamble. Se dietro a tutta quella storia c'era Raffy Sullivan, sarebbe stato facile per lui mettersi alla guida dell'auto di Eve Bowers fino al terreno di caccia statale adiacente alla casa, abbandonarla e da lì recuperare la propria auto per tornare a casa. Avrebbe potuto facilmente passare attraverso il terreno di Gamble e, magari, per quanto ne sapevano, avrebbe potuto prendergli una delle tante biciclette che teneva in garage per andare da una parte all'altra della città, gettando così i sospetti appunto su Gamble. Ma Josie dubitava che Gamble non se ne sarebbe accorto quando gliel'avesse riportata indietro. Senza escludere la possibilità che i due lavorassero insieme.

Approfittando del fatto che la casa di Gamble si trovava sulla strada per la casa dei Sullivan, decise di fermarsi prima lì. Messasi al volante, usò il vivavoce dell'auto per chiamare l'ufficio dello sceriffo della contea di Lenore e spiegare la situazione. Gretchen li aveva già contattati per il ponte. Il loro personale era ridotto a causa di un incidente di un autobus sull'Interstatale vicino al capoluogo di contea, ma promisero di inviare un'unità per incontrare Gretchen al ponte e un'altra per incontrare Josie a casa dei Sullivan. Una volta finito, chiamò Luke. Se Archie Gamble aveva lasciato casa sua a piedi, Blue sarebbe stato in grado di seguirne l'odore. In quel momento erano già impegnati in un altro caso in una contea vicina, ma Luke promise di arrivare a Denton il prima possibile.

Una goccia di sudore le scivolò lungo la schiena. Girò la manopola del riscaldamento. Era stata così presa dalla conversazione che non si era accorta che il calore era diventato troppo intenso. L'aria che soffiava attraverso le bocchette diminuì fino a un ronzio morbido e costante. Ma ormai, il sudore le si era accumulato sotto le ascelle e lungo l'attaccatura dei capelli. Abbassò il finestrino, lasciando entrare l'aria frizzante della notte. Un attimo dopo, intravide la volante assegnata alla casa di Archie Gamble, con i fari accesi. Josie parcheggiò accanto e scese, correndo verso la portiera. L'agente abbassò il finestrino. Lo riconobbe immediatamente, era Brennan, che si asciugò il sudore dalla fronte con il retro della manica. Il suo viso era rosso. «Ho chiamato altre unità.» la avvertì. «Non è ancora arrivato nessuno.»

«Sono piuttosto impegnati.» rispose Josie.

Brennan fece cenno di attraversare la strada verso la casa di Gamble. Una luce solitaria brillava dalla finestra d'ingresso. «Sono andato a cercarlo, ma mi sono perso e ho girato a vuoto nel bosco. Anche usando la torcia. E siccome non riuscivo a trovarlo, quando finalmente ho ritrovato la strada, ho pensato di chiamare i rinforzi, ma non è arrivato nessuno.»

«Luke Creighton e il suo cane sono già per strada.» disse Josie. «Potranno aiutarci, anche se non sono più sicura che Archie Gamble sia il nostro problema principale.»

«Sicura Boss?» le chiese Brennan. «Perché quando è uscito da casa, sembrava che avesse un'arma.»

Il nocciolo di terrore nello stomaco di Josie si espanse. «Che tipo di arma?»

Brennan alzò le spalle. «Non ne sono sicuro. Ero troppo lontano. Qualcosa di luccicante, però. Poteva essere un coltello o anche una pistola. Difficile dirlo.»

Josie imprecò. Non aveva idea di cosa avesse in mente Gamble o del perché avesse finalmente scelto di uscire di casa proprio a quell'ora dopo tanti giorni di inattività. «Va bene.» disse. «Aspetta qui Luke e Blue. Non dovrebbero tardare molto. Io devo andare in strada a controllare una cosa. Se non sarò di ritorno per quando Luke e Blue saranno arrivati, andate avanti senza di me.»

Pochi istanti dopo stava accostando davanti al vialetto della casa di Sullivan. Si trovava su una strada simile a quella di

Archie Gamble: buia, poco frequentata, piena di alberi e senza vicini. Con questo finivano le somiglianze. Anche se non c'erano ornamenti all'esterno, la casa dei Sullivan era pulita e sembrava ben curata. Era un semplice cottage su un unico piano. Josie non vide nessun veicolo quando imboccò il vialetto di ghiaia, né macchine dello sceriffo della contea di Lenore. Fece un'altra telefonata e ricevette l'ennesima promessa che qualcuno sarebbe arrivato ad assisterla a breve. Poi valutò le sue opzioni.

Se l'assassino era davvero Raffy, avrebbe portato Sam e Jasmine Toselli a casa sua?

Josie chiamò Noah, che le rispose al secondo squillo. «Ehi.» disse. «Stavo per chiamarti. Abbiamo trovato qualcosa.»

«In hotel?» chiese lei.

«E in strada.» rispose lui. «Mett ha detto che nessuno dei vicini ha visto nulla, ma una delle loro telecamere ha ripreso un uomo che costringe Jasmine e Sam a entrare nel bagagliaio di una berlina nera. È sgranato, ripreso da una pessima angolazione e da lontano, ma è quello che mostra.»

Josie sentì un brivido attraversarle il petto. «E in albergo?» chiese.

«È lui.» disse Noah. «Brown ha un filmato molto migliore in cui si vede Raffy che va alla porta della camera d'albergo di Beau. Lo si vede scomparire all'interno per diversi minuti e poi escono insieme. Scendono le scale sul retro ed escono dall'ingresso di servizio. Nessuna pistola, ma Beau sembra spaventato a morte. Il cellulare di Beau è rimasto nella stanza. Stiamo controllando i filmati del parcheggio. Ora che abbiamo la conferma che c'è Raffy dietro a tutto, emettiamo un mandato di ricerca per l'auto. Tu dove sei?»

«Sono appena fuori dalla casa dei Sullivan in attesa di un agente che mi raggiunga qui. Noah, qual è la dinamica temporale?»

«Il filmato mostra il rapimento di Jasmine e Sam alle diciassette e cinquantatré. Poi alle diciotto e quarantasette si è presentato all'hotel. Se n'è andato con Beau alle diciannove e ventotto. Mettner e io cercheremo di seguire il percorso dell'auto sulle riprese di sorveglianza da qui, non appena troviamo le riprese dell'esterno.»

Erano le ventuno passate. Nello scenario in cui Raffy aveva portato Beau Collins e Jasmine e Sam Toselli in casa sua, a quell'ora doveva essere già arrivato. Se avesse voluto che la polizia li trovasse tutti, non avrebbe nascosto la macchina. Non era in casa quindi. Era passato abbastanza tempo da permettergli di raggiungere il ponte? A occhio e croce, sì. Eppure, Gretchen non aveva ancora dato notizie.

«Va bene.» disse Josie. «Tienimi informata.»

Scese dall'auto e raggiunse il gradino d'ingresso. In piedi, sotto un cerchio di luce pallida, aprì la fondina. L'agitazione nel suo petto si fece più frenetica. Senza preavviso, la porta d'ingresso si spalancò.

CINQUANTADUE

Una donna che assomigliava solo vagamente a Brooke Sullivan apparve davanti a Josie, con uno sguardo vuoto. Aveva i capelli castani, così lunghi che le arrivavano sotto la vita, così spettinati che in diversi punti le si erano formati dei nodi che erano diventati vere e proprie matasse di capelli. La pelle del viso era così pallida da risultare quasi traslucida. Aveva gli occhi infossati. Indossava una maglietta con sopra un cardigan che Brooke aveva abbottonato storto. E non si abbinava per niente ai pantaloni della tuta. I calzini erano di colore diverso l'uno dall'altro.

«Chi sei?» chiese a Josie.

Josie tirò fuori il distintivo e lo girò verso Brooke.

«Sei della polizia...» osservò. «Perché sei qui?»

«Lei è Brooke Sullivan?» le chiese Josie.

Grattandosi la tempia, scosse il polso in un movimento ripetitivo. Invece di rispondere, si voltò e si rintanò dentro casa. Josie mise la mano sull'impugnatura della pistola e seguì Brooke all'interno.

L'arredamento era piuttosto scarso: nel soggiorno, un vecchio divano blu tutto cadente era collocato di fronte a un mobiletto con sopra un piccolo televisore, in quel momento spento. Le pareti della stanza erano spoglie, non c'erano foto e nemmeno quadri né decorazioni. Il tavolino da caffè, invece di trovarsi di fronte al divano, era stato spinto dall'altra parte della stanza, contro una parete spoglia. Alle spalle del divano erano state collocate due lampade che proiettavano cerchi di luce sul suo tessuto logoro. Josie seguì Brooke fino alla soglia della cucina, dove si fermò. Josie la raggiunse e, sbirciando da sopra le sue spalle, vide una distesa di post-it che erano stati attaccati su quasi tutte le superfici della stanza. Sul frigorifero c'era scritto: "Chiudi lo sportello". Sulla parete dietro il rubinetto del lavandino c'erano due post-it che indicavano quale fosse il caldo e quale il freddo. Altre etichette sul tostapane e sulla macchina per il caffè.

Brooke si fermò al bancone dell'isola.

«Mrs. Sullivan...» disse Josie. «C'è qualcuno in casa con lei?»

Brooke si voltò verso Josie con un sorriso incerto. «Sto qui da sola perché sono costretta. Lui veniva qualche volta, ma ora non c'è mai. A meno che io non me lo stia dimenticando.» Abbassò il mento sul petto. Quando lo rialzò per incrociare lo sguardo di Josie, aggrottò la fronte. «Chi sei?»

Josie fece un passo avanti e le mostrò di nuovo i suoi documenti. Brooke fissò il distintivo del distretto di Denton, ma Josie ebbe la netta impressione che non lo vedesse affatto. «Brooke...» disse Josie. «Vivi qui da sola?»

«Sono costretta...» spiegò. «Ha detto che devo vivere da sola per quello che ho fatto.»

«Che cosa hai fatto?»

Brooke tirò fuori uno sgabello da sotto il bancone dell'isola e si sedette. Le ci vollero diversi secondi per mettersi in equilibrio in cima allo sgabello prima di accorgersi di nuovo di Josie. «Hai detto che sei della polizia?»

«Sì.» disse Josie. «Volevo farti qualche domanda.» «Sull'incidente?»

«No.» disse Josie. «Su Beau Collins. Ti ricordi di lui?»

Qualcosa passò sul suo viso, un'ombra, ma un attimo dopo scosse la testa. «Non ne sono sicura.»

«Siete sposati?»

«Non ne sono sicura. Un momento... Sì, credo di essere sposata, solo che ora lui non torna più tanto spesso. Quindi, forse, non sono sposata.»

Josie si sentiva divorare le viscere dall'angoscia. Che cosa ci faceva quella donna nel bel mezzo del nulla a vivere da sola, quando non riusciva nemmeno a ricordare se era sposata né tantomeno con chi? Josie sfiorò un post-it vicino che diceva "Mangia a questo tavolo".

«Chi ti ha lasciato questi post-it?»

«Sono per ricordarmi di non dare fuoco alla casa.» spiegò Brooke.

«Di chi è questa casa?» chiese Josie.

«È casa mia. È sempre stata mia. È per questo che se n'è andato lui e non io. Ha detto che potevo restare qui perché avevo ottenuto... avevo ottenuto un... un accordo stragiudiziale! Ecco!» Batté le mani in segno di trionfo. «Me lo sono ricordata!»

«È fantastico.» disse Josie. «Sai in cosa consiste un accordo stragiudiziale?»

Brooke aggrottò le sopracciglia. Passarono diversi secondi. «No. Non lo so. So soltanto che ha aspettato anni e anni in modo da mettere abbastanza soldi da parte per lasciarmi qui e andare a vivere... in città credo. Mi sembra che abbia detto così. Ho molti problemi a ricordare le cose dopo l'incidente. Mi dispiace.»

Con tutta probabilità aveva ricevuto un risarcimento dall'assicurazione dopo l'incidente, anche se, essendo l'unica automobilista coinvolta, era difficile immaginare come fosse riuscita a ottenerlo, a meno che il suo avvocato non fosse stato in grado di dimostrare la negligenza del Comune nelle procedure di rimozione del ghiaccio dal ponte, o nell'aver trascurato qualche difetto strutturale del ponte stesso sul quale non era stato fatto alcun intervento. Ma non aveva importanza in quel momento, così Josie le chiese: «Chi si prende cura di te, Brooke?»

«Adesso faccio tutto da sola.» disse Brooke con orgoglio. «Mi vesto da sola, mi faccio la doccia da sola e ho anche imparato a preparare qualche piatto.»

Josie si sentì trafiggere il cuore dalla tristezza. «Va bene, ma chi viene in questa casa a portarti da mangiare? Chi si assicura che tu stia bene?»

«Lui.» disse Brooke con semplicità.

Josie deglutì la sua frustrazione, chiedendosi se Brooke ricordasse il nome di Raffy. «Lui chi?»

«Mi... mi dispiace...» disse Brooke. «Riesco a vederlo nella mia mente. Riconosco il suo aspetto. Solo che non riesco a...» Socchiuse le palpebre come se le avessero puntato una luce dritta negli occhi.

Josie tirò fuori il telefono per cercare una foto di Raffy, ma si rese conto di non averne. Non era stato un sospettato fino a quel punto dell'indagine.

«Ti va di vedere la mia scatola dei ricordi?» le chiese Brooke.

Per la prima volta da quando era entrata in quella casa, Josie percepì uno slancio di speranza. «Cos'è la tua scatola dei ricordi?»

«È esattamente quello che è!» spiegò Brooke con un sorriso. «È una scatola in cui conservo tutti i miei ricordi. Quelli che non riesco a tenere a mente da quando ho avuto l'incidente. Di solito mi dimentico dov'è o lui la sposta, ma se riesco a trovarla, posso darti le risposte alle tue domande.»

«Perfetto.» disse Josie seguendo Brooke da una stanza all'altra, osservandola mentre controllava i vari nascondigli, dentro gli armadi e sotto i mobili. C'erano solo due camere da letto.

Una era vuota. L'altra aveva un letto a una piazza e mezza e un cassettone per una sola persona. Altri post-it elencavano il contenuto di ciascuno dei cassetti. Infine, nelle profondità dello stipetto del bagno, in fondo a uno scaffale contrassegnato dalla dicitura "assorbenti e tamponi", dietro a due scatole di prodotti femminili, recuperò una scatola da scarpe. Tornò in salotto, ma anziché prendere posto sul divano, preferì sedersi a gambe incrociate sul pavimento, con la scatola in grembo. Josie si accovacciò accanto a lei per vedere meglio. Sul coperchio c'era scritto "Brooke". Di nuovo, Josie si sentì attraversare dalla tristezza come da mille piccole punture d'insetto.

Brooke indicò il suo nome. «Questo è il mio nome. Brooke.»

Sollevò con cautela il coperchio della scatola. Uno per uno, estrasse gli oggetti che conteneva e li dispose intorno a sé sul pavimento. Fotografie, un ritaglio di giornale, appunti sparsi e un diario. Batté un dito sull'articolo di giornale. Josie si chinò per vedere che era lo stesso che era stato lasciato a casa Toselli. «Questo è il motivo per cui ho problemi a ricordare.» disse Brooke. «Ricordo molte cose dell'incidente, anche se lui pensa che me le sia scordate. C'è qualcosa dell'incidente che devo ricordare, però. Qualcosa di importante. Oh, aspetta! Lo so!»

Si alzò e tornò in cucina. Seguì un gran trambusto. Pentole che sferragliavano, posate che tintinnavano. Pochi istanti dopo tornò con un sacchetto di carta marrone con i manici che mise davanti a Josie e da cui estrasse i menù dei ristoranti che facevano il servizio d'asporto. Sotto c'erano pile di banconote da cento dollari. «Dove hai preso tutti questi soldi?» le chiese Josie.

«Dalla signora dell'incidente.» spiegò Brooke. «È venuta qui...» strizzò gli occhi, tenendo il viso rivolto verso l'alto, contratto come se avesse assaggiato qualcosa di aspro. Dopo qualche secondo, li riaprì e disse con un sorriso trionfante: «Due volte! Me lo sono ricordata! La prima volta è venuta a parlare con lui e l'ho vista solo per sbaglio. Quella è stata una giornata davvero brutta.»

Si acciglió, gli occhi assunsero uno sguardo lontano. Era impossibile dire se stesse cercando il ricordo di quel giorno nella sua memoria o se l'avesse già trovato, anche solo per frammenti, e non le piacesse quello che ricordava.

«E la seconda volta?» la incalzò Josie.

«La seconda volta?» ripeté Brooke.

«La seconda volta che la signora dell'incidente è venuta qui.» le rammentò Josie.

«Giusto, giusto.» Brooke si inginocchiò di nuovo e toccò le pile di banconote da cento dollari, facendoci scorrere sopra le dita come se fossero stampate con una specie di Braille. «Questi me li ha dati lei.» spiegò. «A causa dell'incidente. Posso tenerli. Avrei dovuto darli a lui, ma non l'ho fatto. Lui è... cattivo e crudele e ho bisogno di allontanarmi da lui. Pensi che questi siano sufficienti?»

Josie riusciva a malapena a respirare. «Abbastanza per cosa?»

«Per allontanarmi da lui.»

«Oh, Brooke...» disse Josie con dolcezza. «Posso aiutarti a scappare da lui, con o senza soldi.»

Un lampo di paura attraversò il viso di Brooke. Si voltò verso la porta. «Va bene, ma dobbiamo stare attente.»

Josie si alzò e fece qualche rapido passo verso la porta d'ingresso. Fuori non c'era alcun movimento. Tornando da Brooke, tirò fuori il telefono e cercò una foto di Claudia Collins. «È questa la donna dell'incidente?»

Brooke aggrottò le sopracciglia. «Non ne sono sicura.»

Josie indicò le pile di banconote all'interno della borsa. «Se le contassi, ci sarebbero trentamila dollari?»

«Non lo so.»

Josie rivolse la sua attenzione alle fotografie. Il cuore le batteva così forte nel petto che era sicura che Brooke potesse sentirlo. Non che ne avesse bisogno, dal momento che i pezzi si stavano mettendo insieme nella sua testa, ma la conferma era davanti a lei, evidente. L'uomo nelle foto con una Brooke molto più giovane e curata indossava occhiali spessi, aveva lunghi capelli biondi e una cinquantina di chili in più. Ora aveva un aspetto molto diverso. Ma gli occhi erano gli stessi.

«Tuo marito si chiama Rafferty.» disse Josie. «La gente lo chiama Raffy.»

Brooke si avvicinò e prese la foto di loro due il giorno del matrimonio. «Questo è lui!» disse. «Sono sposata. Questo è mio marito.»

«Sì.» disse Josie. «Sai dove si trova in questo momento?» «No, mi dispiace, non so dove sia. Ma te l'ho detto, ho una pessima memoria.» Prese il diario e lo porse a Josie. «È per questo che tengo un diario. L'ho trovato dopo l'incidente e ho ricominciato a scriverci per non dimenticare tante cose. Leggilo. Magari c'è scritto dove va quando esce di casa.»

Josie lo prese e iniziò a sfogliarlo. Era scritto fitto, con diverse annotazioni, nessuna delle quali riportava la data. Era abbastanza facile distinguere le annotazioni precedenti all'incidente da quelle successive perché la calligrafia di Brooke era leggermente cambiata. Continuò a sfogliare fino alla fine delle annotazioni, leggendo il più velocemente possibile. Non dicevano molto di Raffy, se non quanto fosse sempre stato crudele e violento. Non c'erano indizi su dove andasse. La rivelazione più grande fu che Brooke e Beau erano stati amanti. Josie non ne fu sorpresa. Sembrava che non ci fosse fine alla lista di donne con cui Beau si era intrattenuto all'insaputa della moglie. Continuò a scorrere il diario fino alla fine, con un sussulto quando lesse l'ultima voce.

«Va tutto bene?» chiese Brooke.

«Ehm, sì...» rispose Josie.

«Hai trovato quello che cercavi?»

«Non esattamente.» Josie rimise il diario nella scatola e poi tirò fuori una foto di Beau Collins sul suo telefono. La girò verso Brooke. «Ti ricordi di quest'uomo?»

Brooke si scostò una lunga ciocca di capelli unti. Una profonda tristezza le si raccolse negli occhi. «Era il mio amante.» disse. «È una delle poche cose che riesco a ricordare, ma credo di ricordarlo solo se vedo la sua faccia. Più lo vedo e più mi torna in mente. Vorrei che venisse a prendermi. Mio marito dice che non tornerà mai a prendermi perché è un...» si prese un attimo per recuperare nella memoria le parole esatte. «Un bugiardo libidinoso.»

Quelle parole colpirono Josie come uno schiaffo. La recensione: "Beau Collins è un bugiardo libidinoso di cui non ci si può fidare. Non è un vero terapeuta. La sua missione non è aiutarti. La sua missione è rubarti la moglie."

«Brooke...» disse Josie. «Quest'uomo si chiama Beau Collins. Ti ricordi che tu e tuo marito siete andati a fare consulenza matrimoniale da lui?»

Brooke abbassò lo sguardo sul suo grembo. «Ho fatto una cosa brutta e devo pagare.»

Josie si avvicinò e toccò delicatamente la mano di Brooke per attirare la sua attenzione. Brooke strinse rapidamente le dita di Josie, tenendole strette. «Brooke...» disse Josie. «Credo che tu abbia pagato abbastanza.»

Brooke la fece quasi cadere nel tirarsi su di scatto, stringendo le braccia intorno al collo di Josie, che era ancora in ginocchio; era una bella sfida rimanere dritta, ma accettò comunque l'abbraccio e lo ricambiò lentamente. Brooke aveva un odore pungente, ma Josie lo percepì a malapena, chiedendosi a quando risalisse l'ultima volta che qualcuno aveva abbracciato quella donna o che le aveva mostrato un minimo di affetto. Quando era stata l'ultima volta che era uscita da quella casa. Quando era stata l'ultima volta che aveva visto altre persone, oltre a Raffy o a Claudia Collins. Che cosa stava architettando Claudia Collins per dare ai Sullivan trentamila dollari in contanti.

Brooke era rivolta verso la porta d'ingresso. Quando Josie

sentì il suo corpo farsi teso all'improvviso, capì che c'era qualcosa che non andava. Le assi del pavimento scricchiolarono. Ancora strette nell'abbraccio, Josie si girò, e Brooke con lei, facendo perno su una delle ginocchia. Davanti a loro apparve Archie Gamble che si precipitò su di loro tenendo tra le mani qualcosa di metallico che luccicava.

CINQUANTATRÉ

I tre secondi che Gamble impiegò per passare dalla porta al salotto, incombendo su Josie e Brooke, passarono al rallentatore. Nell'istante in cui Josie si tirava addosso Brooke e rotolava di lato, il lampo di metallo nella mano di Gamble si trasformò nella lucida estremità smussata di un martello. Gamble lo abbatté proprio sul punto dal quale Josie e Brooke erano appena fuggite, Josie rotolò di nuovo fino a quando non furono lontane dal divano e si trovò a cavalcioni su Brooke. In preda al panico e bloccata sul posto, con entrambe le mani appoggiate al petto, Brooke fissava Josie con occhi spalancati e pieni di terrore. Non c'era tempo per rassicurarla.

Josie stese la gamba sinistra, con il piede piatto, pronta ad alzarsi. Intanto, con la mano destra, estraeva la pistola dalla fondina. Gamble ruotò su se stesso dalla posizione in cui si era abbattuto, calando il martello verso il basso nello spazio lasciato vuoto da Josie e Brooke, e si avventò su di lei. Prima che Josie avesse il tempo di gridargli di fermarsi, o potesse anche solo prendere bene la mira, se lo ritrovò addosso, mentre faceva scendere il martello con un colpo di lato che prese la pistola, strappandogliela dalle mani e spedendola in un angolo della stanza. Brooke lanciò uno strillo.

Il corpo di Josie reagì automaticamente: proprio mentre Gamble le si avvicinava di nuovo per abbattere il martello sulla sua testa, lei scattò in piedi, allontanandosi da Brooke, rimasta in posizione prona, e gli si avventò contro, facendo una piroetta quando entrò in contatto con il suo corpo, sfruttando lo slancio fino a quando non si trovò con la schiena schiacciata contro il suo petto.

Con entrambe le mani, Josie seguì la lunghezza del braccio nerboruto di Gamble, arrivando fino al lungo manico del martello. Con la mano libera, Gamble le raggiunse il viso e le tappò la bocca. Sapeva di sigarette e di sporcizia. Le dita scavarono nella cicatrice sul lato destro del viso, facendola bruciare e riportando alla memoria la bambina di sei anni che era stata, sfregiata, coperta di sangue e terrorizzata a morte.

Ventisette punti di sutura.

Quando lui le strattonò la mascella, non ottenne altro che farla arrabbiare di più. Si aggrappò al manico del martello e morse qualsiasi pezzo di carne che i suoi denti riuscirono a trovare. Dalle profondità del petto di Gamble fuoriuscì un urlo gutturale, con vibrazioni che si propagarono contro la schiena di Josie, ma lei tenne duro, stringendo ancora di più la mascella, finché una colata di sangue caldo e ramato non le riempì la bocca. La carne aveva ceduto. Ma anche così, la presa di Gamble sul martello si allentò appena e allora Josie usò entrambe le mani per strappargli via il martello. Rimanendo nel cerchio stretto delle sue braccia, ruotò di nuovo, stese la mano che aveva appena morso e usò lo slancio del suo corpo per affondare la testa del martello nella coscia di Gamble. Completata la rotazione, si ritrovò rivolta faccia a faccia con lui. Gamble barcollò all'indietro, ma in qualche modo riuscì a evitare di cadere sulla schiena ma, al contrario, cadde sulle ginocchia e quando il ginocchio destro impattò sul pavimento, per poco Gamble non si ripiegò su se stesso. Le espressioni sul suo viso rivelarono l'avvicendarsi delle emozioni che provava, dalla rabbia alla sorpresa fino al dolore più intenso; tuttavia, quando alzò lo sguardo su di lei, Josie capì che non aveva neanche lontanamente intenzione di arrendersi.

Josie aveva partecipato a un numero di risse abbastanza elevato, sia come civile che come agente di polizia, da sapere che la maggior parte delle volte un colpo devastante assestato in alcune parti corpo manda al tappeto l'avversario e lo mette fuori combattimento o almeno lo stordisce quanto basta per sottometterlo; qualche volta, però, accade l'opposto. Un colpo come quello che Josie aveva appena inferto alla gamba di Gamble poteva sprigionare l'adrenalina in chi lo riceveva, anestetizzando il dolore e dandogli la forza di due persone estremamente infuriate.

E Gamble era incazzato.

I loro sguardi si incrociarono per un fugace secondo. Lui incurvò il labbro verso l'alto in quel tipo di sorriso che le fece capire che gli sarebbe piaciuto moltissimo ucciderla seduta stante e nel modo più selvaggio possibile.

Josie gli fece un cenno con il mento a fargli intendere che accettava lo scontro e poi risputò proprio davanti a lui il pezzo di mano che gli aveva strappato. Quindi si lanciarono l'uno contro l'altra. Lei aveva un leggerissimo vantaggio, dato che lui era in ginocchio, ma non riuscì a tenerlo a lungo. Lui era più grosso e più forte di lei. Tuttavia, Josie rimase stretta al suo corpo, in modo che lui non potesse imprimere molta forza o slancio ai colpi che le infliggeva sulla testa e sulle spalle. Gli piantò i gomiti nella cassa toracica, ma non ottenne alcun risultato. Sentì che i loro corpi stavano precipitando a terra e lei sarebbe rimasta sotto; allora, si chinò in avanti e fece del suo meglio per afferrare la più grande porzione di carne e di muscolo dell'interno coscia che riuscisse a stringere attraverso il tessuto dei pantaloni, sperando di individuare il punto esatto in cui l'aveva colpito un attimo prima.

Ci riuscì.

Gamble emise un lungo lamento e cadde a peso morto sopra di lei, ma ancora una volta il colpo sembrò solo infondergli più rabbia ed energia. A cavalcioni su di lei, anche con una gamba praticamente fuori uso, iniziò a sferrare una cascata di pugni alla testa. Josie abbassò il mento sul petto, strinse le mani a pugno e le portò sopra la testa, ruotando il busto da un lato all'altro in modo che i pugni e gli avambracci subissero il maggior peso dell'assalto. Intanto, con il bacino e le gambe cercò di scrollarselo di dosso, ma vedendo che non otteneva alcun risultato, fece forza sui piedi contro il pavimento e tirò su le ginocchia, agganciò una delle caviglie di Gamble con un piede e cercò di rotolare da una parte, sfruttando la spinta dei fianchi, per sbilanciarlo. Questo fermò la pioggia di pugni per un breve e meraviglioso secondo, ma non riuscì a disarcionarselo di dosso.

«Puttana!» grugnì Gamble; aveva in serbo diversi sinonimi per lei, ma Josie li ignorò tutti, richiamando a sé qualsiasi tattica di combattimento corpo a corpo che conosceva per trovare il modo di uscire da quella situazione. Un paio di pugni riuscirono a superare le sue difese, sfiorandole la spalla, la fronte, la clavicola. Appoggiò un piede a terra e usò il ginocchio dell'altra gamba per cercare di colpirlo al rene. Più che altro, gli colpì l'osso sacro, cosa che lo fece arrabbiare ancora di più. Poi, improvvisamente, Gamble si fermò e Josie, disorientata, perse i preziosi secondi che intercorsero tra l'ultimo pugno che le tirò e la pressione di tutto il suo corpo su di lei che ne seguì. A un tratto, Josie se lo ritrovò steso addosso, i suoi stessi pugni in faccia, incastrati sotto il petto di Gamble e la fronte graffiata dalla sua maglietta ricoperta di sangue. Per un attimo pensò che avesse semplicemente deciso di soffocarla col suo peso, ma poi la pressione che lui le esercitava sul petto si spostò di nuovo verso il bacino. Gamble aveva raddrizzato il busto e adesso la guardava con quel sorriso minaccioso. Nella sua mano c'era ancora il martello, con il filo della penna puntato verso di lei. Il sangue gocciolava lungo il manico, serpeggiando lungo il braccio. Ecco perché si era fermato: aveva visto il martello sul pavimento e si era allungato per prenderlo.

Adesso, anche se lei avesse usato gli avambracci per difendersi dai colpi del martello, lui le avrebbe frantumato le ossa. Non aveva alcuna possibilità di contrastarlo. L'avrebbe uccisa in pochi istanti. Per la prima volta, la paura superò la rabbia e l'adrenalina che le scorrevano nelle vene.

Stava per morire.

Il tempo rallentò. Ogni cosa intorno a loro sembrò fermarsi, immerso in un etere dalla consistenza della melassa. La luce scintillava sull'artiglio del martello che cominciava a calare verso di lei. Una brezza leggera arruffò i capelli vicino all'orecchio di Josie. Avrebbe giurato di aver sentito la voce della sua defunta nonna. Era appena un sussurro, ma le sembrava chiaro come qualsiasi cosa Josie avesse mai sentito.

Non ancora, tesoro.

La traiettoria del martello fu improvvisamente deviata, con uno scossone laterale. Una grande figura si abbatté contro il corpo di Archie Gamble, liberando Josie dal suo peso. All'inizio pensò di avere un'allucinazione. Poi il tempo tornò a scorrere a velocità normale e i suoi sensi si risvegliarono. Un cane iniziò ad abbaiare ferocemente.

In un mucchio vorticoso accanto a lei, Luke e Gamble si dibattevano in una lotta furiosa sul pavimento. Il martello giaceva a pochi metri da loro. Luke era più grosso di Gamble, ma le sue mani non erano adatte alla lotta e Josie sapeva che non partecipava a un confronto fisico da quasi dieci anni. Blue era rimasto in disparte, con i peli del collo alzati e con lunghi fili di bava che gli colavano dalla bocca a furia di abbaiare e di ringhiare. Josie cercò di rimettersi in piedi, ma le gambe le cedettero. La lotta le aveva tolto molte più energie di quanto pensasse. Si guardò intorno per capire che fine avesse fatto Brooke, ma era sparita. Josie strisciò in giro, cercando la sua pistola. Intanto Gamble riuscì a divincolarsi dalla presa di Luke e si fiondò sul martello con la mano ancora sana, afferrandolo per il manico. Fu in piedi prima che Luke potesse riprendersi. Teneva la gamba che Josie gli aveva massacrato di colpi un attimo prima leggermente piegata, ma anche così Gamble rimaneva in piedi. Mentre le sue mani cercavano a tentoni la pistola sul pavimento, gli occhi di Josie si fissarono con orrore al modo in cui Luke agitava i piedi nel tentativo di spingersi in avanti finché non andò a sbattere contro il muro. Non stava cercando di alzarsi. Non ci riusciva. Si era di nuovo fatto prendere dal panico.

Era esattamente come Josie lo ricordava il giorno in cui era dovuto uscire dalla casa di Gamble. Si rese conto che era per via del martello. Luke non glielo aveva mai detto chiaramente, ma era facile presumere che avessero usato un martello quando lo avevano sequestrato e sottoposto a lunghe torture finché non gli avevano frantumato le mani. I suoi occhi erano fissi sull'estremità ricurva del martello, puntata verso di lui ora che Gamble incombeva su di lui.

«Figliolo...» gli disse, «quando avrò finito con te, di quegli artigli che chiami mani non rimarrà nulla che possa essere rimesso insieme dai dottori.»

«Luke!» urlò Josie, ma anche se fosse riuscito a sentirla sopra i latrati di Blue, era troppo distante per poter percepire la sua voce. Dovette abbandonare la ricerca della pistola e attaccare di nuovo Gamble. Luke era indifeso. Non ne sarebbe uscito. Josie barcollò in piedi e caricò Gamble, ma prima che potesse raggiungerlo, Blue si lanciò contro di lui e lo fece cadere a terra.

Blue era una furia, mordeva Gamble, lacerava la carne, emetteva rumori che Josie non avrebbe mai immaginato che quel dolce cane fosse in grado di emettere. Gamble si contorceva e si dibatteva sotto l'animale, grugnendo.

Finalmente, Josie individuò la sua pistola vicino al punto in cui era caduto Luke. Si diresse verso di lui inciampando e cadendo di nuovo sulle ginocchia. La pistola era proprio accanto a lui. Gli prese le guance e gli parlò in faccia, direttamente in quegli occhi ormai vitrei. «Luke, va tutto bene. È quasi finita.» Si avvicinò e afferrò la pistola. «Ecco la mia pistola. L'ho presa...»

Blue guaì. Un suono che scatenò un'ondata di nausea e orrore alla bocca dello stomaco di Josie. Ora tutto sembrava muoversi alla velocità della luce. Ci fu una frazione di secondo di silenzio. Gamble grugnì. Blue guaì di nuovo. Luke sbatté le palpebre. La consapevolezza gli balenò negli occhi. Josie sentì il suo palmo caldo sul suo. Poi la pistola sparì dalla sua presa. Luke la spinse da parte.

«Luke!» urlò Josie.

Blue si era allontanato da Gamble zoppicando e ringhiando contro di lui. Gamble si mise in ginocchio, con il martello in mano. A ogni movimento, il sangue gli usciva dalle numerose ferite. Blue l'aveva ridotto a brandelli.

Luke puntò la pistola contro Gamble. «Non azzardarti a toccare il mio cane, figlio di puttana.»

Poi sparò un colpo al petto di Archie Gamble.

CINQUANTAQUATTRO

Fuori dalla casa di Brooke Sullivan si era ammassata almeno una mezza dozzina di veicoli di emergenza tra quelli degli agenti dello sceriffo della contea di Lenore, le pattuglie del Dipartimento di Polizia di Denton e le autoambulanze; su una di queste era stata caricata Brooke, affidata alle cure dei paramedici che la stavano visitando. Poco dopo arrivarono Noah e il capo Chitwood. Nonostante le loro proteste, Josie si rifiutò di farsi controllare dai paramedici finché qualcuno non si fosse preso cura di Blue. Luke era rimasto in casa, seduto sul pavimento, cullandolo e piangendo nella pelliccia del suo cane, a pochi metri dal corpo di Archie Gamble.

Con gesti morbidi, Noah le prese delicatamente il viso tra le mani. Il sangue di Gamble si stava asciugando sul suo viso, ma ne sentiva ancora il sapore in bocca. «Sei ferita.»

«No.» disse Josie. «Io sto bene. Non è il mio sangue. Sbrighiamoci, dobbiamo aiutare Blue e Luke.»

Noah trovò dell'acqua e un asciugamano. Josie si pulì come meglio poteva mentre discuteva insieme a Noah e a Chitwood della situazione. Una volta messo a punto un piano, Josie si fece accompagnare da Noah fino al salotto, dove si inginocchiò accanto a Luke. Quando gli toccò la spalla, lui trasalì, ma si rilassò quando alzò lo sguardo e vide che era lei.

«Luke...» disse Josie. «Brennan è qui fuori in una delle nostre volanti. Ci penserà lui a riportare te e Blue a Denton. Ho già chiamato la nostra veterinaria. Si chiama Courtney Capone. Credimi, è la migliore che ci sia, è già in ambulatorio e sta aspettando voi due.»

Noah disse: «Luci e sirene a tutto spiano.»

Luke annuì, ma non disse una parola. Insieme, Josie e Noah lo aiutarono ad alzarsi e a prendere Blue e lo accompagnarono fuori, dove li stava aspettando Brennan. Quando se ne furono andati, Noah prese Josie per le spalle e la guardò. Al suo toccò, fu attraversata da un tremito. Era quasi morta. Sarebbe morta se non fossero intervenuti Luke e Blue. Noah si protese verso di lei, premendo la fronte contro la sua. Le passò una mano intorno alla nuca. Respirarono l'uno nell'altra mentre Josie lottava contro un'ondata di emozioni. Rafferty era ancora a piede libero. Jasmine e Sam Toselli erano ancora scomparsi. Vivi, si augurava.

«Ehm...» si annunciò il capo Chitwood.

Josie e Noah si separarono e lo guardarono. «Ho fatto il giro della zona. Sembra che Gamble abbia lasciato casa sua con il suo fidato martello per venire fin qui. Non abbiamo idea del perché. Non sappiamo chi stesse cercando, se Brooke o Raffy, visto che non aveva modo di sapere che Quinn sarebbe stata qui.»

Josie si toccò un punto che le faceva male al centro della fronte. Solo in quel momento stava iniziando a percepire le fitte di dolore in tutte le parti del corpo dove era stata colpita. «Non è che si sia fermato a fare domande.»

«Visto che è uscito di casa con un martello...» disse Chitwood, «credo che fosse in cerca di sangue. Di chiunque. Luke e Blue lo hanno seguito fin qui attraverso i boschi. Le unità di pattuglia non riuscivano a tenere il passo del cane.»

«Si può sapere che diavolo è successo alla mia unità di appoggio della contea di Lenore?» si lamentò Josie.

«Era in ritardo.» spiegò il capo.

«Era in ritardo e per poco Josie non ci rimaneva secca.» protestò Noah.

«No.» disse Josie. «Ho scelto io di andare in quella casa da sola. Non c'era nessuna minaccia quando sono entrata. Come diamine potevo immaginare che Gamble si sarebbe presentato qui all'improvviso? Come faceva a conoscere Brooke? O Rafferty?»

«Ascoltatemi, detective, non abbiamo tempo per queste cose adesso.» intervenne il capo. «Se ci tenete, possiamo rimandare la discussione sulle responsabilità a un'altra occasione, ma in questo momento, la cosa che conta di più è che Quinn è viva, Gamble è fuori combattimento e dobbiamo ancora trovare una madre e suo figlio. Palmer e Mettner sono andati al ponte dell'articolo, all'Old Arch Bridge. I vicesceriffi della contea di Lenore sono riusciti a indirizzarli laggiù, ma dopo quell'incidente l'accesso al ponte è stato chiuso. Ormai sono anni che nessuno ci va più. La struttura era troppo danneggiata da quando l'auto di Brooke Sullivan è passata attraverso il guard-rail. Hanno chiuso un intero tratto di strada. Non c'è niente là. Non c'è nessuno. E anche provando con la triangolazione del telefono di Sullivan e non abbiamo trovato nulla.»

«Ma com'è possibile?» sbottò Josie. Fece scorrere un dito lungo la cicatrice sul lato destro del viso, sentendola bruciare nel punto in cui Gamble le aveva quasi strappato la faccia. «Non può essere vero. Perché avrebbe lasciato l'articolo se non voleva che andassimo su quel ponte? È lì che è avvenuto l'incidente.»

«Sei sicura che li abbia portati proprio su quel ponte?» le chiese Noah. «Pensi che stia cercando di ricreare l'incidente?»

«Sì.» disse Josie. «Penso che sia questo il suo obiettivo. Credo che tutta la sua macchinazione porti a questo. Ha corso rischi enormi commettendo questa serie di omicidi. Sì, è stato prudente: ha usato una bicicletta, ha fatto ricadere i sospetti su Archie Gamble e ha spento i telefoni... ma è stato prudente solo per il tempo necessario a portare a termine il suo piano.»

«E qual è il suo piano?» la incalzò il capo.

«Svelare tutti i segreti di Beau Collins e distruggere la sua vita.» gli rispose Noah.

«E lasciare Beau vivo per sopportare le conseguenze.» aggiunse Josie. «Tutta la faccenda era orientata a far soffrire Beau Collins. Pensatela in questo modo: Rafferty e Brooke sono andati da Beau affinché li aiutasse a risolvere i problemi del loro matrimonio e Beau ha iniziato una relazione con Brooke. Stando a quello che c'è scritto nel suo diario, lei stava per lasciare il marito.»

«Quale diario?» esclamarono all'unisono Noah e Chitwood.

Josie raccontò del diario che Brooke le aveva mostrato. «Ma dopo l'incidente Beau l'ha abbandonata...» continuò, «Brooke era ancora sposata con Rafferty e lui era responsabile per lei, e lei aveva bisogno di molte cure, come adesso d'altronde. Anche se Rafferty avesse potuto superare il tradimento, cosa che non avrebbe mai fatto, visto che all'inizio del matrimonio le usava violenza, non era più sposato con la stessa persona di prima.»

«Ma Rafferty doveva comunque convivere con le conseguenze del tradimento, oltre che dell'incidente.» commentò Noah. «Doveva prendersi cura di una moglie che aveva tutte le intenzioni di lasciarlo per il loro terapeuta. Una moglie che non si ricorda nemmeno più di lui. E intanto, tutto questo accadeva mentre il suddetto terapeuta diventava ricco e famoso, e andava a vivere in una grande casa di lusso con la moglie, che era sana e senza un difetto.»

«Lo stava progettando da molto tempo.» concluse Josie. «Non so se lavorava già alla WYEP prima di mettere in atto tutto il suo piano o se ha ottenuto il lavoro in seguito, ma ha perso peso, si è tinto i capelli, ha cambiato aspetto e si è ingraziato la cerchia ristretta di Beau e Claudia Collins all'emittente televisiva in modo da poter ottenere informazioni approfondite sulle loro vite e così scoprire tutti i sordidi segreti di Beau. Brooke ha detto di aver ottenuto un risarcimento in seguito all'incidente e che Raffy l'ha lasciata per andare a "vivere in città". Deve aver preso il suo appartamento con una parte dei soldi in modo da poter iniziare a frequentare Margot senza che lei sapesse che era ancora sposato o che cominciasse ad avere sospetti su di lui. Poi, in qualche modo, Claudia deve aver scoperto chi era e deve aver pensato che lui li avrebbe rovinati proprio nel momento in cui stavano per fare il salto ottenendo il riconoscimento nazionale. Allora, si è presentata a casa sua con un mucchio di soldi. I trentamila dollari in contanti. Magari aveva intenzione di pagare Rafferty, ma poi, quando si è ritrovata da sola con Brooke, non è riuscita a farcela...»

«Io non credo che Rafferty avrebbe accettato quel denaro.» obiettò Noah. «Per lui non si è mai trattato di una questione di soldi.»

«Quinn...» la interruppe Chitwood, «lo so che ti hanno appena fatto il culo a strisce in quella casa, ma ora mi servi concentrata. Se questo tizio ha intenzione di farla finita questa sera con il figlio segreto di Collins e la donna da cui ha avuto quel bambino, dove pensi che lo farebbe?»

Josie si guardò intorno finché non vide Brooke sul retro di una delle ambulanze, con aria spaventata e confusa. «È un'ipotesi improbabile, ma lei potrebbe saperlo.»

Noah e Chitwood seguirono Josie fino all'ambulanza e aspettarono fuori mentre lei saliva e si sedeva sulla panca accanto alla barella. Brooke la guardò con aria perplessa, studiandola attentamente. Pochi secondi dopo, le sorrise ed esclamò: «Tu sei la poliziotta!»

Josie non riuscì a contenere a sua volta un sorriso. «Te ne sei ricordata! È fantastico. Sì, sono la detective Josie Quinn. Ci siamo incontrate prima. Abbiamo parlato e tu mi hai raccontato dell'incidente in cui sei rimasta coinvolta e del fatto che adesso hai problemi a ricordare le cose. Abbiamo anche parlato di tuo marito e della "signora dell'incidente".»

Brooke annuì, anche se Josie aveva qualche dubbio che ricordasse effettivamente gli eventi di quella sera. Da una tasca del cappotto recuperò il suo telefono che, in qualche modo, era sopravvissuto indenne all'attacco di Archie Gamble. Tirò fuori la foto di Beau Collins, ricordando quello che aveva detto Brooke, cioè che vedere un viso, certe volte, la aiutava a ricordare le cose, e le passò il telefono. «Voglio che lo guardi bene. Guarda il suo viso.»

Brooke lo scrutò. La sua espressione si rabbuiò, poi un lampo di lucidità le attraversò gli occhi. «È lui! È il mio amante! Lui lavora in televisione e io sono qui. Mio marito dice che è un "bugiardo libidinoso".»

«Esatto.» disse Josie. «È quello che mi hai detto prima. Brooke, so che usi il tuo diario per tenere traccia delle cose che hai dimenticato. Ti ricordi che nel diario hai scritto che tuo marito era violento? Che odiava Beau? Quest'uomo!» disse Josie toccando lo schermo.

«Mi... mi sembra di sì. Sì. Dovrei rileggere il diario, ma se mi dici che è esattamente quello che ho scritto, ti credo.»

«Va bene.» si accontentò Josie. «Ora ti dirò qualcosa che non hai scritto perché non lo potevi sapere. Tuo marito, Rafferty, ha architettato un piano per fare del male a Beau e ad alcune persone a cui Beau teneva.»

«Per tutto questo tempo ho pensato che Beau tenesse a me.» disse Brooke con un filo di voce.

«Lo so.» disse Josie. «Mi dispiace davvero.»

Brooke spostò lo sguardo dalla foto a Josie. «Me lo merito, però, dopo quello che gli ho fatto.»

Josie le diede una leggera stretta al polso. «Brooke, credo che tu meriti molto di più di tutto questo.»

«Grazie.» disse Brooke. «Sei della polizia, vero?»

Fuori dall'ambulanza, Josie sentì che il capo faceva un verso di esasperazione e gli lanciò un'occhiata prima di voltarsi di nuovo verso Brooke. «Sì, sono della polizia. Mi stavi aiutando a capire dove tuo marito può aver portato quest'uomo...» riprese toccando ancora lo schermo. «Nel caso avesse intenzione di fargli qualcosa di brutto.»

Brooke guardò la foto di Beau, di nuovo con una serie di emozioni che le cambiavano i lineamenti del volto. Accarezzò la guancia di Beau. «Eravamo così innamorati. Stavamo per diventare una coppia. Poi è successo l'incidente. Pensavo che sarebbe tornato per me. Non potevo più uscire di casa se non per andare dai dottori.»

«Quinn...» sibilò il capo. «È una perdita di tempo.»

Ma Josie non badò alle sue proteste. Brooke e Beau avevano avuto una relazione quando entrambi erano sposati e la relazione era ancora più tabù, dato che Beau era stato il consulente matrimoniale dei Sullivan. Avrebbero dovuto incontrarsi in segreto per continuare a stare insieme.

«Brooke...» disse Josie. «Quando tu e Beau stavate insieme, dove eravate soliti incontrarvi?»

Brooke aggrottò la fronte. «Non ne sono sicura. Credo...»

«Al ponte dove hai avuto l'incidente?»

«No.» disse Brooke. «No. Su quel ponte... c'era qualcosa che non andava. Non volevo percorrerlo, ma stavamo litigando per qualcosa, ho sbagliato strada e abbiamo continuato a discutere e...»

Si interruppe quando le lacrime le scesero sul viso. Josie trovò un fazzoletto e glielo porse. Mentre si asciugava le lacrime, disse: «Lui pensa che non mi ricordi dell'incidente, ma io me lo ricordo.»

«Lo so.» disse Josie. «Lo so che te lo ricordi. Stavi dicendo che quel giorno hai preso una strada sbagliata. Dove volevi andare?»

«Per tornare a casa prendevo sempre e solo Candle Bridge. Ci voleva più tempo, ma era più sicuro e, dato che era più lontano, mio marito non avrebbe mai pensato di venire a cercarci lì.»

Josie guardò Noah e Chitwood. Noah aveva già il telefono premuto contro l'orecchio.

«Grazie Brooke.» le disse Josie. Tese una mano per riprendersi il telefono, ma Brooke non glielo restituì.

«Li troverai, vero?» disse.

«Sì.» rispose Josie.

Noah si intromise: «Non esiste nessun Candle Bridge.»

«Quinn, te l'ho detto.» sbottò Chitwood. «stiamo perdendo tempo. Prendiamo i cani dello sceriffo e un elicottero della Polizia di Stato. Dobbiamo fare le cose alla vecchia maniera e andare a cercarli. Partiremo dall'Old Arch Bridge e seguiremo il Cedar Creek.»

Josie guardò dalla foto di Beau a Brooke. «Portiamola con noi.» disse.

«Sei impazzita?» le chiese il capo. «Assolutamente no. Deve andare in ospedale.»

«Penso che se la portiamo con noi, se vede il Cedar Creek, potrebbe ricordare.»

«No.» disse il capo. «E adesso mettiamoci in cammino.»

«Si ricorda di quella volta che mi ha portato a casa sua e mi ha mostrato il fascicolo del caso irrisolto di sua sorella?» gli chiese Josie.

Chitwood si irrigidì.

«Si ricorda cosa mi ha detto?»

Josie non l'avrebbe mai dimenticato. *Quinn, ascoltami bene, perché non lo dirò un'altra volta, e di sicuro non lo dirò davanti a nessun altro. Sei il miglior investigatore che abbia mai conosciuto.*

Il capo alzò entrambe le mani in aria. «Per l'amor del cielo. Va bene. Portatevela dietro. Ma devi tenerla d'occhio.»

CINQUANTACINQUE

Josie si mise al volante della sua auto con Brooke ben allacciata al sedile del passeggero che teneva una mano premuta contro il finestrino del lato passeggero e il viso il più vicino possibile al vetro, senza toccarlo, intenta a guardare il paesaggio immerso nell'oscurità che scorreva di fronte ai suoi occhi. Ogni tanto il suo respiro appannava il vetro e lei si affrettava a passarci sopra una manica. «Non ho mai la possibilità andare a fare un giro.» spiegò a Josie. «Possiamo vedere solo i dottori.»

Dietro di loro c'era un convoglio di volanti della polizia che comprendeva quella di Noah, quella del capo Chitwood, quella di Gretchen, quella di Mettner e due auto della polizia della contea di Lenore. Anche al buio, con il solo ausilio dei fari, Brooke iniziò a ricordare alcuni dettagli quando fecero il terzo giro nella zona in cui si trovava il ponte abbandonato. Nomi di strade e punti di riferimento. Josie guidò lentamente, lasciandola parlare finché, quasi inconsciamente, iniziò a indicare i luoghi in cui lei e Beau erano soliti incontrarsi. Dietro un vecchio fienile in una fattoria non più in attività. In fondo al cimitero di una chiesa. Nel parcheggio di un parco statale per la pesca. E alla fine, sulla riva di un torrente su cui passava un ponte coperto, con le travature scoperte sotto il tetto spiovente.

Quello non era Candle Bridge. Si chiamava Cattail Bridge.

Josie fermò la macchina lungo la riva del torrente, che si trovava diversi metri sotto il ponte. Quando i veicoli dietro di loro si fermarono, i fari passarono sopra lo spazio tra la base del ponte e il torrente impetuoso sottostante. All'inizio pensò che fosse l'effetto di un gioco di luci, ma alla terza volta si rese conto che stava vedendo due esseri umani, uno piccolo e uno più grande, sospesi a testa in giù dal ponte come bozzoli.

Josie saltò fuori dall'auto e corse verso la riva. Un altro gruppo di fari le passò accanto e riuscì a intravedere la nuca di Jasmine Toselli, che dondolava leggermente. Poi vide il piccolo viso di Sam Toselli. I capelli gli pendevano verso il basso. Le sue labbra stavano diventando blu. Rafferty li aveva avvolti in un telo di plastica, aveva immobilizzato i loro corpi con del nastro da imballaggi e legato i piedi di entrambi e li aveva fissati con quella che sembrava una cintura di sicurezza da auto.

Possibile che fosse arrivato a tanto?

Si sentì morire di nausea. Prima i segni da tessuto delle ferite sul collo di Eve Bowers e Trudy Dawson. E ora questo. Durante l'incidente, Brooke era rimasta bloccata all'interno della sua auto capovolta mentre affondava sempre più nell'acqua del torrente a causa del malfunzionamento della cintura di sicurezza. Raffy non poteva ricreare quella tragedia con un veicolo, ma aveva tagliato le cinture di sicurezza delle auto - forse addirittura la stessa auto con cui Brooke aveva avuto l'incidente - e le aveva legate insieme per creare quelle corde mortali.

Da qualche parte sopra di loro, un uomo gridò aiuto. Le sue grida vennero subito interrotte.

Noah, Gretchen e Mettner apparvero accanto a Josie. «Non ci posso credere!» esclamò Mettner. «Questo tizio è più pazzo di quanto pensassimo.»

«Abbiamo bisogno di una squadra qui sotto, nel caso in cui decida di farli cadere in acqua.» disse Josie. «Per non rischiare, ci servirà anche qualcuno a valle. Non ci resterà molto tempo prima che anneghino, se non si rompono l'osso del collo. La corrente si muove velocemente. Qualcuno deve andare a valle per prenderli nel caso in cui chi rimane qui non riesca ad afferrarli.»

Gretchen disse: «La squadra di soccorso in acqua non arriverà mai in tempo.»

Josie si voltò e fece un cenno verso le auto. «Ci sono delle corde nei bagagliai. Cominciate a legarle insieme. Assicurate la corda alla base di quell'albero...» disse indicando una grande quercia a pochi metri di distanza, «e a quella laggiù. Poi legate il volontario che entrerà in acqua. Il trucco sarà recuperarli quando cadranno. Chi resta sulla riva avrà il compito di tirarli a riva.»

«Buona idea, Boss.» disse Mettner dando poi un colpetto sulla spalla di Gretchen. «Come te la cavi a nuotare?»

«Non bene quanto noi.» disse Noah. «Gretchen, tu vai sul ponte con Josie. Noi ci occuperemo di questa parte delle operazioni.»

Mentre gli altri agenti uscivano dai loro mezzi, Josie e Gretchen si diressero verso l'ingresso del ponte, seguite da due agenti della contea di Lenore. In quel punto l'oscurità era praticamente totale. Non c'erano luci né sul ponte né nei dintorni e il bagliore dei fari provenienti dalla riva sottostante raggiungeva a malapena il camminamento, ma presto, come Josie si aspettava, i veicoli contrassegnati della contea cominciarono ad accendere i faretti di profondità, posti alla parte anteriore e laterale delle barre luminose, proiettando una luce più intensa sul percorso verso il ponte. Poi accesero anche i faretti fendinebbia.

Ogni macchina della polizia era dotata di un faretto sul montante anteriore sul lato del guidatore. Gli agenti li puntarono in tutte le direzioni, perlustrando l'insenatura e le travi del ponte.

I fari proiettarono un bagliore sufficiente lungo il sentiero che portava al ponte, tanto che Josie riuscì a distinguere la berlina nera di Rafferty, messa di traverso sull'imboccatura del ponte, a impedire il passaggio di altri veicoli. Oltre la macchina, i faretti raggiungevano parte del soffitto del ponte, ma al di sotto c'erano solo ombre e oscurità. Le piccole torce elettriche che gli agenti dello sceriffo avevano estratto dalle loro cinture di servizio facevano ben poco per illuminare i dintorni. Non c'era modo di sapere se Rafferty avesse bloccato l'ingresso al ponte anche dall'altra parte, ma Josie chiamò via radio la squadra sulla riva e chiese che andassero a controllare.

Quando raggiunsero la berlina, un colpo di pistola rimbombò nell'aria. Josie, Gretchen e i due agenti si dispersero, trovando un riparo lungo il ciglio della strada, dietro gli alberi. Un altro sparo. Poi un altro.

Bum. Bum. Bum.

Dalla posizione in cui Josie si trovava, poteva vedere fino alla riva dove i riflettori erano stati puntati sui corpi penzolanti di Jasmine e Sam Toselli. A ogni colpo, il corpo di Jasmine aveva un sussulto. Il cuore di Josie saltò un battito e poi partì al galoppo. All'inizio pensò che stesse sparando a Jasmine, ma poi capì che Jasmine stava reagendo al rumore. Era ancora viva. Non era facile capire se fosse lo stesso per Sam. Josie si augurava che fosse solo svenuto. Gli spari cessarono.

«Rafferty Sullivan!» chiamò Josie. «Sono la detective Josie Quinn del Dipartimento di Polizia di Denton. Sono qui con lo sceriffo della contea di Lenore. Metta giù l'arma e venga fuori con le mani in vista.»

Non ottenne risposta.

«Rafferty!» chiamò di nuovo Josie. «Rafferty Sullivan!» Ripeté la richiesta.

Altri colpi di pistola rimbombarono nelle orecchie di Josie. Aspettò qualche istante, lanciando occhiate verso la squadra sulla riva. Mettner era stato legato alla corda più vicina al ponte e aveva raggiunto il centro del torrente, con l'acqua che gli arrivava al petto, proprio sotto il piccolo corpo di Sam. Non riusciva però a raggiungere il bambino.

Quando il fischio nelle orecchie cessò, Josie sentì un lamento. Da un albero vicino arrivò la voce di Gretchen. «Pensi che sia Beau Collins?»

«È probabile. Sullivan avrà voluto che guardasse.»

Josie chiamò di nuovo il suo nome e ripeté le istruzioni.

Infine, una voce rispose. «Mi ucciderà. Dovete venire qui e spargli. Ucciderà mio figlio. Per favore. Aiutateci.»

Era Beau Collins.

«Rafferty, è finita.» lo ammonì Josie. «Lascia andare Beau Collins ed esci fuori. C'è solo un modo in cui questa storia può finire.»

«Hai ragione.» gridò Sullivan. «Quello di far assistere questo pezzo di merda alla distruzione di tutto ciò a cui teneva.»

Gretchen sussurrò. «Ha sparato quindici colpi. È probabile che abbia una pistola. Non ce ne sono molte che ne contengono di più.»

«Potrebbe avere un caricatore esteso.» ipotizzò Josie.

«Non credo che ne abbia uno.» disse Gretchen.

«È un rischio.» disse Josie.

«A me piacciono i rischi.»

Josie fece un gesto verso l'asfalto e poi, accucciandosi con la pistola pronta, corse verso l'auto. Gretchen la seguì.

Da qualche parte, immersa nell'oscurità, giungeva la voce di Beau implorante. «Non devi farlo. Non devi farlo! Hai già preso tutto. Mi dispiace, va bene? Mi dispiace.»

«Ti dispiace per quello che hai fatto a me? A mia moglie? O ti dispiace solo che la tua vita sia rovinata?»

La risposta non arrivò abbastanza in fretta per Rafferty.

Il suono delle nocche che colpivano la carne arrivò un attimo dopo, seguito da altre grida di Collins.

Gretchen sporse con circospezione la testa oltre il cofano della berlina. Un secondo dopo, riprese la sua posizione accanto a Josie. «Abbiamo bisogno di un'altra luce quassù. Una grande. Potente. Per come sono inclinati questi faretti verso l'alto, riesco a vedere solo il soffitto del ponte. Non riesco a vedere dove sono posizionati Sullivan e Collins. Se troviamo una luce decente, possiamo puntarla negli occhi a Sullivan e accecarlo. Gli andiamo addosso e lo abbattiamo.»

«In una delle macchine ci sarà qualcosa.» disse Josie. «Vai a prenderne una. Io resto qui. Prendi la torcia più grande che puoi trovare.»

«Adesso che ho l'attenzione di tutti...» riprese Sullivan, «e che i riflettori sono letteralmente puntati sull'amante segreta e sul figlio bastardo di Collins, lo costringerò a guardare.»

«Ti prego, non farlo...» lo scongiurò Beau. «Mio figlio non ha fatto niente di male. Non sa nemmeno chi sono! Se vuoi fare del male a qualcuno, fallo a me. Buttami di sotto. Sparami. Strangolami. Accoltellami. Non mi interessa. Ma il bambino, lascialo andare.»

Dall'ombra in cui era scomparsa Gretchen giunse una voce femminile, incorporea, ma forte. «Marito?»

In silenzio, Josie imprecò. Chi aveva permesso a Brooke Sullivan di arrivare fin lassù?

«Torna indietro!» sibilò Josie, mentre Brooke emergeva dall'oscurità, camminando instabilmente verso la macchina. «Brooke, torna indietro.»

«Brooke?» disse Rafferty.»

«Smettila.» disse Brooke. «Ferma tutta questa follia.»

«Tu, tra tutti, sei l'ultima che dovrebbe chiedermi di fermarmi! Quest'uomo ti ha rovinata. Ci ha rovinati. Ti ha manipolata, ha violato la sacralità del nostro matrimonio e alla fine, quando gli hai chiesto di lasciare sua moglie per stare con te, si è rifiutato.»

«No.» gridò Brooke. Le sue gambe vacillarono e incespicò.

«Stai giù!» le disse Josie. «Ti vedrà di sicuro. È armato!»

Ma Brooke non le prestò attenzione e si rimise dritta.

Dall'interno del ponte arrivò il rumore di qualcosa che veniva colpito, seguito dalle urla di Beau Collins. «Diglielo.»

«Non è quello che è successo.» gridò Beau. «Non è così. Mi serviva soltanto un po' di tempo per riflettere.»

Un altro colpo, un altro grido.

«Sei proprio un bugiardo.» sbraitò Rafferty. «Non riesci proprio a farne a meno. Se non vuoi dirgliela tu la verità, gliela dirò io. Brooke! Collins era in macchina con te quel giorno. Il giorno dell'incidente. Era accanto a te. Tu non lo ricordi, ma dopo esserti svegliata sei stata lucida per un breve periodo. Continuavi a piangere per lui, volevi sapere se era sopravvissuto all'incidente. È stato allora che ho capito: era con te e ti ha abbandonata. È uscito dall'auto, si è messo in salvo e ti ha lasciata lì, appesa a testa in giù, in attesa di precipitare verso la morte.»

«No.» strillò Brooke, facendo un altro passo avanti. «No, non è vero.»

«Brooke!» la supplicò Josie. «Ti prego, torna indietro!»

«Smettila Brooke!» gridò Beau. «Smettila subito. Non dire altro.»

Un tonfo lo mise a tacere.

«È vero.» riprese Rafferty. «Non lo ammetterà mai, ma l'ho visto subito dopo l'incidente. L'ho seguito. Era malconcio. Contuso. Era rimasto coinvolto nell'incidente insieme a te. Stavo per confrontarmi con lui, ma poi l'ospedale mi ha chiamato per dirmi che eri in arresto cardiaco. Quando sono arrivato all'ospedale, ti avevano già riportata indietro, ma a quel punto sapevo la verità e mi sono reso conto che per ogni giorno che passava e tu non miglioravi, lui avrebbe dovuto pagare.»

«No.» disse Brooke. Dalla penombra, Josie poté vedere che era quasi arrivata alla macchina.

«Perché non mi ascolti?» sbraitò Rafferty. «Perché non riesci ad ammettere la verità su questo rifiuto umano? Quel giorno ti ha lasciata in quella macchina. Ti ha lasciata a morire. Non ha nemmeno chiamato i soccorsi. Ecco quanto ti amava, ecco quanto teneva a te.»

I singhiozzi di Beau inondarono la notte. «Non è vero. Io... io l'amavo. Io... non è così che è andata.»

«Ti ho detto di stare zitto! Ora la pagherai per aver aperto bocca.»

Si udì un suono come di metalli che sferragliavano, qualcosa che segava e poi un coro di grida dalla riva del fiume. Qualcosa si schiantò nell'acqua. Altre grida. Poi la voce di Mettner. «L'ho persa, l'ho persa!»

Rafferty aveva lasciato cadere Jasmine, non Sam.

«Nooo! No! No!» urlò Beau.

«Attento.» gridò Rafferty. «Guarda. Ehi!»

La voce di Noah riecheggiò dal torrente. «L'ho presa!»

Poi ci fu solo il suono di grugniti e tonfi. Collins che prendeva botte. Con ogni fibra del suo essere, Josie voleva accendere la torcia del cellulare e precipitarsi sul ponte per affrontare Rafferty. Ma era troppo rischioso, soprattutto con Brooke che se ne stava lì in mezzo senza copertura.

«Fermati!» strillò Brooke, ormai vicina a Josie. Brooke sbatté le mani contro il cofano dell'auto. «Basta! Smettila di fargli del male!»

Josie cercò di far accovacciare Brooke, ma lei allontanò le mani di Josie con uno schiaffo, tenendosi all'auto per mantenere l'equilibrio.

Rafferty aveva il fiato corto, ma a giudicare dai suoni, si fermò.

«Ti interessa ancora cosa ne sarà di questo stronzo? Anche dopo aver saputo la verità? Anche dopo aver sentito come ti ha abbandonata alla morte? Di come ti ha resa ciò che sei adesso? L'ombra di quello che eri una volta. Di come ti ha ridotta a un'inutile idiota che non riesce nemmeno a ricordare il mio cazzo di nome?»

Brooke prese ancora a pugni il cofano della berlina, le sue urla perforarono la notte, provocando una momentanea tregua così silenziosa che Josie poté sentire ogni sfumatura della corrente sotto il ponte e dei passi che si dirigevano verso di loro. Era Gretchen.

«Ti sbagli!» disse Brooke. «Ti sbagli su quello che è successo. Pensi che io non ricordi nulla. Pensi che io non valga niente, ma io ricordo bene l'incidente. Hai ragione. Beau era lì. Era in macchina con me. Ha cercato di tirarmi fuori. Ha fatto tutto il possibile. Gli ho detto di andare a cercare aiuto.»

«Ma non l'ha fatto!» urlò di rimando Rafferty.

La voce di Brooke si fece così triste che Josie ne fu colpita nel profondo dell'anima. «Invece sì, l'ha fatto.» ribadì lei. «Ha chiamato l'unica persona a cui si era sempre rivolto nei momenti di difficoltà.»

«Cosa?» esclamò Rafferty, con voce ora attenta, quasi impaurita. «No.»

«È proprio così.» disse Brooke. «Quando l'ho vista a casa ho cominciato a ricordare qualcosa. La sua voce. Ci è voluto molto tempo perché mi tornasse in mente. Poi, quando finalmente ho capito, l'ho scritto nel mio diario. Da allora lo leggo tutti i giorni.»

Un brivido attraversò le vene di Josie quando ricordò l'ultima annotazione del diario.

«Ha chiamato sua moglie.» continuò Brooke. «Il suo nome... il suo nome... non riesco a ricordarlo...»

«Claudia.» rispose Rafferty.

«Esatto. Claudia. Ha chiamato Claudia. Lei è venuta e lui

le ha detto la verità. Le ha detto tutto. E lei... lei...» Brooke si interruppe. Josie sentì il dolore irradiarsi da lei a ondate. Gretchen si avvicinò a Josie dall'altro lato, tamburellando con una torcia sulla spalla di Josie. «L'ho presa. Una grossa. Quando sei pronta.»

La voce di Beau arrivò, densa e tormentata. «Claudia mi disse che dovevamo lasciarla lì. Dovevamo andarcene. Non pensava che saremmo riusciti a tirare fuori Brooke. Il modo in cui la macchina era sospesa, era tutto così precario. Claudia disse che, anche se fosse sopravvissuta, anche se l'avessimo tirata fuori, la relazione, il fatto che ero andato a letto con una paziente, tutto questo ci avrebbe mandato in rovina. Non solo avrebbe rovinato me, ma anche lei. Mi ricordò a quante cose aveva rinunciato per me. Alla carriera che voleva, ai figli. Mi disse che, se non mi fossi allontanato dalla macchina, da Brooke, sarebbe finito tutto quello per cui avevamo lavorato. La clinica, il libro, il programma, il benessere.»

«È stata lei...» disse Brooke a bassa voce. «È stata lei.»

Seguirono ancora alcuni istanti di silenzio. Poi Sullivan ricominciò a gridare. «Sono stronzate! Tutte stronzate! Questo fa di entrambi due rifiuti umani. E con questo? Ci hanno rovinato la vita, Brooke. L'hanno rovinata a te!»

«Andiamo.» disse Josie rivolta a Gretchen. «Io faccio il giro. Al tre, salta su e accendi la luce. Cerca di puntargliela negli occhi.»

A bassa voce, comunicò via radio agli altri agenti nelle vicinanze che lei e Gretchen avrebbero preso il comando. Rafferty stava ancora strepitando mentre Josie correva, accovacciata, intorno all'auto, sotto il tetto del ponte. Una luce accecante apparve, brillando nella direzione di Sullivan. Josie vide il suo viso, rosso di rabbia, con gli occhi socchiusi contro la luce; mentre alzava un braccio per schermarsi dal fascio di luce, Josie vide che teneva in una mano un grosso coltello da caccia. Lungo il lato del ponte, un'estremità della cintura di sicurezza era legata a uno dei lati della travatura.

Era quella a cui era legato Sam.

Ai piedi di Rafferty, Beau Collins giaceva raggomitolato su se stesso, coperto di schizzi di sangue e con il volto violaceo e coperto di ferite sanguinanti.

Gretchen tenne la luce su Sullivan mentre Josie gli si avvicinava, puntandogli contro la pistola. «Getta il coltello.» gli intimò. «Allontanalo con un calcio verso di me e metti le mani in alto, dove posso vederle.»

Rafferty scosse la testa a destra e a sinistra nel tentativo di sottrarsi al fascio di luce. Pur muovendosi da una parte all'altra in quel minuscolo spazio, non riusciva ad allontanarsi. Josie urlò di nuovo le sue istruzioni, senza successo. Brooke corse sul ponte e si gettò su Beau. Anche proteggendosi il viso con un braccio, Rafferty li vide insieme. Corse verso di loro, con il coltello sopra la testa, pronto a colpire. Il fascio di luce della torcia di Gretchen oscillava nel tentativo di stargli dietro. Josie strinse la presa sulla sua arma, cercando di trovare una posizione con una buona linea di tiro. Con l'indice esercitò una leggera pressione sul grilletto, pronta a fare fuoco. Rafferty passò accanto a Collins e Brooke, ignorandoli per dirigersi invece verso la cintura di sicurezza da cui penzolava Sam; vi calò sopra il coltello e iniziò a tagliarla.

«Fermo!» gli intimò Josie. «Mani in alto o sparo!»

Ma ormai aveva perso il lume della ragione. Quando vide che tagliando non riusciva a strappare la cintura di sicurezza, iniziò a dargli fendenti con il coltello. Josie gli diede un altro avvertimento mentre il raggio della torcia si stabilizzava. Lui non la ascoltò neanche stavolta e lei sparò, colpendolo al braccio. Fu sufficiente a fargli perdere la presa sul coltello. Rafferty barcollò all'indietro e cadde, stringendosi il braccio con un'espressione di sgomento dipinta sul viso. Josie allontanò il coltello con un calcio.

Gretchen apparve al suo fianco per aiutarla a girare Rafferty a pancia in giù e legargli i polsi, poi si affacciò al parapetto e gridò il via libera affinché gli altri agenti potessero raggiungere il ponte e portarlo all'ambulanza più vicina. Invece, Josie prese la torcia e corse indietro verso il parapetto del ponte. Dall'acqua sottostante si levarono delle grida. Uno scricchiolio riempì l'aria. La luce illuminò la cintura di sicurezza proprio quando l'ultimo filo cedette. La torcia cadde nell'acqua appena Josie si lanciò in avanti verso la cintura di sicurezza. Riuscì ad agguantarla, ma andò a sbattere con le costole contro il corrimano della balaustra. Tremò nello sforzo di reggere con entrambe le mani la cinghia a cui era legato Sam Toselli. Poi lo slancio la trascinò giù dietro di lui, nell'oscurità, precipitando nell'acqua gelida.

L'impatto con l'acqua trapassò ogni cellula del suo corpo, stordendo il suo cuore, fermando il tempo. Poi braccia e gambe risposero al comando, agitandosi per risalire verso la superficie. Ma era troppo buio per capire quale fosse la direzione verso l'alto. Cercò di non farsi prendere dal panico, ma presto i polmoni cominciarono a bruciare, desiderosi di aria. Sentì di nuovo la voce di sua nonna.

Smetti di lottare, tesoro.

Allora si lasciò andare. Lasciò che gli arti si rilassassero. Lasciò che il suo corpo galleggiasse. Che tornasse in superficie da solo. Poi un paio di braccia familiari le circondarono la vita e la trascinarono fuori dall'acqua. Le grida sostituirono la quiete di quella che avrebbe potuto essere la sua tomba subacquea. Ne sentì solo una.

La voce di Noah. «L'ho presa. L'ho presa.»

Sentiva le rocce sotto di sé. Le dita di Noah le premevano sulla gola. Riaprì gli occhi di scatto. Lui le sorrise, anche se era ancora evidente una traccia di panico nei suoi lineamenti.

«Ehi.» le disse. «Sei in salvo.»

«Sam.» disse lei. «Sam sta...»

Noah le sfiorò la guancia. «L'ha preso Mett. È vivo. Disidratato, in stato di shock, spaventato a morte, ma sta bene. Anche sua madre sta bene.»

Josie sentì la stanchezza penetrare in ogni centimetro del suo corpo.

Chiuse gli occhi. «Ti dispiacerebbe portarmi delle coperte, per favore?»

Josie e Noah suonarono il campanello di Beau Collins. Da fuori, si poteva sentire il suono riecheggiare nell'ampio spazio dell'interno. Poco dopo, Margot Huff aprì la porta. Si vedeva che la stanchezza le aveva chiesto pegno dalle grosse borse che le pendevano sotto gli occhi e dal maglione e dai jeans che le calzavano larghi; nonostante il suo stato, riuscì comunque a strappare un sorriso malinconico. «Entrate, lo trovate nella sala grande.»

Josie e Noah raggiunsero l'ingresso.

Noah le chiese: «Lo sa che stavamo arrivando?»

Margot scosse la testa. «Non volevo dargli il tempo di inventarsi una serie di bugie da raccontare come risposta alle rivelazioni che gli avrete portato oggi.»

Per un attimo tenne lo sguardo fisso su Josie, come se volesse verificare se intendessero rivelare il motivo per cui avevano richiesto quell'incontro, ma la verità era che nemmeno Josie sapeva cosa significassero tutte le prove.

Margot si strinse nelle spalle e si voltò, facendo loro cenno di seguirla. Beau era seduto al centro del divano che si affacciava sulla parete di finestre, ma non prestava attenzione al panorama. Sul tavolino da caffè di fronte a lui c'era una collezione di ninnoli che stava arrotolando con cura nel millebolle per riporli in una grande scatola.

Rivolse a Josie e a Noah un accenno di sorriso, anche se servì solo a dargli un aspetto ancora più raccapricciante. Raffy lo aveva picchiato così forte che ci sarebbero volute diverse settimane prima che tutti i gonfiori e i lividi sparissero. I medici del Pronto Soccorso gli avevano assicurato che il suo viso, alla fine, sarebbe tornato quello che era sempre stato. «Agenti...» li accolse. «Cosa posso fare per voi?»

Josie e Noah si accomodarono all'altro capo del tavolino, guardandolo dall'alto in basso. Margot rimase in disparte, come se fosse pronta a scappare dalla porta d'ingresso da un momento all'altro. Josie aveva la sensazione che, se fossero riusciti a tirare fuori la verità da Beau Collins, questa volta per davvero, Margot avrebbe desiderato di non aver mai varcato quella soglia.

«Dobbiamo solo farle qualche domanda di approfondimento.» disse Noah.

Beau mise nella scatola un vaso che aveva incartato e si pulì i palmi delle mani sui jeans. «Come sta Brooke?»

«Sta bene.» disse Josie. «Le abbiamo trovato un posto in una struttura di assistenza e sta iniziando l'ergoterapia.»

Preferì non dire che, durante il loro ultimo incontro, Brooke aveva chiesto che Beau le facesse visita. Tra tutte le cose che quella povera donna poteva ricordare con continuità, doveva proprio essere Beau Collins. Anche se bisognava ammettere che poteva andarle peggio: la maggior parte dei suoi ricordi poteva riguardare Rafferty. In ogni caso, Josie sperava che Brooke avrebbe costruito nuovi e migliori ricordi nel posto in cui era andata a vivere. Non avrebbe mai recuperato le sue funzioni a pieno regime, ma con un'assistenza costante e un ambiente in cui si sentisse accudita e al sicuro, avrebbe potuto recuperare molto.

«Mi piacerebbe vederla.» disse Beau. «Ho già creato un fondo fiduciario per lei. Potrebbe esserle utile per le cure future.

Come stanno Jasmine e Sam? Lei si rifiuta di risponde alle mie telefonate.»

«Non siamo autorizzati a dirlo.» gli disse Josie.

Sam e Jasmine Toselli si stavano riprendendo bene dal loro supplizio, ma Jasmine aveva chiesto espressamente a loro di non condividere alcun dettaglio con Beau Collins. Almeno, non per il momento.

Beau sembrò deluso. «Oh, capisco. Beh, le ho lasciato qualche messaggio. Magari si farà sentire.»

Josie fece il giro intorno al tavolino da caffè e si appollaiò sul bordo, di fronte a lui. Le loro ginocchia si toccarono. «Beau...» disse. «Dobbiamo parlare di alcune cose, ma prima devo leggerle i suoi diritti.»

Proruppe in una risata nervosa. «I miei diritti? Che cos'è questo? Un programma televisivo?»

Quando capì che non era uno scherzo, deglutì e la guardò con serietà. «D'accordo, certo. Va bene allora. Proceda.»

Josie gli lesse i suoi diritti e quando gli chiese se li avesse compresi o meno, lui rispose di sì. Josie aspettò che chiedesse un avvocato, ma lui non lo fece. Invece, si limitò a guardarla in attesa.

Josie prese fiato. «Abbiamo ricevuto i risultati del DNA dalle scene del crimine di sua moglie Claudia, di Eve Bowers e di Trudy Dawson.»

«Vada avanti.» disse lui.

«Sul corpo di Claudia è stato trovato il DNA di due persone. Quello di Rafferty Sullivan e quello di Archie Gamble.»

Alla menzione del nome di Gamble, apparve un alone di pallore sotto i suoi lividi.

«Nelle altre due scene è stato trovato il DNA di una sola persona.» proseguì Josie. «Quello di Rafferty Sullivan.»

Lui aspettò che continuasse e lei lo fece. «Sappiamo perché abbiamo rinvenuto il DNA di Rafferty Sullivan qui, in questa casa. Stava pianificando un elaborato gioco al massacro in cui ha rivelato tutti i suoi segreti e ha ucciso tutti quelli che lei amava. Ma Archie Gamble?»

Lasciò il nome sospeso nell'aria.

«Non lo conosco.» disse Beau. «Ve l'ho detto.»

«Ha seguito sua moglie per mesi.» disse Noah. «Abbiamo delle riprese video che lo confermano. L'ha seguita allo studio dell'emittente. Alla clinica. Al ristorante dove andava a pranzo con Liam Flint.»

A questo punto Beau chiese: «Chi?»

Margot si intromise. «L'operatore di ripresa del programma!»

«Il tizio con gli occhiali?» chiese Beau.

Josie non gli rispose, andò avanti: «Gamble l'ha persino seguita due volte a casa di Rafferty Sullivan, quella che condivideva con Brooke nella contea di Lenore. Ci è voluto un po' per fare il collegamento, ma Gamble prendeva appunti quando la seguiva. Una voce appariva due volte: 4342SSRR. 4342 Silver Springs Road... l'indirizzo di casa di Brooke e Rafferty Sullivan.»

«Non capisco.» disse Beau.

«Nemmeno noi capivamo.» disse Noah. «Così siamo tornati sui nostri passi e abbiamo riguardato la cronologia degli eventi. Lei ha detto di non aver mai incontrato Archie Gamble...»

«Ed è così! È la verità. Non ho mai conosciuto quell'uomo.»

Margot fece un passo avanti, incrociando le braccia sul petto. «Non hai letteralmente nessun motivo per mentire in questo momento, lo sai, vero?»

Josie sapeva esattamente perché stava mentendo, ma dovevano farglielo ammettere. «Lei e Gamble avete avuto un alterco alla motorizzazione quattro mesi prima dell'omicidio di Claudia.» disse Josie.

«E con questo?» disse Beau, tentando un debole sorriso. «Incontro sempre un sacco di gente, ovunque. Di lui non mi ricordo.»

«Si ricorda di aver incontrato il barista al bar da Leo due settimane dopo l'incidente alla motorizzazione?» gli chiese Noah. «Perché lui si ricorda di lei. Piuttosto bene, a dire il vero. Non si può dire che lei si adattasse bene a quel posto.»

Beau non disse nulla.

«È stato in quel periodo che Margot l'ha sentita discutere con Claudia alla WYEP per una grossa somma di denaro che era stata prelevata da uno dei vostri conti correnti.» disse Josie. «Trentamila dollari, per l'esattezza.»

«Ne abbiamo già parlato.» disse Collins. «Ve l'ho detto. Claudia li aveva prelevati per darli a qualche ente di benefi-cenza. Forse non era quella che pensavo, ma questo è ciò che aveva detto di averne fatto.»

«Come sa, il centro per le donne non ha mai ricevuto quel denaro.» disse Josie. «In realtà Claudia ha preso quei soldi e li ha dati a Rafferty. O meglio, li ha dati a Brooke, perché quel giorno c'era solo lei in casa.»

«E allora? Ve l'ho detto sul ponte. È stata un'idea di Claudia lasciare Brooke in quella macchina. Io pensavo che Brooke fosse morta. Non ho mai guardato al passato perché troppo doloroso. Ho sempre pensato che, se mai Brooke o Rafferty avessero voluto parlare con me, si sarebbero messi in contatto e invece non lo hanno mai fatto.»

Josie allungò una mano nella tasca del cappotto e tirò fuori un foglio di carta piegato. Lo pose sul tavolo e lo spianò. «Questa è una copia del diario che Brooke ha scritto il giorno in cui Claudia si è presentata alla sua porta con trentamila dollari in contanti.»

Vedendo che non si muoveva per leggerlo, Margot si avvi-cinò, prese il foglio e lo lesse ad alta voce. Quando si avvicinò alla fine, la voce le tremò.

«*La signora dell'incidente è venuta di nuovo qui oggi. Ha portato una montagna di soldi. Mio marito non era in casa e lei mi ha detto che erano per lui e che dovevo darglieli. Lei ha detto qualcosa del tipo che gli servivano per stare tranquillo alla stazione. Non so a quale stazione si riferisse. Poi si è turbata e ha iniziato a piangere. Ha detto che è il caso che prenda i soldi e me ne vada da qui, allontanarmi da questo posto. Non so dove potrei andare. Mi ha abbracciata ed è stata una sensazione meravigliosa. Non ricordo l'ultima volta che sono stata abbracciata.*

Ma poi mi ha detto che le dispiaceva per quello che mi aveva fatto. Non capivo cosa intendesse. Non in quel momento, almeno. Ma anche dopo aver sentito queste parole, non volevo che se ne andasse, nonostante continuasse a piangere. Le ho chiesto perché stesse piangendo e lei ha sorriso e mi ha accarezzato i capelli, come una madre. È stata una bella sensazione. Mi ha detto che era stato suo marito a ritirare i soldi e lei, avendolo sorpreso con quella somma, ha pensato che ne avrebbe fatto qualcosa di molto brutto. Per lei. "Credo di avere i giorni contati." mi ha detto. "Ma forse, se prendi i soldi, ne usciremo entrambe vive." Non avevo la più pallida idea di cosa volesse dire.

Non sapevo nemmeno chi fosse suo marito finché non ho cominciato a scrivere su questo diario e ho visto le mie ultime annotazioni. Suo marito è il mio amante. Quello che non è tornato. Lavora in televisione con lei e ora le farà qualcosa di brutto. Qualcosa che ha a che fare con questi soldi. Ancora non ci capisco nulla in tutta questa faccenda, ma più penso a lei e a Beau, più i ricordi cominciano a riaffiorare. I ricordi dell'incidente.»

Margot non andò oltre. Sapeva dalle rivelazioni fatte sul

ponte, che Beau era in macchina con Brooke e non era riuscito a liberarla; del fatto che aveva chiamato Claudia per chiederle aiuto e lei aveva insistito perché Beau lasciasse indietro Brooke.

Le tremava la mano mentre sbatteva la pagina in faccia a Beau. Lui si ritrasse per non essere colpito. «Che cos'è questo?» chiese lei. «Che cosa significa?»

Ancora una volta, lui non disse una parola.

Josie aspettò qualche momento e poi disse: «Non ha detto la verità sui soldi, vero? Non è stata Claudia a prenderli, ma lei. Quando Margot le ha chiesto della discussione, le ha mentito. Non era lei ad essere arrabbiato con Claudia per aver preso i soldi, giusto?»

Beau rimase chiuso nel suo silenzio.

«Era Claudia che era arrabbiata con lei.» proseguì Josie. «Voleva sapere cosa voleva farsene di tutti quei soldi. E lei si era inventato qualcosa. Qualcosa a cui, ovviamente, Claudia non aveva creduto. O i soldi li aveva presi Claudia o glieli aveva dati lei stesso. Sua moglie aveva già capito che Rafferty Sullivan lavorava per la WYEP, che si era insinuato nella sua cerchia ristretta. Era già andata a trovarlo, per confrontarsi con lui.»

«Questo lo sappiamo per certo...» aggiunse Noah. «Perché ce l'ha detto lui. Lo abbiamo interrogato in ospedale. Ci ha detto che Claudia aveva capito che era un suo ex paziente, la cui moglie era stata coinvolta nell'incidente. Era andata a casa sua per chiedergli perché lavorasse alla WYEP, perché uscisse con la sua assistente. È stato allora che lui ha fatto uscire Brooke, per mostrare a Claudia i danni che aveva provocato lasciandola in quell'auto. Claudia ne era rimasta incredibilmente sconvolta. Se n'era andata, ma in seguito, all'emittente, era andata da lui e gli aveva chiesto cosa volesse, quale fosse il suo piano, ma lui si era rifiutato di darle una risposta diretta.»

«Ma non era tranquilla.» aggiunse Josie. «Ha raccontato a Liam di aver fatto qualcosa di imperdonabile, ma non ha voluto dirgli cosa. Ora sappiamo che è stato lasciare Brooke a morire e sapere che Brooke ha subito un destino peggiore della morte.»

«E con questo?» sbottò Beau. «Che cosa c'entra tutto questo? Avete catturato Rafferty Sullivan, che andrà in prigione. È finita.»

«A cosa servivano i soldi, Beau?» gli domandò Josie.

«Che sciocchezze!» disse lui, alzandosi in piedi.

Margot alzò di scatto una mano e la sbatté con forza contro la spalla di Beau, facendolo ricadere sul divano. «A cosa servivano i soldi, papà?» urlò pronunciando la parola "papà" con sarcasmo.

Beau si irrigidì, ma non aprì bocca e dal momento che si rifiutava ancora di rispondere, Noah disse: «La notte in cui Sam e Jasmine sono stati rapiti, la stessa notte in cui Rafferty è venuto all'Hotel Eudora a prenderla, lei ha lasciato il telefono nella sua stanza. Per quanto ci riguarda, faceva parte della scena del crimine, così abbiamo ottenuto un mandato per accedere al suo contenuto, nel caso ci fossero delle informazioni che potessero aiutarci a scoprire dove Rafferty l'aveva portata.»

Josie riprese il filo del discorso. «Dopo l'arrivo di Rafferty, lei ha telefonato ad Archie Gamble. Poco dopo Gamble è stato visto da uno dei nostri agenti allontanarsi da casa sua con un'arma in mano. È andato direttamente a casa di Brooke e Rafferty Sullivan. Per quale motivo?»

Beau allargò le mani in un gesto di impotenza. «E io come faccio a saperlo?»

Noah chiese: «Di cosa avete parlato quando lo ha chiamato?»

«Io non lo... io non lo so. Intendo dire che Rafferty mi aveva costretto a chiamarlo, ma io non avevo la minima idea di chi fosse. Stavo solo facendo quello che mi aveva ordinato di fare.»

«Va bene.» concesse Josie anche se sapeva che stava mentendo. «Rafferty cosa le ha detto di dirgli?»

Collins esitò e quando finalmente aprì bocca, parlò con un

filo di voce a malapena udibile. «Che sarei andato lì. Che l'avrei incontrato lì e avrei avuto il resto del denaro che gli era dovuto.»

«Chi gli doveva dei soldi?» chiese Noah.

Collins si richiuse nel silenzio.

«Per quale motivo Rafferty le ha detto di dirgli che lo avreste raggiunto col denaro?» lo incalzò Josie.

«Non ne ho idea.»

«Rafferty vi ha pedinati, tutti quanti voi, per anni, ha imparato le vostre abitudini, i vostri segreti. Ha pianificato questo gioco anni fa, gli bastava soltanto decidere quando iniziarlo. Ma dopo che Claudia è andata a parlargli, Rafferty ha precorso i tempi. Ha ammesso di essere stato qui la notte in cui Claudia è stata uccisa, dopo averla spiata da vicino per settimane. La sua intenzione era di rapirla, non di ucciderla. Lei doveva essere il premio del gioco che voleva farvi fare. Se lei avesse risposto correttamente a un numero sufficiente di domande, avrebbe potuto riavere Claudia, ma la sua vita ne sarebbe uscita rovinata.»

Le dita di Beau furono colte da un tremito che lui cercò di nascondere intrecciandole in grembo.

«Rafferty aveva visto spesso un uomo di una certa età seguire Claudia.» aggiunse Josie. «Non sapeva cosa pensare. Poi, la sera della cena del vostro anniversario, Rafferty era là fuori, nel bosco del parco pubblico, e osservava la casa proprio da queste finestre.» disse indicandole con un braccio. «Aspettava che tutti si presentassero per la grande cena. Eve. Margot. Liam e la troupe. E lei, Beau. Sapeva esattamente a che ora dovevano presentarsi tutti quanti perché glielo aveva detto la sua ragazza, Margot.»

A queste parole, un brivido visibile scosse il corpo della giovane.

«Si immagini la sorpresa di Rafferty.» disse Noah. «Quando l'unica persona che si è presentata era Archie Gamble.»

«E che invece di spiare Claudia, come al solito, è entrato direttamente in casa.» completò Josie.

«Per poi tornare fuori solo pochi minuti dopo.» disse Noah. «Ricoperto di sangue. È andato al suo vecchio furgone, ha preso un paio di tute da lavoro dal fondo e se le è messe addosso. Poi se n'è andato.»

«Non so... non vedo cosa c'entri tutto questo con...»

Margot ridusse gli occhi a due fessure. «Tu sai qualcosa. So che sai qualcosa. Diglielo e basta!»

«Questa è la domanda che ci tormenta dal primo giorno di questa indagine.» ammise Josie. «Come faceva l'assassino a sapere che Claudia sarebbe stata completamente sola per quella mezz'ora?»

Lasciò la domanda sospesa nell'aria.

Margot si premette un pugno sulle labbra, coprendo un «Oh, mio Dio.» che uscì ovattato. Si lasciò cadere sul divano accanto a Beau e lo fissò. Lui non la degnò di uno sguardo.

Josie e Noah lasciarono che il silenzio facesse il suo corso, aspettando pazientemente, immobili, con gli occhi fissi su Collins.

«So che non dici mai la verità.» disse Margot. «È come se fossi allergico alla verità, o quello che è... ma Beau, ti scongiuro. Guarda a che punto ti hanno portato tutte queste menzogne. Hanno distrutto tutta la tua vita, letteralmente. Il tuo matrimonio. Il tuo programma. La tua clinica. La tua carriera editoriale, il podcast, tutto quanto. Ogni cosa. Anche la tua amante è morta. Se hai fatto quello che penso, posso capire che tu non voglia andare in prigione. Lo capisco davvero. Ma se non c'è rimasto nessuno nella tua vita, che te ne frega? Vivere da solo come l'uomo più odiato di questa città è una prigione a tutti gli effetti.»

Beau girò la testa nella sua direzione e le prese una mano. Josie si aspettava che Margot la ritirasse indietro, ma non lo fece. «Io ho te.»

«No.» disse Margot. «Niente affatto. Non se ti rifiuti di assumerti le tue responsabilità per tutto quello che hai combinato nella tua vita, costantemente. Quello che hai fatto per Jasmine da quando è nato Sam, provvedendo a lui ma restando fuori dalle loro vite perché era quello che lei voleva, è stato un bel gesto. Quello che hai fatto per Brooke, creare quel fondo fiduciario, è un buon inizio, ma non è sufficiente.»

«Ma Margot...» protestò lui con voce roca.

«No, non cominciare con i "ma".» protestò a sua volta. «Il punto è questo: so che c'è del buono dentro di te. Non so ancora se provenga da una forma di effettiva virtù o da un intento di autoconservazione, ma ho sempre voluto scoprirlo. Per tutta la vita ho fantasticato su chi potesse essere mio padre. Quando ho scoperto che eri tu, sono andata in estasi. Eri una superstar. Avevi tutto, e in più eri gentile. Ora so che nulla di tutto ciò era vero. Questo non potrai mai darmelo. C'è solo una cosa che puoi darmi, come padre, ed è rendere conto delle cose peggiori che tu abbia mai fatto. Se lo fai, ti prometto di rimanere nella tua vita, di esserci quando uscirai di prigione. Se non lo farai, oggi uscirò da questa porta e non mi vedrai mai più. Resterai da solo per sempre, per il resto della tua vita, se non ti decidi a cambiare, a dire la verità, a partire da questo momento.»

Lentamente, la determinazione di Beau si sgretolò. Le sue spalle presero a tremare. Si coprì il viso con le mani. Una catena di singhiozzi gli proruppe dalla gola. Nessuno parlò. Aspettarono semplicemente che si riprendesse. Poi disse: «D'accordo, sono stato io. Ho chiamato Archie Gamble il pomeriggio dell'omicidio di Claudia per dirgli che sarebbe stata sola fino alle sei e mezza. Mi ero assicurato che tutti sarebbero arrivati in ritardo.»

Noah chiese: «Per quale motivo l'ha fatto?»

«Perché avevo assunto Archie Gamble per uccidere mia moglie.» Le lacrime scesero sul viso di Margot, ma non se ne andò.

Beau continuò: «Le cose non erano più state le stesse dopo

che Claudia aveva scoperto di Brooke. Prima di allora avevo commesso degli errori di valutazione. Credo che lei lo sapesse, ma non le importava abbastanza per dire qualcosa. Non mentivo quando dicevo che tenevo a Brooke. Stavo sinceramente prendendo in considerazione l'idea di lasciare Claudia e di provare a fare un tentativo con Brooke, ma poi, più pensavo a quanto sarebbe stato sconvolgente, a quanto sarebbe costato, a quanto avrei perso, più mi ricredevo. Il giorno dell'incidente, Claudia mi convinse ad andarmene, a concentrarmi sul nostro futuro insieme, e così ho fatto. Ma lei non era mai contenta. Né con il programma, né con il libro, né con il podcast, né con me. Vivevamo due vite separate. A dire il vero, sospettavo che avesse una relazione. Ero fuori di me dalla rabbia. Il programma stava per raggiungere le reti nazionali. Io stavo per rompere con Eve, e Claudia sembrava che stesse andando a tutta birra con un altro. Stava per rovinare ogni cosa.»

«E non ha pensato che facendo uccidere sua moglie, con la quale conduceva un programma per la terapia di coppia, avrebbe rovinato ogni cosa?»

«Avrei potuto cavarmela...» rispose Beau. «non fosse altro perché tutti i gruppi di discussione preferivano me a Claudia. Avrei saputo far crescere il programma: dalla vedovanza al ritrovare l'amore. Avevo il potere della celebrità per farlo. Lei no. Non riuscivo a vedere un'altra via d'uscita che non facesse andare definitivamente in malora tutto ciò per cui avevamo lavorato. Se avessimo semplicemente divorziato, il pubblico avrebbe dato la colpa a me. Ma se invece avessi perso mia moglie per colpa di un assassino, non me lo avrebbero potuto imputare.»

Josie aveva già intuito cosa gli avrebbero sentito dire se il loro interrogatorio avesse portato a una confessione ma, cionondimeno, il disgusto che provava per quell'uomo era difficile da placare.

«I trentamila dollari erano per Gamble?» gli domandò Noah.

«Sì, ma Claudia mi aveva beccato con i soldi e mi aveva messo all'angolo. Mi sono inventato qualcosa a proposito di un'associazione di beneficenza, ma lei non se l'è bevuta. Mi ha sempre visto per quello che sono. Ha preso i trentamila, dicendo che li avrebbe reintegrati nel nostro conto, ma poi non lo ha fatto e io non le ho mai chiesto spiegazioni perché non volevo riaprire l'argomento. Così ho dovuto tirare fuori altri trentamila dollari per pagare Gamble. Trenta per assumerlo. Altri trenta quando avrebbe completato il lavoro. Ha iniziato a seguirla e ad un certo punto mi ha detto che sarebbe stato pronto quando lo fossi stato anch'io, ma che dovevo essere sicuro che lei fosse da sola. Così ho fatto. Non pensavo che sarebbe successo... tutto il resto.»

E, nel frattempo, Rafferty Sullivan si era appostato tra gli alberi. Aveva detto alla polizia che, dopo aver visto Gamble allontanarsi da casa Collins, era entrato dentro per vedere cosa fosse successo e avendo trovato Claudia morta era andato su tutte le furie. Ciononostante, era un momento buono come un altro per dare inizio al suo gioco. Così aveva spostato Claudia e le aveva infilato la scatola rompicapo nella mano.

«Dunque, dopo aver ucciso Claudia gli doveva altri trentamila dollari.» ricapitolò Noah.

Beau annuì. «Ma poi Eve è stata uccisa e io non sapevo cosa stesse succedendo. Non ho avuto modo di contattare Gamble. Subito dopo ho scoperto che voi avevate il suo nome. Sapevate della sua esistenza. Ero terrorizzato. Mi ha chiamato su un telefono "usa e getta" che mi ha dato istruzioni per mettermi in contatto con lui. Era così arrabbiato. Ha detto che lui non aveva nulla a che fare con l'omicidio di Eve. Voleva solo i suoi soldi. Gli ho detto che non potevo procurarglieli fino alla fine delle indagini. Non è stato contento. Ha minacciato di farmi fuori! Non avevo idea di cosa stesse succedendo o di chi ci fosse dietro gli omicidi di Eve e Trudy, né di chi stesse lasciando in giro le scatole rompicapo del nostro programma. All'improvviso, Rafferty si è presentato all'albergo. Mi ha detto la verità. Non avevo idea che fosse il marito di Brooke. Aveva un aspetto così diverso. Per tutti quegli anni aveva lavorato alla redazione dell'emittente e io non avevo assolutamente sospettato di niente. Stava con mia figlia, per l'amor del cielo. Non avrei mai sospettato che ci stesse spiando, che si fosse intrufolato nelle nostre vite e che avesse seguito Claudia. È stato in quel momento che mi ha detto che sapeva di Archie Gamble. Non che lo avevo assunto, ma che era l'uomo che pedinava Claudia. L'aveva visto entrare in casa nostra e uscirne coperto di sangue. Sapeva che era stato Gamble a ucciderla, ma non sapeva perché.»

«Ci ha mentito qualche minuto fa.» disse Noah. «Non è stato Rafferty a dirle di chiamare Gamble dall'albergo, vero?»

«No, non è stato lui. È stata mia l'idea di chiamarlo. Stavo cercando di guadagnare tempo, di distrarre Rafferty.»

«In che senso?» chiese Josie.

«Rafferty voleva sapere chi era e se ero al corrente che era stato Gamble a uccidere Claudia. Mi sono limitato a dirgli che conoscevo Archie Gamble, senza aggiungere altro. Rafferty non aveva ancora messo insieme i pezzi. Non riusciva a capire come facessi a conoscere Gamble o perché Gamble avesse ucciso Claudia, ma voleva scoprirlo a tutti i costi. Si sentiva come se Gamble lo avesse battuto sul tempo.»

Josie sapeva che era così perché, quando lei e Noah erano andati in ospedale a interrogare Rafferty, lui aveva confessato la stessa cosa.

«Gamble aveva rovinato il suo piano.»

Beau fece una scrollata di spalle. «Sì, direi qualcosa del genere. Comunque, lo ammetto, ho mentito prima. Come ho detto, è stata una mia idea chiamare Gamble. Rafferty voleva che lasciassi l'albergo con lui. All'inizio non capivo perché, ma era chiaro che non poteva essere per niente una buona cosa. Ero sicuro che mi avrebbe fatto fuori, anche se sembrava molto più interessato a svelare tutti i miei segreti.»

«Le tue menzogne.» lo rimbrottò Margot.

Beau ebbe la buona creanza di mostrarsi un po' imbarazzato.

«Le mie menzogne.» le fece eco, quasi strozzandosi. «Sono riuscito a convincere Rafferty che, se davvero aveva intenzione di smascherarmi, Gamble era la chiave. Gli ho detto che quello che sapevo su Archie Gamble era il mio segreto più grande di tutti, più grande anche del segreto di Brooke o di Jasmine e Sam. Non gli ho detto che avevo assunto io Gamble, pensando che riuscendo a tenermelo per me il più a lungo possibile, avrei potuto usarlo come leva per evitare che Rafferty mi eliminasse. Ma Rafferty pensava che stessi cercando di ingannarlo, così gli ho detto che se fossimo riusciti a convincere Gamble a incontrarci da qualche parte, avrei dimostrato che c'era un collegamento, il mio segreto sarebbe stato svelato e lui avrebbe detenuto tutto il potere, una volta per tutte. Allora, Rafferty mi ha chiesto come pensavo di convincere Gamble a incontrarsi con me e io gli ho detto che gli dovevo del denaro e che mi avrebbe incontrato ovunque gli avessi chiesto di raggiungermi, se questo significava che poteva riscuoterlo. Perciò, Rafferty mi ha detto di chiamarlo e di dirgli che ci saremmo incontrati a casa Sullivan e che lì avrei avuto i soldi da dargli.»

«Cosa pensava che sarebbe successo una volta arrivato a casa sua?» gli domandò Noah.

Beau fece scivolare lo sguardo sul pavimento, abbassando la voce. «Gamble aveva già ucciso per me una volta, giusto? Ho pensato che se li avessi messi nella stessa stanza, avrei potuto convincere Gamble a uccidere Rafferty. Era nell'interesse di entrambi. Non era un piano perfetto, ma non mi era venuto in mente niente di meglio così su due piedi...»

Era il frutto del suo disperato tentativo di autoconservazione: sopra ogni altra cosa, Beau Collins avrebbe sempre scelto di tentare di salvare se stesso, a prescindere da ciò che doveva fare e da quanto rischiosa fosse la scelta.

«Non avevo idea che Rafferty mi avrebbe trascinato su quel ponte.» aggiunse poi Beau.

Quando Gamble si era presentato all'indirizzo di casa Sullivan era su tutte le furie, intenzionato a eliminare Beau o chiunque altro si fosse messo in mezzo tra lui e il suo denaro. Beau non aveva capito che Gamble aveva voglia di sangue. Tuttavia, Gamble doveva aver perso la testa dopo che Beau non gli aveva versato l'ultimo pagamento e la polizia si era presentata alla sua porta. Ancora una volta, Beau aveva sguinzagliato Gamble, senza immaginare la distruzione che ne sarebbe seguita.

Che casino colossale. Josie non riusciva a sopportare il pensiero del danno arrecato a così tante persone dalla scia di Beau, tutto a causa delle sue menzogne. Menzogne su menzogne su menzogne.

Con un sospiro, Josie tirò fuori le manette.

«Beau Collins...» disse. «La dichiaro in arresto per concorso in omicidio.»

CINQUANTASETTE
DUE SETTIMANE PIÙ TARDI

Josie si trovava accanto a Luke sul monte di lancio di uno dei campi da softball del parco pubblico e guardava Harris che correva attraverso il settore esterno, trascinandosi dietro un bastone. Sulle sue tracce, con la sua facile andatura che si trasformava in una vera e propria corsa, c'era Blue, che sembrava sano e felice. Per fortuna, le ferite inflittegli da Archie Gamble erano di lieve entità e si era ripreso bene e rapidamente. Raggiunse Harris e afferrò il bastone. I due giocarono al tiro alla fune e poi Harris lasciò che Blue si prendesse il bastone e se lo portasse via, trotterellando verso il suo padrone. Lasciò cadere il bastone ai piedi di Luke e lo guardò, ansimando e con la lingua penzoloni.

Luke si chinò e accarezzò la testa del suo fidato segugio. «Bravo ragazzo.»

Si voltò verso Josie e le fece un sorriso. Harris li raggiunse di corsa, afferrò di nuovo il bastone e se lo portò via. Blue scattò sulle zampe e partì all'inseguimento.

«Sono contenta di vedere che si sta riprendendo.» disse Josie.

Luke sorrise guardando il cane e il bambino che si rincorrevano per tutto il campo. «È un duro.»

«Non è solo un duro.» disse Josie. «È un vero e proprio fuoriclasse. Luke, volevo ringraziarti. Se non fosse stato per te e Blue, sarei morta. Mi avete salvato la vita.»

Luke annuì. «Blue ci ha salvati entrambi. È la sua specialità.»

Josie gli toccò la mano. «Come stai? Stai bene?»

Lui sospirò e le fece un debole sorriso. «Ci sto lavorando.»

Tra loro si protrasse un silenzio imbarazzante, rotto solo dalle risatine di Harris mentre Blue gli prendeva il bastone e scappava via di corsa. Luke fece un cenno verso il bambino e il cane. «È così grande adesso.»

«Già.» concordò Josie. «Il tempo è passato in un lampo. Prima che ce ne accorgiamo, guiderà la macchina.»

Luke ridacchiò. «Tu e Noah non volete dei bambini?»

A Josie si strinse la gola. Era difficile far uscire quella risposta. L'ultima volta che Luke era stato a Denton era stata anche l'ultima volta che lei e Noah avevano parlato di avere bambini. Josie non li voleva. Non li aveva mai voluti. Non perché non amasse i bambini, ma perché, dopo l'orribile infanzia che aveva passato, aveva il terrore di essere una pessima madre. Come poteva giustificare il fatto di mettere al mondo un bambino quando il suo esempio di genitore era una donna che aveva letteralmente ucciso delle persone? Noah le aveva assicurato che sarebbe stata una madre eccellente, ma le aveva anche detto che, se non avesse mai cambiato idea, gli sarebbe bastato stare con lei. Avevano lasciato le cose come stavano.

«Immagino sia un no.» dedusse Luke. «Non c'è problema. So che non ti piace parlare di queste cose. Stavo solo facendo conversazione. E non sono un granché bravo.»

«Figurati.» disse lei con voce strozzata. «Non è che non voglio parlarne. È che io... non è che non li vogliamo. È solo che ho paura. Non si può dire che la mia infanzia sia stata proprio l'ideale. Che diamine ne so io di come si cresce un bambino?»

«Tutto.» disse Luke con semplicità. «Sai cosa non devi fare, e questo è facile, e ti ho visto con Harris. Hai un talento naturale.»

«No, invece.» disse Josie. «Non è vero.»

Luke la guardò negli occhi. «So che è quello che pensi, ma ti sbagli. I genitori amano e proteggono e prendono decisioni difficili. Tu fai già queste cose per tutti quelli che ami. Quanto a Noah? È davvero un bravo ragazzo.»

«Già.» sospirò Josie. «Il migliore.»

«Mi dispiacerebbe che voi due vi limitaste. Sareste dei genitori davvero fantastici. Nel caso decidiate di non farlo, non dovrebbe essere per paura. È questo quello che volevo dire. Ne so parecchio su come si vive in un luogo di paura.»

Blue passò di corsa, con il bastone tra i denti. Harris lo seguì, ma si fermò quando qualcosa dietro di loro attirò la sua attenzione. Spalancò gli occhi e un sorriso gli illuminò il volto. «Zio Noah!» gridò. Si diresse verso la casa base. Josie e Luke si girarono e videro Noah che camminava sul diamante, con un caffè in mano. Harris gli andò addosso, abbracciandogli una gamba con entrambe le mani e Noah continuò a camminare con Harris ancora aggrappato.

Luke sorrise a Josie. «Dovresti raggiungerli.»

Josie annuì e si avvicinò di corsa a Noah. Lui le porse il caffè e fece un finto saluto a Luke. «Di chi è stata l'idea di fare una passeggiata a febbraio?»

Josie prese un sorso di caffè. «Stiamo attraversando il parco per andare al centro ricreativo per una partita di basket.» disse. «Non conta certo come passeggiata.»

Harris cercò di arrampicarsi sul corpo di Noah, che lo afferrò sotto le ascelle e lo sollevò con agilità per metterselo sulle spalle.

Harris si ritrovò steso sulle spalle di Noah, con la testa e le braccia distese sulla schiena e le gambe rivolte dall'altra parte. Noah lo tenne per le gambe e lo fece girare, sempre più velocemente. Harris ridacchiava e gridava di gioia.

«Per favore, fermati.» gli disse Josie. «Alla fine ti verrà un capogiro e lo farai cadere.»

«No che non cade!» disse Noah con assoluta sicurezza. In qualche modo, senza nemmeno far scendere Harris a terra, riuscì a posizionarlo in modo che gli si mettesse a sedere sulle spalle. Harris gli infilò le mani nei folti capelli e Noah lo tenne stretto per le gambine sottili come se fossero le cinghie di uno zaino.

Salutarono Luke con ampi gesti mentre lasciavano il campo e si dirigevano verso il centro ricreativo.

«Mi sembra che siano in buone condizioni.» osservò Noah.

Josie era ancora preoccupata per Luke, però le ultime volte che lo aveva visto insieme a Blue sembrava che stessero tutti e due bene.

Al centro ricreativo, Noah rimise Harris a terra, ma non prima di aver eseguito qualche altra acrobazia che fece ridere Harris di gusto e rabbrividire Josie. Lo accompagnarono fino agli spogliatoi e poi andarono a prendere posto. Dal fondo delle gradinate, Jasmine Toselli li salutò con un cenno del capo e poi si voltò a guardare Sam che faceva dei tiri di riscaldamento.

«Direi che questo è proprio il massimo, vero?» disse Noah.

Josie bevve un altro sorso del suo caffè. «Cioè?»

Noah sorrise guardando Harris che usciva dallo spogliatoio con la sua divisa e prendeva in mano un pallone da basket.

«La normalità.» disse Noah.

UNA LETTERA DI LISA

Vi ringrazio per aver scelto di leggere *La moglie innocente*. Se vi è piaciuto questo libro e vi fa piacere rimanere aggiornati su tutte le mie ultime uscite, iscrivetevi al seguente link. Il vostro indirizzo e-mail non verrà mai condiviso e potrete disiscrivervi in qualsiasi momento.

italia.bookouture.com/subscribe/

Come sempre, è stato un grande privilegio per me continuare a presentarvi i libri di Josie Quinn. È per me un piacere e un motivo di orgoglio scrivere queste storie per voi. Come per tutti gli altri miei libri, ho fatto del mio meglio per rendere gli elementi procedurali della polizia in modo quanto più fedele alla realtà. Tuttavia, è possibile che alcuni elementi siano stati modificati per motivi di ritmo e di intrattenimento. Come sempre, eventuali errori o imprecisioni nel libro sono di mia responsabilità.

Mi sento davvero fortunata ad avere un pubblico di lettori così appassionati ed entusiasti. Non mi stanco mai di ricevere le vostre opinioni. Se volete mettervi in contatto con me potete farlo attraverso il mio sito web o uno qualsiasi dei social media qui sotto, oltre alla mia pagina Goodreads. Inoltre, vi sarei molto grata se voleste lasciare una recensione e se poteste consigliare ad altri lettori *La moglie innocente*. Le recensioni e le raccomandazioni attraverso il passaparola sono estremamente preziose nell'aiutare i lettori a scoprire i miei libri per la prima volta. Vi ringrazio infinitamente per la vostra fedeltà e la vostra intramontabile passione per questa serie e per essere tornati a Denton libro dopo libro, anche se il suo tasso di criminalità raggiunge livelli astronomici. Vi sono immensamente grata! Spero che tornerete per la prossima avventura!

Grazie,

Lisa Regan

www.lisaregan.com

 facebook.com/LisaReganCrimeAuthor

 x.com/lisalregan

RINGRAZIAMENTI

Straordinari lettori: vi ringrazio per esservi uniti a Josie e alla sua squadra in questa nuova avventura. Lo dico sempre, ma non mi sembra di ribadirlo mai abbastanza: siete davvero i migliori lettori del mondo! Mi sento sopraffatta dalla gratitudine per la passione e la fedeltà che immancabilmente dimostrate verso questa serie e per questo non c'è nient'altro che preferirei fare se non scrivere altre storie di Josie per tutti voi!

Come sempre, per primi ringrazio mio marito, Fred, e mia figlia, Morgan, per il loro incrollabile sostegno, per la loro pazienza, per il loro buon umore e per avermi dedicato così tanto tempo mentre ero occupata a combattere il crimine in una città immaginaria! Un grazie va alle mie prime lettrici: Dana Mason, Katie Mettner, Nancy S. Thompson e Torese Hummel. Grazie a Matty Dalrymple, a Jane Kelly e a Jane Gorman per avermi aiutata a risolvere alcuni punti difficili della trama. Grazie alla mia incredibile amica, nonché assistente straordinaria, Maureen Downey, per avermi mantenuta in carreggiata e per avermi guidata attraverso le fasi di panico in cui incappo in ogni singolo libro. Non saprei dire cosa ho fatto per meritare l'aiuto di una persona come lei, ma di sicuro sono grata della sua presenza nella mia vita e nel mio angolo di scrittura. Un grazie va poi alle mie nonne: Helen Conlen e Marilyn House; alla mia famiglia: Donna House, Joyce Regan, il defunto Billy Regan, Rusty House e Julie House; un altro grazie ai miei fratelli e alle mie cognate: Sean e Cassie House, Kevin e Christine Brock e Andy Brock; e poi alle mie adorabili sorelle: Ava McKittrick e

Melissia McKittrick. Un grande grazie anche a tutti i soliti sospetti per aver sparso la voce: a Debbie Tralies, a Jean e Dennis Regan, a Tracy Dauphin, a Claire Pacell, a Jeanne Cassidy, a Susan Sole, alla famiglia Regan, alla famiglia Conlens, alla famiglia House, alla famiglia McDowell, alla famiglia Kays, alla famiglia Funk, alla famiglia Bowman e alla famiglia Bottinger!

Come sempre, devo ringraziare tutti i fantastici blogger e i recensori che leggono le avventure di Josie ogni volta, così come quelli che hanno conosciuto Josie solo in questo libro. Apprezzo il vostro tempo e la generosità del vostro sostegno!

Grazie, come sempre, al tenente Jason Jay per aver risposto a tutte le infinite domande che gli ho fatto, spesso anche più di una volta: è un vero e proprio santo. Grazie a Lee Lofland per aver risposto a tutte le mie domande sulle forze dell'ordine e per avermi messo in contatto con gli esperti quando è stato necessario. Ci tengo poi ringraziare a Stephanie Kelley, la mia incredibile consulente in materia di forze dell'ordine, che risponde sempre con tanta disponibilità e in modo così approfondito alle mie domande, che legge i miei libri e mi aiuta a mettere a punto i dettagli nel modo più corretto possibile. Vorrei ringraziare Leanne Kale Sparks e Laurie Roma per l'aiuto con le leggi sulla privacy della Legge sulla Responsabilità e la Riservatezza dell'Assicurazione Sanitaria. Grazie a Wade Walton e Aunyea Lachelle per aver risposto a tutte le mie curiosità sugli studi televisivi! Grazie al Drip N Scoop di Ocean City, New Jersey, dove ho scritto il primo quarto di questo libro, per lo spazio, il wi-fi, il caffè macchiato e le deliziose ciambelle!

Grazie a Jenny Geras, Noelle Holten, Kim Nash e a tutto il team di Bookouture, compresa la mia copy editor Jennie che, oltre a essere una persona assolutamente favolosa, è anche la mia correttrice di bozze. Infine, ma non per questo meno importante, ringrazio l'editor più impareggiabile del mondo, Jessie Botterill, per la sua pazienza e la sua gentilezza e per essere sempre una persona incredibilmente brillante. Riesce a capirmi, semplicemente. Riesce sempre a mettere tutto a posto e a dirmi esattamente quello che ho bisogno di sentirmi dire, esattamente quando ho bisogno di sentirmelo dire. Non ho parole per esprimere quanto mi senta incredibilmente grata per tutto quello che fa per me e, purtroppo, non so se le parole riusciranno mai a esprimerlo adeguatamente.